掠食者

Predator

女法醫史卡佩塔 Kay Scarpetta 14

Patricia Cornwell

派翠西亞．康薇爾——著　王瑞徽——譯

康薇爾作品系列 14

掠食者　Predator

作　　者	派翠西亞・康薇爾 Patricia Cornwell
譯　　者	王瑞徽
封面設計	莊謹銘
業　　務	陳玫潾、林佩瑜
行銷企畫	陳彩玉、朱紹瑄
總 編 輯	劉麗真
總 經 理	陳逸瑛
發 行 人	凃玉雲
出　　版	臉譜出版
發　　行	英屬蓋曼群島商家庭傳媒股份有限公司城邦分公司 台北市民生東路二段141號2樓 讀者服務專線：02-25007718；25007719 服務時間：週一至週五9:30～12:00；13:30～17:00 24小時傳真服務：02-25001990；25001991 讀者服務信箱E-mail：service@readingclub.com.tw 劃撥帳號：19863813 書虫股份有限公司 城邦網址：http://www.cite.com.tw 臉譜推理星空網站：http://www.faces.com.tw
香港發行	城邦（香港）出版集團 香港灣仔駱克道193號東超商業中心1樓 電話：852-25086231/傳真：852-25789337 Email：hkcite@biznetvigator.com
馬新發行	城邦（馬新）出版集團 Cité(M) Sdn. Bhd.(458372 U) 11,Jalan 30D/146,Desa Tasik, Sungai Besi, 57000 Kuala Lumpur,Malaysia 電話：603-90563833/傳真：603-90562833 Email：citekl@cite.com.tw
三版一刷	2018年9月

I S B N	978-986-235-685-2 定價400元 （本書如有缺頁、破損、倒裝，請寄回本社更換）

國家圖書館出版品預行編目資料

掠食者/派翠西亞・康薇爾 (Patricia Cornwell) 著；王瑞徽 譯. -- 三版. -- 臺北市：臉譜出版：家庭傳媒城邦分公司發行, 2018.9
面；　公分. -- (康薇爾作品系列；14)
譯自：Predator
ISBN 978-986-235-685-2 (平裝)

874.57　　107010560

導讀

死亡的翻譯人

唐諾

日前，我個人在Discovery頻道上看過一支有關法醫和刑案的影片。因爲豐碩的法醫知識和經驗而成爲眞實世界神探的李昌鈺博士也在片子裡露了一手，他示範了人體血液從無力滴落到沛然噴灑所造成的不同現場血跡狀態，並由此可重建致死的原因、方式和眞確位置，這個絕技他拿來應用在一名警員車內殺妻卻謊稱車外車禍致死的駭人刑案。李昌鈺從噴灑在車前座、儀表板以及車窗上的血跡（該警員宣稱血跡是車禍之後，他把妻子抱入車內所造成的），證實死者當時係坐在駕駛座旁，血液噴灑的出處也全部來自同一個點，相當於死者頭部的高度，而且只有鈍器的用力重擊才足以造成如此大量且強勁的血液噴灑——和我們絕大多數的推理小說結局一樣：他漂漂亮亮的破案了。

該影片一開頭爲我們鏘鏗留下這麼兩句話：每具屍體都有一個故事，它只存在法醫的檔案簿裡。

談到這個，我們得再提一下E. M.佛斯特，這位著名的英籍小說家以爲，人的一生是從一個他已然忘記的經驗開始（出生），到一個他必須參與卻不能了解的經驗結束（死亡），我們只能在這兩個黑暗之間走動，而兩個有助於我們開啓生死之謎的東西，嬰兒和屍體，並不能告訴我們什麼，「只因爲他們傳達經驗的器官和我們的接收器官無法配合。」

我們當然了解，佛斯特所說的生死之謎是大哉問的文學哲學思辯之事，但他「訊息」和「接收」兩造之間無法配合的俏皮話，卻爲我們留下一個滿好玩的遊戲線索來：是不是其間失落了一個轉換的環節呢？是不是少了一個俗稱「翻譯」的東西呢？

在人類漫長的歷史裡，其實這個翻譯人的角色一直是有的。

至少，我們曉得的就有這麼兩個職位，其中較爲古老的一種是靈媒。靈媒不僅較古老，翻譯的野心也較大，他試圖把佛斯特所言「結束那一端的黑暗」裡的一切譯成我們人間的語言，但也許正因爲他宣稱的管轄範疇實在太遼闊了，太無所不能了，因此反而變得可疑，讓人越來越不敢相信他譯文的「信達雅」。

另一個歷史稍短的我們今天則稱之爲法醫或驗屍官（但這也不完全是現代的產物，很久、很久之前我們中國人曾叫他「仵作」）。相形之下，這個翻譯人就謙卑踏實多了，原則上他不去瞻量眞正的死後世界種種，他也不強做解人，他關心的只是死亡前的事，尤其是進入死亡那一瞬間的方式和原因，但他是信而有徵的，經得住驗證。

從文學、法醫到警務

派翠西亞．康薇爾所一手創造出來的凱．史卡佩塔便是這麼一位可堪我們信任的死亡翻譯人，維吉尼亞州的女性首席法醫，這組推理系列小說的靈魂人物。

凱．史卡佩塔的可信任，從結果論來看，充分表現在她從質到量的驚人成功上頭，舉例言之，一九九〇年她的登場之作《屍體會說話》，一口氣囊括了當年的愛倫坡獎、約翰．克雷西獎、安東尼獎、麥卡維帝獎以及法國Roman d'Aventures大獎；而又比方說六年之後的一九九六年三月一日，這個系列的六部著作同時高懸《今日美國》的前二十五名暢銷排行之內，分別是第一、第二、第八、第十四、第十五和第廿四。

事情會到這種地步，想來不會是偶然的，必有理由。

我個人的看法是，在這裡，康薇爾成功寫出了一個專業、強悍、實戰派而且禁得住科學挑剔的罪案工作者。身為一個實際上和一具一具屍體拚搏的法醫，而不是抽著板煙夸夸其談的安樂椅神探，這樣的小說基本上有著一翻兩瞪眼的透明性，因為她的揭示工作，不能仰仗語言的煙霧，乃至於「弄鬆」到用人生哲理、人性幽微或那些「扯哪裡去了」的語言自圓其說，檢驗她的不是高度唯心不確定的語言論述，而是冰冷無情、說一是一的一具顯微鏡，這種無所遁逃的特質，使得如此書寫的推理小說只有兩種極端的結果：一是再不聰明的讀者都能一眼瞧出的假充內行失敗之作，另一則是結實可信的真正耀眼之作。

可想而知，這樣的小說也就不是可躲在書房，光靠聰明想像來完成的。

說來，康薇爾的真實牛涯，好像便為著創造出凱．史卡佩塔而準備的，她原本是記者，而且前夫還是英國文學的教授，然而，她奇特的轉入維吉尼亞州的法醫部門工作，從最基層的停屍處檢驗記錄人員幹到電腦分析人員，最後，在她寫作之路大開，成為專業小說作家之前，她又轉入了警務工作——就這樣，文學、法醫到警務，三點構成一個堅實的平面，缺一不可。

人的存在

屍體會說話？這是真的嗎？

我們回過頭來再一次問這個問題，是為了清理一下某種實證主義的廉價迷思，就像我們經常在生活中聽到，甚至偶然也方便引用脫口而出，數字會說話、資料會說話、事實會說話……云云。這裡，隱藏著某種虛假的客觀，說多了，甚至好像連人都可以不存在似的。

一具屍體，乃至於萬事萬物的存在，的確都不是當下那一刻的冰涼實體而已，它或彰或隱保留了自身在時間裡的記憶刻痕（最形而下比方說某次闌尾炎手術的疤痕或體內的某個器官病變受損），這都可以被轉換理解成某種訊息，可堪被人解讀出來，因此，我們遂俏皮的說，儘管它並不眞正出聲，卻仍然像跟我們說著話一樣——這原本可以是積極的提醒，讓人們在實證的路上更積極更深化，主動去尋求並解讀事物隱藏的訊息，叫出它的記憶。

然而，問題在於：這是怎麼樣的訊息？向誰而發？由誰來傾聽？

從法醫的例子到佛斯特「訊息」到「接收」的說法，我們由此很容易看得出來，這個訊息說的並不是我們人間的普通語言，在通常的狀態之下我們是聽不懂的，我們得仰賴一個中介者，一個能解讀兩種不同語言的專業翻譯人。就像一具客觀實存的屍體擺在我們面前，我們大概只能駭怕的發現，它是死亡的，頂多稍稍猜得出它可能是暴烈或安然死亡而已，然而，在李昌鈺博士或我們的凱·史卡佩塔首席女法醫的操弄解讀之下，這具屍體卻可以像花朵在我們眼前綻開一般，神奇的讓我們看到它的死因、它的死亡細節和眞正關鍵，看到我們並不參與的生前遭遇和記憶，以及其他。

神奇但又可驗證，這樣的事最叫人心折。

這個中介者或翻譯者，必定得是人，一種專業的人——這個「專業」，指的不是他的職業，而是他的知識和經驗，並由此堆疊出來的洞見之力。從這裡我們知道，實證主義的進展，最終並非走向一種人的取消，相反的，它在最根深柢固之處，會接上能動的、思維的人。

所謂強悍

也因著這樣，我個人會更喜歡凱．史卡佩塔多一點，就像我也喜歡當前美國冷硬推理小說的兩位奇特私探，分別是蘇．葛拉芙頓筆下的肯西．梅爾紅和莎拉．派瑞斯基的維艾．華沙斯基一樣，只因為她們都是女性。

這極可能是我的偏見，但我的想法是，在男女平權尚未完成的現在，女性的專業人員，尤其是存在著粗魯暴力的男性土體犯罪世界之中，不管做為私探或者法醫，她們都得承受較多的不利和風險，包括先天生物構造的脆弱和後天社會體制形塑的另一種脆弱，但意識到這樣的脆弱在小說的思維裡是好的，就像大導演費里尼所說，「害怕的感覺隱藏著一種精微的快樂。」我們會看到凱在面對屍體的溫柔和面對罪犯的心情跌宕起伏，正如我們會看到梅爾紅和華沙斯基在放單面對並不得不緝捕男性罪犯時的狼狽和必然的害怕，這個確實存在的脆弱之感，引領著小說的思維走向一種精微的、豐饒的層次，而不是那種打不退、打不死、像坦克車一樣又強力、又沒腦袋的無趣英雄。

我個人多少覺得海明威筆下那種提著槍出門找尋個人戰鬥如找尋獵物的男性沙文英雄，以及當代波士頓冷硬大師羅勃．派克筆下的硬漢史賓塞看成是可笑的；對於海明威我寧可喜歡和他同期同名、深鬱細緻的福克納；至於羅勃．派克，他一向以雷蒙．錢德勒的繼承人自居，但老實說，他那位打拳練舉重、一雙鐵拳一枝快槍幾乎打遍天下無敵手的史賓塞，較之於高貴、幽默、若有所思的元祖冷硬私探菲力普．馬羅，實在只是個賣肌肉的莽漢而已。

我稱凱．史卡佩塔是專業且「強悍」的女法醫，正如我們大家仍都同意梅爾紅和華沙斯基仍隸屬於所謂「冷硬」私探一般，我相信，在這裡，強悍冷硬的意義是訴諸於一種專業的知識層面、一種強韌的心智層面和一種精緻的思維層面，在這些方面，並不存在著肉體的強弱和性別的差異，要比的，只是如何更專業，更強韌以及更精緻而已。

讓我們帶著這樣的心情，進入這位專業女法醫所爲我們揭示的神奇死亡世界，聽她跟我們翻譯一個個死亡的有趣故事吧。

人物介紹

凱・史卡佩塔	法醫病理學家
彼德・馬里諾	里奇蒙警局凶殺組警探
班頓・衛斯禮	聯邦調查局嫌犯人格分析專家
露西	史卡佩塔的外甥女
蘿絲	史卡佩塔的秘書
布朗森	邁阿密布勞沃德郡首席法醫
蘇姍・連恩	神經心理專家
蘇拉許	麻州警局警探
喬・亞默斯	法醫病理研究生
莉芭・瓦格納	邁阿密好萊塢市警局警官
萊克絲	法醫學會犯罪現場鑑定人員

強尼·史威夫特	受害人，生前是精神科醫生
羅萊爾·史威夫特	強尼的弟弟
巴吉爾·詹烈特	連續殺人犯
珍·漢彌敦	強尼生前於酒吧邂逅的年輕女子
史提薇	露西於酒吧邂逅的年輕女子
佛洛莉·昆西	受害人，生前經營一家專賣聖誕商品的商店
海倫·昆西	佛洛莉·昆西的女兒
弗雷德·昆西	海倫·昆西的哥哥
艾傑·昆西	海倫·昆西的叔叔
伊芙·克里斯欽	受害人，生前於教會服務
克莉絲汀·克里斯欽	受害人，伊芙·克里斯欽的妹妹
大衛·勒克	受害人，來自南非，父母雙亡
東尼·勒克	受害人，大衛·勒克的弟弟

1

週日下午，凱．史卡佩塔醫生在她位於佛羅里達好萊塢全美法醫學會的辦公室裡。天空中逐漸聚攏的烏雲預告著另一波大雷雨的來臨，二月，不該是這麼多雨悶熱的天氣。

槍聲劈啪響，人聲叫嚷著她無法辨識的言語。模擬戰鬥在本地的週末是常有的事。或許有不少一身黑衣的特別行動探員正在這一帶到處射擊，但除了史卡佩塔沒人會聽見，甚至連她也不怎麼注意。她繼續瀏覽路易斯安納州驗屍官開立的一份緊急證明書，內容是他針對一個女病患所做的檢查，這名女子後來又連續謀殺了五個人，卻聲稱毫無記憶。

也許這案子不是「掠食者」計畫——攻擊型犯罪行爲反應的前額葉成因調查——的理想研究對象，史卡佩塔心想，依稀聽見外面空地上傳來一輛機車漸近的聲響。

她發了一封電子郵件給法醫心理專家班頓．衛斯禮：

> 研究中要是有個女性一定很有趣，不過這些資料似乎不太相干？我以為你的研究對象只限男性。

那輛機車來到學會大樓，停在她窗口底下。彼德．馬里諾又來找麻煩了，她正惱火的想著，班頓傳來了即時訊息：

反正路易斯安納州不會把她交給我們的。他們超喜歡處決人犯，不過食物還不錯。

她看見窗外馬里諾熄了引擎，下了機車，很有男人氣概地看著四周，他總懷疑別人在看他。她把「掠食者」檔案鎖進辦公桌抽屜時，他正好走了進來，門也沒敲，然後一屁股坐下。

「妳對強尼．史威夫特的案子了解多少？」他問，兩條紋了刺青的粗壯手臂從背後印有哈雷標誌的無袖丹寧背心伸出。

馬里諾是學會的調查組長，也是布勞沃德郡法醫辦公室兼職的刑案調查員，可是最近他越來越像冒牌的飛車黨惡棍了。他把安全帽放在她桌上。一頂磨損得厲害的黑色頭盔，上面布滿彈孔圖案的貼紙。

「你來告訴我吧。那頂帽子是小混混的裝飾品，」她指著安全帽說，「中看不中用，萬一你騎那輛飛車出了事，它也救不了你吧。」

他把一份檔案丟在她桌上。「他是舊金山的醫生，在邁阿密這兒設有辦公室。在好萊塢海邊有棟房子，他和他弟弟共有的，靠近新生社區，妳知道，約翰洛依州立公園附近那兩棟集合住宅高樓。大約三個月前，他弟弟發現他死在沙發上，胸部挨了一槍。對了，之前他剛剛動了手腕手術，情況不太樂觀。乍看下，是單純的自殺。」

「那時候我還沒到郡法醫辦公室上班，」她提醒他。

當時她已經是學會法醫科學及醫學部門的主管。直到去年十二月，首席法醫布朗森醫生開始縮減工作時間，並考慮退休，她才接受了布勞沃德郡法醫辦公室法醫病理顧問的職務。

「好像聽人提起過，」她說。馬里諾的出現讓她渾身不自在，看見他已經很難令她開心了。

「是布朗森醫生驗的屍，」他說，看著她桌上的雜物，到處看但就是不看她。

「你也參與辦案？」

「沒，當時我在城裡。這案子還沒結案，因爲好萊塢警局的人擔心案情不單純，認爲羅萊爾有嫌疑。」

「羅萊爾？」

「強尼·史威夫特的弟弟，同卵雙胞胎。當時他們找不到證據，就這麼不了了之。上週五凌晨三點左右，我接到一通電話，打到我家裡的怪電話，我追蹤的結果，是從波士頓的公共電話打來的。」

「麻塞諸塞州？」

「就是發生茶葉事件的地方。」

「我以爲你的電話沒登記。」

「有的。」

馬里諾從牛仔褲後口袋掏出一張折疊好的棕色紙片，把它打開來。

「我把那傢伙說的唸給妳聽，我把它逐字記下來了。他自稱Hog。」

「Hog？豬？」她打量著他，有點懷疑他會不會又想唬她，故意設局愚弄她。

最近他老是這樣。

「他說，『我是Hog。你從未降下懲罰來教訓他們。』誰知道這話是什麼意思。然後他說，『很顯然強尼·史威夫特死亡現場有幾樣東西不見了，你要是有點腦筋，就該去瞧瞧克里斯欽·克里斯欽（譯註：Christian Christian，Christian亦指基督徒）出了什麼事。世上沒有巧合。你最好去問史卡佩塔，因爲上帝將會一手摧毀所有變態狂，包括她那個同性戀的婊子外甥女。』」

史卡佩塔沒有讓聲音洩露她的情緒。「你確定他眞是這麼說的？」

「我看起來像寫小說的嗎？」

「克里斯欽·克里斯欽。」

「天曉得他什麼意思。那傢伙根本不理會我問他有沒有說錯什麼。他說話輕飄飄的，好像沒什麼感情，很平淡，然後就掛斷了。」

「他確實提到露西的名字了，或者只是——？」

「我已經把他說的話原原本本告訴妳了，」他打斷她，「妳只有露西這麼個外甥女，對吧？所以他指的當然是她。而且，不知妳聯想到了沒，Hog也有上帝之手（Hand of God）的意思。長話短說，我聯絡了好萊塢警局，他們要求我們盡快了解一下強尼·史威夫特的案子。顯然他們還握有別的證據，顯示他是在相當遠的距離中彈的，射程卻很短。但只可能是其中一種，對吧？」

「是的，如果只開了一槍的話，一定是詮釋上出了問題。我們知道這個克里斯欽·克里斯欽（Christian Christian）是誰嗎？能確定這指的是人嗎？」

「我們的電腦檔案裡沒有相關資料。」

「你爲什麼現在才告訴我？我整個週末都有空啊。」

「我很忙。」

「你得到像這類案子的訊息，不該等了兩天才來告訴我，」她盡可能平靜的說。

「也許妳不是個吐露機密訊息的好對象。」

「什麼訊息?」她問，困惑極了。

「妳應該小心點，我也只能這麼說了。」

「你這樣冷嘲熱諷的沒有一點幫助，馬里諾。」

「我差點忘了，好萊塢警局很想知道班頓對這案子的專業看法，」他像是臨時想起來補充的，一副不在乎的樣子。

一如往常，他很想隱藏他對班頓．衛斯禮的觀感，但總是做得很蹩腳。

「他們當然可以找他評估這案子，」她回說，「我不能代他發言。」

「他們想弄清楚那個自稱Hog的傢伙打給我的電話是不是單純的惡作劇。我覺得這有點困難，因爲沒有錄音，只有我在紙袋上隨手抄下的幾句話。」

他從椅子上站起，龐大的身軀顯得更誇張了，讓她感覺自己前所未有的渺小。他拿起那頂不中用的安全帽，戴上太陽眼鏡。在整個談話過程中他沒有看她一眼，現在她連他的眼睛都看不見。她看不清那裡頭藏著什麼。

「我會全心投注在這案子上。盡快，」她送他到門口，「要是你願意，晚一點我們可以一起討論這案子。」

「喔。」

「你來我家吧。」

「喔，」他又說，「幾點?」

「七點，」她說。

2

班頓．衛斯禮在ＭＲＩ（譯註：Magnetic Resonance Imaging，核磁共振造影）檢驗室裡，透過一層耐熱玻璃觀察他的病患。光線很暗，周邊平台上一整排視訊螢幕閃著亮光，他的手錶放在手提箱上。他覺得好冷。在認知神經顯影實驗室裡連續待了幾小時，連骨頭都涼了，至少感覺是這樣。

今晚的病人是以身分編號被送進來的，不過他有名字，巴吉爾．詹烈特。他是一個略顯焦躁、相當聰慧的三十三歲強迫性謀殺犯（compulsive murderer）。班頓避免用連續謀殺犯這個名詞。它被使用得太浮濫了，沒什麼太大意義，除了含糊的暗示一個作案者在特定期間內謀殺了三、四個人之外，可說毫無作用。連續這字眼意謂事情接續發生，無從描述暴力犯罪者的動機或心理狀態，而當巴吉爾．詹烈特卯起來殺人的時候，他是被迫去做，他停不下來。

他之所以接受磁場強度爲地表六萬倍的3-Tesla（譯註：tesla為磁通量密度單位）ＭＲＩ儀器的腦部掃描，是爲了檢查他大腦的灰白質是否異常，以及當觸及重要問題時它會產生什麼變化。在他們的臨床訪談中，班頓問了他好幾次爲什麼。

我要見她，就這樣。我非見她不可。

非得在那一刻馬上做？

不能在街上做。我會跟蹤她，直到我想清楚，想出個計策來。老實說，我盤算得越仔細，結果越令人滿意。

這需要花多少時間？跟蹤，盤算。你能說出個大概嗎？幾天，幾小時，幾分鐘？幾分鐘，也許幾小時，有時候幾天。不一定。那些蠢賤人。我是說，換做是你，你明知道自己被綁架了，還會乖乖坐在車子裡，不想辦法逃走？

她們是這樣的嗎，巴吉爾？她們只是坐在車子裡，沒有設法逃走？只有最後兩個。你知道那兩個，我就是因爲她們才到了這裡的。她們不會反抗的，可是我的車子突然故障。眞蠢。如果是你，你會寧願立刻在車子裡被殺死，還是等到我把你載到我的秘密地點以後，再看看我會怎麼對你？

你的秘密地點在哪裡？都是同一個地方嗎？

都怪我的車子突然壞了。

到目前爲止，巴吉爾．詹烈特的大腦沒有明顯變化，只是附帶的發現小腦後部有些異常，一個大約六毫米大的囊腫，可能會稍微影響他的平衡感，如此而已。眞正出問題的是他腦部的運作方式，必定有問題。倘若沒問題，他也不會成爲「掠食者」研究計畫的對象了，而他自己恐怕也不會認同。對巴吉爾來說，一切都只是遊戲，他自認比愛因斯坦更聰明，是全世界頭號天才人物。他對於自己做過的一切從沒有一絲愧疚，還非常坦白的說，只要有機會他還會殺害更多女人。不幸的是，巴吉爾相當討人喜歡。

ＭＲＩ實驗室裡的兩名獄警帶著困惑和好奇，透過玻璃盯著那道七呎長的空管，它的開口在掃描機較遠的那一端。兩名獄警穿著制服，但沒有配槍。這裡頭不允許任何槍械進入。任何鐵器，包括手銬腳鐐在內，都不准入內。當巴吉爾只在腳踝和手腕上套著塑膠軟銬，躺在掃描機裡的平台上，聆聽著無線電波脈動的震盪、撞擊聲，那聲音就像通過高壓電線傳來的地獄之音，這只是班頓的想像。

「記住，下一個是色塊。你只要說出是什麼顏色就行了，」神經心理專家蘇珊·連恩醫生對著通話裝置說，「不，詹烈特先生，請不要點頭。記住，你下巴貼的膠布就是爲了提醒你別亂動。」

「十—四（譯註：10-4，通訊術語，意謂：知道了），」巴吉爾的聲音透過通話裝置傳出。

已經是晚上八點半了，班頓有些不安。這情況已經持續好幾個月了。他擔心的不是巴吉爾·詹烈特會在麥克連醫院優雅的古老磚牆內突然發狂，把眼前一切化爲殺戮戰場，而是這項調查研究恐怕難逃失敗厄運，結果只是虛擲大筆金錢，無端消耗寶貴的時間。麥克連醫院是哈佛醫學院醫療體系旗下的子醫院，無論是這家醫院或這所學校都擔不起失敗之名。

「別擔心會犯錯，」連恩醫生透過對講裝置說，「我們並不期待你會全部答對。」

「綠，紅，藍，紅，藍，綠，」巴吉爾充滿自信的聲音迴盪在房內。

研究員把結果記在一張資料登錄卡上，一名ＭＲＩ技師則檢查著視訊螢幕上的影像。

連恩醫生再度按下通話按鈕。「詹烈特先生？你做得非常好。你看得很清楚是吧？」

「十—四。」

「很好。每次你看見那個黑色螢幕，就會感覺舒服又平靜。不用說話，只要看著螢幕上的白點就好。」

她鬆開通話按鈕，回頭對班頓說，「他的警察術語是怎麼回事？」

「他以前是警察。也許因爲這樣，他才能夠輕易讓受害者上他的車吧。」

「衛斯禮博士？」研究員在椅子上轉過身來說，「找你的，是蘇拉許警探。」

班頓接過電話。

「什麼事？」他問麻塞諸塞州警局刑警蘇拉許。

「希望你沒打算提早上床，」蘇拉許說，「你聽說了早上在瓦爾登湖畔發現屍體的事嗎？」

「沒有，我一整天都窩在這裡。」

「白人女性，身分不明，年齡不詳，也許是三十八、九，或者四十出頭。頭部中槍，一枚霰彈槍彈殼塞在她屁眼裡。」

「頭一次聽說。」

「她已經接受了解剖，不過我想你或許想來看看。這案子頗不尋常。」

「這裡頂多再一小時就會結束，」班頓說。

「到驗屍室和我碰面。」

屋內很安靜，史卡佩塔走過所有房間，把每一盞燈打開。她等著汽車或機車聲傳來，等著馬里諾。他遲到了，也沒回她電話。

她惶惑不安的四處檢查，確定防盜鈴已經啓動，所有泛光燈也都亮著。她站在廚房電話的視訊裝置前面，確認前、後門和屋側的電子攝影機全部運作正常。在視訊螢幕中房子四周顯得很陰暗，柑橘樹、棕櫚和扶桑樹的暗影隨風搖擺。游泳池後方的船塢和更遠處的水路成了大片黑色平原，上頭點綴著沿海堤分布的模糊燈影。她在火爐前攪拌著銅鍋裡的番茄醬和磨菇，檢查麵糰的發酵情況，還有水槽邊蓋碗裡浸泡的莫扎瑞拉乳酪。

快九點了，馬里諾應該兩小時前就要到了才對。明天她有一堆案子和教書的事要忙，沒空理會他的粗蠻無禮。她已經忍耐到了極限，受夠他了。剛才她花了三小時埋首研究強尼・史威夫特的疑似自殺案，這會兒馬里諾竟然不來了。她感覺很受創，而且氣憤，要人生氣是很容易的。

她氣呼呼的走進客廳，仍然聆聽著是否有機車或汽車的動靜。她從沙發上拿起一把十二號口徑的雷明頓製海軍麥格農手槍然後坐下來。這把鎳合金槍管的霰彈槍沉甸甸躺在她腿上。她將一把小鑰匙插進鎖孔，向右轉動，將鎖從扳機護弓拉出。然後她把唧筒推回去，確定彈倉裡沒有彈藥。

3

「接著我們要做的是文字閱讀，」連恩醫生用通話裝置告訴巴吉爾。「請你從左到右把那些字彙唸出來，好嗎？記得，千萬別動。你表現得非常好。」

「十一四。」

「喂，想看看他的眞面目嗎？」MRI技師對兩名警衛說。

他名叫喬西。麻省理工學院物理系畢業，攻讀更高學位的同時在這裡兼任技術人員，很聰明，但有種異於常人的幽默感。

「我早就知道他的長相了。今天是我護送他去淋浴間的，」一名警衛說。

「然後呢？」連恩醫生問班頓，「他把她們弄上車，接著會怎麼對待她們？」

「紅，藍，藍，紅……」

兩名警衛逛到喬西的視訊螢幕附近。

「帶她們到某個地方去，刺傷她們的眼睛，讓她們存活個幾天，不時的強暴她們，再切斷她們的喉嚨，將她們的屍體丟棄，並擺成特定姿勢來驚嚇人群，」班頓用冷靜的臨床分析口吻對連恩醫生說，「這只是我們手上目前的案子。我懷疑他不只殺害了這些人。同一期間，佛羅里達有不少婦女失蹤，據判已經死亡，但一直沒找到屍體。」

「帶她們到哪裡？汽車旅館，他家？」

「等一下，」喬西對那兩名警衛說，一邊在選單上的3D和SSD，也就是三維立體成像

（Surface Shading Display）之間做選擇。「這眞是太酷了，我們從來不讓病患看這些。」

「爲什麼？」

「會讓他們瘋掉的。」

「我們也不知道哪裡，」班頓對連恩醫生說，邊留意喬西，隨時準備要他別賣弄得太過火。「不過，値得注意的是，被他棄置的那些屍體，全都驗出沾有銅金屬的微小碎屑。」

「什麼東西？」

「混在泥土裡，還有血液、皮屑和頭髮上黏附的雜質裡頭。」

「藍，綠，藍，紅……」

「這就奇怪了。」

她按下通話鈕。「詹烈特先生，你進行得如何了？還好嗎？」

「十一四。」

「接下來，我們會讓你看代表各種顏色的文字，但是用不同顏色的墨水印成。我要你說出墨水的顏色，只要說出顏色。」

「十一四。」

「很嚇人吧？」喬西說。他的螢幕上出現一個像是死人面具的東西，那是巴吉爾腦部經過MRI掃描得到的一毫米厚高解析切片的再組合圖形，那影像很蒼白，沒有頭髮和眼睛，下巴以下呈粗糙狀，好像被斬首似的。

喬西把圖像旋轉了一下，讓警衛從另一個角度觀賞。

「爲什麼他的頭好像被砍掉了？」一個警衛問。

「因爲線圈的訊號只到達那裡。」

「他的皮膚也很假。」

「紅，呃綠，藍不對是紅，綠……」巴吉爾的聲音進入房間。

「那不是眞的皮膚。該怎麼說呢……電腦只是容積的重現，一種表面透視圖……」

「紅，藍呃綠，藍不對是綠……」

「我們主要使用的是PowerPoints程式，把結構轉化成功能。也就是一整套ｆＭＲＩ（譯註：功能性核磁共振造影；f=functional）分析，你可以把各種數據放在一起，愛怎麼看、怎麼玩都隨你。」

「天啊，他可眞醜。」

班頓聽夠了。顏色辨識已經結束，他厲色瞄了喬西一眼。

「喬西，準備好了嗎？」

「四，三，二，一，開始，」喬西說。連恩醫生開始進行干擾測試。

「藍，我是說紅……可惡，紅，不對，是藍，綠，紅……」巴吉爾的聲音在房中翻攪。他全部答錯了。

「他告訴過你爲什麼嗎？」連恩醫生問班頓。

「抱歉，」他有點分心。「什麼爲什麼？」

「紅，藍，可惡！呃，紅，藍綠……」

「他爲什麼要挖出她們的眼睛。」

「他說他不想讓她們看見他的陰莖有多麼小。」

「藍，藍紅，紅，綠……」

「這個測驗他表現不佳，」她說，「大部分都錯了。他以前在哪個分局當警察，我好注意著點，別在那個地區超速被攔下來？」她按下通話鈕。「你還好嗎，詹烈特先生？」

「十一四。」

「戴德郡分局。」

「很遺憾，我一向很喜歡邁阿密。所以你才想親手處置這個人，因爲你和南佛羅里達關係密切，」她說著再度按下通話鈕。

「也不盡然。」班頓透過玻璃看著掃描機較遠那端巴吉爾的頭部，想像他身體的其餘部位像普通人那樣穿著牛仔褲和鈕釦扣滿的白襯衫。

這醫院不准人犯穿著監獄制服出現在院區，會有損醫院形象。

「當初我們請州立監獄提供研究對象的時候，他們認爲他是最適合的人選。他在獄中待得很不耐煩，監獄也巴不得能擺脫掉他，」班頓說。

「非常好，詹烈特先生，」連恩醫生對著通話裝置說，「現在衛斯禮博士要進去把滑鼠交給你。接下來你會看見一些臉孔。」

「十一四。」

通常連恩醫生會進入ＭＲＩ檢驗室，親自面對病患。可是女性醫生和專家不被允許和「掠食者」研究對象有任何近身接觸。即使是男性醫生或專家，進入ＭＲＩ室時也必須格外謹慎。至於在檢驗室外面，要不要限制研究對象就由醫生自行決定了。班頓由兩名獄警陪同，打開ＭＲＩ檢驗室裡的燈光，然後把門關上。獄警站在掃描機附近，看著他安插滑鼠，然後把它放在巴吉爾戴著塑膠鎊的手中。

他的長相毫無奇特之處，一個矮小單薄的男人，稀薄的金髮，一雙距離很近的灰色小眼睛。在動物世界中，獅子、老虎和熊——掠食性動物——都長著相當集中的眼睛，長頸鹿、兔子、鴿子——獵物——牠們的眼睛距離就比較寬了，注意著頭部兩側的方向，因爲牠們需要周邊視野以便逃生。班頓常想，同樣的演化現象是否也適用於人類。這項調查研究大概沒人會提供資金吧。

「你還好嗎，巴吉爾？」班頓問他。

「什麼樣的臉孔？」巴吉爾的聲音從掃描機那端傳來，像是從鐵肺發出的。

「連恩醫生會向你解釋。」

「我有個小驚喜，」巴吉爾說，「等這裡結束以後再告訴你。」

他的眼神很詭異，好像裡面躲著什麼惡毒的生物在往外看似的。

「好極了，我喜歡驚喜。再過幾分鐘就結束了，」班頓微笑著說，「然後我們可以盡情聊聊。」

兩名警衛伴隨班頓出了MRI室，然後又回到那裡頭去。這時連恩醫生開始透過對講裝置向巴吉爾解釋，要他看見男性臉孔時按滑鼠左鍵，女性時按右鍵。

「你不需要做別的動作或說話，只要按鍵就行了，」她反覆的說。

這項測試共有三組臉孔，而它們的重點不在於病患分辨兩性的能力。這一連串功能性掃描主要評估的其實是情感運作模式。男性和女性臉孔出現之前，螢幕上會先浮現另外一些快速閃動，眼睛幾乎看不見的臉孔，可是大腦全部察覺到了。詹烈特的大腦看得見那些藏在面具後方的臉孔，快樂、憤怒、害怕或情緒激烈的臉孔。

每組臉孔放映完以後，連恩醫生問他看見了什麼，那些臉孔是否激發了他的情緒，是什麼樣的情緒。男性臉孔要比女性臉孔來得嚴肅，他回答說。針對每組臉孔，他的說法基本上沒什麼不同。但這並不代表什麼。這些在試驗室裡所進行的一切，必須等數千個神經影像分析完成之後才有意義。那時候專家們才能判定，在每次測試進行中，他腦部的哪個部位最為活躍。目的是為了看他的腦部和據稱正常的人有什麼不同，以及他的腦部除了長有一個小囊腫——和他的掠食癖性毫不相干——之外，還有什麼異常。

「觀察到什麼了嗎？」班頓問連恩醫生，「順便一提，我得像往常一樣謝謝妳，蘇珊，妳實在是個好夥伴。」

之前，他們費心的把人犯的掃描工作安排在晚上或者週末比較沒人的時段。

「從儀器定位器看來，他沒什麼問題，我看不出他有任何嚴重異常，除了他一直喋喋不休，過度暢談（hyperfluency）。他可曾被診斷出患有雙極性躁鬱症？」

「他的心理評估和背景讓我也這麼懷疑過。不過沒有，沒有這類記錄。他不曾因為任何精神疾病接受過治療，只在監獄裡待了一年。完美的研究對象。」

「可惜，你這位完美的研究對象並沒有成功的壓抑干擾刺激，在干擾測試上連續犯了不少錯誤。我敢說他並沒有集中注意力，這常發生在雙極性躁鬱症病人身上。等進一步分析再說吧。」

她按下通話鈕，說，「詹烈特先生？測試結束了。你表現得非常好。衛斯禮博士會進去帶你出來。請你慢慢坐起來，好嗎？慢慢的，這樣才不會頭暈。知道嗎？」

「就這樣？就這些蠢測試？讓我看照片啊。」

她看了班頓一眼，鬆開通話鈕。

「你說你會讓我看那些照片，一邊觀察我的腦部。」

「受害者的驗屍照片，」班頓向連恩醫生解釋。

「你答應我的！你還答應我可以收郵件！」

「好吧，」她對班頓說，「交給你了。」

這支霰彈槍相當笨重且礙事，她試著躺在沙發上用槍管指著自己的胸口，一邊用左腳拇指扣扳機，但相當困難。

史卡佩塔放下槍枝，想像一個人動過手腕手術以後用這方式自殺的可能性。她的槍大約有七磅半重，當她拿起那支十八吋長的槍管，手不禁開始發抖。她把兩腳放到地板上，脫去右腳的跑鞋和襪子。主導的是她的左腳，但她必須試試右腳才行。不知道強尼·史威夫特是慣用右腳或左腳，兩者多少會造成些差異，但不一定很明顯，尤其在極度沮喪且死意堅決的狀況下，不過，她並不確定他是如此，能確定的實在不多。

她想起馬里諾。越是把思緒轉到他身上，她就越火大。他沒有理由這樣對待她，像他們剛認識的時候那樣，而那已經是好多年前的事了，她奇怪他竟然還記得再把當時的態度拿來對待她。自製披薩醬的香味飄進了客廳，滿屋子的香味，至於她則是滿肚子怒火，氣得心跳加速，胸口緊縮。她面朝左側躺回沙發上，把霰彈槍的槍柄立在沙發背上，將槍口正對著自己的胸部中央，用右腳大拇指扣扳機。

4

巴吉爾．詹烈特不會傷害他。

他在小檢驗室裡和班頓面對面坐著，手腳自由，門關著。巴吉爾坐在椅子上，很平靜且有禮貌。他躺在掃描機裡大約鬧了兩分鐘，等他冷靜下來時，連恩醫生已經走了。他被警衛護送出來時沒見到她，而班頓也會確保他永遠見不到她。

「你確定沒有頭昏或暈眩現象，」班頓以他一貫平靜、充滿體諒的口吻說。

「我很好。照片在哪？你答應我的。」

「我們從來沒討論過這個，巴吉爾。」

「我每一題都答對了，全部得Ａ。」

「看來你很樂在其中。」

「下次你要遵守承諾讓我看照片。」

「我從來沒答應過你，巴吉爾。你覺得這種測試很刺激嗎？」

「這裡大概不能抽菸吧。」

「恐怕是不能。」

「我的大腦長什麼樣子？好看嗎？你有什麼發現？你能不能從一個人的大腦看出他有多聰明？只要你讓我看那些照片，就會知道它們和我腦子裡的東西是完全一樣的。」

他平靜流暢地侃侃而談，眼睛發亮，幾乎閃閃發光，繼續說著專家們可能會在他腦子裡發現什麼，假設他們能夠破解出那裡有什麼的話，而那裡肯定有些什麼的什麼，他不斷的說。

「什麼的什麼？」班頓問，「你能解釋一下這是什麼意思嗎，巴吉爾？」

「我的記憶。要是你們能揭開它，看看裡頭有些什麼，看看我的記憶，該有多好。」

「恐怕辦不到。」

「眞的，我敢說你們嗶嗶剝剝操作儀器的時候，一定出現不少影像。你一定看見了那些影像，可是不肯告訴我。總共有十個，你全都看到了。看見她們的影像，是十個，不是四個。我常把十—四當笑話說，眞的太好笑了。你以為是四個，我卻很清楚是十個，要是你讓我看照片就會知道了，因為你會發現它們和我腦中的影像是一致的。一旦進入我的腦子，就能看見那些影像了。十—四。」

「告訴我是些什麼樣的影像，巴吉爾。」

「我只是在擾亂你而已，」他眨眼說，「我要我的郵件。」

「我們會在你腦子裡看見什麼影像？」

「那些蠢女人。我眞的收不到郵件了。」

「你是說你殺了十個女人？」班頓不帶情緒或批判的問。巴吉爾笑了笑，好像想起什麼。

「啊，我的頭可以轉動了，我的下巴沒貼膠布了。他們替我打毒針的時候會不會又貼住我的下巴？」

「不會給你注射毒針的，巴吉爾。這是我們談好的條件，你已經獲得減刑了。你記得我們討論過這個吧？」

「因為我瘋了，」他笑著說，「所以才被送來這裡。」

「不對。我再向你說明一次，因爲你非了解不可，這很重要。你會在這裡，是因爲你同意參與我們這項研究，巴吉爾。佛羅里達州州長答應讓你轉到我們的州醫院，巴特勒醫院，可是麻塞諸塞州不同意，除非他先替你減刑。我們麻州這裡沒有死刑。」

「我知道你很想看那十位女士，看看她們在我記憶中的樣子，她們在我腦子裡。」

他很清楚不可能藉由掃描一個人的腦袋去翻看他的思想和記憶，他還是以往那個聰明的他。他想要那些驗屍照片，用它們來刺激他的暴力幻想。就像自戀的反社會人格的特徵，他認爲自己相當逗趣。

「這就是你所謂的小驚喜嗎，巴吉爾？」他問，「你犯了十件案子，而不只是你被起訴的那四件？」

他搖頭，說，「有一個你一定很想知道，那才是小驚喜，是特別爲你準備的，因爲你對我很好。可是我要收郵件，這是我的條件。」

「我很想知道你所謂的驚喜是什麼。」

「聖誕商店的女人，」他說，「記得她吧？」

「你來告訴我吧，」班頓回答，他不懂巴吉爾在說什麼，不記得有發生在聖誕節商店的謀殺案。

「我的郵件呢？」

「我會想辦法。」

「你發誓，不然不得好死。」

「我盡力。」

「我不記得確實日期了，讓我想想。」他盯著天花板，兩隻手在腿上不停扭動。「大約三年前，在拉斯奧拉斯區，我記得好像是七月，所以應該是兩年半前的事。有誰會在南佛羅里達的七月買聖誕節的東西？她賣些小聖誕老人、小精靈、胡桃鉗和耶穌嬰兒之類的禮品。前一晚我熬了整夜沒睡，那天早上我走進那家商店。」

「你記得她的名字嗎？」

「我從來就不知道她的名字。也許知道吧，但是我忘了。如果你讓我看照片，也許我會想起來，你可以在我腦子裡看見她。我想想該怎麼形容她，讓我想想。噢，對了，她是白種女人，長頭髮染成像《我愛露西》的顏色，有點胖，大概三十五或四十歲。我走進去，把門鎖上，掏出刀子來面對她。我在商店後面，儲藏雜物的地方強暴她，從這裡到這裡割斷她的喉嚨。」

他沿著脖子比劃著切割的動作。

「很有意思，因爲那裡有那種會旋轉的風扇，我把它打開，因爲裡面又熱又悶，結果把血吹得到處都是，清理起來可不容易。然後，我想想——」他再度瞪著天花板，每次他說謊時的慣有表情。「那天我沒開警車，騎著我的雙輪車，把它停放在河岸旅館後面的付費停車場。」

「你騎的是機車還是腳踏車？」

「我那輛本田Shadow。好像每次我想殺人的時候都會騎車出去。」

「所以那天早上你計畫好要殺人？」

「剛好興致來了。」

「你計畫好要殺她，還是計畫好要殺人？」

「我記得停車場的水坑裡有一群鴨子，因爲之前下了好多天的雨，到處都是鴨媽媽和鴨寶寶。這點一直讓我很困惑。可憐的小鴨子，牠們常被停車場的車子輾過。路上有好多被壓扁的小鴨，牠們的媽媽在死掉的小寶寶身邊繞來繞去，好悲傷的樣子。」

「你也開車輾過那些鴨子嗎，巴吉爾？」

「我說什麼都不會傷害動物的，衛斯禮博士。」

「你說你小時候殺死過小鳥和兔子。」

「那是陳年舊帳了。你知道的，男孩和他們的ＢＢ槍。總之，繼續說我的故事，我總共只得到二十六元九角一分。你必須想辦法讓我收信。」

「你說過好多次了，巴吉爾，我已經說了我會盡力。」

「費了那麼大勁，結果很令人失望，二十六元九角一分。」

「從收銀機拿的。」

「十─四。」

「你身上一定沾了不少血跡吧，巴吉爾。」

「商店後面有一間臥房。」他又看著天花板。「我在她身上倒了漂白水，現在才想起來，用來殺死我的ＤＮＡ。現在你欠我了，我他媽的要收郵件。想辦法讓我離開自殺牢房，我要普通牢房，不會被監視的。」

「我們是在保護你的安全。」

「替我弄一間新牢房，加上照片和我的信，我就告訴你聖誕商店的事，」他說，兩眼發亮，在椅子上不安蠕動，緊捏著拳頭，兩腳踩著地板。「這是我應得的獎賞。」

5

露西坐在看得見餐廳入口的位子，可以清楚看見誰進來或離開。她暗中注意著人群，觀察、推想著，就連看似輕鬆的時候也一樣。

她連著幾個晚上逛進羅蘭餐廳，找酒保巴第、多妮亞聊天。他們不知道露西的眞名，卻都清楚記得強尼．史威夫特，記得他是個英俊的異性戀醫生。一個腦科醫生，喜歡普文斯鎭，但卻是個異性戀者，巴第說。眞可惜，巴第說。他總是一個人，最後那個晚上例外，多妮亞說。那晚她來上班，記得強尼手腕包著夾板。她問他怎麼回事，他說他剛剛動了手術，情況不是很好。

強尼和一個女人坐在吧台前，兩人非常親暱，旁若無人的談天。她名叫珍，似乎非常聰明，人長得漂亮又有禮貌，非常害羞，一點都不愛現，很年輕，一身輕鬆的牛仔褲和運動衫，多妮亞回想著。顯然強尼認識她沒多久，也許是剛剛才遇上的，覺得她很有意思，顯然很喜歡她，多妮亞說。

帶著性吸引力的喜歡？露西問多妮亞。

我倒沒這感覺。他不是這種人，似乎是她有什麼困難，而他正設法幫她。妳也知道，他是個醫生。

露西一點都不意外。強尼是個無私的人，待人異常熱心。

她坐在羅蘭餐廳內，想像強尼走進這裡，就像她剛才那樣，坐在同樣的吧台前，也許坐的是同一張高腳凳。她想像他和珍，一個他或許剛剛才遇上的女人在一起。他不像是會和女人搭訕、到處邂逅的人；也不是隨便找人上床的人，很可能眞的是在幫助她，給她建議。問題是，關於什麼？醫療問題？心理問題？不知道爲什麼，露西總覺得這個名叫珍的女人的故事相當令人困惑而費解。

也許他感覺不太舒坦。也許他很害怕，因爲他的腕管手術不如預期的成功。也許有機會向一個害臊、漂亮的年輕女人提供建議並且表達善意，讓他暫時忘了恐懼，感覺充滿自信和力量。露西喝著龍舌蘭，想起她最後一次看見他，也就是去年九月在舊金山時，他對她說的話。

生物學很殘酷，他說。生理缺陷則很無情。如果你身上有疤，瘸腳，無用又殘廢，就沒有人會要你。

老天，強尼。只不過是腕管手術，又不是截肢。

抱歉，他說。我們不是爲了談論我而來的。

她坐在羅蘭餐廳裡想著他的事，看著人們，大部分是男人，走進、離開這餐廳。雪陣陣吹來。

波士頓開始下雪。班頓開著他的保時捷經過大學醫療院區的維多利亞磚造建築，想起幾年前史卡佩塔常在晚上召喚他到停屍間。這種時候他便知道案情不妙。

大多數法醫心理專家從未到過停屍間，從來沒看過驗屍，甚至連照片都不想看。他們感興趣的是犯罪者本身，而不是他對受害人做了什麼，因爲犯罪者是他們的病患，而受害者只不過是他藉以表現暴力的媒介，這是許多法醫心理專家和精神專家的藉口。其實眞正的理由是，他們沒有勇氣或意願去面對受害者，甚至更糟，不想花時間在他們飽受凌虐的遺體上。

班頓不一樣。和史卡佩塔共處了十幾年，不受感染也難。

要是你不肯聆聽死者想說什麼，就沒有資格處理任何案件，十五年前當他們初次合作偵辦謀殺案件時，她曾經這麼告訴他。要是你不想爲他們費心，那麼，老實說，我也不想爲你費心，衛斯禮特別探員。

很合理，史卡佩塔醫生。一切就拜託妳了。

好吧，她說。跟我來。

那是他第一次進入停屍間冰櫃，直到現在他都還記得那道門鏘啷一聲被拉開，冷氣和臭氣一股腦兒地湧出。無論如何他都不會忘了那味道，那陰暗的死亡惡臭，腐敗、單調的氣息。那氣味久久停滯不去，他時常想像，如果看得見，它看來應該就像污穢的濃霧，從一切剛死亡的東西身上飄散開來。

他回想他和巴吉爾的談話，逐字逐句的分析，不放過每個動作，每個臉部表情。暴力犯罪者什麼事都敢答應。他們盡情的操控每個人，來獲得他們想要的，答應要說出藏屍地點，把懸案攬在自己身上，坦承作案細節，赤裸裸剖析自己的犯罪動機和心理狀態。在大多數案例中，那只是謊言。就這案子看來，班頓無法輕忽。巴吉爾供出的那些，至少有一部分在他看來是眞實的。

他用手機打電話給史卡佩塔。她沒接。過了幾分鐘，他又試了一次，還是聯絡不上她。

他只好留言：「請盡快回電給我。」他說。

門再度打開，一個女人在雪花中走進來，彷彿是被風雪吹進店裡似的。

她穿著黑色長外套，邊拉下帽兜，邊拍去雪屑，白皮膚凍成了玫瑰色，眼眸明澈。她是個美女，非常美，暗金色頭髮，深色眼珠，有意無意炫耀著自己的身材。露西看著她翩翩滑向餐廳後面，在桌位之間滑行，有如性感的朝聖者或姣好的女巫那樣舞動著黑色長外套，接著它的下襬在她的黑色長靴上打著漩渦，她一個轉身回到空著許多高腳凳的吧台邊。她選了露西身邊的位子，靜靜的、目不斜視的摺起外套下襬坐了上去。

露西喝著龍舌蘭，盯著吧台後方的電視，假裝專注看著名人誹聞的最新報導。巴第替那女人調了杯酒，似乎很清楚她的喜好。

「再給我一杯，」露西緊接著對他說。

「馬上來。」

穿著黑色連帽外套的女人對巴第從酒架拿下的一瓶標籤顏色鮮豔的龍舌蘭酒產生了興趣。她仔細看著那淡琥珀色液體呈現細長水注流入白蘭地窄口酒杯的杯底。露西緩緩旋轉著龍舌蘭酒，那氣味灌進她的鼻腔，直衝腦部。

「那東西會讓妳一路頭痛到冥府，」穿著黑色連帽外套的女人說。極具蠱惑、神秘力量的沙啞嗓音。

「它比一般酒純粹多了，」露西說，「很久不曾聽見冥府這字眼了，我認識的人都說地獄比較多。」

「害我頭痛得最厲害的是瑪格莉特，」女人說，邊啜著用香檳杯裝盛，看來有毒似的粉紅色柯夢波丹調酒。「我不相信有地獄這種東西。」

「繼續喝那東西，妳就非相信不可了，」露西回說。她從吧台後方的鏡子看見店門又打開，風雪不斷吹進羅蘭餐廳。

從碼頭吹來的風，聽來像是絲綢撲飛的聲響，讓她聯想起絲襪在曬衣繩上拍擊的聲音，雖說她從來沒看過曬衣繩上的絲襪，也沒聽過它們隨風飛舞的聲響。她注意到那女人的黑色長襪，因爲高腳凳和開叉短裙絕不是安全的組合，除非這女人很清楚酒吧裡的男人只對彼此有興趣，而在普文斯鎮的這裡，情形就是如此。

「再來一杯柯夢波丹，史提薇？」巴第問。露西終於知道了她的名字。

「不了，」露西替她回答，「讓史提薇試試我喝的吧。」

「我什麼酒都很樂意試試，」史提薇說，「我好像在皮耶和維克森看過妳，每次都和不同的人跳舞。」

「我從來不跳舞。」

「反正我見過妳，錯不了。」

「妳常來？」露西問。她從來沒見過史提薇，無論是在皮耶、維克森或者普鎮的任何一家酒吧和餐廳。

史提薇看著巴第倒出龍古蘭酒。他把那瓶酒留在吧台上，走開去招呼另一位客人。

「這是我的第一次，」史提薇對露西說，「給自己的情人節禮物，到普鎮來玩一星期。」

「在冬天？」

「情人節總是在冬天。它恰好是我最喜歡的節日。」

「它不是放假日。我每天晚上都在這裡，可是從來就沒見過妳。」

「妳是酒吧警察？」史提薇微笑注視著露西，熱烈的眼神起了作用。

露西有種感覺。不，她想。不會吧。

「也許我不像妳只有晚上才來，」史提薇說著伸手去拿龍舌蘭酒瓶，碰了露西的手臂一下。那感覺逐漸強烈。史提薇研究著酒瓶的彩色標籤，再把它放回吧台上，她的身體碰觸著露西。感覺不斷增強。

「Cuervo？這牌子有什麼特別？」史提薇問。

「妳怎麼知道我是做什麼的？」露西說。

她只是想讓那感覺褪去。

「猜的。妳看來像夜貓子，」史提薇說，「妳是天生紅髮，對吧？也許是紅木色加上一點深紅，染的頭髮不可能有這效果。妳並不常留長髮，不像現在這麼長。」

「妳會通靈還是怎的？」

眞糟糕，那感覺就是不肯消失。

「只是瞎猜的，」史提薇用惑人的嗓音說，「妳還沒回答我。Cuervo有什麼獨特之處？」

「Cuervo Reserva de la Familia，非常好的龍舌蘭。」

「好像是吧。看來今晚我體驗了許多第一次，」史提薇說著碰觸露西的臂膀，在那裡停留了一分鐘。「第一次來普鎭，第一次品嚐一杯三十元的百分之百純龍舌蘭酒。」

露西奇怪史提薇怎麼知道這酒是三十元一杯。就一個不熟悉龍舌蘭的人來說，她懂得可眞多。

「再給我一杯，」史提薇高聲對巴第說，「你可以倒多一點，對我好一點。」

巴第笑著替她又倒了一杯，後來又追加兩杯，最後史提薇靠在露西肩上，在她耳邊噓聲說，「妳有東西吧？」

「什麼？」露西問，決定一切順其自然。

龍舌蘭的勁道讓那感覺有如火上添油，看來整晚都難以消褪了。

「妳知道的，」史提薇輕聲說，她的氣息噴向露西的耳朵，胸部磨蹭著她的手臂。「可以吸的東西。值得一試的。」

「妳為什麼認為我有？」

「只是猜想。」

「妳可真會猜。」

「在這裡妳什麼都拿得到。我見過妳。」

露西昨晚才經手一小筆交易，知道哪裡有管道，在維克森，史提薇說看見她跳舞的那個酒吧。她不記得在那裡看過史提薇。那裡人並不多，尤其在這季節，她應該會注意到史提薇才對。在一大群人當中，在擁擠的街道，無論在哪裡她都會注意到她。

「說不定妳才是酒吧警察，」露西說。

「妳不知道這話有多麼可笑，」史提薇以誘人的聲音說，「妳住哪？」

「這附近。」

6

麻塞諸塞州立法醫辦公室和多數法醫辦公室一樣，坐落在城市較高級地區的邊緣，醫學院的外圍地區。紅磚和水泥混合的建築背對著麻塞諸塞付費公路，對面是蘇福克郡拘留所。那裡沒有景觀可言，車流噪音整天不斷。

班頓把車停在後門，留意到停車場上只停了另外兩部車子。那部深藍色皇冠維多利亞是蘇拉許警探的，那輛本田運動休旅車也許是屬於某個法醫病理醫師所有，這人可能薪水不多，而且很不滿蘇拉許在這種時候把他叫來。班頓按了門鈴，邊掃視著空蕩的後停車場，不輕率認定自己是安全或者四下無人。這時門打開，蘇拉許招呼他進入。

「老天，晚上這地方還眞是陰森，」蘇拉許說。

「白天也好不到哪裡去，」班頓說。

「很高興你來了。眞不敢相信你開那種車子來，」他看了看外面那輛黑色保時捷，然後把門關上。「這種天氣？你瘋啦？」

「四輪傳動。早上我出門上班時還沒下雪。」

「跟我一起工作過的那些心理醫師，他們從來不出門，不管晴天雨天下雪天，」蘇拉許說，「那些犯罪側寫專家也是。我見過的調查局人員大部分都沒看過屍體。」

「總部的人就不同了。」

「才怪，我們州警察總部多的是這種人。拿去。」

他們通過一條走廊時，他把一只信封交給班頓。

「所有資料都在磁碟片裡。犯罪現場和驗屍照片，所有書面資料。全部在那裡頭。看樣子要下大雪了。」

班頓又想起史卡佩塔。明天是情人節，他們應該一起度過，在碼頭邊吃頓浪漫晚餐。她應該在這裡一直待到總統日的週末，他們已經將近一個月沒見面。她或許無法趕來了。

「聽說氣象預報的是一場小雪，」班頓說。

「暴風雨正從鱈魚角那邊過來。希望你除了那輛百萬跑車之外，還有別的車可以開。」

蘇拉許是個高大男人，一輩子待在麻塞諸塞，說話也很有本地風味，他的字彙不帶任何R字發音。五十多歲的他留著灰色小平頭，身上是皺皺的褐色套裝，或許埋頭工作了一整天吧。他和班頓沿著明亮的長廊往前走。這裡頭纖塵不染，有股芳香劑的味道，成排的儲藏間和證物室，全都得憑著磁卡才能進入。甚至有一台急救車——班頓想不出有這必要——還有一台掃描式電子顯微鏡。這是所有他見過的停屍間當中空間最寬敞、設備最完善的一所，人員配置則是另一回事。

多年來，這間辦公室在人事上始終是紛紛擾擾，由於薪水偏低，無法吸引稱職的法醫病理專家和其他職員前來。加上由若干尚未證實的失誤和惡行而引起的傷害糾紛和公關問題，使得所有牽涉在內的人陷入絕境。平常辦公室並不對媒體或外人開放，敵意和不信任的氣氛到處瀰漫。班頓寧願選擇晚上到這裡來。在白天上班時間跑來，只會招來白眼和嫌惡。

他和蘇拉許在一間上了鎖的驗屍室門外停下。這間驗屍室專門用來處置那些極受矚目的案件，或者被認為具有生物危害性或不尋常的案件。這時他的手機響起，他看了下顯示螢幕，沒有代號的通常就是她。

「嗨，」史卡佩塔說，「希望你晚上過得比我好。」

「我正在停屍間。」然後對蘇拉許說，「請稍等。」

「那可能不會太好，」史卡佩塔說。

「晚一點再告訴妳。有個問題，妳有沒聽說過大約兩年半前，一家聖誕商店發生的狀況？」

「你所謂的狀況，指的是謀殺案吧。」

「沒錯。」

「沒有印象，也許露西可以替你查一下。聽說那裡下雪了。」

「就算必須找聖誕馴鹿幫忙，我也要送妳到這裡來。」

「我愛你。」

「我也是，」他說。

他結束通話，問蘇拉許，「和我們接頭的是誰？」

「朗斯戴醫生人很好，他可以幫我。你會喜歡他的。不過他不做解剖工作，是她做的。」

她指的是首席法醫。她能爬上這位子全因為她是她。

「我覺得，」蘇拉許說，「女人根本不該做這種事。什麼樣的女人會願意做這個？」

「有不少優秀的，」班頓說，「非常優秀的。並不是每個都靠著自己是女人才坐上首席的位子。應該是說，儘管是女人還是做得到。」

蘇拉許對史卡佩塔並不熟悉。班頓從來沒提過她，即使對相當熟的人也都很少提。

「女人根本不該看這種噁心的東西。」蘇拉許說。

寒透骨髓的乳白色夜氣沿著商店街緩緩飄過。雪花在燈光下飛舞，照亮夜空，直到整個世界亮了起來，而且顯得那麼不真實。她們兩人往東走在這條沿岸的荒寂街道中央，朝著露西幾天前──在馬里諾接到那通來自Hog的怪電話之後──租下的小屋走去。

她起了一堆火，和史提薇坐在爐火前的被子上，然後用來自英屬哥倫比亞的高級大麻捲了一支菸，兩人分享著。她們抽菸，高聲談笑，史提薇想要再抽。

「再一根就好，」露西替她脫去衣服時，她哀求著。

「好特別，」露西望著史提薇修長的裸體，和她身上的紅色手印，也許是刺青。

總共有四枚。兩枚在她乳房上，好像被誰抓著似的，兩枚在她大腿內側較上方的位置，就像有人強迫她張開雙腿。她背後沒有，任何史提薇搆不到，無法自己畫上的部位也都沒有，假設那是假的刺青。露西盯著看。她觸摸其中一枚手印，將自己的手覆蓋在其中一枚上面，輕撫著史提薇的乳房。

「我只是想看看和我的手合不合，」露西說，「假刺青？」

「何不把妳的衣服脫掉。」

露西玩得很稱心，但是她不想脫去衣服。過去幾個小時裡，她在火光中、被褥上為所欲為，而史提薇也順著她，比露西碰觸過的任何人都來得靈巧，觸感滑膩的柔軟輪廓，有著露西不再有的纖瘦，但是當史提薇動手想脫掉她的衣服，露西怎麼也不肯，然後史提薇累了，放棄了，露西便扶她上床。她睡著後，露西仍清醒躺著，細聽著令人發毛的淒厲風聲，努力想著那聲音究竟像什麼，最後決定，那根本不像絲襪，而比較像是正處於痛苦懊惱中的什麼。

7

驗屍室很小，鋪著磁磚地板，陳設著常見的手術推車、數位秤、證物櫃、驗屍鋸和各種刀片、解剖板，一張和牆上的解剖水槽門連著的移動式驗屍桌。可以容納人進入的冰櫃是鑿壁式的，櫃門敞開著。

蘇拉許遞給班頓一雙藍色的橡膠手套，問他，「需不需要短靴、面罩或其他什麼？」

「謝了，不用，」班頓說著看見朗斯戴醫生從冰櫃冒出來，推著一輛不鏽鋼解剖屍體推車，那上頭躺著一具裝在屍袋裡的屍體。

「我們動作得快點，」他說著把拖車停在水槽邊，將兩只滑輪固定上鎖。「我老婆就快和我翻臉了，今天是她生日。」

他拉開拉鍊，打開屍袋。受害者一頭黑色短髮剪得參差不齊，濕淋淋的，仍然黏著腦漿碎屑和別的組織。她的臉幾乎全毀，看起來就像有顆小炸彈在她頭部爆炸開來那樣，事實上也幾乎是如此。

「朝嘴巴開槍，」朗斯戴醫生說，帶著股年輕氣盛的不耐。「頭骨嚴重碎裂，腦漿迸散，當然這是自殺的常見特徵，但是這案子的其餘部分沒有一項符合自殺案例。依我看，扳機扣下的時候，她的頭往後偏離得相當遠，這可以解釋爲什麼她的臉幾乎整個碎了，還有幾顆牙齒被震落。再次強調，這在自殺案例中並不算罕見。」

他扭開一盞放大鏡工作燈，將它拉近對著頭部。

「不需要撬開她的嘴巴，」他解說著，「因爲她的臉已經沒了。感謝老天幫忙。」

班頓湊近，嗅著腐敗血液的甜膩腥味。

「上顎和舌頭沾有煙屑，」朗斯戴醫生繼續說，「舌頭、嘴巴周圍和鼻唇溝的表皮有裂傷現象，這是因爲霰彈槍的氣體隨著彈藥爆裂而膨脹開來的緣故。實在不是漂亮的死法。」

他把屍袋拉鍊往下拉。

「看來好戲在後頭，」蘇拉許說，「你怎麼看？這倒是讓我想起瘋馬酋長。」

「你是說那個印地安人？」朗斯戴醫生疑惑瞥了他一眼，旋開一只裝著透明液體的小玻璃罐的瓶蓋。

「是啊，記得他喜歡替他的馬在屁股上蓋紅手印。」

這女人身上有好幾枚紅手印，乳房、腹部和大腿內側上方，班頓把放大鏡工作燈挪近觀察。

朗斯戴醫生用棉花棒沾塗一枚手印的邊緣，說，「異丙醇之類的溶劑就能把它去掉。顯然用的不是水溶性顏料，也許是一般用來畫暫時性刺青的那類東西，某種顏料或染劑；也可能是油性奇異筆，我想。」

「你在這兒沒見過其他案件有類似情形的吧？」

「從來沒有。」

放大鏡中的手印有著非常明晰的邊緣，像是用模版印成似的，班頓在其中尋找刷子筆觸，以及可能用顏料、墨水或染料塗抹的痕跡。他看不出來，不過以顏色的亮度看來，這個人體彩繪應該是最近完成的。

「我推測這是前些時候畫上去的。換句話說，和她的死沒有關聯，」朗斯戴醫生說。

「我也是這麼想，」蘇拉許認同的說，「這附近有不少像塞倫鎮巫術之類的傳統。」

「我比較好奇的是，這東西得過多久才會開始消褪，」班頓說，「你有沒測量過，這手印的大小和她的手掌是否相符？」他指著屍體說。

「我看似乎大了點，」蘇拉許伸出手說。

「她的背部呢？」班頓問。

「兩側臀部各有一個，肩胛骨之間也有一個，」朗斯戴醫生回答，「看來應該是男人的手掌。」

「是啊，」蘇拉許說。

朗斯戴醫生將屍體側翻過來，班頓細看著背部的手印。

「這裡似乎有些挫傷，」他在肩胛骨之間的那枚手印上發現一塊刮傷的區域。「好像是燒傷。」

「我不清楚所有細節，」朗斯戴醫生說，「這不是我的案子。」

「看來，這手印好像是在皮膚擦傷之後才畫上去的，」班頓說，「會不會是鞭打的痕跡？」

「也許是局部腫脹，必須做組織切片觀察之後才能確定。這不是我的案子，」他重申。「我沒有和她一起進行解剖，」他很明確的提醒他們。「我只是看了一下。現在也只是替她把驗屍結果說出來，我看了驗屍報告。」

意思就是，如果首席法醫有什麼疏忽或不稱職的地方，他可不會替她擔下來。

「知道她死了多久嗎？」班頓問。

「天氣很冷，會延緩屍僵。」

「她被發現時已經凍僵了？」

「還沒有。她被送到這裡的時候，體溫是華氏三十八度。我沒去過現場，無法告訴你太多細節。」

「今天早上十點鐘的氣溫是二十一度，」蘇拉許對班頓說，「我給你的磁碟片裡有天氣狀況的報告。」

「整份驗屍報告都做了筆錄？」班頓說。

「都在磁碟片裡，」蘇拉許說。

「微物證據？」

「有泥土、纖維，和一些黏在血液上的雜屑，」蘇拉許回答，「我會盡快送去化驗。」

「把你發現的彈殼狀況告訴我，」班頓對他說。

「在她直腸裡。從外表看不出來，照了X光才發現。可惡至極。他們把片子拿給我看時，我以爲彈殼或許是掉在X光托盤上，被她的身體壓著。搞不懂這東西怎麼會在她體內。」

「槍是什麼類型？」

「雷明頓高速麥格農，十二號口徑。」

「如果她是自殺的，肯定不會是她自己事後把彈殼塞進自己的直腸裡，」班頓說，「你把它納入NIBIN（譯註：National Integrated Ballistics Information Network，全國彈道整合資訊網）去搜尋了沒？」

「正在進行，」蘇拉許說，「撞針在彈殼上留下相當明顯的痕跡，或許我們運氣還不錯。」

8

次日一早，雪花斜斜飄過鱈魚角海灣，然後在海面融化。露西窗外那片褐色海灘幾乎看不見雪的蹤跡，但附近人家的屋頂和她臥房外的陽台上卻有厚厚的積雪。她把被子拉到下巴，望著外面的海水和白雪，很不情願起床面對她身邊的女人，史提薇。

昨晚露西不該去羅蘭餐廳。她眞希望自己沒去，忍不住一直這麼想著。她厭棄自己的行爲，巴不得立刻離開這棟有著包圍式門廊和瓦片屋頂，由於經歷了無數房客而髒舊不堪的家具，小而潮霉的廚房堆滿過時廚具的小屋。她眺望著清晨的天光戲弄著地平線，將它轉化成各種灰色調。比起昨晚，雪並沒有減緩。她想起強尼。他在死前一星期來到普文斯鎭，遇上了某人。露西早就該發現這點，可是她沒有。她無法面對事實。她看著史提薇平緩呼吸著。

「妳醒了嗎？」露西問，「該起床了。」

她望著海鴨在波浪洶湧的灰色海灣內上下漂浮，心想牠們爲何不會凍僵。儘管她明白羽絨的隔絕效果，還是無法相信溫血動物能夠在暴風雪中舒服自在的漂浮在冰冷的海面。躺在被子底下她都覺得冷了，在胸罩、襯褲和沒扣鈕釦的襯衫底下凍得好難受。

「史提薇，起床，我得出門了，」她大聲的說。

史提薇沒反應，她的背部隨著每次呼吸微微起伏。露西止不住的懊悔、自責，因爲她似乎無法制止自己去做這種事，她最痛恨的事。情況好的時候，她總告訴自己，別再犯了，但是遇上像昨晚這樣的夜晚事情就發生了，很不聰明，也沒有邏輯可循，她老是在後悔，老是這樣，因爲這是自甘墮落，爲了從中解脫，她勢必得撒更多的謊。她沒得選擇。她的生活已由不得她做選擇。她已經陷得太深，無法有別的選擇，而且有些選擇已經爲她設定好了。她還是無法相信。她摸著自己柔軟的乳房和膨脹的肚子，確認這是眞的，但還是無法接受。她怎麼會遇上這種事？

強尼怎麼會死呢？

她從來沒深入去想他究竟遭遇了什麼。她離開床鋪，帶著她的秘密。

對不起，她想著，只希望無論他在哪裡，都能像以前一樣懂她的想法。也許他明白她爲什麼要躲藏，過去他自己也常這麼做。也許他很沮喪。也許他覺得這輩子毀了。她不相信是他弟弟殺了他，也無法忍受有人這麼想。然後馬里諾接到那通電話，來自Hog的怪電話。

「該起床了，」她對史提薇說。

露西伸手拿床頭桌上的柯爾特野馬點三八〇口徑手槍。

「快，起床了。」

巴吉爾．詹烈特躺在牢房的不鏽鋼床上，蓋著條薄毯子，萬一起火不會產生氰化物之類有毒氣體的毯子。床墊薄又硬，也是起火時不會散發有害氣體的。注射毒針一定很痛苦，電椅更糟，可是毒氣室，甭談。不能呼吸，嗆又悶，千萬不要。

他整理床鋪，邊看著床墊，腦裡想著火災和無法呼吸的事。他並不算太壞。至少他從來不曾對誰做過那種事，他的鋼琴老師做過的事，逼得巴吉爾停止學琴，不在乎他母親拿皮帶狠狠的抽他。他放棄了，無論如何不肯再回去忍受那種哽塞、作嘔、就快窒息的感覺。他很少回想，直到有人提起毒氣室，才讓他又想起那件事。儘管他了解甘斯維爾那裡的人是用毒針注射處決死刑犯，可是這裡的警衛老是威脅要送他進毒氣室，說完還一陣狂笑叫囂，讓他縮在床上嚇得發抖。現在他不必擔心毒氣室或別的處決方式了，現在他是科學研究對象。

他留意著不鏽鋼門底下的抽屜是否有動靜，等著它打開來，等著他的早餐托盤。

他看不見外面的天光，因為這裡沒有窗戶，但他知道已經天亮了，因為警衛們正來回走動，其他牢房的抽屜滑開又關上，其他牢友正接過蛋、培根和小麵包，有時是煎蛋，有時是炒蛋。他躺在床上，在無毒床墊上蓋著無毒毯子，想著他的郵件，一邊聞著食物的香味。他感覺到一股莫名的憤怒和焦躁。他聽見腳步聲，然後看見雷姆大叔那張圓胖的黑臉出現在牢房門上高高拉起的鐵絲網後方。

巴吉爾都是這麼叫他的。雷姆大叔。就是因為叫他雷姆大叔，才讓巴吉爾從此收不到郵件。他已經一個月沒收過信了。

「我要我的信，」他衝著門外雷姆大叔的臉說，「憲法保障我有收信的權利。」

「你憑什麼認為會有人寫信給你這渾球，」鐵絲網後面的臉孔說。

巴吉爾看不太清楚，只看見那張臉的黝黑輪廓，和窺伺著他的那雙眼睛的水光。巴吉爾知道該怎麼對付人的眼睛，該怎麼讓它們熄滅，不再對他閃個不停，看見不該看的地方，接著變暗，陷入狂亂，而他則興奮得快要窒息。可是在這裡，在這間自殺牢房裡，他根本無法發揮，憤怒和焦慮像扭抹布似的絞著他的胃。

「我知道我有信，」巴吉爾說，「我要收信。」

那張臉消失，抽屜打開。巴吉爾下了床，接過他的托盤，那道厚重的灰色不鏽鋼門下方的抽屜立刻啪一聲關上。

「希望沒人吐口水在你的食物裡，」雷姆大叔透過鐵絲網說，「好好享受你的早餐吧，」他說。

露西回到臥房，腳下的寬木板條地板涼颼颼的。史提薇還窩在被子裡熟睡著。露西把兩杯咖啡擱在床頭桌上，伸手到床墊底下摸索著手槍彈匣。或許昨晚她有些輕率，但還不至於輕率到把一支裝了彈藥的手槍和一個陌生人留在房間裡。

「史提薇？」她說，「快點起床。喂！」

史提薇睜開眼睛，看見露西站在床頭，給一支手槍裝上彈匣。

「眞有妳的，」史提薇打著哈欠說。

「我要出門了，」露西遞給她一杯咖啡。

史提薇盯著手槍。「妳一定很信任我，把它放在那裡一整晚。」

「我不該信任妳嗎？」

「我猜你們做律師的總是得對那些毀在你們手裡的人多提防著點，」史提薇說，「這年頭人心難測。」

露西告訴史提薇她是波士頓律師。史提薇大概憑空想像了不少事情吧。

「妳怎麼知道我喜歡黑咖啡？」

「我不知道，」露西說，「家裡沒有牛奶和奶精。我眞的得出門了。」

「我覺得妳應該留下，妳不會後悔的。昨晚我們只做了一半，對吧？讓我喝得爛醉，恍恍惚惚的，結果我沒能脫掉妳的衣服。這可是頭一次。」

「看來妳有不少第一次。」

「妳沒脫掉妳的衣服，」史提薇提醒她，邊啜著咖啡。「這肯定是第一次，錯不了。」

「妳並沒有眞的動手。」

「我努力過了。現在再試一次還來得及。」

她坐起來，靠在枕頭上，蓋在胸口的被子溜了下來，她的乳頭在冷空氣中堅挺著。她很清楚自己的優點，而且懂得加以利用，露西根本不相信昨晚發生的事情是頭一回，沒有一件是。

「老天，我的頭好痛，」史提薇說，發現露西在看她。「妳不是說了，好的龍舌蘭不會讓人頭痛。」

「妳還混了伏特加。」

史提薇把枕頭塞在背後，被子低低圍著她的臀部。她甩開遮住眼睛的深金色髮絲。在晨光中她看來眞的很美，不過露西不想再跟她有任何牽扯，況且她再次被那些紅色手印給吸引住。

「記得昨晚我問過妳嗎？」露西盯著手印說。

「昨晚妳問了我不少事情。」

「我問妳是在哪裡紋的刺青。」

「妳回床上來好嗎？」史提薇拍拍床鋪，眼神彷彿會燙人。

「紋那些東西一定很痛，除非是假刺青。我想應該是假的沒錯。」

「用指甲油去光水或者嬰兒油就可以去掉了，但我相信妳這兒沒這些東西吧。」

「爲什麼要紋呢？」露西望著那些手印。

「不是我的意思。」

「是誰的？」

「一個討厭的人。她替我畫的，我還得把它們去掉。」

露西眉頭一皺，打量著她。「妳肯讓人在妳身上畫那些東西，妳還眞是隨和，」她想像某人在史提薇的裸體上畫畫，突然有一絲絲忌妒。「妳不必告訴我那是誰，」露西無所謂的說。

「當那個替別人畫的人比較好，」史提薇說，這話讓露西再度感到吃味。「過來，」史提薇又拍拍床，用她那很有撫慰作用的聲音說。

「我們得走了，我有事情要忙，」露西說著拿起黑色工作褲、寬鬆的黑色運動衫和那支手槍進了連接臥房的小浴室。

她把門關上並且上鎖。她脫去衣服，沒看鏡子裡的自己，暗暗希望這一切只是幻想或者惡夢。淋浴時她觸摸著自己看是否有什麼變化，擦乾身體時也避開鏡子。

「瞧瞧妳，」露西走出浴室時，史提薇說。她換好了衣服，精神有些恍惚，心情比剛才更加惡劣。「妳的樣子就像秘密探員之類的人。妳眞的很好看。我希望能像妳一樣。」

「妳又不了解我。」

「經過昨晚，我了解的夠多了，」她上下打量著露西。「誰不希望能像妳呢？妳似乎什麼都不怕。有令妳害怕的東西嗎？」

露西彎身，整理著史提薇四周的床褥，把被子拉高到她的下巴。史提薇臉色一變，僵在那裡，低頭望著床鋪。

「抱歉，我不是故意讓妳不舒服的，」史提薇順從的說，臉頰泛紅。

「這裡很冷，我替妳蓋上只是因爲……」

「沒關係。以前也發生過這種事。」她抬頭說，有如無底黑洞的眼睛充滿恐懼和哀傷。「妳認爲我很醜，對吧，又醜又胖。妳不喜歡我，妳不喜歡在大白天看到我。」

「說什麼妳都談不上醜或胖，」露西說，「而且我喜歡妳。只是……唉，我很抱歉，我不是有意……」

「我不意外，像妳這樣的人怎麼會喜歡我這種人呢？」史提薇說著拉過毯子遮住自己，下了床，把自己密密包裹然後才站起。「妳可以挑選任何人。我很感激，謝謝妳。我不會說出去的。」

露西無言望著史提薇到起居室拿了衣服，顫抖著一件件穿上，嘴唇奇怪扭曲著。

「老天，拜託別哭啊，史提薇。」

「至少也該叫對名字！」

「這是什麼意思？」

史提薇大而深沉的眼珠充滿驚恐，「我想走了。我不會告訴任何人。謝謝妳，我很感激。」

「妳爲什麼用這種語氣說話？」露西說。

史提薇抓過她那件黑色連帽長外套來穿上。透過窗口，露西看見她在雪花飄搖中走遠，黑色長外套猛烈拍打著她的黑色長統靴。

9

半小時過後，露西拉上她的滑雪夾克拉鍊，把手槍和兩只補充彈匣塞進口袋。

她鎖了小屋，走下被雪覆蓋的門前木頭階梯，來到街上，邊想著史提薇和她的怪異舉止，感覺很愧疚。她想著強尼的事，又是一陣愧疚，憶起在舊金山，他請她吃晚餐，向她保證一切將會逐漸好轉。

妳不會有事的，他安慰她說。

我不能繼續這樣下去，她說。

那晚是位在市場街的麥加餐廳的淑女之夜，裡頭擠滿看來無比快樂、自信且怡然自得的女性。露西老覺得被盯著看，讓她感到從未有過的困擾。

我必須立刻想辦法才行，她說。瞧我。

露西，妳沒問題。

我十歲以後就沒這麼胖過了。

那是因爲妳停止吃藥，而且……

我一吃藥就會噁心、疲倦。

我絕不允許妳做傻事，妳必須信任我。

他在燭光中注視著她，他的臉，那晚用那種眼神看著她的那張臉，將永遠駐留在她心中。他很英俊，漂亮的五官，眼睛是有如老虎眼睛的奇特顏色，讓人想將一切向他傾吐。他知道她的所有秘密。

她沿著鱈魚角海岸的雪白人行道向西走去，孤單和懊悔一路跟著她。她只會逃避。她還記得獲悉他死訊的那一刻。她是經由最糟糕的管道知道的，收音機。

一位名醫被發現在好萊塢某棟公寓內中槍身亡，消息來源透露，警方初步研判爲自殺……

她不知道該向誰打聽。她理當不認識強尼，也沒見過他的弟弟羅萊爾或他們的任何一位友人，所以她又能問誰呢？

她的行動電話震動起來，她戴上耳機接聽。

「妳在哪裡？」班頓說。

「走在普鎮的暴風雪中。呃，也不能算是暴風雪，已經慢慢減弱了。」她帶著點宿醉，有些頭暈。

「有什麼新發現？」

她想起昨晚，感覺十足難堪且羞愧。

她說，「只知道他在死亡前一週最後一次到這裡來的時候不是單獨一個人。可以肯定的是，他是在動過手術之後來的，接著到佛羅里達。」

「和羅萊爾一起？」

「不是。」

「他一個人怎麼過？」

「我說了，他不是一個人。」

「誰告訴妳的？」

「一個酒保。顯然他遇見了某人。」

「知道是誰嗎？」

「一個女人，比他年輕很多的。」

「名字？」

「珍，不清楚姓什麼。強尼很不滿意手術結果，你知道的，手術不是很成功。人在害怕或感覺不對勁的時候總會做些莫名奇妙的事。」

「妳還好嗎？」

「很好，」她撒謊。

她懦弱，她自私。

「妳的語氣聽起來不太好，」班頓對她說，「強尼的死不是妳的錯。」

「我逃得遠遠的，沒有採取任何行動。」

「過來陪我們吧。凱也會過來玩一星期，我們都很希望見到妳。妳和我可以找個時間談談，」心理專家班頓說。

「我不想見她。請你向她解釋。」

「露西，妳不能老是這樣對她。」

「我不想傷害任何人，」她說著又想起史提薇。

「那就告訴她眞相，就這麼簡單。」

「你打電話給我有事嗎？」她唐突的轉換話題。

「我想請妳盡快替我處理一件事，」他回答，「我這是保密電話。」

「我的也是，除非這附近有人竊聽。說吧。」

他告訴她關於兩年半前，在拉斯奧拉斯一家聖誕商店發生謀殺案的事。他把巴吉爾．詹烈特所說的細節全部告訴她。他說史卡佩塔對這案子沒什麼印象，不過當時她並不在佛羅里達工作。

「這訊息是一個反社會精神病患者提供的，」他提醒她，「我並不期待真能查出什麼來。」

「這個所謂聖誕商店的受害者，她的眼睛也被挖出來了？」

「他沒告訴我。我不想問他太多問題，先查出案子來再說。妳能不能搜索一下ＨＩＴ（Heterogeneous Image Transformation，異源影像處理），看有什麼結果？」

「我一上飛機就立刻進行，」她說。

10

書櫃上方的壁鐘指著正午十二點半，在凱．史卡佩塔辦公桌對面，一個疑似殺了自己幼弟的男孩的辯護律師正從容瀏覽著文件。

大衛很年輕，深色髮膚，體格健壯，是那種五官不算俊美，但整體看來極具魅力的人。他的專長是醫療過失訴訟，每次他到法醫學會來，秘書和女學生們便千方百計找理由從史卡佩塔門口經過，當然了，蘿絲除外。她擔任史卡佩塔的秘書十五年，早就過了退休年齡，對男性魅力也已免疫，除了對馬里諾。他或許是唯一有幸能和她打情罵俏的男人吧，而此刻史卡佩塔正打電話問她馬里諾人在哪裡。他應該來參加這次會議的。

「昨晚我打電話找他，」史卡佩塔對電話那頭的蘿絲說，「打了好多次。」

「我來試試看，」蘿絲說，「最近他有點怪。」

「何止最近。」

大衛研究著一份驗屍報告，他偏著頭，透過低低架在鼻樑上的牛角邊框眼鏡閱讀著。

「最近幾週越來越嚴重。我有種奇怪的感覺，這或許和女人有關。」

「幫我找找他吧。」

她掛上電話，看見辦公桌那端的大衛已經準備好對一樁他深信能以一筆巨額賠償達成和解的複雜死亡案件提出他的尖銳問題。不像大部分警察單位會尋求學會專家和醫學專家們的協助，做律師的通常都付費，而且少有例外，大多數願意付費的律師客戶，他們的委託人都是罪行重大的。

「馬里諾還沒來，」他問。

「我們正在想辦法找他。」

「我不到一小時就取得口供，」他翻開一頁報告。「依我看，開庭結束時，判決應該會有利頭部受到撞擊的說法，沒別的可能。」

「我在法庭上不會這麼說，」她回答，看著那份報告，不是由她執行的驗屍報告。「我只能說，儘管硬腦膜下血腫可能是由於撞擊——在這案子當中，指的是從沙發掉落到磁磚地板上——所造成，但是可能性很低，比較可能是由於激烈的撞擊導致顱腔撕裂、硬腦膜下出血和脊柱損傷。」

「至於視網膜出血，我們不是已經同意那也有可能是外傷造成的，例如他的頭部撞上磁磚地板，進而導致硬腦膜下出血？」

「像這麼短距離的墜落是不可能的。我說了，比較可能是頭部猛烈的前後晃動造成的。報告中說明得很清楚。」

「妳好像沒幫上什麼忙，凱。」

「如果你要的不是中肯的建議，應該去找別的專家幫你。」

「沒有別的專家，沒人比得上妳。」他笑著說，「那麼，維生素K缺乏出血症呢？」

「如果你們握有死前血液樣本，可以證明他患有維生素K缺乏出血症的話，」她回答，「找小精靈幫忙或許有可能。」

「問題是，我們手上沒有死前血液樣本。他還沒被送到醫院就死了。」

「很顯然，早在這位十四歲少年照顧他出生不久的弟弟之前，他便曾經因為攻擊其他小孩而兩度進出少年法庭，而且是出了名的火爆脾氣。」

「妳出庭的時候不會說吧。」

「不會。」

「我只要求妳指出，沒有確實證據足以顯示，這名嬰兒曾經被猛烈的搖晃。」

「我也會同時指出，沒有確實證據可以顯示他沒有，我看不出這份報告有任何問題。」

「學會很不錯，」大衛說著從椅子上站起。「可是你們讓我很為難。馬里諾不現身，現在妳又不肯挺我。」

「馬里諾的事很抱歉，」她說。

「也許妳該管一管他。」

「不太可能。」

大衛整理著亮眼的條紋襯衫，拉直亮眼的絲質領帶，穿上手工剪裁的絲質外套。他把文件放回他的鱷魚皮公事包。

「有傳言說妳很關心強尼·史威夫特的案子，」接著他說，啪的將銀扣鎖上。

史卡佩塔愣了一分鐘。她想不出大衛怎麼會知道這事。

她說，「我一向很少理會小道消息的，大衛。」

「他的弟弟在南灣開了家我很喜歡的餐廳，店名就叫流言，真諷刺，」他說，「妳知道的，羅萊爾最近惹上了麻煩。」

「我對他一無所知。」

「有個在餐廳工作的人到處散播一個說法，說羅萊爾為了錢殺害強尼，為了強尼在遺囑中留給他的那些。說羅萊爾染上一些非常花錢的習性。」

「似乎只是謠傳，也許這人和他有過節。」

大衛朝門口走去。

「我還沒找她談。每次我打電話，她總是不在。順便一提，我個人認為羅萊爾真的是個好人。只是覺得很巧，我剛聽說那些傳言，強尼的案子就重新開始調查了。」

「我不知道這案子結案過，」史卡佩塔說。

雪花冰得刺骨，人行道和街道結成一片白霜。路上行人稀少。

露西快步走著，邊啜著杯熱騰騰的拿鐵，朝向她幾天前才登記住宿的安可旅館前進。她用的是假名，為了把她那輛租來的悍馬越野車藏在那裡。她一次都不曾把這車子停在小屋，不想讓陌生人知道她開什麼車子。她轉彎走進一條窄小車道，這條車道蜿蜒著通往水上的小停車場，她那輛被雪花覆蓋的悍馬就停在這裡。她打開車門鎖，發動引擎，轉開除霜開關。白花花的車窗讓她感覺有如置身冰冷陰暗的冰屋。

她正打電話給她的一名飛機駕駛，突然看見一隻戴著手套的手抹著側面車窗上的雪，接著一張覆著黑色帽兜的臉出現在玻璃前。露西立刻按掉電話，把話機丟在車椅上。

她久久望著史提薇的臉孔，然後搖下車窗，腦子裡掠過各種可能性。她被人跟蹤到這裡，很不妙。她竟然沒察覺自己被人跟蹤，更不妙。

「妳怎麼在這裡？」露西問。

「我有件事想告訴妳。」

史提薇臉上的表情很難辨識，很可能就快哭了，傷心難過得不得了，也可能是因爲受寒的緣故，從海灣吹來的冷風讓她的眼睛泛著水光。

「妳是我見過最令人敬畏的人，」史提薇說，「我覺得妳是我的英雄，我新的英雄。」

露西不確定史提薇是否在揶揄她。也許不是。

「史提薇，我必須趕到機場去。」

「他們還沒宣布取消航班，不過天氣在週末前恐怕不會好轉。」

「多謝妳的氣象預報，」露西說。史提薇的眼神熱烈得令人害怕。「我很抱歉，我不是有意要讓妳難過。」

「沒的事，」史提薇說，彷彿第一次聽見這話。「眞的。我沒想到我會這麼喜歡妳，我來找妳就是爲了把這告訴妳。把它藏在妳那聰明的腦袋裡，也許在某個下雨天突然想起來。我只是沒想到我會這麼喜歡妳。」

「妳說了好多次。」

「很有意思。妳看起來那麼自信，甚至自大，強硬又冷淡。可是我知道妳的內心並非如此。眞有趣，事情的發展往往超乎人的預料。」

雪飄進悍馬車廂，撒得到處都是。

「妳怎麼找到我的？」露西問。

「我回到妳住的地方，可是妳不在。我就一路跟蹤妳留在雪地上的腳印，它們帶我到了這裡。妳的鞋子幾號？八號吧？這並不難。」

「我很抱歉……」

「別這麼說，」史提薇強悍而堅決的說，「我知道我不只是妳另一個泡妞記錄，就像他們的說法。」

「我從沒這麼想過，」露西說，但她確實是這麼想的。

她心知肚明，儘管她絕不會用這種方式形容。她對史提薇充滿歉疚。她對她的凱阿姨，對強尼，對所有遭到她背棄的人充滿歉疚。

「或許有人會說妳才是我的新記錄，」史提薇戲謔的說，帶著誘惑意味，可是露西不想再有那種感覺了。

史提薇又是一副篤定、神秘、充滿魅力的模樣。

露西迅速將悍馬倒檔，雪飄了進來，刺痛她的臉，海灣的風不斷吹來。

史提薇摸索著外套口袋，掏出一張紙片，伸進敞開的車窗內。

「我的電話，」她說。

區域號碼是六一七，班頓居住的地區。她沒告訴過露西她住哪裡，露西也沒問過。

「我想說的都說完了，」史提薇說，「情人節快樂。」

她們透過打開的車窗彼此注視，引擎咆哮著，大雪飄下，沾滿史提薇的黑外套。她眞美，露西在羅蘭餐廳的感覺又回來了。她以爲那種感覺已經消逝，現在她又清楚感覺到了。

「我和別人不一樣，」史提薇說，凝視著露西的眼睛。

「妳的確很不一樣。」

「那是我的行動電話號碼，」史提薇說，「我住在佛羅里達。哈佛畢業後，我就一直沒換過行動電話號碼。妳知道，有免費優惠。」

「妳念過哈佛？」

「我很少對人提起，有時會帶來困擾。」

「佛羅里達哪裡？」

「甘斯維爾，」她說，「情人節快樂，」她又說，「希望這是妳最難忘的情人節。」

11

1A教室裡的白板上映滿一具男性軀骸的五彩照片。他的襯衫鈕釦打開，一把大刀子插入他多毛的胸膛。

「自殺，」一個學員在他的位子上發言。

「還有一項事證，是這照片上看不到的，」史卡佩塔對著參加這學期學會課程的十六位學員說，「他身上有多處刀傷。」

「他殺。」那名學員迅速改變答案，引起大夥一陣哄笑。

史卡佩塔放映下一張幻燈片，顯示致命刀傷的附近散布著許多傷痕。

「傷口似乎很淺，」另一名學員說。

「角度呢？如果他是自殘，應該會是朝上的角度。」

「不一定，不過這很值得觀察，」史卡佩塔站在教室前的講台上說，「從他敞開的襯衫能看出什麼來？」

沉默。

「如果你們打算拿刀刺自己，會不會隔著衣服刺下？」她問，「還有，你說得沒錯。」她對那個指出刀傷看來相當淺的學員說，「這些傷痕——」她指著白板上的照片。「幾乎都沒有刺破表皮，我們把這叫做遲疑性傷痕。」

學生們做著筆記。他們是非常聰明、好學的一群，不同年齡，不同背景，來自全國各地，還有兩個遠從英國而來。其中有幾個是想要加強法醫訓練，好運用於犯罪現場調查的警探。幾個是抱著相同目的的刑案調查員。另外有幾個是學院畢業，正在修心理學、核生物學和顯微鏡學碩士學位。還有一個是想增加出庭信念的助理檢察官。

她在白板上放映另一張幻燈片，這張極度可怕的片子顯示的是一個男人腹部被剖開，腸子露出。幾個學員發出驚呼。其中一個叫了聲，「哎呀。」

「誰知道seppuku？」史卡佩塔問。

「切腹，」門口有個聲音說。

是喬·亞默斯醫生，今年剛來的法醫病理研究生。他走了進來，好像這是他的講堂似的。此人身材高瘦，一頭蓬亂難馴的黑髮，尖而長的下巴和黑亮的眼珠，常讓史卡佩塔想起烏鴉之類的黑鳥。

「我無意打擾各位，」他說，實際上他是打擾了。「這傢伙，」他指著白板上的駭人影像。「拿起一把大獵刀，從腹部一側刺進去，橫切到另一側。這才叫死意堅決。」

「這是你的案子嗎，亞默斯醫生？」一名漂亮的女性學員問。

亞默斯醫生靠近她，一臉嚴肅認真。「不是。妳真正該注意的是：說到自殺和他殺的不同，就在於，一個人如果是自殺，他會把刀子橫過肚子然後往上切，形成類似切腹的L形切口。但是這張照片並非如此。」

他將學員們的注意力引導到白板上。

史卡佩塔極力忍耐。

「要是他殺就很難這麼做了，」他補充說。

「照片上的傷口不是L形。」

「沒錯，」他說，「有誰認爲這是他殺？」

幾個學員舉起手。

「我也是，」他自信的說。

「亞默斯醫生，他會很快死亡嗎？」

「會拖延個幾分鐘才死，你會迅速的失血。史卡佩塔醫生，借用一分鐘。抱歉打擾了，」他對學員們說。

她和喬來到走廊上。

「什麼事？」她問。

「我們下午排定的現場模擬，」他說，「我想替它增加點趣味。」

「不能等下課以後再說嗎？」

「我想請妳看看有哪個學生自願幫忙的。妳說什麼他們都會答應的。」

她不理會他的奉承。

「問一下有誰願意幫忙布置下午的現場模擬，不過妳不能向他們透露細節。」

「所謂細節指的又是什麼呢？」

「我想找珍妮。也許妳可以准她跳過三點鐘的課，讓她來幫我。」他指的是那個問他剖腹案例是不是他的案子的漂亮女學員。

史卡佩塔不只一次看見這兩人在一起。喬已經訂婚了，但這似乎並不影響他和迷人的女學員發展友好關係，無論學會多麼反對這種事。截至目前他還不曾因爲嚴重犯規而被逮到，說眞的，她還眞希望他被逮到。她希望這傢伙滾蛋。

「我想讓她飾演罪犯，」他平靜又興奮的解釋，「她一副純眞無辜的樣子。我們找兩名學員，讓他們表演謀殺案，受害者在馬桶上遭到多次槍擊。當然，這是在汽車旅館房間發生的，珍妮出場時情緒激動，幾近歇斯底里，她是死者的女兒。看學員們是否會失去防衛心。」

史卡佩塔沒說話。

「當然，現場會有幾名警察。他們到處察看，以爲凶手已經逃脫。重點是，我們要看看有誰能聰明的判斷出，這個年輕尤物是否就是那個趁著那傢伙——她父親——蹲馬桶時拿槍轟他的人。妳猜怎麼？就是她。他們失去戒心，她拔出槍來一陣掃射然後被帶出去。就這樣，一樁典型的警察自殺記。」

「你可以等下課後自己去問珍妮，」史卡佩塔說，邊思索著爲何這情節聽起來如此熟悉。

喬對現場模擬非常著迷，其實那只是把馬里諾的構想——意在反映現實刑案中的眞實風險和諧趣的一種犯罪現場嘲諷劇——加以翻新罷了。有時她覺得喬應該放棄研究法醫病理學，把靈魂獻給好萊塢，如果他有靈魂的話。剛才他描述的場景讓她想起什麼來。

「不錯吧？」他說，「眞實生活中也會發生這種事的。」

她想起來了，這的確會發生在眞實生活當中。

「我們在維吉尼亞曾經有個類似的案子，」她回想著，「在我擔任首席法醫期間。」

「眞的？」他吃驚的說，「太陽底下果然無新事。」

「對了，喬，」她說，「在大部分的切腹案例裡頭，死亡原因是由於內臟突然被掏空引起腹內壓驟降，以致於心臟衰竭所導致的心跳停止，不是因爲大量出血。」

「那是妳的案子？幻燈片上的？」他指著教室說。

「馬里諾和我的，很多年前的案子。還有，」她補充說，「那是自殺，不是他殺。」

12

Citation X公務機以將近一馬赫的速度往南飛行。機上的露西正上傳檔案到一個防火牆堅如銅鐵，連國土安全部都無法闖入的私人虛擬網路。

至少她相信自己的資訊基地非常安全。她相信沒有任何駭客，包括政府的駭客，能夠偵查到HIT異源影像處理資料庫所傳送的機密檔案。HIT是由她一手開發設計的。政府不知道它的存在，這點她很確定。HIT是她的資產，她可以輕易售出這軟體，但她並不需要這筆錢，好幾年前她已經透過其他軟體的開發賺得大筆財富了。主要是些搜尋引擎，就和她此刻用來瀏覽網際空間，搜尋發生在南佛羅里達商店區內任何型態的暴力死亡案件的引擎類似。

除了慣常發生在便利商店、酒館、按摩室和上空俱樂部這些地方的謀殺案之外，她沒有找到符合巴吉爾．詹烈特所描述的暴力案件，不管是否已經破了案的。不過，的確有一家聖誕商店。位在A1A街和東拉斯奧拉斯大道交叉口，夾雜在一整排寒酸的觀光店鋪、酒館和冰淇淋店當中。兩年前，這家聖誕商店被轉讓給一家專賣T恤、游泳器材和紀念品，叫做海灘遊子的商店。

喬很難想像在史卡佩塔相當短暫的法醫生涯中經手過的案子究竟有多少。很少人能夠在三十歲以前成爲法醫病理專家，即使他們嚴苛的求學過程不曾中斷。除了大學畢業後的六年醫學訓練，她還念了三年法學院。到了三十五歲，她已經位居全國最高法醫系統首席。和其他首席法醫不同的是，她不只是行政主管，也執行驗屍工作，而且累積了好幾千件。

這些案子大部分都歸在理當只有她能夠進入的檔案庫中，另外她也獲得聯邦資助，從事多項暴力犯罪——性暴力、毒癮暴力和家庭暴力等——的調查研究，由在她任職首席法醫期間仍是地方刑案警探的馬里諾負責偵查工作。因此她的檔案庫中也包括他的調查報告。這檔案庫是糖果屋，是湧出甜美香檳的噴泉，十足令人亢奮。

喬瀏覽著C328-93號案件，今天下午現場模擬表演所參考的警察自殺原始案件。他再度點了下犯罪現場照片，邊想著珍妮。在眞實的案件當中，這位以扣扳機爲樂的女兒臉朝下趴在起居室地板上的大片血泊中。她中了三槍，一槍在腹部，兩槍在胸膛。他想著當她趁她父親坐在馬桶上殺了他，然後在警察面前裝傻，最後再度掏出手槍時所穿的衣服。她死的時候光著腳，身上是毛邊牛仔褲和T恤，沒穿內褲或胸罩。他點選她的驗屍照片，肚子被劃了Y型切口的樣子自然比不上赤裸躺在冰冷金屬台上的時候。她被警方擊斃的時候才十五歲，他想著珍妮。

他抬頭，對著辦公桌那端的她一笑。她一直很有耐心的坐在那裡，等候著指示。他打開抽屜，拿出一把葛洛克九釐米口徑手槍，推開滑套來清空槍膛，他倒出彈匣，再把槍放在桌面推給她。

「妳用過手槍嗎？」他問這位最新的愛徒。

她有著俏皮的上彎鼻樑和牛奶可可色的大眼睛，他想像著她像電腦螢幕上的犯罪現場照片中的女孩那樣裸身死亡的模樣。

「我是在槍聲中長大的，」她說，「你在看什麼網頁？如果你不介意透露的話。」

「電子郵件，」他說。他從來不介意說謊。

他寧可不說實話，喜歡這麼做遠甚過不喜歡。眞相不見得永遠是眞實的。什麼是眞相？所謂眞實就是他說了算，完全是如何詮釋的問題。珍妮歪著頭，想看清楚他的電腦螢幕。

「眞酷，有人把整個案件檔案夾傳給你。」

「難免會有，」他說著點選另一張照片，辦公桌後面的彩色印表機啓動。「這是機密，」接著他說，「我能信任妳嗎？」

「當然，亞默斯醫生，我完全明白機密的重要性。如果連這都不懂，我豈不是白受訓練。」

倒在起居室血泊中的女孩照片滑進印表機托盤。喬轉身去拿，端詳了一下然後遞給她。

「這就是妳今天下午的樣子，」他說。

「希望不會弄假成眞，」她逗趣的說。

「這是妳的槍。」他看著放在她面前桌上的葛洛克手槍。「妳想把它藏在哪裡？」

她毫不畏怯的看著照片，然後問，「她把槍藏在哪裡？」

「照片上看不出來，」他回答。「錢包裡，這很容易引起懷疑才對。她發現她父親死了，於是打電話報警，警方抵達時，她打開門，手上拿著錢包。她情緒激動，而且一直沒離開過房子，爲什麼會拿著錢包到處走？」

「這就是你要我做的。」

「就把手槍藏在錢包裡吧。到了某個時間點，妳因爲哭得滿臉淚水，打開錢包拿面紙，順便掏出手槍來開始掃射。」

「還有呢？」

「然後妳被擊斃。盡量死得好看點。」

她微笑。「還有？」

「她的衣著。」他望著她，試著用眼神表達他的意思。

她明白了。

「我沒有一模一樣的衣服，」她回答，有點戲弄意味，裝出天眞的模樣。

當然她一點都不天眞，也許從幼稚園時期就開始有性經驗了。

「那就盡量做到接近吧，珍妮。短褲、T恤，別穿鞋襪。」

「她似乎也沒穿內衣。」

「那就別穿。」

「她看來像個騷貨。」

「好，那就讓自己像個騷貨吧，」他說。

珍妮覺得很有趣。

「我是說，妳是騷貨沒錯吧？」他說，一雙黝黑的小眼睛盯著她。「如果不是，我得另外找人才行。這次現場模擬需要一個騷貨來演。」

「你不需要另外找人。」

「噢，眞的。」

「眞的，」她說。

她回頭，看著關上的房門，擔心有人走進來似的。他什麼都沒說。

「我們可能會惹上麻煩，」她說。

「不會的。」

「我不想被退學，」她說。

「妳長大以後想當刑案調查員。」

她點頭，注視著他，邊撫弄著學會馬球衫最上面的一顆鈕釦。她穿那衣服很好看，他喜歡她把它撐起的樣子。

「我已經是大人了，」她說。

「妳是德州來的，」接著他說，看著她的身體在馬球衫，在合身的卡其工作褲裡頭飽滿的模樣。「德州的所有作物都長得很大，對吧。」

「你爲什麼對我說曖昧的話，亞默斯醫生？」她緩慢的說。

他想像她被亂槍擊斃，倒在血泊中的樣子；想像她赤裸躺在驗屍台上的樣子。有個無稽之談，說屍體不可能看來性感。要是一個人長得漂亮而且剛死不久，裸體照樣是裸體。若說男人從來沒想過漂亮女人剛死的樣子那是謊言。警察習慣把照片釘在軟木板上，一些非常漂亮的女性受害人的照片。男法醫向警員們解說並且讓他們看照片時，也總是刻意挑選一些他們喜歡的。喬清楚得很，他知道男人的喜好。

「只要妳在現場模擬中精采的表演被殺，」他對珍妮說，「我就請妳到家裡晚餐。我是品酒行家。」

「你也訂婚了。」

「她到芝加哥開會去了，也許會被雪困住。」

珍妮起身。她看了眼手錶，然後看著他。

「在我之前，誰是你的愛徒？」她問。

「妳很特別，」他說。

13

離開羅德岱堡機場航管範圍一小時後，露西起身再添杯咖啡，洗把臉稍做休息。噴射機的橢圓形小窗口外的天空堆積著暴風雨烏雲。

她回到皮革座椅上，繼續瀏覽課稅核定、不動產記錄、新聞報導等可讓她深入了解這家聖誕商店背景的所有資料。從七〇年代中期到九〇年代初期，這是一家叫做蘭姆走私者的餐廳。之後有兩年是店名為椰子的軟糖和冰淇淋店。然後，在二〇〇〇年，這棟房子租給一位佛洛莉·安娜·昆西女士。她是西棕櫚灘一名有錢的庭園設計師的寡婦。

露西將手指輕輕擱在鍵盤上，掃描這家聖誕商店開張後不久刊登在邁阿密《先鋒報》上的一篇專題報導。裡頭寫著昆西女士生長在芝加哥，父親是個日用品商人，每年聖誕節他都會自願到梅西百貨公司扮演聖誕老人。

「當時，聖誕節可說是我們生活中最富魅力的節日，」昆西女士說，「我父親對木材、期貨很有興趣，加上我們原本居住在加拿大亞伯達森林茂密的地區，我們家幾乎一整年都有聖誕樹，高大的雲杉木，上頭裝飾著白色燈泡和小木雕人偶。我想這就是為什麼我希望整年都過得像聖誕節的原因了。」

她的店鋪中陳列著數量驚人的飾品、音樂盒、各種造型的聖誕老人、冬日造景和奔馳在小鐵道上的小電動火車。參觀她那精緻易碎的神奇世界必須相當小心，在裡頭我們會渾然忘了門外的陽光、棕櫚樹和海洋。昆西女士表示，聖誕商店上個月開張之後，每天人潮不斷，不過來看熱鬧的多，買的人少……

露西啜了口咖啡，瞥了眼瘤木托盤上的奶油乳酪貝果。她很餓，但又很怕吃東西。她不時想著食物，對自己的體重很在意，卻也明白節食根本無濟於事。她想怎麼挨餓都沒問題，但那不會改變她對自己的觀感。她的身體一向是她可以隨意操控的機器，如今卻背叛了她。

她繼續搜索網頁，邊用嵌在座椅扶手上的電話聯絡馬里諾，一邊瀏覽搜尋結果。他接聽了電話，但收訊極差。

「我在飛機上，」她看著螢幕說。

「妳什麼時候要練習開那架飛機？」

「也許永遠都不可能。沒時間參加所有評定考試。最近我連直升機都很少玩了。」就算有時間她也不想。她飛得越多，越會愛上飛行，她不想再愛上那感覺了。飛行員必須向FAA（譯註：Federal Aviation Administration，聯邦飛行管理局）報告藥物使用狀況，除非是不需處方的普通藥品，因此下次她到航空醫生那兒更新醫療證明時，勢必得將Dostinex過乳降錠列入報告。這麼一來問題就大了。她將必須在政府官僚面前剖析自己的私生活，說不定還會被撤銷執照。唯一的解決之道就是停止服用這藥品，而她也有一陣子努力不去碰它了。否則的話，就只好從此放棄飛行了。

「我還是堅持騎我的哈雷，」馬里諾說。

「我查到一些情報。不是關於這案子，而是另一個。」

「誰提供的？」他懷疑的說。

「班頓。他的一個病人告訴他一件發生在拉斯奧拉斯、還沒偵破的謀殺案。」她的用詞很謹慎。馬里諾並不知道有關「掠食者」計畫的事。班頓不想把他牽扯進來，怕馬里諾不會了解或者幫不上忙。馬里諾對於暴力罪犯的態度是把他們統統抓起來，關進牢裡，盡可能殘酷的處決。他或許是這世上最後一個仍然懷疑那些病態謀殺犯是否眞的患有心理疾病而非邪惡，或者一個戀童者是否眞的無法控制自己的癖性，就像精神病患者無法停止妄想一樣。馬里諾認爲針對結構性和功能性腦部影像所做的心理分析和探索根本是一派胡言。

「這名病患聲稱大約在兩年半前，有個女人在聖誕商店遭到強暴和殺害，」露西向馬里諾解釋，擔心總有一天她會不小心說出班頓正在爲牢犯進行心理評估的事。

馬里諾知道哈佛的教學醫院，麥克連醫院，是一所設有爲有錢人和名人服務的自費帕維農安置計畫的模範精神醫院，它絕不是一所法醫心理研究機構。要是有牢犯被送到那裡進行評估，就表示其中必有隱情。

「什麼店？」馬里諾問。

她重複說了店名，然後補充，「店主是佛洛莉．安娜．昆西，白人女性，三十八歲，她的丈夫在西棕櫚灘養了不少……」

「樹或孩子？」

「樹，大部分是柑橘樹。這家聖誕商店只營業了兩年，從二〇〇〇到二〇〇二年。」露西輸入更多指令，然後把資料轉換成文字檔，準備用電子郵件傳送給班頓。

「有沒有聽過一家叫海灘遊子的店？」

「妳的電話雜訊好多，」馬里諾說。

「喂？這樣好點沒？馬里諾？」

「聽清楚了。」

「這是目前開在現址的那家商店的名稱。昆西女士和她十七歲的女兒海倫在二〇〇二年七月失蹤。我在報上找到一篇專訪。沒有後續報導，只偶爾出現一篇短文，過去一年則完全沒有消息。」

「也許她們活得好好的，只是媒體沒有追蹤，」馬里諾回說。

「我找不到任何報導可以證明她們還活著。事實上，去年春天她的兒子曾經向法院訴請宣判她們死亡，但沒有成功。也許你可以向羅德岱堡警方打探一下，看是否有人記得昆西母女失蹤的事。我打算明天繞到海灘遊子商店去一趟。」

「羅德岱堡的警察不會平白無故提供這類消息的。」

「盡力查查看吧，」她說。

到了全美航空公司櫃檯，史卡佩塔繼續爭論。

「不可能，」她說，眼看就快發火，沮喪得不得了。「這是我的訂票編號，還有列印的收據，全都在這裡。頭等艙，六點二十分的班機。我預訂的機票怎麼可能被取消了？」

「女士，電腦顯示得很清楚。妳的預訂票在兩點十五分取消了。」

「今天嗎？」史卡佩塔難以相信。其中必定有誤。

「是的，今天。」

「不可能啊，我沒有打電話來取消機位。」

「那麼就是別人打的。」

「重新替我排位子，」史卡佩塔說著伸手到袋子裡找皮夾。

「這個班次已經滿了。我可以替妳登記經濟艙補位，不過妳前面有七名候補乘客。」

史卡佩塔重新訂了明天的機位，然後打電話給蘿絲。

「恐怕得麻煩妳回頭來接我，」史卡佩塔說。

「不會吧。怎麼回事？因爲天氣惡劣停飛了嗎？」

「我預訂的機票莫名其妙被取消了。這個班次沒位子了。蘿絲，妳稍早可曾打電話來確認？」

「當然有了，大約在午餐時間。」

「我不明白怎麼回事，」史卡佩塔說，想著班頓，想著他們的情人節。「可惡！」她說。

14

黃色的月亮變了形，像只熟透的芒果，沉甸甸懸掛在矮樹叢、雜草和濃密的陰影上方。在不調和的月光下，Hog把一切看得相當清楚。

他看見它過來了，因爲他知道該往那裡看。他已經花了好幾分鐘用熱追蹤器偵測它的紅外線能量，在黑暗中拿著它以水平方向移動，像支指揮棒，像支魔杖那樣緩緩掃描著。當它偵測到溫血物體表面和地面上有溫度變化時，它輕盈的橄欖綠PVC鏡筒後方的LED視窗便會出現一排鮮紅色光點。

他是Hog，他的身體是物體，他可以隨意擺布它，不會有人看見他。就像現在，沒人看見他在空曠的黑夜裡像個水平測量員那樣握著熱追蹤器，用它偵測生物體散發的溫度，並用通過黑暗玻璃鏡面的單排亮紅色小光點警告他。

也許那物體是一隻浣熊。

蠢東西。Hog盤腿坐在沙地上掃視著，輕聲對它說話。他低頭看著鏡筒尾端的鏡片上出現的鮮紅色光點，鏡筒前端對著那東西。他搜尋著這條陰暗的窄徑，感覺到背後那棟損毀的老房子，感覺到它的拉力。因爲戴著耳塞的緣故，他的頭很暈，呼吸沉重，就像用潛水換氣管呼吸的感覺，沉在水裡，靜悄悄的，除了自己淺而急促的呼吸聲之外什麼都聽不見。他不喜歡耳塞，但又非戴不可。

你知道現在的情況吧，他悄聲對那東西說，我猜你並不明白。

他看著那黝黑、肥胖的物體伏在地上爬行，牠的動作就像一隻毛茸茸的肥貓，也許那就是隻貓。它緩緩通過彷佛百慕達和埋有地雷的草叢和莎草地，在修長松樹那多刺輪廓底下的濃蔭中進出，踩過枯枝和落葉。他掃描著，注視著那物體，看著在鏡片上游動的紅點。那東西很蠢，因爲目前的風向不利它辨識他的氣味，眞蠢。

他關掉熱追蹤器，把它放在大腿上，拿起迷彩塗裝的莫斯伯格835 Ulti-Mag霰彈槍，將氚光準星和鬼環式照門瞄準那東西，冰冷堅硬的槍托頂著他的下巴。

你以爲你能往哪裡去？他嘲弄著那東西。

那東西沒跑，蠢。

跑吧，快跑，看會有什麼結果。

它繼續低伏在地面，笨拙、忘我的緩緩潛行。

他舉著發亮的槍桿追蹤著那東西，感覺自己的心跳低緩，聽見自己急促的喘息聲；他壓下扳機，霰彈槍的爆裂聲響徹夜空。那物體猛一抽搐，在泥地上靜止不動。他拿掉耳塞，想聽聽是否有尖叫或呻吟，但什麼都沒聽見，只有南二十七號公路上的車流以及他站起來甩掉雙腿僵麻感時腳下的沙沙聲。他慢慢的退去彈殼，將它接住，放進口袋，然後沿著窄徑走過去。他按下霰彈槍滑套上的觸控開關，神火武器照明燈隨即照亮那物體。

那是一隻斑紋長毛貓，肚子隆起。他把牠翻轉過來。牠懷孕了。他聆聽著，想要再給牠一槍。可是靜悄悄的，沒有一點動靜，沒有一絲生命跡象。這東西也許是想溜到那間破房子去找食物。他想像牠或許聞到食物氣味。如果牠認爲那房子裡有食物，表示那兒最近有人進出。他思索著這個可能性，按下霰彈槍的保險栓，把它架在肩上，像伐木工人扛著斧頭那樣把前臂垂掛在槍托上。他注視著死貓，想起聖誕商店門口那尊大型伐木工人木雕像。

「蠢東西，」他說，除了那死東西，沒有誰會聽見。

「蠢的是你。」上帝的聲音從他背後傳來。

他拔去耳塞，轉身。她一身黑衣站在那裡，月光下一團飄動的黑影。

「早告訴你別做這種事，」她說。

「在這裡沒人會知道，」他回答，把槍枝換到另一側肩膀，清楚看見那尊伐木工人木雕像，彷彿它就在眼前。

「我懶得再說了。」

「我不知道妳在這裡。」

「如果我想讓你知道我在哪裡，你自然會知道。」

「我帶了《野營與垂釣》雜誌給妳，兩本。還有紙，光面雷射列印紙。」

「我要你帶六本，包括兩本《飛蠅釣》和兩本《垂釣》期刊。」

「我是偷來的。一下子要找六本有點困難。」

「再回去找。你怎麼這麼笨？」

她是上帝，智商有一百五十。

「照我說的去做就是了，」她說。

上帝是女人，就是她，不會是別人。她成爲上帝是在他做了那件壞事之後，他被送走，送到遙遠的地方，猛下雪的寒冷地方，他回來之後她就成了上帝，她說他是她的「手」，上帝之手，Hog。

他目送上帝離去而後消失在夜色中。他聽見她飛遠，沿著公路飛遠的引擎聲。他想著她會不會再跟他性交，他滿腦子只想著這件事。她成爲上帝以後就再也不肯和他性交了。她必須從事神聖的結合，她向他解釋。她和其他人性交，可是不能跟他，因爲他是她的手。她嘲弄他說，她總不能和自己的手性交吧，這就像跟自己性交一樣。她說著一陣狂笑。

「你眞是笨，可不是嗎？」他對泥地上那隻懷孕的死貓說。

他很想性交。他現在就要，注視著那死東西，再度用靴子輕輕推牠，想著上帝和她那布滿手掌的裸體。

我知道你想要，Hog。

是的，他說。我想要。

我知道你想把手放在哪裡。我說得沒錯，對吧？

沒錯。

你想把手放在我讓別人摸過的地方，對吧？

眞希望妳別讓別人摸。沒錯，我很想。

她要他在他不希望別人碰觸的部位畫上紅手印，他做那件壞事的時候曾經把手放在那些部位，他就是因爲這樣被送走的，送到下雪的寒冷地區，在那裡，他們把他放進機器裡，將他的分子結構重新組合。

15

次日清晨，週二，遠方海面堆積著烏雲，那隻懷孕的死東西僵直躺著，引來大群蒼蠅。

「瞧你幹的好事。這下把你的孩子們給害死了吧？蠢蛋。」

Hog用靴子踢牠，蒼蠅像火花似的噴散開來。他看著牠們飛回血跡已經凝固的屍體頭部，看著僵硬的死屍和上面滿滿的蒼蠅。他盯著看，一點都不畏縮。他在牠旁邊蹲下，近得可以再度驅逐那些蒼蠅，然後他聞到了。他聞到死亡的氣味，一種在未來幾天將會變得越來越濃烈，風向正確的話連一畝外都聞得到的腐臭味。蒼蠅將會在牠身上所有開孔和傷口產卵，很快的這具死屍將會爬滿蛆蟲，可是他毫不在意。他喜歡觀看死亡的過程。

他朝著那棟廢棄老房子走過去，懷裡抱著霰彈槍。他聽著遠處二十七號公路的隆隆車流聲，心想不會有人到這裡來的。遲早會有，但現在還不會有人。他登上腐朽的前門廊，一塊彎曲的木板在他腳下鬆脫。他甩開大門，進入那個陰暗窒悶、積著厚厚塵埃的空間。就算是晴天，這屋子裡照樣是黑暗又悶熱，而今天早晨更糟，因為有一場暴風雨就要來了。早上八點，屋內卻像夜晚一樣黑漆漆的，他都熱得流汗了。

「是你嗎？」有個聲音從屋子後方的暗處，這聲音原本所在的角落傳出。

牆邊靠著一張用三夾板和煤磚搭成的克難桌子，上面擺著一只小玻璃魚缸。他把槍對著魚缸，按下槍口的照明開關，耀眼的氙光投射在玻璃上，照亮裡頭的塔蘭托毒蜘蛛的黑色身影。只見牠一動不動棲息在沙子和木塊上，像一隻黑色的手停在水海綿和偏愛的石頭上。在水槽的一角，幾隻小蟋蟀在強光中攪動不安。

「說話啊，」那聲音吆喝著，充滿霸氣但已經比前一天虛弱多了。

他不確定自己是否慶幸那聲音還活著，也許是吧。他拿掉水槽蓋，對那隻蜘蛛溫柔說著話。牠的腹部逐漸光禿，而且黏著乾掉的膠水和淡黃色血跡。他恨恨的想起牠的肚子爲何會光禿，以及是什麼原因讓牠差點流血死掉。這蜘蛛必須等到蛻皮才會重新長出毛來，也許牠會痊癒，也許不會。

「你知道是誰的錯吧？」他對蜘蛛說，「我也懲罰他了，對吧？」

「過來，」那聲音叫道，「聽見沒？」

蜘蛛沒有動靜，說不定死了，可能性非常大。

「對不起我出門這麼久。我知道你一定很孤單，」他對蜘蛛說，「因爲你狀況不佳，我不能帶你去。這趟路程很遠，而且又冷。」

他伸手到玻璃水槽裡，輕輕撫摸著蜘蛛。牠還是沒動。

「是你嗎？」那聲音虛弱又粗啞，但非常嚴厲。

他試著想像一旦那聲音不見了，將會是什麼情形，然後他又想起泥地上那具僵冷、被蒼蠅寄生的死屍。

「是你嗎？」

他用手指持續壓著槍口的照明開關，槍口指著哪裡，光線就掃向哪裡，照亮布滿塵埃的木板地和乾癟的昆蟲卵殼。他跟在光線後面緩緩移動。

「喂？到底是誰？」

16

在槍械及工具痕跡實驗室裡，喬．亞默斯替一尊八十磅重的組織替代膠模型穿的黑色哈雷皮夾克拉上拉鍊。它的頂端是一團二十磅重的較小明膠，戴著雷朋墨鏡，綁著條畫有骷髏和人骨圖案的頭帶。

喬後退，欣賞著自己的作品。他很滿意，只是有點累。他和他的新愛徒熬了一整夜。他喝了太多酒。

「很好玩，對吧，」他對珍妮說。

「好玩，但也很噁心。你最好別讓他知道，聽說他不好惹，」她坐在一張長桌上說。

「眞正不好惹的人是我。我還想放幾包紅色食用色素，看起來比較像鮮血。」

「酷。」

「加一點褐色，也許可以製造腐爛的效果，說不定還能找到方法讓它發臭。」

「你對現場模擬眞用心。」

「我多的是點子。我的背好痛，」他欣賞著自己的傑作。「要是我背部受傷，非告她不可。」

明膠這種由動物骨頭和結締組織膠原質所組成的彈性透明物質處理起來並不容易，而剛才他裝扮完成的明膠人體模型更是笨重無比，好不容易才從冰櫃搬運到室內練靶場後方貼有隔音軟墊的牆邊。化驗室的門上了鎖。外面牆上的紅燈亮著，顯示靶場活動正熱絡。

「整裝完畢，卻沒有地方可去，」他看著詭異的模型說。

這東西比較正確的名稱是水解膠原蛋白，也經常使用在洗髮精、潤髮乳、口紅、蛋白飲料、關節炎止痛藥和許多喬這輩子再也不敢碰的產品上。他甚至不敢吻他的未婚妻，如果她塗了口紅的話。上次他親吻她時，當她送上嘴唇，他緊閉眼睛，腦裡突然出現牛、豬和魚雜混在大鍋子裡煮沸的畫面。現在他很習慣看產品標籤，只要成分標示中出現水解動物蛋白的字眼，他立刻把它丟進垃圾桶或者放回貨架上。

妥善處理的話，這種組織替代膠可以模擬人體肌膚。效果幾乎和豬皮——也是喬偏愛的材質——同樣優異。他聽說過，有些槍械實驗室用死豬當槍靶，來測試子彈在各種情況下的穿透力和爆裂力。他寧可射擊一隻豬，寧可把一隻大豬的屍體裝扮成人的模樣，讓學生從各種不同距離、使用各種槍械和彈藥來練習射擊。這應該會是不錯的犯罪現場模擬，若是用活豬當槍靶就更精采了。可是史卡佩塔不會准許的，她連讓學生用死豬打靶都不會准的。

「告她有什麼用，」珍妮說，「別忘了她也是個律師。」

「才怪。」

「你自己說過的，你曾經試過，可是沒有結果。反正露西有的是錢，聽說她很自以爲了不起。我沒見過她，沒人見過。」

「見過又如何？總有一天她會爬上她想要的位置。」

「像你一樣？」

「也許我已經是了。」他笑著說，「告訴妳吧，我不會兩手空空離開這裡的。她害我受了那麼多委屈，理當賠償我才對。」他再度想起史卡佩塔。「她視我如糞土。」

「也許我可以在畢業前見到露西，」珍妮若有所思的說。她坐在長桌上，打量著他和那尊被他打扮成馬里諾的明膠假人。

「全都是爛人，」他說，「他們三個。我倒是爲他們準備了一點小驚喜。」

「什麼？」

「看著吧。也許我會和妳分享。」

「到底是什麼？」

「這麼說好了，」他說。「我打算好好利用這機會。她低估了我，這點她可是錯得離譜。模擬表演結束之後，大家就準備看笑話吧。」

他的部分獎學金要求他必須到布勞沃德郡停屍間來協助史卡佩塔。結果她把他看得和普通工人沒兩樣，強迫他在每次驗屍完畢後替屍體縫合，計算跟隨屍體進來的處方藥瓶裡的藥丸數量以及評估個案藥效，當他是停屍間助理似的，沒把他當醫生看。她把替屍體秤重、測量、拍照和脫衣的責任推給他，還要他檢查留在屍袋底部的噁心穢物，尤其是漂流屍體夾帶的長了蛆蟲的腐臭泥漿，或者已經腐爛見骨的屍骸殘存的肉屑和骨頭。其中最羞辱人的差事就是調配百分之十濃度的組織替代膠，做成明膠人體模型供專家和學生們使用。

爲什麼？給我個好理由，今年夏天史卡佩塔派這工作給他時，他對她說。

這是訓練的一部分，喬，她以她一貫的冷靜態度回答。

我來受訓是爲了成爲法醫病理專家，不是化驗室技工或廚師，他抱怨說。

我訓練法醫研究生的方式就是從基礎做起，她說。你必須什麼都肯做，什麼都敢做才行。

哦，妳的意思是說，妳也做過明膠模型，當初妳還是新手的時候也做過這個，他說。

我現在也做，而且非常樂意把我最喜歡的配方告訴你，她回答。我個人偏好Vyse的產品，不過Kind & Knox二五〇A型明膠粉效果也很好。一定要先加冷水，攝氏七到十度的水，然後把明膠粉加進水裡，千萬不能反過來。不斷的攪拌，但不能太用力，以免把空氣拌進去。每二十磅模型加二點五毫升的氣泡消除劑，注意模型內部一定要非常乾淨。如果要求品質更好，再加零點五毫升肉桂油。

眞俏皮。

肉桂油可以防止黴菌滋生，她說。

她把她的私人配方寫下來，然後列出一張工具清單，包括三桿式天平、刻度量杯、油漆攪拌器、皮下注射器、丙酸、魚缸水管、鋁箔、大湯匙等等，接著在化驗室廚房爲他展示了瑪莎·史都華式的忠告，好像這麼一來他所做的一切就會變得優雅似的，例如把動物皮骨粉從二十五磅裝的桶子舀出來，將它秤重、凝固、搬運，拖著笨重的大鍋子到冰箱或嵌壁式冰櫃裡，然後確保學生們趁著這東西開始腐敗之前在室內或室外靶場集合，因爲這東西確實會起變化。它們會像果凍那樣融化，因此從冰櫃拿出來二十分鐘之內是最佳使用狀態，依試驗環境的溫度而異。

他從儲藏室拿出一片窗紗，將它靠在那尊穿著哈雷皮夾克的明膠假人身上，然後戴上耳罩和護鏡。他點頭示意珍妮也這麼做。接著他拿起一支不鏽鋼貝瑞塔九二，這個系列最頂尖的附有槍口夜視照明裝置的雙機動手槍。他在槍膛裡裝進一四七喱（譯註：grain，彈頭重量單位，一喱等於0.0648克）史培爾金點（Speer Gold Dot）子彈的彈匣。這種子彈的空尖彈頭的周圍有六片鋸齒，可以在穿透厚達四層丹寧布的衣服或者機車夾克的強韌皮革以後持續拋射推進。

這次射擊測試的特殊之處在於，當子彈先穿透窗紗然後射入哈雷皮夾克，再嗡嗡的鋸開果凍先生——他給明膠模型假人的稱呼——胸膛時所形成的網狀傷口。

他推開滑套，連續發射了十五槍，想像果凍先生是馬里諾。

17

會議室窗外的棕櫚樹在風中沙沙作響。就快下雨了，史卡佩塔心想。看來這地方即將受到暴風雨的狂襲，而馬里諾又遲到了，而且仍然沒有回她電話。

「早安，開始吧，」她對同僚們說，「已經九點一刻了，我們要討論的事情很多。」

她討厭延宕。她討厭有人讓她不得不延宕，而此刻這人就是馬里諾。又是馬里諾。他破壞了她的既定行程，破壞了一切。

「今天晚上，我將搭上前往波士頓的班機，」她說，「如果我預訂的機位沒有又無緣無故被取消的話。」

「航空公司眞是混帳，」喬說，「難怪一家接一家破產。」

「有人請我們調查一件好萊塢的案子，一件有著若干可疑情節的自殺案。」

「有件事我想先提出來，」槍械檢驗員文斯說。

「說吧，」史卡佩塔從信封裡抽出一疊八乘十照片，交給同事們傳閱。

「大約一小時前，有人在室內靶場做射擊測試。」他正眼看著喬。「沒有預先申請。」

「昨天晚上我原本想申請使用室內靶場，可是忘了，」喬說，「反正是空的。」

「你應該申請的，這樣我們才能確保一切正常運作……」

「我是在測試新的組織替代膠模型，我用熱水代替冷水，想看看在口徑校準測試中會有什麼不同。結果有一公分誤差。所幸過關了。」

「每次調配那鬼東西，都可能有加減個一公分左右的差異的，」文斯惱火的說。

「我們不該使用劣質的明膠模型，所以我才不斷的做口徑校準測試，想把它做到最好，也因爲這樣我必須經常待在槍械實驗室裡。這也是沒辦法的事。」

喬望著史卡佩塔。

「希望你在對著牆壁發動火力攻擊之前，記得先用防護墊擋著，」文斯說，「我已經告訴過你了。」

「這是規定，亞默斯醫生，」史卡佩塔說。

她在同事面前總是稱呼他亞默斯醫生，而不是喬，表現出過猶不及的尊重。

「一切都必須記錄下來，」她補充說，「從彈藥庫拿走的每一支槍械，每一發子彈，還有每一次試射，必須遵守規定才行。」

「遵命，女士。」

「我們處理的大部分案件都會上法庭，我們自己也要守法，」她又補充。

「是的，女士。」

「好。」她把強尼．史威夫特案向他們敘述。

她告訴他們，十一月初他接受了手腕手術，接著立刻去了好萊塢的弟弟家。他們是同卵雙胞胎。感恩節前一天，他的弟弟羅萊爾出門購物，大約下午四點半回到家。抱著雜貨進門時，他發現史威夫特醫生倒斃在沙發上，胸口有霰彈槍造成的傷口。

「我記得這案子，」文斯說，「報上登過。」

「我剛好對史威夫特醫生印象非常深刻，」喬說，「他曾經打電話給賽爾芙醫生。有一次我上她的節目，他打電話進來，針對杜雷氏症候群（Tourettes syndrome）發了陣牢騷，而我剛好贊成她的看法，認爲這病症只不過是壞行爲的藉口。他滔滔不絕說了一大堆關於神經化學機能障礙，關於腦部異常的話。儼然是個專家，」他嘲諷的說。

沒人有興趣知道喬曾經上過賽爾芙醫生的節目，沒人有興趣知道他上過任何節目。

「有沒有發現彈殼和槍枝？」文斯問史卡佩塔。

「根據警方報告，羅萊爾．史威夫特發現沙發背後，距離大約三呎的地板上有一把霰彈槍，沒發現彈殼。」

「有點不尋常。他拿槍射自己的胸口，再把槍丟到沙發後面？」喬又說話了。「我沒看到現場有霰彈槍的照片。」

「他的弟弟聲稱他看見沙發後面有一把霰彈槍。我說聲稱。這點我們等一下再討論，」史卡佩塔說。

「他身上的彈藥殘留物呢？」

「很抱歉馬里諾還沒來，因爲他是這案子的調查員，一直和好萊塢警方密切合作，」她說，努力壓抑對他的觀感。「我只知道羅萊爾的衣服沒有做ＧＳＲ（譯註：Gun Shot Residue，彈藥硝煙殘留）反應測試。」

「他的手呢？」

「測出有ＧＳＲ反應。不過他聲稱他碰過他哥哥，還搖晃他，因此身上沾了血。理論上這是成立的。另外有幾個細節。他死的時候手腕上還纏著夾板，血液酒精濃度零點一，警方報告中說，廚房裡有好幾只空酒瓶。」

「確定他喝酒時是一個人?」

「我們什麼都還無法確定。」

「如果說他剛做過手腕手術,要拿起沉重的霰彈槍應該相當吃力才對。」

「正是,」史卡佩塔說,「要是你無法使用雙手,怎麼辦?」

「用腳。」

「沒辦法,我用我那把十二號口徑雷明頓試過了。當然,沒裝彈藥,」她加了點幽默。因為馬里諾爽約,她只好自己試驗。他也沒打電話。他根本不關心。

「我沒有實驗的照片,」她說,很圓滑的不提她沒拍照片是由於馬里諾沒現身的緣故。「應該說,光是衝擊力就足夠把槍甩向後面,或者他的腳晃了一下,把槍往後踢,這樣的話霰彈槍便會落在沙發背後了。假設他真是自殺的。順便一提,他的兩腳大拇指都沒有擦傷的跡象。」

「槍口印痕?」文斯問。

「他的襯衫上有大量硝煙,傷口的摩擦邊緣和直徑、形狀,以及上頭沒發現有彈頭——還留在他體內——的瓣形痕跡,這些都符合槍口印痕的特徵。問題是,這案子有太多矛盾,而且依我看,是由於法醫在開槍距離的判定上完全依賴放射線專家的說法。」

「哪個法醫?」

「這案子由布朗森醫生負責驗屍,」她說。專家們紛紛發出怨聲。

「老天,他跟教宗一樣老了。他什麼時候才退休?」

「教宗已經死了,」喬玩笑的說。

「謝謝你的新聞快報。」

「那位放射線專家認爲霰彈槍傷口是，引用他的話，遠距離造成的，」史卡佩塔繼續說，「三呎以上的距離。所以，這案子變成了謀殺案，因爲一個人不可能拿著霰彈槍的槍柄，在三呎外朝著自己的胸口開槍，不是嗎？」

滑鼠的答答聲響起，不久，一張強尼．史威夫特遭受致命槍擊的數位X光片無比清晰的出現在白板上，子彈碎屑有如一大片白色氣泡飄浮在詭異的肋骨架之間。

「子彈碎片很分散，」史卡佩塔指出，「給這位放射線專家一點肯定，胸腔內彈藥碎片的分布狀況的確符合三到四呎的射程，不過我認爲這是一個撞球效果的完美範例。」

她清掉白板上的X光，拿起幾枝各種顏色的尖筆。

「先進入體內的碎片減緩速度以後，被隨後進來的碎片撞上，互相碰撞的碎片像水漂子一樣飛散開來，呈現類似遠距離射程的分布模式，」她解釋著，邊畫出紅色碎片蹦跳著撞上藍色碎片，然後像撞球那樣迸散開來的軌跡。「也因此讓它看起來酷似遠距離槍擊的傷口，然而事實上，這根本不是遠距離槍擊，而是接觸槍擊造成的傷口。」

「鄰居沒人聽見槍聲？」

「顯然是沒有。」

「可能大家都在海灘上，或者出門過感恩節假期去了。」

「也許。」

「是哪一種霰彈槍？槍是誰的？」

「根據子彈碎片看來，只知道是十二號口徑的，」史卡佩塔說，「顯然，這支霰彈槍在警方趕到以前就不見了。」

18

伊芙・克里斯欽（Christian）醒來，坐在一張染著黑色污漬——現在她知道那可能是舊血跡了——的床墊上。

在這間有著剝落的天花板和濕氣凝重的牆壁的小房間裡，有無數雜誌散置在污穢的地板上。沒戴眼鏡的她視力很模糊，看不清楚那些色情雜誌的封面，勉強才看見到處丟棄的汽水瓶和速食包裝紙。在床墊和斑駁的牆壁之間有一隻粉紅色網球鞋，女孩的尺寸。不知多少次，伊芙把它撿起，握著它，想著這到底意謂著什麼，鞋子是誰的，擔心這女孩已經死了。有時候，當他走進房間來，她會把這隻鞋子藏在背後，害怕他把它拿走。這是她僅有的了。

她每一次睡覺總是不超過一、兩個小時，也不清楚到底過了多久，在這裡，時間是不存在的。房間另一頭的破舊窗口透著灰濛燈光，她看不見陽光。她聞到雨的氣味。

她不知道他把克莉絲汀和男孩們怎麼了，不知道他對他們做了什麼。她只隱約記得最初那幾小時，那可怕、極不眞實的幾小時，那時他送食物和水來給她，在黑暗中凝視著她，而他本身和黑暗一樣黝黑，有如黑暗精靈一般黑，在門口徘徊。

是什麼感覺？他問她，聲音飄忽、冷酷。知道自己快死了是什麼感覺？

這房間永遠那麼黑暗。他一進來就更暗淡了。

我不怕，你無法傷害我的靈魂。

快道歉。

懺悔永遠都不嫌晚。只要妳肯謙卑的懺悔，上帝會原諒妳所有的罪惡。

上帝是女人，我是她的手。快點道歉。

你褻瀆了神，眞是羞恥。我沒做錯事，沒什麼好道歉的。

我會讓妳知道什麼是羞恥，妳會像她一樣抱歉連連的。

克莉絲汀？

然後他便走了。伊芙聽見屋子的其他房間傳出聲響。她聽不清楚他們在說什麼，但是他在跟克莉絲汀說話，一定是的。他曾經和一個女人談話。其實伊芙聽不清楚，但知道他們在談話。她聽不清楚他們談些什麼，只記得牆的那一端傳出腳步拖地和人聲，然後她聽見克莉絲汀的聲音，那是她沒錯。現在伊芙想起這件事，不禁懷疑自己是不是在做夢。

克莉絲汀！克莉絲汀！我在這裡啊。不准你傷害她！

她聽見自己的聲音在腦海裡叫喊著，但那說不定只是一場夢。

克莉絲汀？克莉絲汀？回答我。不准你傷害她！

接著她又聽見談話聲，所以應該沒事吧。可是伊芙沒有把握，也許她做了夢。也許她夢見自己聽見他的靴子在走廊裡響起，大門關上的聲音。這整個過程或許只有幾分鐘，或者幾小時。也許她聽見汽車引擎聲。也許那只是夢，幻覺。伊芙坐在黑暗中，渴切聆聽著克莉絲汀和男孩們的動靜，可是什麼都沒聽見。她不停的大叫，直到喉嚨沙啞，看不清楚，也無法呼吸。

天光亮了又暗下，他黝黑的身影便會出現，拿著用紙杯裝的水和食物，他的身影就站在那裡，注視著她，她卻看不見他的臉。她從來沒見過他的臉，包括他第一次進入這屋子的時候。他戴著挖了兩個洞讓眼睛露出的黑色頭罩，像黑色枕頭套的長布套，鬆垂在肩膀上。這個戴著頭套的人喜歡用霰彈槍的槍柄戳她，好像當她是動物園裡的動物，好奇她被戳的時候會有什麼反應。他戳她的私處，然後看她會怎麼樣。

眞可恥。他戳伊芙時，她說。你可以傷害我的身體，但你傷不了我的靈魂。我的靈魂屬於上帝。

上帝不在這裡，我是她的手。快道歉。

我的上帝很會忌妒。「除了我以外、你不可有別的神。」

她不在這裡。於是他用槍柄戳她，有時戳得太用力，甚至在她身上留下黑紫色的瘀痕。

快點道歉，他說。

伊芙坐在污穢的床墊上。這床墊被用過了，用得髒兮兮的，已經僵硬且發黑。她坐在上面，在這充滿惡臭、悶熱又丟滿垃圾的房間裡，豎起耳朵聆聽，努力思考，聆聽、禱告著，拚命的呼救。沒人回應，沒人聽見，讓她疑惑自己究竟在哪裡。這是什麼地方，爲何沒人聽見她的叫喊？

她無法逃走，因爲他用高明的手法把鐵絲衣架彎曲，綁住她的手腕和腳踝，還用繩子穿過去然後將繩子繫牢在低矮天花板的木椽上，好像她是古怪的傀儡，全身瘀傷、蟲子咬痕和疹子，赤裸的身體發癢而且痛得難受。她勉強可以站起來，可以離開床墊去大小解。可是當她這麼做時，往往痛得幾乎要昏過去。

在黑暗中他什麼都做得出來，在黑暗中他看得很清楚。她可以聽見他的呼吸聲。他是黑影子。他是魔鬼。

「上帝救我，」她對著破舊的窗口，對著外面的灰色天空，對著遠在天空之外，在天國裡的上帝說，「求你救救我，上帝。」

19

史卡佩塔聽見遠遠傳來機車排氣管的咆哮聲。

她努力保持專心，在這同時機車逐漸接近，繞過大樓往職員停車場駛去。她想著馬里諾，心想是否應該炒他魷魚。她不確定她做得到。

她正在解釋羅萊爾家中有兩支電話，兩條線路都被拔掉了，電話線也不見了。羅萊爾說他把行動電話留在車子裡，又找不到他哥哥的行動電話，因此無法打電話求助。驚慌之餘，羅萊爾跑了出去，招手攔住一輛車子。直到警方趕到他才回到屋內，這時那把霰彈槍已經不見了。

「這是我從布朗森醫生那裡得來的訊息，」史卡佩塔說，「我和他談了好幾次，很抱歉我沒能掌握更多細節。」

「那兩條電話線。後來找到了嗎？」

「不知道，」史卡佩塔說，因爲馬里諾還沒向她報告。

「可能是強尼·史威夫特事先把它們移走，來防止萬一他沒立刻斷氣，有人會打電話求救，假設他眞是自殺的話，」喬又給了一個很有創意的劇本。

史卡佩塔沒有回應，因爲關於電話線的事，她除了布朗森醫生以曖昧不清的方式告訴她的那些以外，什麼都不知道。

「屋子裡還有其他東西遺失嗎？除了電話線、死者的行動電話和槍枝之外？還有什麼不見了？」

「這個你得問馬里諾，」她說。

「我想他已經來了，除非有其他人的機車也和太空梭一樣吵。」

「如果你問我，我很驚訝羅萊爾還未以謀殺罪被起訴，」喬說。

「當死亡方式還沒有確定，你怎麼能以謀殺罪起訴任何人，」史卡佩塔回答說，「死亡方式還不明，目前沒有確實證據足以將案情指向自殺、謀殺或意外，儘管我實在看不出這案子是個意外。如果死因的釐清無法讓布朗森醫生滿意，到頭來他將會判定為死亡原因不明。」

走廊地毯上響起沉重的腳步聲。

「難道不能用點常識？」喬說。

「你不能依靠常識來決定死亡原因，」史卡佩塔說，她真希望他把那些討人厭的評語留在心底就好。

會議室門打開，彼德　馬里諾抱著公事包和一盒脆奶油甜甜圈走進來，穿著他的慣常裝束，黑色牛仔裝和黑色皮靴，背後印著哈雷標誌的黑色皮背心。他沒理會史卡佩塔，直接在他平時常坐的、她身邊的座位坐下，把那盒甜甜圈往桌子對面一推。

「眞希望我們可以拿那位弟弟的衣服去做GSR測試，可以拿到事發當時他身上的所有衣物，」喬說，往後靠著椅背，那是每當他想發表高論時的習慣動作，尤其現在他更想這麼做，因為馬里諾在旁邊。「在柔和的X光下看看那些衣物，用箱式X光機、掃描式電子顯微鏡或X光能譜分析儀觀察。」

馬里諾瞪著喬，很想揍他似的。

「當然，除了彈藥硝煙，你身上可能化驗出的殘留物應該不少。水管啦，電池啦，機車油和油漆等等的。就像上個月我們在學校的實驗課程上所做的，」喬說著拿起一塊被壓扁、一大半糖霜黏在盒子裡的巧克力甜甜圈。「你知道它們的下落嗎？」

他望著桌子對面的馬里諾，邊舔著手指。

「好精采的實驗課程，」馬里諾說，「奇怪你怎麼想得出來。」

「我問的是，你知道那位弟弟的衣服的下落嗎？」喬說。

「我覺得你可能是法醫節目看多了，」馬里諾說，把一張大臉對著喬。「用你的豪華平面電視看了太多哈利波特電影，以爲自己是法醫病理醫生——或者幾乎算是——律師、科學家、犯罪現場調查員、警察、寇克艦長和復活節兔寶寶等所有角色集於一身。」

「對了，昨天的現場模擬大大的成功，」喬說，「可惜你們全都錯過了。」

「那些衣服到底哪裡去了，彼德？」文斯問馬里諾，「我們知道他發現他哥哥屍體的時候穿著什麼衣服嗎？」

「根據他的說法，他穿的衣服沒什麼大不了，」馬里諾說，「據說，他先是進了廚房，把雜貨放在流理台上，然後直接回自己的臥房去小便。據說是這樣。然後他洗了個澡，因爲那天晚上他必須到他開的餐廳去工作，他偶爾看著房門外，瞧見那支霰彈槍躺在沙發後面的地毯上。這時候他全身光溜溜的，這是他的說法。」

「聽起來像是胡扯，」喬說，嘴巴塞滿食物。

「依我看，這可能是一件中斷了的竊盜案，」馬里諾說，「或者某件事被打斷了。一個富有的醫生很有機會惹上惡人的。有誰看見我的哈雷夾克？黑色的，一邊肩膀上有骷顱頭和人骨圖案，另一邊有國旗的那件？」

「你最後一次見到它是在什麼時候?」

「那天露西和我在修理天線，我把它吊在衣架上。回來一看，不見了。」

「我沒看見。」

「我也是。」

「可惡。那件衣服很貴的，裝飾貼片也是特別訂做的。可惡，要是被誰偷了……」

「這裡沒人會偷東西的，」喬說。

「是嗎?偷別人的創意呢?」馬里諾瞪他一眼。「這倒讓我想起來了，」他對史卡佩塔說，「等我們討論現場模擬……」

「那不是現在討論的主題，」她說。

「今天早上我來，就是因為有幾個點子想和你們討論。」

「另外找時間吧。」

「我有幾個好點子，檔案放在妳桌上了，」馬里諾對她說，「讓妳在假期裡動動腦。尤其妳這一去很可能陷在暴風雪裡，說不定我們得等到春天才能再看到妳。」

她壓抑著怒氣，努力把它藏進沒人會發現的秘密角落。他故意擾亂他們的會議，用十五年前她初任維吉尼亞首席法醫時他對待她的那種態度待她，馬里諾當她是個誤闖異域的女人，因為她是擁有法律學位的首席法醫。

「我認為史威夫特這案子會是非常好的現場模擬題材，」喬說，「GSR測試、X光能譜分析和其他測試呈現的是兩種完全相反的結果。看學員們是否能想出原因來。不過他們從來沒聽過撞球效果。」

「我沒徵詢蘿蔔頭的意見，」馬里諾提高嗓門說，「有人聽見我徵詢蘿蔔頭的意見嗎？」

「你很清楚我對你那些創意有什麼觀感，」喬對他說，「老實說，相當危險。」

「誰在乎你的觀感啊。」

「學會還沒破產是我們運氣好，不然要整頓的話可是很花錢的，」喬說，好像從沒想過馬里諾總有一天會把他打得鼻青臉腫。「想想你們所做的，眞的很幸運。」

今年夏天，馬里諾的一齣犯罪嘲諷劇讓一名學員精神受創，他退學以後威脅要控告他們，所幸後來就沒下文了。史卡佩塔和學生們一想到馬里諾要參加訓練就精神緊張，不管是嘲諷劇、現場模擬，或是其他活動，甚至一般課程。

「別以爲我構想出現場模擬的時候沒考慮過這些，」喬又說。

「現場模擬是你的構想？」馬里諾大聲說，「還不是偷我的創意。」

「這完全是酸葡萄心理。我不需要偷任何人的創意，更別說是你的。」

「噢，是嗎？你以爲我分辨不出自己的東西？亞默斯醫生，偉大的法醫病理專家，你根本沒有足夠知識可以想出那些點子。」

「夠了，」史卡佩塔提高音量說，「別再說了。」

「我剛好有個非常棒的構想，有具屍體在一場掃射槍擊中被發現，」喬說，「可是當子彈被起出時，彈頭上有類似格子或網子狀的圖案，因爲子彈是透過一片窗紗射中受害者的，他的屍體倒下……」

「那是我的構想！」馬里諾猛力敲著桌子。

20

那個塞米諾族印地安人是一輛停在加油站不遠處、載滿玉米穗的白色老舊小貨車的車主，Hog已經觀察他好一陣子了。

「有個爛貨把我的皮夾、行動電話偷走了，我想大概是趁我淋浴的時候吧，」那人站在公共電話前，背後是CITGO加油站，許多十八輪大貨車進進出出。

Hog聽著那人反覆對前晚的事發著牢騷，滿口抱怨詛咒，因爲這下他沒電話又沒錢住汽車旅館，只好睡在貨車駕駛座了。他連沖澡的錢都沒有，光沖個澡都得花五塊錢，而且除了洗澡以外什麼都沒附帶，連肥皂都沒有，貴死了。有些人只好兩個人分攤一間，以求享有折扣價，然後跨過CITGO附設餐廳西側一道沒有油漆的隱密圍籬，把衣服和鞋子堆在圍籬內的長板凳上，然後走進一個燈光昏暗，只備有一組蓮蓬頭，地板中央有個生鏽大排水孔的水泥小隔間。

淋浴間裡老是濕答答的。蓮蓬頭老是在滴水，水龍頭也老是吱吱嘎嘎叫。大家自己帶肥皂、洗髮精、牙刷和牙膏進去。通常用塑膠袋裝著，連毛巾也得自備。Hog從不曾在裡頭洗澡，不過他很注意那些衣服，好奇他們的口袋裡裝了些什麼。錢、手機，或許也有藥品。女人淋浴的地方設備類似，位在加油站餐廳東側。她們從來不會兩人一起進去，不管有沒有折扣優待，而且總是洗得很慌張，很難爲情自己赤裸裸的，害怕突然有人進來找麻煩，一個男人，高大強壯的男人，會進來胡作非爲。

Hog撥了放在他後口袋裡一張折疊好的綠色卡片上八〇〇的電話號碼，那是一張長方形的卡片，大約八吋長，一端有個可以用來掛在門把上的大孔和切口。卡片上印著許多訊息和穿著鮮艷襯衫、戴著墨鏡的柑橘果實卡通人物。他是在執行上帝的旨意，是為上帝效力的上帝之手。上帝有一百五十的智商。

「柑橘病蟲害防治計畫感謝你的來電，」熟悉的語音說，「您的電話將受到品質篩檢。」這甜美的女聲繼續說，如果想報告發生在棕櫚灘、戴德郡、布勞沃德郡或門羅郡的蟲害，請打以下的號碼。他看著那個塞米諾人爬上他的小貨車，他的紅格子襯衫讓他想起某個伐木工人，立在聖誕商店門口那尊雕像。他撥了語音給他的那個電話號碼。

「農業部，」一個女人接聽。

「請替我轉柑橘巡查員，」他說，邊盯著那個塞米諾人，想著鱷魚摔角。

「我能為你效勞嗎？」

「你是巡查員嗎？」他問，想著他一小時前看見的，和南二十七號公路平行的一條水渠岸上的那隻鱷魚。

他把它當成好預兆。那隻鱷魚至少有五呎長，又黑又乾，對那些轟隆隆經過的木材大卡車沒什麼興趣。要是那裡有空地他一定會停下車來。他會看著那隻鱷魚，研究牠如何無畏的處置生命，冷靜卻又無比迅捷的閃入水中，或者冷不防的抓住獵物，把牠拖進水底，讓牠在那裡溺死、腐爛，再將牠吞食。他會久久看著那隻鱷魚，可惜他沒辦法下公路，況且他有任務得完成。

「你發現了什麼狀況嗎？」電話那端的女人問。

「我是除草公司的員工，昨天割草的時候正巧發現大約距離一條街的一座柑橘果園有潰瘍症狀。」

「你能告訴我地址嗎？」

他給了位在西湖公園地區的一個地址。

「能報上您的姓名嗎？」

「我想匿名，我不想爲我的老闆添麻煩。」

「好的，我想問你幾個問題。你發現潰瘍現象的時候，有沒有走進那座果園？」

「那是一片開放的果園，所以就走了進去，因爲那裡面有很多很棒的樹木、樹籬和茂盛的雜草，當時我想也許他們需要人幫忙除草。然後我注意到一些可疑的樹葉，有幾棵樹的葉子有小損傷。」

「那些傷痕的周圍有沒有水紋狀的邊緣？」

「我的印象是，那些樹是最近才感染的，也許這可以解釋爲什麼你們的巡查員漏報了。我擔心的是兩側的果園。同樣是柑橘果園，而且據我估計，和受感染的果園只有一千九百呎不到的距離，表示它們或許已經被感染了，而距離更遠的柑橘果園，依我估計也只有不到一千九百呎的距離。那附近的其他果園也都是這距離。妳明白我爲什麼擔憂了吧。」

「你爲什麼會認爲巡查員漏了你所說的那些果園？」

「看不出你們來過的跡象。我在這一帶的柑橘果園工作了很長一段時間，而且一輩子都在專業除草公司工作，什麼樣糟糕的情況我都見過，有些還不得不燒掉整片果園，連人都遭殃。」

「你注意到那些柑橘果實出現病變了沒有？」

「我解釋過了，那些果樹的潰瘍症狀還在初期階段，非常初期。我見過果園因爲潰瘍病而整片被燒掉的，弄得家破人亡。」

「你走進那片你認為發生柑橘潰瘍病的果園，離開之後有沒有做消毒措施？」她問。他不喜歡她的口氣。

他不喜歡她。她既蠢又霸道。

「我當然做了消毒措施。我在專業除草公司待了很多年，一向依照規定用GX-1027殺菌劑噴灑全身和所有工具，我很清楚該怎麼做。我見過整片商業果園被銷毀，被燒掉、棄置，連人也毀了。」

「請問……」

「情況非常糟糕。」

「請問……」

「我們必須認真看待潰瘍病才行，」Hog說。

「你的車輛登記號碼是多少，除草公司派給你使用的車輛？我想你的擋風玻璃左邊應該貼有一張黃黑色的規章標籤？我想知道上面的號碼。」

「我的號碼跟這件事不相干，」他對這名巡查員說。她自以為比他了不起。「那輛車子是我老闆的，要是被他發現我打電話給你們，麻煩就大了。要是人們發現除草人員向你們通報很可能有潰瘍病襲擊那附近所有讓我們除過草的果園，妳想我們的除草公司會有什麼下場？」

「這我了解，先生，不過我真的必須把你的貼紙號碼列入記錄，必要的話我希望能和你取得聯繫。」

「不行，」他說，「我會丟掉工作。」

21

CITGO加油站逐漸熱絡起來，許多貨車司機把他們的半聯結車停在商場後面，然後來到奇基小屋（Chickee Hut）餐廳側面的樹林聚集，或者找地方睡覺或者找樂子。

那些司機在奇基小屋用餐。這家餐廳的名字常被寫錯，因爲來這裡的無知人們大都不曉得chickee該怎麼拼，甚至根本不知道它是什麼意思。奇基是塞米諾人的用語，連塞米諾人也不會拼。

這些無知的司機來自四面八方，聚集於此大把花錢。這兒的商場多得是柴油、啤酒、熱狗和雪茄，玻璃櫃裡展示著各式折疊刀。他們可以到金球遊戲房玩撞球，把車子交給CB公司去維修天線和輪胎等。在這鳥不生蛋的地方，CITGO可說是一應俱全的停泊站，人們來來去去，只忙著自身的事。沒人會來煩Hog。幾乎沒人注意到他，那麼多人進出，沒人會多看他一眼，除了在奇基小屋餐廳工作的那傢伙。

餐廳位在停車場邊緣的一道鐵鍊圍籬後面。圍籬上的告示牌寫著禁止推銷員進入，唯一能入內的狗是K9警犬隊成員，野生動物進入後果自負。這裡到了晚上有很多野生動物，可是Hog永遠沒有機會知道這些，因爲他從來不會把錢浪費在遊戲房、撞球室或者點唱機上。他不喝酒，不抽菸，也不會和到CITGO來的女人發生性關係。

她們邋遢得很，破短褲加上緊身上衣，一張臉由於抹了太多化妝品、日曬過度而顯得粗糙。她們坐在室外餐廳或酒吧裡，所謂酒吧其實只是一座有著棕櫚葉茅草屋頂、一張斑痕累累的木頭吧台，加上八張高腳凳。她們吃著烤肋排、肉丸和鄉村式炸牛排之類的晚餐，一邊喝酒。食物不錯，而且是當場烹煮的。Hog喜歡卡車司機漢堡，只賣三塊九毛五，起司三明治是三塊兩毛五，廉價、可憎的女人，壞事常會找上這種女人。她們活該。

她們自找的。

她們是大嘴巴。

「一份起司三明治帶走，」Hog對櫃台後面的男子說，「一份卡車司機漢堡，在這裡吃。」

這名男子肚子圓滾，白色圍裙油膩膩的，他忙不迭地抓起冰桶裡的啤酒來撬開瓶蓋。這個凸肚的男人以前也常招呼他，只是似乎從來不記得他。

「你的起司三明治需要跟漢堡一起送上嗎？」他問，把兩瓶啤酒推向一個卡車司機和他的女伴，兩人都已經喝醉了。

「只要來得及打包帶走就可以。」

「我是說你要不要它們一起送上？」他沒有動氣，一臉漠不在乎。

「這樣也好。」

「你想喝什麼？」凸肚男子問，又打開一瓶啤酒。

「白開水。」

「白開水是什麼鬼東西？」那個喝醉的卡車司機大聲說，一旁的女伴咯咯笑著，把胸部貼著他紋著刺青的粗壯手臂。「像飛機上那種白開水？」

「只要白開水，」Hog對櫃台後面的男子說。

「我不喜歡平淡的東西，對吧，寶貝？」醉司機的醉女友口齒不清的說，裹在短褲裡的豐滿雙腿緊靠著高腳凳，豐滿的胸部從低低的領口彈出來。

「你往哪裡去？」喝醉的女友問。

「往北，」他說，「一路往北。」

「在這一帶獨自開車最好當心點，」女人含糊的說，「這裡瘋子不少。」

22

「有他的消息嗎？」史卡佩塔問蘿絲。

「他不在辦公室，行動電話也沒人接聽。你們會議結束以後我找了他，對他說妳要見他，他說他有點事要處理，很快就回來，」蘿絲告訴她，「那是一個半小時之前的事了。」

「妳想我們該什麼時候出發去機場？」史卡佩塔望著窗外隨風搖擺的棕櫚樹，炒他魷魚的念頭再起。「雷雨就快來了，大雷雨。躲不了的，我不想坐在這裡枯等，我應該現在就走。」

「妳的班機是晚上六點半，」蘿絲說著遞給史卡佩塔幾張電話留言。

「我不懂我幹嘛多此一舉。我幹嘛找他談？」史卡佩塔迅速瞄著那些留言。

蘿絲用一種只有蘿絲會有的神情打量她。她靜靜站在門口，若有所思，一頭白髮向後梳，挽成法國髻，那身灰色條紋套裝已經過時，卻無比優雅俐落。已經十年了，她那雙灰色蜥蜴皮高跟鞋還是那麼光亮。

「妳一下子說要找他談，一下子又說不要。到底怎麼回事？」蘿絲說。

「我覺得我該走了。」

「我沒問妳想怎麼做，我問妳怎麼了。」

「我也不知道該拿他怎麼辦才好。我滿腦子只想要他離職，可是我寧願辭職也不會那麼做。」

「妳可以接受首席法醫的職位，」蘿絲提醒她說，「只要妳同意，他們會強迫布朗森醫生退休，也許妳該認眞考慮。」

蘿絲很清楚自己在做什麼。她可以表面上很眞誠的提出某項建議，其實內心並不希望史卡佩塔那麼做，而她也知道答案是什麼。

「謝了，不必，」史卡佩塔堅定的說，「又不是沒坐過那位子。而且妳別忘了，馬里諾是他們的調查員之一，就算我辭掉學會的職務去擔任全職的法醫，還是擺脫不了他。這個席米斯特女士是誰？什麼教會？」她困惑的看著一張電話留言。

「沒聽過這名字。」

「我不知道她是誰，不過聽她的口氣好像認識妳。」

「她幾分鐘前來電話，說她想和妳談談發生在西湖公園地區一個失蹤家庭的事。她沒有留電話號碼，說她會再和妳聯絡。」

「什麼失蹤家庭？在好萊塢這兒？」

「她是這麼說的。不過，妳就快離開邁阿密了。全世界最糟的機場。眞希望我們不必……總之，妳也知道這裡的交通狀況，我們最好提前在四點出發。不過我得先確認一下妳的班機，免得妳哪裡都去不成。」

「妳確定我搭的是頭等艙？機位沒有被取消？」

「我有妳的訂位單，但妳還是必須去櫃台報到，因爲那是倒數搶購機票。」

「妳相信有這種事？他們先是取消我的機位，我不得不重新訂位，竟然還是倒數搶購機票？」

「沒問題的。」

「無意冒犯，蘿絲，不過妳上個月也是這麼說的。電腦裡沒有我的訂位記錄，結果只好坐經濟艙，一路坐到洛杉磯。昨天又發生這種事。」

「今天一早我就打電話去確認了。等會兒我會再打一次。」

「妳想這跟馬里諾那次現場模擬劇有關係嗎？也許是這樣他才變得怪怪的。」

「也許他感覺自從那件事以後，妳一直在躲著他，不再信任他，尊重他。」

「我如何能夠再相信他的判斷？」

「我還不確定馬里諾到底做了什麼，」蘿絲說，「那次現場模擬的整份文件是我打的，就像以前我替他整理文件那樣，加以潤飾修改，可是我也告訴過妳，他的手稿中並沒有提到要在那個又高又胖的死掉的老男人口袋裡放一支皮下注射針。」

「那是他的劇本，是他負責監督的。」

「他很堅持是有人把注射針放進口袋裡。也許是女人，爲了錢。所幸的是她沒得到。我不怪馬里諾有那種感覺。現場模擬是他的構想，如今卻由亞默斯醫生一手包辦，在學員們面前出盡風頭，而馬里諾則被當成……」

「他對學員們的態度不好，一開始就這樣了。」

「現在更是糟糕。他們不了解他，把他看成壞脾氣的恐龍、乖戾的老怪物。我可是很清楚被當成老怪物，或者更糟，覺得自己就是乖戾的老怪物是什麼感覺。」

「說什麼妳都談不上乖戾或古怪。」

「至少妳承認我老了，」蘿絲說著出了門口，邊補充，「我會繼續找他的。」

在終點站汽車旅館一一二號房間裡，喬坐在廉價床鋪對面的廉價桌子前，在電腦上搜尋史卡佩塔的機位訂票記錄，抄下班次號碼和其他訊息。他打電話到航空公司。

在線上等了五分鐘，終於聽見活人的聲音。

「我想變更訂票，」他說。

他報上資料，然後把機位改成經濟艙，盡可能安排飛機後部的座位，最好是中間的位子，因為他的老闆不喜歡靠窗戶或走道。就像上次她飛往洛杉磯，他就做得非常成功。他可以再次把她的機位取消，不過這樣好玩多了。

「好的，先生。」

「可以用電子機票嗎？」

「不行，先生，距離起飛時間這麼近，你必須親自到櫃台報到。」

他掛了電話，喜孜孜想像著無所不能的史卡佩塔被夾在兩個陌生人，最好是兩個肥胖、有體臭的人中間，呆坐整整三小時。他微笑著把一具數位錄音機的插頭接上他的超融合式系統電話機。房間的窗型冷氣呼呼吹著，可是沒有一點作用。他覺得越來越悶熱，似乎隱約聞到一股最近一次現場模擬中使用的腐肉惡臭，包括成堆的生豬肋骨、牛肝和雞皮，用地毯捲起來，藏在櫃子地板底下。

演練之前，他先用學會的經費請大家吃了頓包括烤肋排和米飯的特別午餐，結果，有好幾名學員在那堆流出膿汁、爬滿蛆蟲的惡臭包裹被發現時差點吐了出來。當他們急著整理那堆假的人類殘骸並清理現場時，A組學員被腐臭的汁液薰得六神無主，忽略了同樣藏在地板下的一片撕裂的指甲，而這片指甲正是解開凶手身分的唯一證物。

喬點燃一根雪茄，溫柔回憶著這次現場模擬的成功，由於馬里諾的憤怒，由於他堅持喬再度偷竊了他的點子，更是大大的成功。那個南瓜肚警察還沒搞清楚，露西選擇了一個可以連結法醫學會PBX（Private Branch eXchange，商用電話交換機）的通訊監控系統，意謂著，只要能有效破除安全系統，你可以用各種你想得到的方式監控任何人。

露西太不小心了。竟然把她的Treo——一種具有個人數位助理、行動電話、電子郵件、照相機等多種功能的高科技掌上型通訊裝置——留在她的一架直升機上。大概是一年前的事吧。那時候他的研究生生涯才剛開始，難以置信的好運降臨在他頭上，他和一名學員，非常漂亮的一位，一起在機棚裡，帶她參觀露西的直升機，他發現她那架貝爾四〇七裡面有一台Treo。

露西的Treo。

而且還在登入狀態。不需要她的密碼就能輕易進入。他把那台Treo帶走，直到把它的所有檔案下載完畢，才放回直升機裡，丟在地板上，從座椅底下露出來。同一天露西找到了它，不明白怎麼回事。到現在她仍然搞不清楚。

喬得到許多密碼，幾十個，包括露西的系統管理密碼，這讓她——還有他——能夠進入並且變更南佛羅里達州所有地區性機關和諾斯維爾郡中央機關的電腦和電子通訊系統，還有紐約和洛杉磯的衛星辦公室，班頓．衛斯禮和他的最高機密「掠食者」研究計畫，還有他和史卡佩塔互相吐露的所有秘密。喬能夠更改檔案和電子郵件，掌握和學會有關的每個人沒有公開登記的電話，藉此製造大混亂。他的研究生實習還有一個月就要結束了，而在他離開前，他將會大展身手，說不定能成功的讓學會起內鬨，尤其是讓那個大蠢蛋馬里諾和高傲的史卡佩塔兩人互相憎恨。

他可以輕易的監控那個莽夫的辦公室電話，開啓他的擴音器，好像房間裡有個開放式麥克風似的。馬里諾什麼都要插手，包括他的現場模擬，而這些都是蘿絲替他打成文件，因爲他不會拼字，文法又很糟，幾乎不看書，說他是文盲也不爲過。

喬把雪茄菸灰彈進可樂罐，登入PBX系統，感覺一股莫名的幸福。他連上馬里諾的辦公室電話線，啓動他的擴音器，看他是否正在電話中談事情。

23

當初史卡佩塔同意擔任「掠食者」研究的法醫病理顧問時，對這計畫並不熱中。她警告班頓，勸他不要加入，不斷提醒他這些研究對象才不會在乎你是醫生、心理學家或是哈佛教授。他們會抓著你的頭去撞牆，不管你是誰，她說。沒有所謂主權豁免這種事。

我一輩子都在跟這些人打交道，他回答說。這是我的工作，凱。

但是這種情況是第一次。你從不曾在一所常春藤聯盟轄下的精神醫院裡進行這種事，這家醫院可是從來沒接觸過重刑犯。你不只想一探深淵，還想在裡面架設燈光和電梯，班頓。

她聽見蘿絲在隔壁辦公室說話。

「你到底跑哪去了？」蘿絲說。

「我什麼時候可以帶妳去兜風？」馬里諾大聲回答。

「我說過了，我說什麼都不會坐上那種東西的後座。我覺得你的電話好像有問題。」

「我常常幻想妳坐在黑色皮革座椅上的樣子。」

「我去找你，可是你不在辦公室。或者應該說，你沒應門……」

「我整個上午都不在。」

「可是你的電話線路亮著。」

「不可能。」

「幾分鐘前才亮著。」

「妳又偷偷查我的勤了？我還以爲妳對我很好呢，蘿絲？」

馬里諾繼續喧鬧，在這同時，史卡佩塔讀著一封班頓剛傳來的電子郵件，一則即將刊登在《波士頓環球報》和網路上的招募廣告。

MRI研究徵求健康志願者

哈佛醫學院所屬研究員最近正在麻塞諸塞州貝蒙特的麥克連醫院腦影像中心，針對健康成人進行腦部結構和功能研究。

「快過來。史卡佩塔在等你，你又遲到了。」她聽見蘿絲責備著馬里諾，語氣堅定卻又充滿感情。「你必須改掉動不動就失蹤的壞習慣。」

徵求條件如下：

- 十七到四十五歲男性
- 能夠親赴麥克連醫院五趟
- 沒有腦部創傷或濫用藥品病史
- 不曾診斷出患有精神分裂症或雙極性躁鬱症

史卡佩塔讀完整篇廣告，開始看精采的部分，班頓的附註。

妳一定很難相信有多少人自以為心智正常。

真希望大雪快停。愛妳。

馬里諾的龐大身軀堵住門口。

「什麼事？」他問。

「請關門，」史卡佩塔說著伸手拿電話。

他把門關上，找了張椅子，不是正對她的椅子，而是有點偏斜，這樣他就不必和坐在大辦公桌後面大皮椅上的她大眼瞪小眼了。她知道他在玩什麼把戲，知道他那些笨拙的手段。他不喜歡坐在她那張大桌子前面和她談事情，寧可中間沒有隔著任何東西，平等坐著。她了解辦公室心理學，比他了解得太多。

「等我一分鐘，」她說。

噹噹噹噹，無線電頻率的急促聲響構成一個磁場，激發著質子。在MRI實驗室中，又一個自認正常的人正在接受腦部結構掃描。

「那裡的天氣狀況很糟嗎？」史卡佩塔透過電話問。

連恩醫生按下對講裝置鈕。「你還好嗎？」她對「掠食者」計畫的最新研究對象說。

他聲稱自己很正常。也許並非如此。他不知道這計畫的重點是拿他和殺人犯做比較。

「不知道，」那個正常人語氣平靜的回答。

「還好，」班頓在線上對史卡佩塔說，「只要妳不會又遲到就沒問題。不過明天晚上可能會轉壞……」

叭……叭……叭……叭……

「我聽不清楚，」他惱火的說。

電話收訊很差。在這裡，有時候他的手機甚至收不到訊號。他心情非常煩亂沮喪，而且累了。掃描工作不太順利，今天好像每件事都不對勁。連恩醫生一臉氣餒，喬西無聊的坐在螢幕前。

「好像沒什麼用，」連恩醫生對班頓說，一副想放棄的表情。「戴了耳塞也一樣。」今天有兩次這些正常的實驗對象拒絕接受掃描，因為他們患有幽閉恐懼症，他們被列入研究對象時並沒有提到這點。現在這個實驗對象又抱怨噪音太大，說那聲音聽起來像是在地獄裡彈奏低音電吉他的聲音。至少他很有創意。

「我起飛前再打給你，」史卡佩塔對著電話說，「那則廣告還不錯，不輸給其他廣告。」

「多謝費心。我們需要多一點人報名，退出的人越來越多，大概是某種恐懼氣氛造成的吧。還有，每三個正常人當中就有一個不正常。」

「我已經不知道何謂正常了。」

班頓捂住另一邊耳朵，來回走動，努力想聽清楚，努力想讓收訊好一點。「恐怕來了件大案子，凱。又有得忙了。」

「你那邊怎麼樣？」連恩醫生透過對講裝置說。

「不太好，」實驗對象的聲音傳回。

「每次我們要碰面的時候總是這樣，」史卡佩塔提高音量說，現在的雜音變得很像快速的斧頭伐木聲。「我會盡力幫忙的。」

「我快瘋了，」那名正常實驗對象說。

「這樣行不通的。」班頓透過強化玻璃看著掃描機那一端的正常人。

他那貼滿膠布的頭動個不停。

「蘇珊？」班頓看著醫生。

「我知道，」連恩醫生說，「我必須重新把他固定住。」

「祝妳好運。我想他已經不行了，」班頓說。

「他移動界標了，」喬西抬頭說。

「好吧，」連恩醫生對那位正常實驗對象說，「我們停止吧，我這就進去帶你出來。」

「眞抱歉，我實在受不了，」那人沮喪的說。

「很遺憾，又一個敗下陣來，」班頓在電話中對史卡佩塔說，邊看著連恩醫生打開掃描室門，進去替他們最新的失敗實驗品鬆綁。「我只花了兩小時評估這傢伙就結束了。他出來了。喬西？」班頓說，「請人幫他叫輛計程車。」

一身哈雷裝扮的馬里諾擺出最舒服的姿勢，黑色皮革嘎嘎作響。他盡力表現出輕鬆的樣子，懶懶靠著椅背，兩腿交叉。

「什麼廣告？」等史卡佩塔掛上電話，他問。

「只是他參與的另一項研究計畫。」

「喔，什麼樣的研究？」他說，似乎起了疑心。

「神經心理學的研究。不同類型的人處理不同類型的問題時有什麼差異，諸如此類的。」

「哈，好一句台詞。說不定每次記者打電話去的時候他們都是用這句應付，空洞得很。妳找我幹嘛？」

「你收到我的留言沒？從週日晚上到現在我總共留了四通。」

「有啊，收到了。」

「要是你能回電就好了。」

「妳又沒說那是九一一。」

這是他們多年前用傳呼器呼叫對方時所使用的密碼，那時候行動電話還不普遍，後來則是因爲行動電話太不安全。現在露西有擾頻器和大堆儀器可以保護隱私，因此可以留語音留言。

「打電話沒辦法留九一一，」她說，「要怎麼留？等嗶聲響，然後我說九一一？」

「重點是，妳沒說有急事。到底有什麼事？」

「你放我鴿子。你說好要到我家討論史威夫特案的，記得嗎？」

她還爲他做了晚餐呢，可是她沒說出口。

「我很忙，在車上。」

「能不能告訴我，你都在做些什麼，到了哪些地方？」

「騎我的新機車。」

「整整騎了兩天？你沒有停下來加油，或者上洗手間？連打電話的空檔都沒有？」

她靠在大桌子後面的大椅子裡，看著他，感覺自己很渺小。「你很反常，就這樣。」

「我爲什麼要向妳報告我去哪裡？」
「就算不爲別的，我好歹也是法醫科學和醫學部門主管。」
「我是調查組長，屬於人員訓練和特殊任務小組，所以說來露西才是我的主管，不是妳。」
「露西不是你的主管。」
「關於這個妳最好找露西商量。」
「其實調查組是屬於法醫科學和醫學部門底下的單位。其實你不屬於特殊任務小組，馬里諾，你的薪水是我的部門支付的。事實就是如此。」她很想剝了他的皮，可是她辦不到。
他用那張大又粗陋的臉孔望著她，他那粗厚的手指敲打著椅子扶手。他交叉雙腿，開始抖動一隻穿著哈雷皮靴的腳。
「你的職責是協助我處理案件，」她說，「你是我依賴最深的人。」
「妳最好是找露西商量。」
他緩緩敲著扶手，抖著腳，冷酷的眼睛望著她背後。
「我就該什麼都告訴妳，妳卻連屁都不告訴我，」他說，「妳爲所欲爲，從來不覺得應該向我交代什麼。妳叫我來這兒，卻對我撒謊，以爲我傻得什麼都看不清。除非妳高興，否則妳什麼都不會問我或告訴我。」
「我不是你的員工，馬里諾。」她忍不住說，「反過來說也一樣。」
「噢，是嗎？」
他靠近她桌前，臉色緋紅。
「去問露西，」他說，「這鬼地方是她的，所有人的薪水都是她給的，問她。」

「你總該承認，有關史威夫特案的會議你幾乎都沒參加，」她改變語氣，試圖阻止即將爆發的戰鬥。

「何必？這案子沒人比我更清楚。」

「我們希望你能和我們分享資訊。我們是夥伴。」

「眞不是蓋的。每個人都插手所有事情，再也沒有什麼是屬於我自己的了。連我的舊案子都重新開張，我的現場模擬劇。妳什麼都可以交給別人，根本不在乎我的感受。」

「才不是這樣。你冷靜一點。我不希望你中風。」

「妳聽說昨天的現場模擬了吧？妳以爲那是怎麼來的？從我們的檔案裡挖出來的。」

「不可能。那些文件影本都上鎖了，電子影本也完全不可能流出。至於昨天的現場模擬，我承認的確有點雷同……」

「雷同個屁，根本就一樣。」

「馬里諾，媒體也都有報導。事實上，網路上也都還查得到。我查過了。」

他那張泛紅的大臉瞪著她，不友善的眼神顯得好陌生。

「我們用一點時間談一下史威夫特的案子好嗎？」她說。

「想問什麼隨妳，」他陰沉的說。

「這案子的竊盜動機論讓我很困惑。到底有沒有竊盜事件？」

「屋子裡沒有貴重物品遺失，除了信用卡的疑點還無法釐清。」

「什麼信用卡的疑點？」

「他死後那個星期，有人提領了總共兩千五百元的現金。在好萊塢一帶的五個提款機分別提了五百元。

「追蹤到了？」

馬里諾聳聳肩然後說，「是啊。都是停車場的提款機，不同日期，不同時間，所有條件都不同，只有提款數目相同，都不超過五百元。當信用卡公司試圖把這種異常的提領行爲通知強尼·史威夫特——這時候已經死了——告訴他可能有人盜用他的信用卡時，提款就停止了。」

「攝影監控器呢？有機會捕捉到那人的影像嗎？」

「剛好這些提款機都沒有攝影監控設備。這人顯然是有備而來，說不定以前就做過。」

「羅萊爾知道密碼嗎？」

「強尼動手術以後無法開車，所以大小事都依賴羅萊爾，包括提款。」

「知道密碼的還有誰？」

「目前沒發現有別人。」

「看情況，確實對羅萊爾很不利，」史卡佩塔說。

「我不認爲他會爲了提款卡殺掉自己的哥哥。」

「人會爲了更細小的事情殺人的。」

「我認爲凶嫌另有其人，也許是強尼·史威夫特偶然遇見的人。也許那人殺了他，聽見羅萊爾的車子接近，一時驚慌逃走，才讓那把霰彈槍留在地板上。等羅萊爾跑出屋子，他才又回來把它拿走。」

「那把槍一開始爲什麼會在地板上？」

「也許他正想把現場布置成自殺案件，卻被打斷了。」

「你的意思是，你認為這案子是他殺。」

「那妳的意思是妳認為不是？」

「我只是在問你問題。」

馬里諾環顧辦公室，越過她那張堆滿文件的桌子，越過層層公文和案件檔案夾，用那雙冷酷的眼睛望著她，若非她過去見過那雙眼睛流露的不安和痛楚，或許會被那眼神嚇著。也許他看來有些不同和疏遠，只是因為他把頭髮剃光了，還戴了鑲鑽耳環。他勤跑健身房，卻從沒見他這麼胖過。

「希望妳能溫習一下我的模擬劇，」他說，「我構想的每個點子都在那張磁碟片裡，希望妳能仔細看看，反正妳在飛機上也沒別的事情做。」

「那可不一定。」她試圖逗他，讓他開心點。

沒有效果。

「蘿絲把它們全部收進一張磁碟片裡了，從去年第一個排到現在，都在那個檔案裡，用一個信封密封起來，」他指著她桌上的檔案。「也許妳可以用妳的筆記型電腦看一下。子彈穿透紗門而形成網狀痕跡的點子也在裡面，那個撒謊的爛人。我發誓是我先想到這點子的。」

「如果你上網去搜尋槍擊目標媒介物，我保證你會找到許許多多提到子彈穿過紗門的案例和槍擊測試，」她說，「眞正新穎或屬於個人的事物恐怕已經不多了。」

「去年以前，他只不過是隻活在顯微鏡底下的實驗室老鼠。他竟然不了解自己寫的東西，怎麼可能。這完全是因為在人體農場發生的那件事。關於這點妳至少該承認吧。」

「你說得沒錯，」她說，「我應該告訴你，發生那件事以後，我就不再看你的現場模擬提案了，大家都不再看了。我應該找你來向你解釋的，可是你氣沖沖的，又好鬥，我們沒人敢和你打交道。」

「如果妳像我一樣被人陷害，也會變得氣憤跟好鬥的。」

「發生那件事的時候，喬並不在人體農場或者諾斯維爾郡，」她提醒他說，「所以請你解釋一下，他有什麼本事把皮下注射針偷偷放進一個死者的口袋。」

「那次田野訓練本來是讓學員們在人體農場發現一具眞正的腐爛屍體，看他們是否能克服那股噁心感，靜下心來尋找幾項證物，但是這些證物並不包括一只髒污的注射針。那是他故意設計來陷害我的。」

「並不是每個人都想害你。」

「如果不是他設的陷阱，那麼那個女孩爲什麼沒有繼續法律訴訟的行動？因爲那一切全是捏造的。那支注射針上面根本沒有愛滋病毒，甚至從來沒使用過。那混蛋忽略了這點。」

她起身離開辦公桌。

「我該拿你怎麼辦，這才是眞正的問題所在，」她說著把公事包鎖上。

「秘密一大堆的人可不是我，」他看著她說。

「你才秘密一大堆，我大半時候都不知道你在做什麼，或者人在哪裡。」

她抓起掛在門後的套裝上衣。他那雙冷硬的眼珠盯著她。他輕彈著椅子扶手的指頭停下。他從椅子上站起，皮革夾克吱嘎的響。

「班頓和那群哈佛人在一起工作，一定覺得很了不起，」他說。他說這話已經不是第一次了。「那些神秘兮兮的火箭專家。」

她望著他，手放在門把上。也許她也變得有點偏執了。

「沒錯，他在那裡的工作一定很刺激。不過，如果妳問我，我會很樂意告訴妳，別浪費時間了。」

他不可能在暗示「掠食者」計畫吧。

「更別提浪費錢了。那些錢應該有更好的用途。我呢，我實在很難接受把大筆錢和人力花在那種毫無意義的用途上。」

除了研究小組、醫院院長和內部審查會議，以及少數幾個監獄官員以外，沒人知道「掠食者」計畫的事，就連參與的一般實驗對象都不知道這項研究的名稱或者目的。馬里諾絕不可能知道，除非他有辦法進入她的電子信箱，或是她鎖在檔案櫃裡的文件影本。這是她頭一次想到，如果有誰破解了安全系統，這人可能就是他。

「你在說些什麼？」她平靜的問。

「也許妳轉寄郵件的時候應該小心點，最好先檢查一下附帶了什麼檔案，」他回說。

「轉寄什麼郵件？」

「妳和大衛第一次討論嬰兒猝死案之後寫的一些筆記，就是他希望以意外事件收場的那案子。」

「我沒有轉寄郵件給你。」

「當然有。上週五寄的，我一直到週日和妳見面之後才打開來看的。很不巧的附帶在一封班頓寄給妳的郵件裡頭，一封我不該看到的郵件。」

「我沒寄，」她堅持說，警覺逐漸升高。「我根本沒寄電子郵件給你。」

「也許是無心的。有意思的是，人要撒謊還眞是容易，」他說。這時有人敲門。

「所以你週日晚上不到我家赴約？昨天早上也不參加大衛的會議？就是爲了這理由？」

「打擾一下，」蘿絲進門說，「你們當中最好有人接一下電話。」

「你總可以問我一下，讓我有機會爲自己辯解，」史卡佩塔對他說，「也許我不是什麼事都告訴你，但我從不撒謊的。」

「無心的謊言一樣是謊言。」

「不好意思，」蘿絲又試探。

「掠食者，」馬里諾對史卡佩塔說。「先從這個謊言開始解釋吧。」

「是席米斯特女士，」蘿絲大聲打斷他們。「不久前從教會打電話來的那位女士。抱歉打擾，不過事情好像很緊急。」

馬里諾沒有要走去接電話的意思，似乎是在提醒史卡佩塔他不是她的屬下，她自己看著辦吧。

「唉，眞要命，」她說著走向辦公桌。「把電話轉過來吧。」

24

馬里諾把雙手插進牛仔褲口袋，倚在門邊，看著她跟那個席米斯特女士講電話。

從前他很喜歡連著好幾小時坐在史卡佩塔的辦公室裡，喝咖啡、抽菸，一邊聽她說話。他有什麼不懂的就要求她解釋，她有事情要忙時——這種時候相當多——他總是耐心等候。她遲到時他也毫不在意。

現在情況不同了，而且都該怪她。他不想等她，不想聽她解釋任何事情，寧可無知也不想問她關於醫學、工作上或私人的問題，就算快死了也不問。以前他總是愛怎麼問就怎麼問。可是她背叛了他，她羞辱他，而且是故意的。現在她又故意羞辱他，她再怎麼解釋都沒有用。她總是可以提出對自己有利的理由，以理性和科學的名義做出傷人的事，當他是看不清眞相的笨蛋。

這跟他和桃麗斯之間的情況如出一轍。有一天她哭著回家，他看不出她是氣憤或悲傷，但他知道她很難過，可以說他從來沒見過她那麼難過。

怎麼了？醫生決定替妳拔牙了嗎？馬里諾問，坐在最喜歡的椅子上喝啤酒，看電視新聞。

桃麗斯坐在沙發上，繼續啜泣。

眞是的。到底怎麼了，寶貝？

她掩著臉，哭得像是誰快死了似的，因此馬里諾在她身邊坐下，伸手環抱著她。他抱了一陣子，見她遲遲不說話，便要求她告訴他究竟出了什麼事。

他摸我，她哭著說。我知道那是不對的，一直問他爲什麼，可是他要我放輕鬆，說他是醫生，我內心有一部分知道他在做什麼，可是我好害怕。我應該清楚的，應該說不，可是我實在不知道該怎麼辦，她不斷解釋著那個牙醫或是根管治療權威還是什麼專家說，桃麗斯很可能由於牙根斷裂而全身受到感染，他必須檢查一下她的腺體。根據桃麗斯的說法，這是他使用的字眼。腺體。

「等一下，」史卡佩塔對那個席米斯特女士說，「我讓妳用擴音器說，有位調查員就坐在這裡。」

她對馬里諾使了個眼色，意思是她對電話中聽到的事情非常重視。他努力把桃麗斯的影子逐出腦海。他仍然時常想起她，而且似乎是年紀越大，越是清楚記得他們之間發生的種種，當他聽說那個牙醫觸摸她時的感受，當她爲了一個汽車業務員，那個可惡的不成材的汽車業務員而離開他時，他的感受。每個人都離他而去。每個人都背叛他，每個人都想奪取他擁有的，每個人都以爲他笨得看不清他們的詭計和手段。過去幾星期情況更是變得讓他幾乎難以招架。

加上現在。史卡佩塔對他隱瞞研究計畫的事，把他排除在外，貶低他，自己想怎麼做就怎麼做，完全不把他放在眼裡。

「要是我手上有更多資訊就好了，」席米斯特女士的聲音流入房間，聲音聽起來和麥修撒拉（譯註：Methuselah，舊約聖經裡的人物，出現在創世紀，指非常長壽的人）一樣老。「真希望沒有發生不好的事情，可是恐怕還是發生了。警方不理不睬的更是糟糕。」

馬里諾不懂席米斯特女士在說什麼、她是誰，或是她打電話到全美法醫學會來做什麼，而且他無法將桃麗斯的影子趕走。他多麼希望他不單是威脅那個該死的牙醫或是根管專家，或者管他是什麼人。他應該毀了那混帳的臉蛋，也許再打斷他幾根手指。

「請妳向馬里諾調查員解釋一下，妳說警方不理睬是什麼情形，」史卡佩塔透過擴音器說。

「我最後一次見到那間屋子裡有人是週二的事，當我發現那一家人突然消失得無影無蹤，我立刻打電話報警，他們派了一名警察過來，然後他叫來一位警探。她根本不在乎。」

「妳指的是好萊塢警方，」史卡佩塔說，看著馬里諾。

「沒錯，一位瓦格納警探。」

馬里諾翻了翻白眼，簡直不敢相信。最近他實在倒楣透頂了。

他站在門口發問，「妳是說莉芭·瓦格納？」

「什麼？」那聲音不耐煩的說。

他朝辦公桌上的電話走近些，重複問了一次。

「我只知道她名片上的縮寫是R. T.，有可能是莉芭。」

馬里諾又翻了下白眼，然後指著腦袋，意指這位R. T.瓦格納警探固執得跟石頭一樣。

「她在院子和屋裡巡視了一圈，說沒有發現不尋常的跡象。她說那些人是自動離開的，警方無法干涉。」

「妳認識那些人嗎？」馬里諾問。

「我就住在那棟屋子的對岸，我也參加過他們的教會。我知道一定是出事了。」

「好，」史卡佩塔說，「妳希望我們怎麼做呢，席米斯特女士？」

「至少來察看一下這房子。這間房子是教會租下的，那些人失蹤以後門一直是上鎖的。可是他們的租約還有三個月就到期了，房東說要和教會解約而且不罰他們，因爲另外有人要租房子。有幾個教會的女人打算明天一早去打包。要是有什麼線索被破壞了該怎麼辦？」

「好，」史卡佩塔說，「這樣吧，我們會打電話給瓦格納警探，沒有警方的准許我們不能進入那屋子。除非他們向我們尋求協助，否則我們沒有這權力。」

「這我了解，非常謝謝你們。拜託想想辦法。」

「好的，席米斯特女士。我們會向妳回報，請留下妳的電話號碼。」

「嘿，」史卡佩塔掛上電話後，馬里諾說，「說不定是個怪人。」

「既然你似乎和瓦格納警探很熟，由你來打電話給她如何？」史卡佩塔說。

「她本來是機車騎警，呆頭呆腦的，可是她把她那台哈雷Road King照顧得相當好，我不敢相信他們竟然讓她升了警探。」

他拿出他的Treo手機，有點害怕聽見莉芭的聲音，同時又希望能甩掉桃麗斯的身影。他告訴好萊塢警局接線員讓瓦格納警探盡快和他聯絡。他結束通話，環顧史卡佩塔的辦公室，但就是不看她，邊想著桃麗斯和那個牙醫什麼的，還有那個汽車銷售員。他心想當初要是把那個牙醫什麼的痛打一頓一定很爽，而不是喝得醉醺醺的，闖進他辦公室，要他從檢驗室滾出來，當著等候在走廊裡的所有病患的面質問他，他爲什麼認爲有必要檢查他老婆的乳房，要他解釋一下乳房怎麼會和根管治療扯上關係。

「馬里諾？」

爲什麼這麼多年過去，這件事仍然令他心煩，他也不懂，不明白爲什麼有很多事情突然又讓他心生煩擾。幾週以來他煎熬得厲害。

「馬里諾？」

他一愣，看著史卡佩塔，這才發現他的行動電話響了。

「喂，」他接聽。

「我是瓦格納警探。」

「我是彼德．馬里諾調查員，」他說，不認識她似的。

「有什麼事，彼德．馬里諾調查員？」她的口氣也像是從來不認識他。

「我知道妳們在西湖地區有個家庭失蹤案件，上週二晚上發生的事。」

「你怎麼知道的？」

「顯然是有人擔心可能出了事。那人還說妳沒有盡力幫忙。」

「要是我們研判情節重大，早就積極展開調查了。你的消息來源是？」

「他們教會的一位女士。妳知道那些失蹤者的名字嗎？」

「我想想看。那些人的名字相當怪異。伊娃．克里斯欽，克莉絲朵，或是克莉絲汀．克里斯欽，類似的名字。至於男孩叫什麼我想不起來了。」

「妳剛才說的，會不會是克里斯欽．克里斯欽？」

史卡佩塔和馬里諾對看一眼。

「很類似。我的筆記不在身邊，如果你想看的話，我可以提供。在缺乏證據的情況下，我的部門不可能派遣大量人力去……」

「我了解，」馬里諾粗率的說，「據說教會的人明天早上會回那棟屋子去打包，如果我們打算行動，現在正是時候。」

「他們離開還不到一星期，教會的人已經要打包行李了？看來他們似乎知道那些人已經溜走，不會回來了。你認爲呢？」

「得去察看一下才能確定，」馬里諾說。

櫃台後面的男人比露西想像中老得多，端莊得多。她以爲見到的會是個皮膚黝黑、身上都是刺青的老衝浪手，叫做海灘遊子的商店似乎就該出現這樣的店員。

她放下一台相機，手指滑過一整排印著鯊魚、花朵、棕櫚樹等熱帶圖案的花襯衫。她瀏覽著成堆的草帽、一籃籃夾腳涼鞋和各式太陽眼鏡和乳液，沒有興趣買卻又希望能提起興趣。有好一陣子她只是閒逛，等著另外兩名顧客離開。她心想和其他人一樣不知是什麼感覺，眼中只有紀念品和鮮艷的衣服，整天曬太陽，對自己身穿泳裝的半裸模樣感到舒坦自在。

「你們有沒有含氧化鋅成分的？」一名顧客問賴利，就是坐在櫃台後方的男子。

他有一頭濃密的白髮和修剪整齊的鬍子，六十二歲，出生在阿拉斯加，開著輛吉普車，不曾有過屬於自己的房子，沒念過大學，曾經在一九五七年因酒醉和妨礙秩序罪名被捕。賴利經營海灘遊子大約有兩年時間。

「沒人要那種東西，」他對那名顧客說。

「我就要。別的乳液會害我滿臉長痘子，我想我大概是對蘆薈過敏吧。」

「這些防曬乳液沒有蘆薈成分。」

「你們有Maui Jim墨鏡嗎？」

「太貴了，親愛的。我們店裡的眼鏡就是你正在看的那些。」

對話持續了一會兒，兩名顧客分別買了一點東西，最後總算走了。露西向櫃台逛過去。

「需要幫忙嗎？」賴利問，打量著她的裝扮。「妳打哪兒來？從《不可能的任務》電影跑出來的？」

「我騎機車來的。」

「那麼妳算是極少數腦袋清楚的。瞧窗外那些人，不是短褲就是T恤，沒人戴安全帽，有些還穿著夾腳拖鞋。」

「你應該就是賴利了。」

他有些驚訝，然後說，「妳以前來過？我怎麼不記得妳，我對臉孔一向過目不忘的。」

「我想和你談談關於佛洛莉和海倫．昆西母女的事，」她說，「不過請你先把門鎖上。」

那輛藍漆和鋁合金底色上有著火燄圖案的哈雷Screamin' Eagle Deuce重型機車停靠在學會停車場較遠的角落，馬里諾加速腳步朝它走過去。

「王八羔子，」他開始跑步。

他放聲咒罵，正在花圃裡除草的管理員林克聞聲，停下手邊工作，彈跳起來。「你沒事吧？」

「眞可惡！」馬里諾吆喝著。

他這輛新機車的前輪胎洩了氣，讓閃亮的鋁合金輪圈都快碰著地面了。馬里諾蹲下去察看輪胎，難過又氣憤的到處尋找著釘子、螺絲等早上他來上班途中或許不小心輾過的尖銳物。他讓機車前後移動，終於找到了破孔。是一個大約八分之一吋大的切口，看來應該是刀子之類的尖利工具造成的。

也許是不鏽鋼手術刀。他的眼睛四下掃描，尋找著喬．亞默斯。

「我也注意到了，」林克朝他走來，邊在藍色工作服上抹著一雙髒手。

「多謝你告訴我，」馬里諾氣憤的說，邊氣憤的在機車掛袋裡尋找修補輪胎組，邊想著喬．亞默斯，越想越氣。

「一定是哪裡被釘子扎到了，」林克猜測著，蹲下來湊近細看。「眞糟糕。」

「你有沒看見有人在這附近瞄我的車子？我的修補輪胎組呢？」

「我在這裡待了一整天，沒看見有人接近你的車子。好拉風的機車。多少？一千四百CC？我曾經有一輛Springer，有一次一輛不要命的車子突然超到我前面，結果我連人帶車飛過他的車頂。我早上十點鐘左右開始在花圃工作，那時候你的輪胎已經扁了。」

馬里諾回想著。他到達這裡的時間大概在九點十五分到九點半之間。

「像這樣的破洞，輪胎一定很快就洩氣，絕不可能撐到這個停車場，而且可以肯定的是，我停車買甜甜圈的時候，輪胎還是好的，」他說，「一定是我把車停在這裡以後發生的事。」

「這就不妙了。」

馬里諾看看四周，想著喬．亞默斯，他非殺了那傢伙不可。要是他碰了這車子，他就死定了。

「眞過份，」林克說，「竟然敢大白天的跑到停車場來幹那種事。如果事情眞是這樣的話。」

「可惡，到底在哪裡？」馬里諾在另一側掛袋裡尋找。「你有工具可以修補嗎？可惡！算了。」他停止摸索。「反正破洞這麼大，也不一定修補得了，眞該死！」

看樣子他必須更換輪胎了。機棚裡有一些備用的。

「喬．亞默斯呢？看見他沒？今天可曾看見那爛人出現在這附近？」

「沒。」

「學員呢？」

「沒有，」林克說，「要是有人到這兒來破壞你的車子，我一定會注意到的。」

「沒人？」馬里諾不斷追問，並且開始起疑也許林克和這事脫不了關係。

或許學會裡沒有一個人喜歡馬里諾，或許全世界一半的人都忌妒他這輛出色的哈雷。時常有人盯著它瞧，跟著他進入加油站，停下來仔細欣賞。

「你必須把它牽到機棚旁邊的車庫裡去才行，」林克說，「不然我們只好拿露西用來載她那幾輛哈雷V-Rod新車的那種人拖車來把它運走了。」

馬里諾思索著學會的前後柵門入口。除非有密碼否則沒人可以進入，一定是內部的人幹的。他再度想起喬．亞默斯，發現一件重要的事實。當時喬正在開會。當馬里諾到達這裡時，他已經坐在會議室裡發表高論了。

25

這棟有著白色屋頂的橘色房屋建造於史卡佩塔出生的同一年代，五〇年代，她想像著住在裡頭的那些人。她繞過後院，感覺屋子已經空了。

她不斷想起那個自稱Hog的人，想著他謎樣的提到史威夫特案時，被馬里諾聽成克里斯欽．克里斯欽的那句話。史卡佩塔感覺Hog說的應該是克莉絲汀．克里斯欽。強尼死了，克莉絲汀又已經失蹤。史卡佩塔不斷的想到，南佛羅里達有太多可以用來棄屍的地點，那麼多濕地、渠道、湖泊和廣大的松樹林。在這片亞熱帶地區，屍體很快就腐敗了，被昆蟲吞噬一空，屍骨也迅速被野獸啃光，然後像棍子和石頭似的隨處丟棄。屍體在水中保存不了多久，海水裡的鹽分更會釋出骨骼裡的礦物質，將整副骸骨溶解掉。

屋子後方有一條暗血色的污穢水渠，有如爆炸殘片般的枯葉在黑褐的死水中漂浮，綠色和褐色的椰子像被砍下的頭顱似的上下漂動。陽光在逐漸增厚的暴風雲層中穿進穿出，溫暖的空氣潮濕而凝重，風狂吹。

瓦格納警探喜歡人家稱呼她莉芭。就一個已屆中年、飽受日曬風吹的女人來說，她相當有魅力，一頭蓬亂的髮絲染成白金色，亮藍的眼眸。她的腦袋一點都不含糊，並不像馬里諾所形容的笨得像頭母牛，是個騎著哈雷重型機車的臭娘們，他還說她是屌迷，雖說她直到現在還不清楚那是什麼意思。可以肯定的是，莉芭也許還青澀，但似乎很勇於學習。史卡佩塔遲疑著是否該告訴她那通提到克莉絲汀．克里斯欽名字匿名電話的事。

「她們在這裡住了一陣子，但不是當地人，」莉芭提到那對帶著兩名養子住在這裡的姐妹。「她們是從南非來的，兩個男孩也是，也許因爲這樣她們才領養他們吧。我猜這四個人已經回他們國家去了。」

「如果說他們決定失蹤，甚至逃回自己國家，會是爲了什麼原因？」史卡佩塔望著那條狹窄、黑暗水渠的對岸，感覺濕氣像一隻溫熱黏膩的手壓著她。

「我只知道她們很想收養那兩個孩子，可是事與願違。」

「爲什麼？」

「似乎是這兩個孩子住南非的親人要他們，只是剛開始時房子太小沒辦法養他們，現在他們搬進一棟比較大的房子了。這對姐妹是宗教狂，這點或許對她們十分不利。」

史卡佩塔注意到對岸的幾棟房子，注意到那些青綠的草坪和淡藍色的游泳池。她不確定哪一棟是席米斯特女士的房子，不知道馬里諾去找她談了沒。

「兩個男孩幾歲？」她問。

「七歲和十二歲。」

史卡佩塔瞄著筆記，往前翻了幾頁。「伊娃和克莉絲汀．克里斯欽。我還是不太了解她們爲什麼要照顧那兩個孩子。」

她提到這些失蹤者的時候很小心的避免用過去式。

「不對，不是Eva。沒有'a'，」莉芭說。

「Ev或者Eve？」

「伊芙琳的伊芙，不過是Ev。沒有'e'也沒有'a'。」

史卡佩塔在她的黑色筆記本寫下Ev，心想，好炫的名字。她望著那條水渠，水面上的陽光將它變成濃茶的顏色。伊芙．克里斯欽和克莉絲汀．克里斯欽，像鬼一樣突然失蹤的女宗教狂的名字。陽光又溜進雲裡，水流再度變暗。

「伊芙和克莉絲汀是她們的眞名嗎？」史卡佩塔問，「確定不是假名？確定她們沒有改過名字，也許爲了賦予某種宗教意涵？」她望著對岸那些像是用粉彩筆畫成的房子。

她看見一個穿著深色長褲和白襯衫的人走進某戶人家的後院，說不定是席米斯特女士的後院。

「據我們了解，那是她們的本名沒錯，」莉芭回答，順著史卡佩塔的視線望過去。「這一帶到處都是柑橘潰瘍症巡查員。政治因素，爲了避免大家一窩蜂的種柑橘，政府還得花錢買。」

「不是這樣的。柑橘潰瘍症是非常可怕的植物枯萎病，要是不加以控制，就沒人敢在自家院子裡種柑橘樹了。」

「這完全是陰謀，一些時事評論者在電台節目裡談了很多。妳聽過賽爾芙醫生的節目嗎？妳眞該聽聽她的說法。」

史卡佩塔從來不聽賽爾芙醫生的節目，能免則免。她看著對岸那個人影蹲在草地裡，把手伸進一個看來像是深色袋子的東西裡，從裡頭拿出什麼來。

「伊芙是一名教士、牧師，不隨流俗的小教會有他們自己的稱呼……我把他們教會的名字唸給妳聽。不太容易記的，」莉芭翻著筆記說，「上帝封印之眞女。」

「沒聽過這個教派，」史卡佩塔把這寫下，邊嘲諷的說，「克莉絲汀呢？她做什麼工作？」

那個巡查員站起來，把一支看來像是採果器的東西鎖緊。他把它高高伸向一棵樹，拉下一只葡萄柚，那果實落到草地上。

「克莉絲汀也在教會工作，擔任助理，做些閱讀和醫療的服務。兩個孩子的雙親大約一年前被一輛速克達撞死了。妳知道的，就是那種偉士牌機車。」

「在哪裡？」

「南非。」

「這消息是從哪裡得來的？」史卡佩塔問。

「教會的人。」

「妳手上有關於這場車禍的報告嗎？」

「我說了，事情發生在南非，」瓦格納警探說，「我們正在追查。」

史卡佩塔再度猶豫是否要告訴她那通來自Hog的怪電話。

「男孩叫什麼名字？」史卡佩塔問。

「大衛和東尼．勒克（Luck）。想想還眞諷刺，幸運。」

「南非當局沒有提供協助嗎？南非哪裡？」

「開普敦。」

「那對姐妹就是從那兒來的？」

「聽說是這樣。孩子們的雙親遇難之後，這對姐妹就收養了他們。她們的教會在達維大道，距離這裡大約二十分鐘車程，旁邊是一家另類寵物商店，相當特別。」

「妳問過開普敦的法醫了嗎？」

「還沒有。」

「這我可以幫妳。」

「太好了。很引人側目，對吧？蜘蛛、蠍子、毒蛙，還有小白鼠，各種可以拿來餵寵物蛇的東西，」莉芭說，「感覺像是某種異教崇拜。」

「我從不讓人進來我店裡拍攝東西，除非真的是警方要求。我曾經遭竊，那是很久以前的事了，」賴利坐在櫃台後面的高腳凳上說。

窗外是A1A公路上繁忙的車流，再過去是海洋。此時開始飄下細雨，暴風逐漸逼近，往南方而來。露西想起片刻前馬里諾告訴她的，關於那棟房子和失蹤人口的消息，當然還有讓他跳腳的輪胎被戳破的事。她想著，不曉得凱阿姨正在做什麼，暴風雨就要往她那裡過去了。

「我當然聽過不少她們的事。」先扯了一段南佛羅里達有多少改變，以及他一直在認眞考慮搬到阿拉斯加等等的閒話，賴利終於回到關於佛洛莉和海倫·昆西母女的話題上。「就像別的事情一樣，過去的事總是會被誇張。我希望妳不要攝影，」他又說。

「這是警方事務，」露西反覆說明，「他們請我暗中調查這件案子。」

「誰知道妳是不是記者什麼的？」

「我是前調查局和菸酒槍械管制局探員。你聽過全美法醫學會吧？」

「就是在沼澤地國家公園裡的那一大片訓練營？」

「並不完全在沼澤地裡。我們有私人實驗室和研究員，和佛羅里達大部分警局都有合作協議，必要時我們會支援他們。」

「代價似乎很昂貴。我來猜猜看，靠我們這些納稅人養。」

「間接的。一些補助，互惠——互相支援。他們協助我們，我們提供他們訓練，用各種方式。」

她從黑色口袋掏出一只黑皮夾來遞給他。他打量著她的證件，假的身分證明，一只調查員盾章，不具有任何價值，因爲連它的黃銅材質也是假的。

「沒有照片，」他說。

「這並不是駕照。」

他大聲唸出她的假名，唸出她屬於特殊任務小組。

「沒錯。」

「妳說了算，」他把皮夾還給她。

「把你知道的告訴我，」露西說著把攝影機放在櫃台上。

她看著上鎖的店門外，一對穿著簡單泳裝的年輕情侶想要進來。

他們透過玻璃往內探看，賴利搖搖頭。不，沒營業。

「妳害我少了生意，」他對露西說，但似乎並不怎麼懊惱。「當初接收這地方的時候，我就聽過不少關於昆西母女失蹤的閒言閒語了。聽說她總是在早上七點半趕到店裡，準時讓電動小火車奔馳在軌道上，再打開聖誕樹裝飾燈，開始放聖誕音樂等等的。那天她似乎沒有開店，因爲最後她兒子擔心出事、跑來看她們母女的時候，發現打烊告示牌還掛在門上。」

露西把手探進工作褲口袋，從放置錄音機的內袋取下一枝黑色原子筆，然後抽出一本小筆記。

「我可以記下來嗎？」她問。

「別把我的話當眞。事情發生的時候我不在這裡，我只是把我聽到的告訴妳。」

「我知道昆西女士打電話叫了外賣餐點，」露西說，「報告中提到的。」

「佛羅里達餐廳，是在吊橋那端的一家老餐廳。不知道妳去過沒，相當漂亮的地方。據我了解，她沒打電話去，根本不需要，她每次都點一樣的東西，鮪魚拼盤。」

「也包括她女兒海倫的？」

「這我就不清楚了。」

「昆西女士都是親自去餐廳拿？」

「沒錯，除非她兒子正好在附近。我知道的一些事情正是他告訴我的。」

「我想找他談談。」

「我已經一年沒見到他了。一開始我們還經常見面。他會繞到我這兒來，四處瞧瞧，聊聊天。或許可以說，她們失蹤的頭一年他非常投入。後來，這只是我的想法，他再也承受不了。他目前住在好萊塢一棟非常漂亮的房子裡。」

露西環顧店內。

「這裡沒有聖誕節的東西，」賴利猜測她也許想問這個。

她沒有問關於昆西女士的兒子弗雷德的事。她已經從HIT資料庫中查出，弗雷德．安德森．昆西今年二十六歲。她知道他的地址，知道他是自由工作者，懂電腦繪圖，是個網頁設計師。賴利繼續說，昆西女士和海倫失蹤那天，弗雷德曾經好幾次試著聯絡她們，最後開車到這裡，發現店門關著，他母親的奧迪還停在屋後。

「我們能確定那天早上店門曾經打開嗎？」露西問，「有沒有可能她們下車以後遇上了什麼事？」

「任何事情都有可能。」

「昆西女士的錢包和車鑰匙在店裡嗎？她有沒有煮咖啡、打電話或者做什麼事情，可以證明那天她和海倫的確到過店裡？例如，聖誕樹是否亮著，玩具火車是否在動？屋內是否播放著聖誕音樂？店裡是否亮著燈？」

「我只聽說他們一直沒找到她的錢包和車鑰匙。關於當時店內的狀況，我聽過好幾種說法。有些人說她們到過店裡，有些說沒到過。」

露西的注意力轉移到商店後門。她想著巴吉爾．詹烈特究竟是怎麼對班頓說的。她看不出巴吉爾有可能在這個儲藏空間將某人強暴，再加以殺害。很難相信他能夠把這地方清理乾淨，把屍體搬出去，用車子載走而不被任何人看見。當時是白天。這地區總是人潮不斷，即使是在七月的淡季也一樣，而且這樣的劇本也無法解釋那位女兒發生了什麼事，除非他把她給綁走，在別處將她殺害，就像他對其他受害人那樣。可怕的想法。畢竟那女孩才十七歲。

「她們失蹤以後，這間商店怎麼了？」露西問，「重新開張了？」

「沒，反正聖誕節禮品在這一帶也沒什麼市場。如果妳問我，我會說那只不過是她個人的癖好。她的商店一直沒有恢復營業。她們失蹤以後過了一、兩個月，她的兒子就把所有貨品清空了。那年九月，海灘遊子頂下這間店，並且僱用了我。」

「我想到後面看一下，」露西說，「然後就會離開。」

Hog又扯下兩只橘子，然後用長柄採果器末端的爪狀籃子撈著葡萄柚。他看著對岸，看著史卡佩塔和瓦格納警探走過游泳池邊。

那位警探手勢很豐富。史卡佩塔忙著做筆記，到處察看。這給了Hog極大的觀賞樂趣。傻瓜。這兩人都不像她們自以爲的那麼聰明。她們根本不是他的對手。他笑著想像馬里諾匆匆跑來，由於爆胎的小意外而延遲到達。其實那很容易解決，只要開學會的車子來就是了。可是他不會這麼做，他無法忍受這種事，非要立刻把輪胎修好不可。愚蠢的大老粗。Hog蹲在草地上，把採果器的螺絲旋開，拆成幾段鋁管，塞回那只黑色大尼龍袋。袋子很重，他把它扛在肩上，像伐木工人扛著斧頭，像聖誕商店門口的伐木工人木雕。

他從容走過院子，朝著隔壁的白色小灰泥房子走過去。他看見她坐在日光屋的搖椅上，用望遠鏡看著對岸的淡橘色房子。她連續注意那棟房子好多天了。多麼刺激。Hog已經三度進出那棟淡橘色房子，沒人發現。他在那裡進出，回憶發生過的那一切，回味所有情節，盡情的在裡頭逗留。沒人看見他，他可以任意讓自己隱形。

他進入席米斯特女士的院子，開始端詳她的一棵萊姆樹。她把望遠鏡對著他，接著她打開拉門，但沒有走出來。他從來沒看過她走到院子裡。整理院子的工人來來去去，可是她從沒離開過房子或是和他交談。她的日用品都是人家送來的，每次都是同一個人。也許是親人，也許是兒子。他只是把袋子拿進屋子，從來不久留。沒人關心她。她應該感謝Hog才對。不久她就要得到衆人的注目了。等她上了賽爾芙醫生的節目，就會有很多人認識她了。

「別碰我的樹，」席米斯特女士用濃重的口音大喊，「這星期你們的人已經來過兩次了，眞煩人。」

「抱歉，女士。我快檢查完了。」Hog從萊姆樹上摘了片葉子觀察著，有禮貌的說。

「馬上滾出我的院子，否則我要報警了。」她的聲音變得刺耳。

她害怕了，她生氣了，因爲她害怕會失去她那些珍貴的樹。她的確會，不過到了那時候恐怕也無所謂了。她的樹染了病，都是些老樹，起碼有二十年了，如今全毀了。很簡單。每次有大卡車經過，準備開始砍伐感染了潰瘍病的柑橘樹、並加以輾碎的作業時，路上總會掉落一些樹葉。他撿起那些樹葉，撕成碎片然後放在水裡，看著病菌像小氣泡不斷冒出。然後他裝滿一支注射筒，上帝給他的注射筒。

他拉開那只黑色大袋子的拉鍊，拿出一罐紅色噴漆。他沿著萊姆樹幹四周噴了一圈紅漆。鮮血噴灑在門上，有如死亡使者，可是沒人逃得了。Hog聽見他腦中某個陰暗的角落，彷彿深藏在他大腦某處的一個盒子，傳出佈道的聲音。

做僞證者將受到懲罰。

我什麼都不會說。

說謊者將受到懲罰。

我什麼都沒說。我沒說。

我施予的懲罰無止無盡。

我沒說。我沒說。

「你在做什麼？別碰我的樹，聽見沒？」

「我很樂意解釋給妳聽，女士，」Hog禮貌且帶著同情的說。

席米斯特女士搖搖頭，氣憤的關上玻璃拉門，上了鎖。

26

最近的天氣異常悶熱且多雨，史卡佩塔感覺鞋底下的草地潮濕又粗硬。她走在後院裡，太陽從陰暗的雲層鑽出，炙熱的陽光直射在她頭頂和肩膀上。

她注意到那叢粉紅和紅色的扶桑花和棕櫚樹，注意到好幾株樹幹上噴了一圈紅漆的柑橘樹。她看見水渠對岸那個巡查員被老婦人吆喝了幾句之後打開他的袋子。她心想那個老婦人會不會就是席米斯特女士，推測馬里諾還沒上門去找她。他老是遲到，對於史卡佩塔要求他做的事情，若非不情願，要不就是拖拖拉拉。她走近水渠邊一道陡峭的水泥牆。這條排水溝或許沒有鱷魚，可是它的岸邊沒有圍籬，任何小孩或狗都可能會翻落水中溺死。

伊芙和克莉絲汀得照顧兩個小孩，卻沒想到要在後院搭一道籬笆。史卡佩塔想像著這地方在天黑後的情景，一片黑暗中，多麼容易忽略院子和排水渠的界線。這條水渠是東西向，在屋子後方的部分非常細窄，但流遠之後逐漸變寬。遠處，許多漂亮的遊艇和汽艇停泊在比伊芙和克莉絲汀所住的房子體面許多的住宅後方。

根據莉芭的說法，這對姐妹和兩個男孩最後一次現蹤是在二月十日週四晚上。次日上午，馬里諾接到那個自稱Hog的男子打的電話，這時他們四人已經失蹤了。

「報上有沒有他們失蹤的消息？」史卡佩塔問莉芭，懷疑這個打電話的匿名者也許是從報上得知克莉絲汀的名字的。

「據我所知沒有。」

「警方報告是妳寫的？」

「不是聳動得可以登上媒體的那種。在我們這兒，人口失蹤不算是新聞，史卡佩塔醫生。歡迎來到南佛羅里達。」

「關於上週四晚上他們最後一次現身的情形，妳還知道多少？」

莉芭回答說，當時伊芙在教會佈道，克莉絲汀負責朗讀聖經。第二天，兩個女人沒有到教堂參加祈禱會，有個教友試著打電話聯絡她們，可是沒人接聽，於是這位女教友開車來找她們。她有鑰匙，自己開門進來。除了不見伊芙和克莉絲汀之外，她沒發現任何異樣。爐子開著小火，上面放著一只空平底鍋。關於爐子的細節相當重要，史卡佩塔進屋之後將會仔細察看，但還不是時候，她還不準備進去那個疑似掠食者犯罪現場的地方。她從外圍逐漸接近核心，把最關鍵的留在最後。

露西問賴利，這間儲藏室和兩年前他剛搬進來時有何不同。

「一點也沒變動過，」他說。

她在頭頂一盞燈泡的微弱光線下掃視著那些大紙箱和層架上的襯衫、乳液、海灘毛巾、墨鏡、清潔用具和其他庫存品。

「這裡有什麼好看的，」賴利說，「妳到底想知道什麼？」

她來到浴室，一個狹窄、沒有窗戶的空間，裡頭只有水槽和馬桶。牆壁是塗了淺綠色油漆的空心磚，地板是棕色瀝青磚，頭頂同樣是一只單盞燈泡。

「你沒有重新油漆或者換掉磚塊吧？」她問。

「我接管這地方的時候就是這個樣子。這裡該不會發生過什麼事吧？」

「我會再回來，順便帶一個人過來。」她說。

席米斯特女士在排水渠的對岸觀看。

她在封閉式的玻璃門廊裡邊鍬韆，兩腳推著鍬韆椅，前後擺盪，發出細微的滑行聲響，拖鞋幾乎是懸空的。她看著那個身穿深色套裝，在淡橘色房子的後院來回踱步的金髮女人。她看著那個再度闖入她庭院、大膽亂碰她的果樹、甚至在樹幹上噴了紅漆的巡查員。他不見了。那個金髮女人也不見了。

起初，席米斯特女士以為那女人是個宗教狂。最近有不少這種人跑來探看那間屋子。可是她用望遠鏡看了看，不太敢確定。那個金髮女人低頭做著筆記，肩頭揹著一只黑色袋子，也許是銀行辦事員或律師吧，席米斯特女士正這麼想著時，另一個女人出現了。這個女人皮膚曬得很黑，一頭白髮，穿著卡其長褲，肩袋上插著槍。也許她就是幾天前來過的那個。週五。那個女人也是白髮、黑皮膚。席米斯特女士無法肯定。

兩個女人一陣交談，然後繞過屋側往前門走過去。也許她們還會回來。席米斯特女士尋找著那個巡查員，這個人第一次來的時候態度非常友善，問了許多關於果樹的事，什麼時候種的，對她有什麼重要性等等的。現在他又跑來，在樹上噴漆，這讓她不由得想起了她的槍。她兒子給她這把槍的時候，她還說它恐怕只會落入壞人手裡，然後用來對付她。她一直把槍藏在床底下，眼不見為淨。

她不會向那個巡查員開槍，不過也許會嚇嚇他。政府僱用這些柑橘樹巡查員來摧毀人們種了大半輩子的果樹。她聽過電台節目談論這些。下一個遭殃的或許就是她的果樹。她愛她的果樹，園丁時常來照料它們，替她摘了果實留在門廊上。她和傑克結婚後，他買了這棟房子，並且為她種了滿院子的樹木。她正沉溺在回憶裡，拉門旁邊的電話突然響了。

「喂？」她接聽電話。

「席米斯特女士？」

「你是誰？」

「彼德．馬里諾調查員，稍早我們通過電話。」

「有嗎？你是誰？」

「幾個鐘頭前妳曾經打電話到全美法醫學會。」

「我根本沒打，你想推銷什麼？」

「不是的，女士。如果方便的話，我想去拜訪妳一趟。」

「不方便，」她說著掛了電話。

她用力抓著冰涼的鞦韆椅金屬扶手，緊得連她那雙衰老鬆弛、布滿黑斑的手關節都泛白了。一天到晚有人打電話來，那些人根本不認識她。也有機器打的，她實在不懂怎麼會有人肯花時間坐在那裡，聽那些推銷員的錄音。電話又響了，她沒理會，再度拿起望遠鏡，看著那棟曾經住著兩個女人和兩個小流氓的淺橘色房子。

她把望遠鏡對著排水渠，然後瞄向對岸那棟房子。那裡的庭院和泳池突然變大，閃著鮮亮的藍綠色。影像非常犀利，然而那個穿著深色套裝的金髮女人和那個配著槍枝的黝黑女人已經不見人影。她們在那裡找什麼呢？住在那裡的兩個女人又到哪兒去了呢？還有那兩個小流氓？這年頭所有小孩都是小流氓。

門鈴響起，她停止擺盪，心跳猛的加速。年紀越大，她變得越容易被突發的動靜給嚇到，也越來越害怕死亡和它所代表的意義，如果它有任何意義的話。幾分鐘過去，門鈴再度響起，她一動不動坐著，靜靜等待。又響了，有人大聲敲門。終於，她站了起來。

「來了，等一下，」她喃喃的說，焦慮又惱火。「最好不是推銷員。」

她走進客廳，兩腳在地毯上緩緩拖行。她的腳力大不如前了，連走路都有困難。

「等一下，我已經很努力在走了，」門鈴又響，她不耐的說。

也許是UPS快遞，她兒子有時候會替她上網訂購東西。她從門孔探視，門廊上的人沒穿棕色或藍色制服，也沒帶著郵件或包裹。又是他。

「又有什麼事？」她氣惱的說，眼睛貼在門孔上。

「席米斯特女士嗎？有些表格得麻煩妳填一下。」

27

柵欄門一路通向前院，史卡佩塔注意到這片土地被濃密的扶桑花叢簇擁著，從人行道一直延伸到排水渠爲止。

沒有折斷的細枝或枝幹，沒有任何跡象顯示有人曾經跨越這道圍籬闖入這裡。她從黑色肩袋——她慣常帶到犯罪現場的裝備——裡取出一雙白色棉質工作手套，看著停在破損水泥車道上一輛灰色舊休旅車，歪斜的停靠在那裡，一只輪胎有一部分壓著草坪，把草地輾出一個洞。她戴上手套，心想伊芙或克莉絲汀爲什麼會那樣停車，設想開車的應該是她們其中一人。

她透過車窗看著它的灰色人造皮革座椅，和整齊安裝在遮陽板內側的SunPass電子收費讀卡機。她繼續做著筆記。已經可以看出一定模式了。後院和游泳池整理得一絲不苟，遮蔽式庭院和草坪家具也一樣。車廂內看不見垃圾或凌亂跡象，只有後座的踏墊上放著一把黑色雨傘。然而車子卻停得十分草率，就好像開車的人看不清楚或者正在趕時間。她彎下身，仔細觀察輪胎凹槽裡的泥巴和枯死植物的碎屑。她看著車底厚厚一層塵土，把底盤變成類似老骨頭般的灰褐色。

「看來這車子曾經離開路面開了很長一段，」史卡佩塔說著站起，繼續檢查沾了塵土的輪胎，從一端走到另一端。

莉芭尾隨著在車子四周繞行，觀察著，黝黑、多皺紋的臉上充滿好奇。

「輪胎凹槽裡的泥土讓我想起，車子經過的地面可能相當泥濘或潮濕，」史卡佩塔說，「教會的停車場有沒有鋪柏油？」

「泥土應該是這院子裡的，」莉芭看著一側後輪胎底下的凹陷草坪。

「說不通，四只輪胎的凹槽裡都有泥巴。」

「教堂所在的商店街有個大型停車場，據我所知那一帶沒有泥巴地面。」

「那位女教友跑來探望克莉絲汀和伊芙的時候，這輛就停在這裡了嗎？」

莉芭繞著車子走，對那些沾了泥巴的輪胎很感興趣。「據他們說是的，而且我可以肯定的告訴妳，那天下午我來察看的時候，這輛車已經在這裡了。」

「可以檢查一下收費讀卡機的內容，看這輛車到過哪些收費站和經過的時間。妳打開過車門沒有？」

「打開過了。車門沒鎖，我看不出有什麼異狀。」

「這麼說來，還沒有採證過？」

「尚未證明有犯罪事件發生，我沒辦法請鑑定人員過來採證。」

「我了解妳的難處。」

莉芭那張飽經日曬的臉龐望著她再度透過車窗往內探看。窗玻璃上覆著一層薄薄的灰塵。史卡佩塔後退，繞著這輛休旅車來回的走，仔細端詳。

「車主是誰？」史卡佩塔問。

「教會。」

「房子呢？」

「一樣。」

「我聽說房子是教會租下的。」

「不對，教會是屋主。」

「妳知道有個姓席米斯特的人嗎？」史卡佩塔開始有種奇怪的感覺，從胃部往上直竄喉嚨。當莉芭向馬里諾提到克里斯欽．克里斯欽時她也有這感覺。

「誰？」莉芭皺著眉頭。這時水渠對岸傳來一陣低悶的爆裂聲響。

她和史卡佩塔愣住。她們往大門口靠近，看著對岸的房子。沒有人影。

「引擎回火，」莉芭肯定的說，「這一帶開破車的人不少，很多人根本不該開車的，又老又瞎。」

史卡佩塔把席米斯特這名字重複說了一次。

「不知道她是誰，」莉芭說。

「她說她和妳談過好幾次。確實的說，三次。」

「我沒聽過這個人，她也從來沒和我談過話。我猜她大概就是那個說我壞話的人吧，說我對這案子不理不睬的。」

「失陪一下，」史卡佩塔說著打了馬里諾的行動電話，進入他的語音信箱。她要他立刻回電。

「等妳查出這個席米斯特女士是誰的時候，」莉芭說，「麻煩告訴我。這件事實在有些古怪，或許我們可以對車子內部進行指紋採證，起碼可以排除一些人。」

「不過，車廂裡很可能採不到那兩個男孩的指紋，」史卡佩塔說，「都已經過了四天，屋子裡大概也找不到他們的指紋。尤其是比較小的那個，七歲小男孩的指紋。」

「我不懂妳的意思。」

「青春期前的小孩的指紋維持不了多久。幾小時，最多幾天。我們還無法確定原因，可能和人到達青春期之後開始分泌的油脂有關。大衛十二歲對吧？妳也許可以採到他的，只是也許。」

「這我倒是第一次聽說。」

「我建議妳把這輛車子送到化驗室，進行微物採證，並且盡快用強力膠煙薰法，看能不能在車廂內採到指紋。如果妳不介意，也可以由我們學會來做。我們有一間專門用來採證車輛指紋的實驗室，可以處理這案子。」

「這或許可行，」莉芭說。

「我們應該可以在屋子裡找到伊芙和克莉絲汀的指紋，還有DNA，包括兩個男孩的。從他們的牙刷、梳子、鞋子和衣服採集，」接著她把那通提到克莉絲汀·克里斯欽這名字的匿名電話告訴了莉芭。

席米斯特女士單獨住在一棟灰泥小平房，以南佛羅里達的標準來看只是棟破房子。

這房子有一座空的鋁車棚，但這並不表示她不在家，因爲她已經不再有車，就算有駕照也早就過期了。馬里諾還留意到大門右邊窗戶的窗帘是拉上的，人行道上也沒有報紙。她訂了每天送達的邁阿密《先鋒報》，可見她如果戴眼鏡的話應該可以看報紙。

過去半小時，她的電話一直處於忙線狀態。馬里諾剛熄掉機車引擎，下了車，一輛車窗貼了保護膜的雪佛蘭開拓者從街上駛過。這是條寂靜的街道。很可能是住在這裡的一些人年事已高，已經在這裡住了很多年，而且再也負擔不起昂貴的房地產稅金。想想看，在一個地方住了二、三十年，終於把房子貸款繳清，卻發現付不起稅金，只因爲一些有錢人搶著要傍水的房屋，怎不令人生氣。席米斯特女士的房子估計大約值七十五萬，她勢必得把它賣了，而且很可能就在最近，如果她沒有轉往安養機關去居住的話。她只有三千元存款。

馬里諾對這位戴格瑪拉．蘇德里．席米斯特女士了解頗多。在史卡佩塔辦公室用電話擴音器和那個自稱是她的人談過之後，他在HIT檔案庫裡搜尋她的名字。席米斯特女士的名字是戴姬，今年八十七歲。她是猶太人，也是當地猶太教會的一員，只是很久沒參加教會活動了。她從來沒參加過對岸那失蹤的一家人所屬的教會，因此她在電話中所說的並非事實，假設打電話的眞是戴姬．席米斯特本人的話。馬里諾認爲並不是。

她出生在波蘭盧布令，經歷了納粹大屠殺，在波蘭住到將近三十歲，也因此馬里諾幾分鐘前打電話給她時才會聽到極爲濃重的口音。和他用擴音器交談的那個女人沒有明顯的口音，只是聽來有點老。席米斯特女士那位住在羅德岱堡的獨子，過去十年當中有兩次酒後駕駛和三次違規行車記錄。諷刺的是，他是土地開發和建築承包商，正是讓他母親必須負擔高額房地產稅的罪魁禍首之一。

席米斯特女士有四名醫師分別照料她的關節炎、心臟病、腳疾和視力問題。她從來不旅行，起碼從來不搭飛機旅行。看來她大部分時間都待在家裡，而且很可能對周遭發生的事情十分清楚。像這樣的社區裡，總有許多居民喜歡刺探別人。他希望她不是這種人。他希望她眞的觀察到隔水對岸那棟淺橘色房子裡究竟發生了什麼事。他希望她對於假冒她的名義打電話到史卡佩塔辦公室的那個人是誰有一點了解，假設那人果眞是假冒的。

他按了門鈴，一邊準備出示證件皮夾，當然這證件並不全然是眞的，因爲他已經從警界退休了，從來不曾在佛州擔任警察，而且應該在卸除警職時把證件和配槍交還給當時服務的警察單位，也就是維吉尼亞州里奇蒙的一個小分局，他在那裡老覺得自己受到排擠，難以發揮。他又按了下門鈴，並且再度試著打電話給席米斯特女士。

還是忙線中。

「警察！有人在家嗎？」他敲敲門，大聲叫喊。

28

穿著深色套裝的史卡佩塔很悶熱，不過沒打算採取對策。如果她把外套脫掉，一定得找個地方吊掛，只是她在犯罪現場一向輕鬆不起來，即使是尚未被警方認定的犯罪現場也一樣。

現在她已經在屋內，腦中盤桓的是這對姐妹當中哪一個患有強迫症。屋內所有的窗戶、磁磚地板和家具全都打理得纖塵不染。地毯端正的放置在中央，邊緣的穗子整齊得好像用梳子梳過。她檢查牆上的恆溫器，在筆記上寫下空調是開著的，客廳的溫度是七十二度。

「恆溫器幾天前就這樣？」她問，「有沒有調整過？」

「一切都保持原狀，」莉芭說。她和法醫學會的犯罪現場鑑定人員萊克絲一起在廚房裡。「爐子除外，火被關掉了，是跑來探看伊芙和克莉絲汀的那位女教友關的火。」

史卡佩塔記下，屋內沒有警報系統。

莉芭打開冰箱。「我來採證櫥櫃門上的指紋，」她對萊克絲說，「最好把所有東西都刷一下粉。冰箱裡沒什麼食物，對兩個正在成長的小孩似乎不太夠，」她轉而對史卡佩塔說，「能吃的不多，我想他們大概是素食者。」

她把冰箱門關上。

「指紋粉末會傷害木頭，」萊克絲說。

「看著辦吧。」

「上週四他們從教堂回到家是幾點鐘？假設他們回來過？」史卡佩塔問。

「教會活動七點結束，伊芙和克莉絲汀待了一陣子，和教友們說話。接著她們回到伊芙的辦公室開會，只是間小辦公室，那間教堂非常小。他們舉行團契的地方頂多只能容納五十個人吧，依我看。」

莉芭說著離開廚房，走進客廳。

「跟誰開會？還有，當時那兩個男孩在哪裡？」史卡佩塔舉起一只印花布沙發的靠墊。

「和幾個教會的女人。我不知道該怎麼稱呼她們，就是在教會裡負責張羅大小事情的。至於那兩個孩子，據我所知他們沒有參加會議，只是到處玩耍。到了八點鐘左右，他們就跟伊芙和克莉絲汀一起回家了。」

「她們固定在每個週四晚上聚會結束以後開會嗎？」

「我想是吧。她們的例行團契是在週五晚上，所以在前一天晚上先開會討論。似乎是和聖週星期五（Good Friday）還有上帝爲了贖人類的罪而死有關。他們從來不提耶穌，只說上帝，而且篤信罪惡和下地獄的說法。非常怪異的教會，我覺得很像某種邪教，說不定還有舞蛇之類的儀式呢。」

萊克絲把一小撮黑色氧化粉末放在一張紙上。白色流理台有些缺損，但非常乾淨且光溜溜。她用一支玻璃纖維毛刷沾取紙上的粉末，然後開始在人造石流理台上輕輕旋轉著刷子，這麼一來所有沾有油脂或潛伏殘留物的表面便浮現出不均勻的污黑痕跡。

「我沒找到皮夾、錢包之類的東西，」莉芭對史卡佩塔說，「這讓我更加懷疑她們是逃走的。」

「被誘拐或綁架的人也可能帶著錢包，」史卡佩塔說，「常常有帶著皮夾、鑰匙、車子、小孩被綁架的。幾年前，我經手過一件綁架謀殺案，凶嫌還讓受害人打包了一只行李箱。」

「我也知道有些案件當中，整件事設計成犯罪事件，其實眞相是他們落跑了，也許妳告訴我的那通怪電話是教會的某個怪人打的。」

史卡佩塔走到廚房察看火爐。後方的一個爐口上放著一只有蓋的銅製平底鍋，金屬是帶條紋的暗灰色。

「這就是開著火的爐冂？」她問，拿開鍋蓋。

鍋內的不鏽鋼表層是褪色的暗灰色。

萊克絲啪的大聲撕下一段指紋膠帶。

「那個教會的女人趕到的時候，左右方的爐口開著小火，鍋子燒得正熱，裡面什麼都沒有，」莉芭說，「人家告訴我的。」

史卡佩塔注意到平底鍋內有零星的、非常細緻的灰白色灰燼。

「裡面很可能有東西，也許是食用油，不是食材。當時流理台上沒有食物？」她問。

「妳看到的跟我當初看見的沒兩樣，那位教會的女士說她沒看見冰箱外面有食物。」

「有一點紋脈，可是很模糊，」萊克絲剝下流理台上一段幾吋長的膠帶。「櫥櫃我就不採證了。木頭上不容易找到指紋，沒必要平白破壞了木材。」

史卡佩塔打開冰箱，一層層察看，冷氣撲向她的臉。從吃剩的火雞胸肉看來，這家人並非全都是素食者。另外還有萵苣、新鮮花椰菜、菠菜、芹菜和紅蘿蔔，很多紅蘿蔔，總共有十九袋削好皮的，可以當零嘴的小紅蘿蔔條。

席米斯特女士的玻璃門廊的拉門沒有上鎖。馬里諾在門廊外面等候，站在草坪上，左右張望。

他看著排水渠對面的淺橘色房子，心想史卡佩塔不知有沒有收穫。說不定她已經處理完現場了。他來遲了。先是把機車抬上拖車，送到機棚，然後又耗了點時間換輪胎。接著他又花了些時間和幾個同在那個地區的管理員和學員，還有把車停在同一個停車場的學會雇員談話，想問出是否有人看見什麼。結果沒有，至少這是他們的說法。

他把席米斯特女士的門廊拉門打開一點，大聲呼喚她。

沒有回應。他用力敲著玻璃。

「有人在家嗎？」他大叫，「哈囉？」

他再度打電話，依然是忙線。他看見史卡佩塔片刻前傳來的信息，也許是在他騎機車趕來這裡的途中。他回電給她。

「那裡進行得如何了？」他劈頭就問。

「莉芭說她從來沒聽過席米斯特這個人。」

「有人在搞鬼，」他回說，「她也並不是教會的成員，失蹤那家人的教會。現在她又不來應門。我要闖進去了。」

他又回頭看看對岸的淺橘色房子。然後他打開拉門，走進玻璃門廊。

「席米斯特女士？」他大喊，「有人在嗎？我是警察！」

第二道拉門同樣沒上鎖。他走進餐廳，停下腳步，然後再度呼喊。屋內有一台電視機開著，音量調得很大。他循著聲音往前走，一邊繼續大聲叫喚，然後他掏出槍枝。他沿著走廊，聽見脫口秀和一陣陣笑聲。

「席米斯特女士？有人嗎？」

電視機在後面的一個房間裡，也許是臥房，房門關著。他猶豫了一下，再度叫喊。他敲門，用力的敲，然後走了進去，看見血跡，床上有一具小小的屍體和殘缺不全的頭部。

29

書桌抽屜裡有幾枝鉛筆、原子筆和奇異筆，其中兩枝鉛筆和一枝原子筆有咬痕。史卡佩塔看著木頭筆桿上的齒痕，想著這兩個男孩當中是誰焦慮得必須咬東西。

她把這些鉛筆、原子筆和奇異筆分別放進幾只證物袋。她關上抽屜，環顧四周，想著這兩個無依的南非小孩所過的生活。房間裡沒有玩具，牆上沒有海報，沒有跡象顯示這對兄弟對女孩子、汽車、電影或運動有任何興趣，或者有任何偶像，甚至有任何樂趣。

他們的房間就在隔壁，不起眼的綠色磁磚，白色馬桶和浴缸，非常老舊的房間。她打開醫藥箱，她的臉映在鏡子裡。她察看排列在窄小金屬架上的牙線、阿斯匹靈，和汽車旅館房間常見的那種小塊包裝肥皂。她從瓶蓋拿起一只橘色塑膠處方藥瓶，看著標籤，驚訝的發現上面有瑪莉蓮·賽爾芙醫學博士字樣。

著名的精神病專家賽爾芙醫生替大衛·勒克開了利他林鹽酸錠（譯註：Ritalin hydrochloride，中樞神經刺激藥，用於治療兒童多動症）。他必須每天服用十毫克三次。上個月藥瓶裡剛補充了一百錠，整整三星期前。史卡佩塔扭開瓶蓋，把綠色藥錠倒在手上。她數了數，還剩四十九顆。她算了一下，距離處方日期三週，應該還剩三十七顆。假設他是週四晚上失蹤的，也就是五天前，那就是少吃了十五顆。十五加三十七顆是五十二顆，和剩下的數量很接近。如果大衛是出於自願離開的，爲什麼沒把他的利他林帶走？爲什麼火爐沒關火？

她把藥錠倒回瓶子裡，再放進證物袋。她沿著走廊繼續往前，剩下的另一個房間在走廊盡頭，顯然就是這對姐妹共用的臥房。裡頭有兩張床，鋪著翠綠色床單，壁紙和地毯是綠色，家具漆成綠色，燈罩和天花板風扇是綠色，綠色窗帘拉上了，把天光完全擋在外面。床頭燈亮著，昏暗的光線和走廊的燈光便是房內僅有的燈光了。

沒有鏡子，沒有裝飾品，只有化妝台上的兩幀加框照片，一張是兩個男孩在日落的海灘上，穿著泳褲，開心笑著，兩個都有一頭淡黃色頭髮。他們看來就像兄弟，親兄弟。另一張照片是兩個女人帶著手杖，在陽光下瞇著眼睛，被一大片藍天環繞著。她們背後是一座高聳在地平線上、形狀奇特的山，山頂籠罩著一片壯觀的雲朵，有如一團濃厚的白色蒸氣從山岩升起。其中一個女人比較矮小豐滿，灰色長髮往後梳，另一個比較高瘦，波浪狀的黑色長髮被風吹得向後飄飛。

史卡佩塔從肩袋裡拿出放大鏡，湊近照片，仔細觀察兩個男孩外露的皮膚和臉孔。她細看兩個女人的臉和身上的皮膚，尋找著是否有疤痕、刺青、肢體異常和首飾。她把放大鏡移向那個有著黑色長髮的高瘦女人，發現她的樣子相當不健康。也許是光線因素或者塗了古銅膚色乳液的緣故，使得她的皮膚微微泛著黃色，但是她看來真的很像患有黃疸病。

她打開衣櫥，裡頭有便宜的休閒服和鞋子，還有一些八和十二號的正式套裝。史卡佩塔把所有白色和米白色的衣服逐一拉出來，檢查布料上是否有泛黃的汗漬，結果在八號衣服的腋窩部分發現一些。她回頭去看照片裡那個深色長髮、皮膚有黃疸症狀的女人，想起冰箱裡的生菜，大量的紅蘿蔔，然後又想起瑪莉蓮．賽爾芙醫生。

這間臥房裡除了放在床頭桌上的一本棕色皮革封面的聖經之外，沒有任何書籍。這本書非常老舊，翻到《次經》（Apocrypha）的篇章，床頭燈的光線投射在它那乾癟發黃的老舊紙頁上。她戴上老花眼鏡，湊近細看，然後在筆記裡寫下，這本聖經攤開的部分是〈所羅門智訓〉篇，在

第十二章第二十五節那裡用鉛筆打了三個小X。

對待他們，如同對待那些不知運用理性的孩童那般，祢從未降下懲罰來教訓他們。

她打馬里諾的電話，直接進入語音信箱。她推開窗帘，看外面的拉門是否上了鎖，接著又試著聯絡馬里諾，並且又傳了一通緊急留言。開始下雨了，點點雨滴敲在泳池和排水渠上，雷雨雲像無數鐵砧逐漸堆積。棕櫚樹痙攣似的抽動，拉門兩側長滿粉紅和紅色花朵的扶桑灌木叢在風中劇烈搖擺。她發現玻璃上有兩處污痕。那獨特的形狀似曾相識。她在洗衣間找到莉芭和萊克絲，正在察看洗衣機和乾衣機裡面有什麼衣物。

「主臥房裡有一本聖經，」史卡佩塔說，「翻到《次經》，有一盞燈對著它，床頭燈。」

莉芭一臉困惑。

「我想知道，教會那位女士趕來這裡的時候，那間臥房是否就像現在那樣？妳第一次進這屋子的時候，它是否就是現在的樣子？」

「我進入那間臥房時，裡頭很凌亂。我記得窗帘是拉上的。我沒看見聖經之類的東西，也不記得裡頭亮著燈，」莉芭說。

「裡面有一張兩個女人的合照，那是伊芙和克莉絲汀？」

「教會那位女士說是。」

「另一張是東尼和大衛？」

「我想是吧。」

「這兩個女人當中是否有人患有飲食失調？生病了？其中一個或者姐妹倆都正在接受醫療？妳知不知道在那張照片中究竟誰是誰？」

莉芭不知該如何回答。在這之前，回答問題似乎不是重要的事，沒人想到史卡佩塔此刻所提的那些問題。

「妳或其他人有沒有打開過臥房的玻璃拉門？綠色那間？」

「沒有。」

「拉門沒上鎖，我注意到外側的玻璃上有一些痕跡，耳印。我在想，上週五妳來察看的時候，那些印子是否在那裡。」

「耳印？」

「有兩個，是某人的右耳，」史卡佩塔說。這時她的電話響了。

30

雨狂下。她開車抵達席米斯特女士的屋子，門口停著三輛巡邏警車和一輛救護車。

史卡佩塔下了車，傘也沒撐的走入雨中，同時結束和布勞沃德郡法醫辦公室主管的談話，所有發生在棕櫚灘到邁阿密之間的突發或不明暴力死亡案件都是由他們負責的。她對他們說，這案子可以由她負責驗屍，因爲她就在這裡，她需要一組人員盡快來將屍體運走，而且驗屍工作必須立刻進行。

「能不能等到明天早上？據我了解那很可能是自殺，她有憂鬱病史，」主管謹愼的指出，避免讓她感覺受到質疑。

他不想明白說出他不認爲這案子有什麼緊急的。他很小心的措辭，可是她知道他在想什麼。

「馬里諾說現場沒發現槍械，」她解釋著，匆匆登上門前台階，全身濕透了。

「原來如此。」

「我不知道已經有人預設這是自殺案件。」

她想起稍早她和莉芭聽見的所謂汽車引擎回火的聲音。她努力回想那是幾點鐘的事。

「妳會回辦公室吧？」

「當然，」她說，「要亞默斯醫生盡快回去，把東西準備好。」

她抵達門口並且進了屋子，撥開遮住眼睛的濕頭髮，看見馬里諾正在等她。

「瓦格納呢？」他問，「我以爲她會來，眞可惜。不過，反正我們也不需要像她這種呆子來礙手礙腳。」

「幾分鐘前我離開以後，她也跟著走了。我不知道她在哪裡。」

「大概迷路了，沒見過方向感像她這麼差的人。」

史卡佩塔把伊芙和克莉絲汀臥房裡放著聖經，還有在某章節畫了三個X的事告訴他。

「那通怪電話也是這麼說的，」馬里諾大叫，「老天。到底怎麼了？該死的蠢蛋，」他說著又提起莉芭。「看來我得努力甩掉她，找個眞正的警探，免得搞砸了這事。」

史卡佩塔聽夠了他的冷言冷語。「拜託幫我個忙，盡力協助她，把你的臭脾氣收斂一下。有什麼發現？」

她透過他背後半敞開的大門看過去。兩名急救醫療小組人員提著醫藥箱，剛結束枉費心力的急救工作。

「槍口對著嘴巴發射，轟掉大半個腦袋，」馬里諾說著讓開，緊急醫療小組人員走了出來，回到救護車上。「她躺在後面臥房床上，衣著整齊，電視機開著，沒有被強迫闖入、搶劫或性侵害的跡象。浴室洗臉槽裡有一雙乳膠手套，其中一只染有血跡。」

「哪一間浴室？」

「她臥房裡的。」

「是否還有其他跡象顯示凶嫌可能在事後進行清理嗎？」

「沒，只有洗臉槽裡的手套。沒有血毛巾，沒有血水。」

「我得進去看看。確定她的身分了？」

「能夠確定的是屋主的名字，戴姬．席米斯特。我不敢說躺在床上的那個人就是她。」

史卡佩塔從袋子裡拿出一雙工作手套，進了門廳。她停下來看著周遭，想起對岸那棟房子裡沒有上鎖的主臥房拉門。她掃描著磨石地板、淡藍色牆壁，和一間小客廳，裡頭擠滿家具、照片、瓷鳥和許多年代久遠的小塑像，沒有一絲凌亂的跡象。馬里諾領著她走過客廳，經過廚房，來到房子另一側，也就是屍體所在的那間面對著排水渠的臥房。

她身穿一套粉紅色運動服和粉紅色便鞋，臉朝上躺在床上，張著嘴巴，無神的眼珠從她那有如蛋杯一般在頂部開了口的重創頭顱往外注視。她的大腦掏空，部分腦漿連同骨頭碎片散落在被鮮血浸成暗紅色的枕頭上，正逐漸凝固。血跡斑斑的床頭板和牆上黏著腦漿和皮膚碎屑。

史卡佩塔將手伸進染血的運動上衣，探索著死者的胸腔和腹部，然後觸摸她的雙手。屍體溫溫的，屍僵還沒有形成。她替屍體測量溫度的同時，一邊尋找著是否有頭部槍傷以外的傷痕。

「妳覺得她死了多久？」馬里諾問。

「她還很溫熱，完全看不見屍僵現象。」

她想起被她和莉芭誤認爲車子回火的爆裂聲，研判那大約是一小時前的事。她朝牆上的恆溫器走過去。空調裝置開著，臥房內是涼爽的六十八度。她把這記下來，環顧四周，從容掃視著。這間小臥房是磨石地板，將近一半被一張深藍色小地毯遮住，從包著藍色厚絨毛床罩的床腳延伸到正對著排水渠的窗口。百葉窗關著。床頭几上放著一杯看來像水的液體、一本厚厚的丹·布朗小說和一副眼鏡。乍看之下，找不到掙扎的跡象。

「看來她是在我趕來之前不久遇害的，」馬里諾說，他很激動，卻極力掩飾。「很可能就在我騎機車快要到達這兒的幾分鐘之內發生的。我來遲了，有人刺破我的前輪胎。」

「蓄意的？」她說，心想這事發生得還眞巧。

要是他早一點到，現在這位女士說不定還活著。她正把她聽見一記疑似槍響的爆裂聲的事告訴他，一名身穿制服的警員從浴室走出來，把一堆處方藥瓶放在化妝台上。

「是啊，當然是蓄意的，」馬里諾說。

「可以肯定的是，她剛斷氣不久。你什麼時候發現她的？」

「我到達這兒之後大約十五分鐘才打電話給妳。我想先確定這屋子裡沒人再採取行動，想確認殺害她的人沒有躲在衣櫥之類的地方。」

「鄰居沒聽見動靜？」

他說這房子兩側的住宅都沒人在家，已經有個警員去察看過了。他滿身大汗，臉色通紅，幾近狂躁的瞪大眼睛。

「我實在不懂這是怎麼回事，」他說，雨滴敲擊著屋頂。「我總感覺我們好像被設計了。妳和瓦格納就在水渠的對岸，我則是因為輪胎洩氣而遲到。」

「有個巡查員，」她說，「在這裡調查柑橘樹。」她告訴他，那人把一支採果器分解，然後放進一只黑色大袋子裡。「我得馬上調查這事。」

她抽出死者腋下的體溫計，記下九十七點二度。接著，她走進貼了磁磚的浴室，探頭看著淋浴間。她察看了馬桶和紙簍。洗臉槽是乾的，沒有血跡，沒有一點殘留物，不可思議。她看著馬里諾。

「手套在洗臉槽裡？」她問。

「沒錯。」

「如果說凶嫌在殺害她之後脫下手套，把它們丟進水槽裡，應該會留下血漬才對。沾了血的那只手套應該會留下血漬。」

「除非手套上的血跡已經乾了。」

「不太可能，」史卡佩塔說著打開醫藥櫃，發現許多常見的頭痛藥、止痛藥和胃腸藥。「除非凶嫌一直戴著手套等血漬乾掉。」

「不需要太久。」

「也許吧。手套在哪裡？」

他們出了臥房，馬里諾從犯罪現場檔案箱裡拿出一只褐色大證物袋。他打開紙袋，讓她可以看見裡頭的手套而不必碰觸到它們。一只是乾淨的，另一只半翻過來而且染著黑褐色的乾涸血跡。這雙手套沒有塗滑石粉，乾淨的那只似乎從來沒戴過。

「手套內裡也得做ＤＮＡ化驗，還有指紋採證，」她說。

「這人一定沒想到戴橡膠手套也會留下指紋，」馬里諾說。

「那他一定沒看電視，」一個警員說。

「別提那些鬼扯淡的電視影集了，害人不淺呢，」另一名正在床底下搜索的警員說，「有了，」他突然說。

他站起來，手上握著手電筒和一把玫瑰木槍柄的小型不鏽鋼手槍。他打開槍膛，盡可能不碰觸金屬槍體。

「沒上子彈，這對她倒好。看樣子從上次清理過之後就沒發射過了，也許從來就沒發射過，」他說。

「無論如何還是得做指紋採證，」馬里諾對他說，「把槍藏在那裡還真奇怪，藏得很裡面嗎？」

「很裡面，必須像我剛才那樣，趴在地板上，爬進床底下才搆得到。二十二口徑，聽過黑寡婦？」

「開玩笑，」馬里諾看了一眼說，「北美槍械製造廠生產的，單動手槍，不太適合一個患有關節炎、手指不靈光的小老太婆。」

「一定是誰送給她防身用的，可是她從來沒用過。」

「發現彈藥盒了嗎？」

「沒有。」

警員把槍收進證物袋，放在化妝台上；另一名警員正在這裡給找到的所有處方藥瓶列清單。

「Accuretic、Diurese和Enduron，」他看著標籤說。「聽都沒聽過。」

「血管張力素轉化脢阻斷劑和利尿劑，都是抗高血壓藥物，」史卡佩塔說。

「Verapamil，這瓶放很久了，開藥日期是七月。」

「高血壓、咽喉痛、心律不整。」

「Apresoline和Loniten，發音有點怪，已經超過一年了。」

「血管擴張劑，一樣是治療高血壓的。」

「這麼說來，她也許是中風死的。Vicodin，這我聽過，還有Ultram。這兩種藥的日期就比較近了。」

「止痛藥，可能是為了關節炎。」

「還有Zithromax。這是抗生素，對吧？上面的日期是十二月。」

「沒別的了？」史卡佩塔問。

「沒了，醫生。」

「是誰告訴法醫辦公室她有憂鬱病史的？」她看著馬里諾說。

起初沒人答腔。

然後馬里諾說，「肯定不是我。」

「是誰打電話到法醫辦公室的？」她問。

兩名警官和馬里諾彼此對望著。

「該死，」馬里諾說。

「等一下，」史卡佩塔打電話回法醫辦公室，找到主管。「這件槍擊死亡案件，是誰通報給你的？」

「好萊塢警局。」

「哪一位警官？」

「瓦格納警探。」

「瓦格納警探？」史卡佩塔很不解。「通訊記錄上是幾點鐘？」

「呃，我看一下。兩點十一分。」

史卡佩塔看了眼馬里諾，然後問他，「你到底是幾點鐘打電話給我的？」

他查了下行動電話，回說，「兩點二十一分。」

她看著手錶。將近三點半。她趕不及搭六點半的班機了。

「妳那裡還好吧？」辦公室主管在電話那頭問她。

「你接獲那通電話的時候，有沒有顯示身分代號，據稱是自瓦格納警探打的那通？」

「據稱？」

「是女人的聲音？」

「是的。」

「她的聲音聽起來可有不尋常之處？」

「完全沒有，」他說，停頓了下。「她聽起來很可靠。」

「口音呢？」

「怎麼了，凱？」

「事情不妙，」她說。

「我再查一下。兩點一一分，來電者身分不明。」

「果然，」史卡佩塔說，「一小時後見。」

她靠近床邊，仔細察看死者的雙手，輕輕把它們翻轉過來。她的動作永遠是輕柔的，不管她的案主是否已經沒了感覺。她沒發現有擦傷、刀傷或瘀青等足以顯示她曾經被綑綁或激烈抵抗的傷痕。她用放大鏡更仔細的觀察，發現兩隻手的掌心黏附著纖維和灰塵。

「也許她曾經在地板上待過一陣子，」她說。這時莉芭走了進來，被雨淋得濕答答、臉色蒼白而且抖個不停。

「這裡的道路簡直像迷宮一樣，」莉芭說。

「喂，」馬里諾對她說，「妳幾點鐘打電話給法醫？」

「關於什麼事？」

「關於中國的蛋價。」

「什麼？」她望著床上的凝血。

「當然是關於這案子，」馬里諾粗啞的說，「妳以為我在說什麼？還有，妳為什麼不弄一支GPS手機？」

「我沒打電話給法醫。我身邊就站著一位法醫，幹嘛多此一舉？」她看著史卡佩塔說。

「我們來把她的雙手雙腳包起來，」史卡佩塔說，「我們必須把她用這條被子和乾淨的塑膠布包裹好，床單也要一起帶走。」

她走到一扇面對著後院和排水渠的窗子前。她看著在雨中搖擺的柑橘樹，想起她稍早看見的那個巡查員。她很肯定當時他就在這個院子裡。她努力的回想當時究竟是幾點鐘。她知道那是在她聽見爆裂聲響——現在她確定那是槍聲了——之前不久的事。她再度環顧著臥房，發現正對著柑橘樹和水渠的那扇窗口附近的地毯上有兩處暗沉的污漬。

襯著深藍色的地毯，那兩處污漬不太容易辨識。她從袋子裡翻出血跡鑑定工具組，拿出化學藥劑和醫用滴管。兩處污漬之間有好幾吋距離，污漬分別是兩塊五角硬幣的大小，形狀橢圓。她用棉花棒沾取其中一處，然後在棉花棒上滴了一些異丙醇、酚酞，然後是雙氧水，棉花棒轉成了淡粉紅色。這並不表示這些污漬是人血，不過可能性頗大。

「如果這是她的血跡，為什麼會出現在那裡？」史卡佩塔自語著。

「也許是反向噴濺的結果，」莉芭提議說。

「不可能。」

「是滴落的，而且不是正圓形，」馬里諾說，「流血的人身體應該是直立的。」

他左右尋找著其他污漬。

「奇怪的是，怎麼會只出現這麼兩小滴。如果有人大量流血，應該會出現更多血滴才對，」他又說，當莉芭不在場似的。

「這種質地粗糙的深色表面不容易看清楚，」史卡佩塔回答，「不過我找不到其他污漬。」

「也許我們應該去找些發光氨試劑，再回來試試，」馬里諾對莉芭說。可以看出她開始有了怒意。

「等現場鑑識人員到了這裡，記得要他們帶一些地毯纖維回去，」史卡佩塔對所有人說。

「把地毯用吸塵器吸，吸，尋找微物證據，」馬里諾補充說，不理會莉芭瞪他。

「在你離開前，我必須先取得你的證詞，因為你是最早發現她屍體的人，」莉芭對他說，「我不確定你到她家裡來究竟想做什麼。」

他沒回答她。她根本不存在。

「請你和我到外面去談談，看你有什麼話說，」她對他說，「馬克？」她對一名警官說，「你看要不要對馬里諾調查員做一下硝煙殘留測試？」

「媽的，」馬里諾說。

史卡佩塔聽出他聲音裡壓抑的吼聲，知道那是他大發雷霆的前兆。

「只是例行公式，」莉芭回說，「我知道你絕不會希望有人指控你什麼。」

「呃，莉芭，」那位名叫馬克的警官說，「我們沒帶GSR測試存根，在現場鑑識人員那兒。」

「他們怎麼還沒來？」莉芭惱火的說，有些難為情，自己畢竟還很生嫩。

「馬里諾，」史卡佩塔說，「要不要聯絡一下屍體搬運小組。看他們在哪裡。」

「我很好奇，」馬里諾說著挨近莉芭，讓她不得不退後一步。「妳曾經單獨處理過幾個像這樣有屍體的現場？」

「我必須請你離開，」她回答，「你和史卡佩塔醫生都得離開，我們才能開始進行採證。」

「答案是沒半個。」他繼續說，「媽的一個都沒有。」他提高嗓門。「要是妳回去看一下妳的菜鳥警探筆記，妳會發現，屍體屬於法醫的職責範圍，意思是掌控這現場的是醫生，而不是妳。而我呢，除了好幾個花俏的頭銜之外，也剛好是個如假包換的重案調查員，必要時也得協助醫生，同樣不是妳能夠指使的。」

幾個穿制服的警官忍著不笑出聲。

「總歸一句話，」馬里諾繼續說，「現在負責指揮的是醫生和我，妳呢，既然不懂就一邊涼快去。」

「你不能這樣對我說話！」莉芭大叫，就快哭了。

「誰去找個眞正的警探來，」馬里諾問幾個警官。「不然別想叫我離開。」

31

班頓坐在他位於認知神經顯影實驗大樓——在這片隨處可見百年紅磚與石板建築物、果樹林和水塘、佔地兩百三十七畝之廣的院區當中難得一見的現代建築物——底層的辦公室裡。和麥克連醫院大部分辦公室不同的是，他這間辦公室沒有景觀可言，窗口面對的是身心障礙者專用停車場，再過去是一條道路，再過去是一片棲息著加拿大野鵝的田野。

他的辦公室很小，塞滿文件和書籍，位居H形實驗室的中央。實驗室每個角落各有一座核磁共振顯影掃描器，它們的電磁場加起來力量之大，足以讓一列火車脫軌。他是唯一在實驗室設有辦公室的法醫心理專家。由於「掠食者」計畫的關係，腦神經專家需要隨時請教他。

他打電話給他的研究協調人。

「那位最新的普通實驗對象回電了沒？」班頓望著窗外兩隻野鵝沿著道路閒逛。「名叫肯尼·姜普的？」

「等一下，電話進來了。」不久。「衛斯禮博士？他在線上。」

「喂？」班頓說，「午安，肯尼。我是衛斯禮博士，你今天還好嗎？」

「還不錯。」

「你似乎有點冷。」

「可能是過敏，我剛才摸了貓。」

「我必須再問你幾個問題，肯尼，」班頓看著另一個人的電話面試申請表。

「你已經問了我好多問題。」

「這些問題不太一樣。只是例行問答，每個參加我們研究計畫的人都必須回答的。」

「好吧。」

「首先，你從哪裡打的電話？」班頓問。

「公共電話亭。你不能回我電話，必須我打給你才行。」

「你住的地方沒有電話嗎？」

「我說過了，我目前住在瓦爾任市附近的一個朋友家裡，他沒有電話。」

「好的，我想和你確認一下昨天你告訴我的幾件事，肯尼。你未婚。」

「是的。」

「今年二十四歲。」

「是的。」

「白人。」

「是的。」

「你慣用右手或左手，肯尼？」

「右手。我沒有駕照，如果你需要我提供證件的話。」

「無所謂，」班頓說，「沒這個必要。」

不只如此，包括向實驗對象詢問身分證明、爲他們拍照以及任何企圖查證他們眞實身分的行爲，都算違反了HIPPA（譯註：Health Insurance Portability and Accountability Act，健康保險流通與責任法案，美國聯邦政府於一九九六年通過，要求醫療機構確保病患的資料保密性與隱私權）醫療安全條例。班頓繼續問了些表格上的問題，問肯尼是否裝有假牙或牙套，是否做過移植手術，身上是否有金屬片或針，還有他以什麼維生。又問，除了貓之外他還對什麼過敏，有沒有呼吸道毛病或其他疾病和服藥習慣，是否曾經受過腦部傷害，可曾想過傷害自己或他人，目前是否正處於治療期或觀察期。他大都回答不是。自願參加研究計畫的正常人實驗對象當中有三分之一遭到剔除，因爲他們一點都不正常。不過，截至目前肯尼似乎是合適人選。

「過去一個月你的飲酒情形如何？」班頓繼續提問，只想快點結束。

電話面試非常冗長乏味。但如果他不自己來，最後還是避不了這道程序，因爲他不信任研究助理和其他生手所收集的資訊。沒道理從街上找來一個不錯的研究對象，經過研究人員花了無數寶貴時間進行面談、診斷訪談、等級評量、神經認知測試、腦部顯像和實驗流程之後，才發現這人不適合、不穩定或者具有潛在危險。

「偶爾喝一、兩罐啤酒，」肯尼說，「我不太喝酒，也不抽菸。什麼時候開始？廣告中說你們會付給我八百元，計程車錢也由你們出。我沒有車子，沒有交通工具，需要車錢。」

「週五你能來一趟嗎？下午兩點鐘。可以嗎？」

「去做斷層掃描嗎？」

「沒錯，腦部掃描。」

「不行，週四五點，週四五點就可以。」

「好吧，星期四五點。」班頓把時間記下。

「派計程車來接我。」

班頓說他可以派計程車去，於是問他地址，但肯尼的回答讓他困惑。他要班頓派計程車到艾弗瑞市的「有始有終」葬儀社去。他從沒聽過這家葬儀社，而且還位在波士頓市郊一個不太平靜的地區。

「爲什麼是葬儀社？」班頓問，用鉛筆敲著表格。

「那裡距離我住的地方很近，而且有公共電話。」

「肯尼，請你明天再給我個電話，我們好確認你後天，也就是週四五點來這裡的事。好嗎？」

「好，明天我同樣用這支公共電話打給你。」

衛斯禮掛了電話，翻了下工商人名錄，看在艾弗瑞市是否眞有這麼一家葬儀社。的確有。他撥電話過去，在線上等，邊聽著Hoobastank樂團的《理由》。

什麼的理由？他不耐的想。死亡？

「班頓？」

他抬頭，看見蘇珊·連恩醫生拿著一份報告站在門口。

「嗨，」他說著掛斷電話。

「我有你的朋友巴吉爾·詹烈特的消息，」她說，湊近看著他。「你好像很沮喪。」

「我什麼時候不沮喪？分析結果出來了？」

「回家去休息吧，班頓，你累壞了。」

「太入神，加上熬夜。快告訴我，巴吉爾老弟的大腦是怎麼運作的，我迫不及待想知道，」班頓說。

她把那份腦部構造和功能顯影分析影本交給他，開始解釋，「對有力的刺激產生漸增的杏仁體活動反應，尤其是臉孔，明顯或隱藏的表現出恐懼或負面表情的臉孔。」

「這一直是很耐人尋味的一點，」班頓說，「有一天，也許能告訴我們凶手是如何選擇受害者的。在我們認知中屬於驚訝或好奇的表情，在他們眼中很可能是憤怒或恐懼。就這麼一發不可收拾。」

「想想還眞令人不安。」

「這點我必須藉著和他們談話的機會深入調查。就從他開始吧。」

他打開抽屜，拿出一瓶阿斯匹靈。

「還有，在進行認知干擾測試的時候，」她看著報告說，「他的前扣帶腦皮質的背部和膝蓋下神經反射區有活動減緩的現象，伴隨著後側前額葉活動的趨於活絡。」

「說重點吧，蘇珊。我頭好痛。」

他搖出三顆阿斯匹靈到手中，沒喝水直接吞下。

「你是怎麼辦到的？」

「經驗。」

「總之，」她給巴吉爾腦部分析報告做了結論。「從分析結果可以看出來，他的前腦結構出現一些異常連結，這表示他前腦的訊息傳遞可能有缺陷，才導致異常的反應抑制現象。」

「影響了他監督和壓抑行爲的能力，」班頓說，「我們從巴特勒醫院來的那些可愛客人也有不少類似現象。符合雙極性躁鬱症的症狀？」

「很可能，當然還有其他精神疾病。」

「請等一下，」班頓說著拿起電話，撥了他的研究協調人的分機。

「你能不能查一下電話記錄，告訴我肯尼．姜普的公共電話號碼？」他說。

「沒有識別ＩＤ。」

「唔，」他說，「我從來不曉得公共電話會顯示『無識別ＩＤ』。」

「我剛剛才和巴特勒醫院通完電話，」她說，「巴吉爾不太好，他希望你能去探望他。」

時間是下午五點半，布勞沃德郡法醫實驗及辦公大樓的停車場幾乎已經空了。職員們，尤其是非醫療雇員，很少在下班後還留在停屍間。

這座停屍間坐落在西南三一大道，位於大片分布著濃密棕櫚樹林、長滿青苔的橡樹和松樹林、散落著拖車的荒涼地帶。一棟用灰泥和珊瑚石建成的平房，典型的南佛羅里達建築物。它的後方是一條狹小的鹽水渠道，裡頭蚊蟲孳生，甚至還有鱷魚出沒。停屍間旁邊是郡消防局，裡頭的急救醫療人員想忘都忘不了那些不幸的病患最後的落腳處就在一旁。

雨差不多停了，到處都是水窪。史卡佩塔和喬朝一輛銀色通用H2悍馬走過去。這車不是出於她的選擇，不過很適合用來處理偏僻地帶的死亡案件，托運笨重的裝備。露西很喜歡悍馬，史卡佩塔則老是爲了替這車找停車位傷腦筋。

「我實在想不透怎麼有辦法在大白天拿著把霰彈槍大剌剌的走進去，」喬說，過去一小時他不斷重複著這句話。「一定是事先把槍鋸開了。」

「如果鋸開之後槍管沒有磨光，藥墊上應該會有工具痕跡，」史卡佩塔回說。

「可是，沒有工具痕跡並不代表槍沒有被鋸開。」

「沒錯。」

「因爲他可能把鋸開的槍管磨光過了。要是他這麼做，除非先找到槍枝否則一切都甭談。目前只知道是十二口徑的槍。」

之所以知道這點，是因爲史卡佩塔在戴姬．席米斯特女士嚴重受創的頭顱內找到一塊雷明頓塑膠四瓣強力活塞子彈的藥墊。除了這個，史卡佩塔能確定的事項並不多，包括席米斯特女士遭到攻擊的性質，驗屍結果出乎所有人的意料。不管她是否遭到槍擊，她都很可能會死。史卡佩塔相當確定，早在凶嫌把霰彈槍槍口伸進席米斯特女士的嘴、並扣下扳機之前，她就已經昏迷了。要下這結論並不容易。

檢查頭顱上大量的迸裂傷口的時候，很可能會把之前發生的致命性創傷掩蓋掉。有時候法醫病理學也包括整容手術，而在停屍間裡，史卡佩塔盡力把席米斯特女士的頭部修復完整，把骨頭碎片和頭皮拼湊回去，再把頭髮剃掉。結果她發現位在後腦的一處裂傷和頭骨裂痕。撞擊點造成的硬腦膜下血腫由於位在大腦內層，因此能夠在遭到槍擊之後大致保持原狀。

倘若席米斯特女士臥房窗邊地毯上的兩處污漬是她的血跡，那麼這裡很可能就是她最初遭受攻擊的地點，這也說明了爲何她兩隻手掌內黏著塵埃和藍色纖維。她被人用鈍器猛力敲擊後腦，因而昏倒在地後，攻擊者再將足足有八十六磅重的她抱起來，放到床上。

「我的意思是，妳可以輕易的把一支鋸開的霰彈槍裝進背包裡，」喬說。

史卡佩塔將遙控器對著那輛悍馬，打開車門鎖，疲累的回答，「不見得。」

她覺得喬很累人，對他越來越感到厭煩。

「就算你把槍管鋸掉——甚至十八吋長，把槍柄鋸掉六吋，」她說，「至少還剩下十八吋長的槍體。假設是自動上膛霰彈槍的話。」

她想起那個柑橘巡查員身上的黑色袋子。

「如果是唧筒霰彈槍，剩下的部分就更長了，」她補充說，「無論哪一種都無法裝進背包裡，除非是很大的背包。」

「大提袋應該可以。」

她想起那個柑橘巡查員，想起被他拆成幾段然後裝進黑袋子裡的採果器。以前她也看過柑橘巡查員，但不記得他們曾經使用採果器，通常他們都只檢查手搆得到的果實。

「我敢說他一定是用大提袋，」喬說。

「我也不知道，」她眞想對他大吼。

在整個驗屍過程中，他不停的叨絮、猜測、武斷的表示意見，讓她幾乎無法思考。他覺得有必要說出他正在做的每個動作，和他寫在夾板備忘錄上的每件事。他覺得有必要告訴她每個器官的重量，還根據席米斯特女士胃裡殘留的肉和蔬菜來推測她最後用餐的時間。他刻意讓史卡佩塔聽見當他用手術刀切開部分阻塞的冠狀動脈時，其中的鈣質沉澱發出的沙沙聲，還一邊宣稱她或許是死於動脈粥狀硬化。

哈，哈。

反正席米斯特女士的日子也已經不多了。她有心臟病，有肺沾黏，或許以前感染過肺炎。她的腦部嚴重退化，說不定患有阿茲海默症。

就算妳沒被謀殺，喬說，妳也活不了多久。

「我在想，他也許是用槍托敲她的後腦，」他又說，「妳知道的，像這樣。」

他拿著假想的霰彈槍槍托撞擊假想的腦袋。

「她的身高還不到五呎，」他繼續編劇本。「所以，如果想用重達六、七磅的槍托敲她的後腦勺，假設槍沒有鋸斷的話，他的身材也不能太矮小，而且至少得比她高。」

「這還很難說，」史卡佩塔回答，把車駛離停車場。「必須考慮他和她的相對位置，還得考慮其他許多因素，況且我們也還無法確定她的傷口是槍托造成的，連兇嫌是男是女都還不知道。要小心，喬。」

「小心什麼？」

「當你如此熱心的推論她是如何死的，爲何死的，你恐怕是把理論和事實混淆不清，有落入憑空臆測的危險。這不是犯罪嘲諷劇，是一個眞實的人，她眞的死了。」

「多點創意又有什麼不對，」他說，直視著前方，薄薄的嘴唇和尖翹的下巴回到他使性子時的慣常模樣。

「創意很好，」她回答，「創意可以提供新的角度，但不見得會編造出你在電影或電視影集裡看見的那些情節。」

32

小客房隱身在一座被果樹林和灌木花叢簇擁著的西班牙磁磚游泳池的後方，一個接見病患相當特殊的場所，也許不是最理想的，不過裡頭的布置詩意，且充滿象徵。下雨時，瑪莉蓮・賽爾芙醫生總是像溫暖潮濕的泥土那般充滿靈思。

她喜歡把天氣狀況詮釋成病患踏進這裡時的心境。所有壓抑的情緒，有些相當激烈，全都在她這個安全的治療環境裡得到解放。變化無常的天氣圍繞在她身邊，對她來說都是獨特而深刻的，充滿了意涵和啓示。

歡迎進入我的暴風圈。來談談你的吧。

這是一句好詞，她常把它用在替病人問診和電台節目，還有她新開的電視節目裡頭。情緒是人類內在的天氣系統，她時常向她的病患和廣大的聽衆這麼解釋。事出必有因，每個暴風鋒面都有它的成因，討論天氣既非閒聊也不該等閒視之。

「你又露出那種表情了，」在她這間舒適的起居室裡，她坐在皮革椅上說，「雨停的時候你也有這表情。」

「我說過很多次了，我沒有表情。」

「很有意思，每次雨停的時候你就會露出這種表情。不是開始下雨的時候，也不是雨勢最大的時候，而是在雨突然停止的時候，就像現在，」她說。

「我沒有表情。」

「雨剛剛停了，你又露出那種表情，」賽爾芙醫生又說，「每次你的看診時間結束時，也都會有同樣的表情。」

「才沒有。」

「分明有。」

「我付三百元的鐘點費不是爲了跟妳談論天氣。我沒有表情。」

「彼德，我只是把我觀察到的告訴你。」

「我沒有表情，」彼德·馬里諾坐在她對面的躺椅裡說，「全是廢話。我幹嘛研究暴風雨？我這輩子已經看夠暴風雨了，我又不是在沙漠裡長大的。」

她打量著他的臉。那張臉有種粗獷、男性化的俊美。她探索著那雙隱藏在鐵絲邊框眼鏡後面的深灰色眼睛。他的禿頭讓她想起新生嬰兒的屁股，在柔和的燈光下蒼白而赤裸。那顆肉呼呼的圓頭好像打起來很過癮的柔嫩臀部。

「我想我們之間需要多一點信任，」她說。

他怒眼瞪著她。

「你何不告訴我，爲什麼你對暴風雨，對於它何時結束這麼在意，彼德。我確信你眞的很在意。我們一邊談話，你那種表情還在。我發誓，你又有那種表情了，」她對他說。

他碰觸自己的臉，好像那是面具，是不屬於他的。

「我的臉很平常。沒什麼大不了，眞的。」

他輕拍自己圓厚的下巴，自己寬大的額頭。

「如果我有表情，我會知道。我沒有表情。」

連著好幾分鐘他們靜靜開著車，準備回到好萊塢警局停車場，讓喬取回他那輛紅色雪佛蘭Corvette，然後下班休息。

這時他突然說，「我有沒有告訴妳，我已經拿到潛水執照了？」

「恭喜，」史卡佩塔說，沒有假裝熱心。

「我打算在開曼群島買一間公寓。其實也不是，是我的女友和我一起買的。她賺的錢比我多，」他說，「很不錯吧。我是個醫生，而她只是個律師助理，連眞正的律師都不是，竟然比我會賺錢。」

「我從來不認爲你選擇法醫病理這行是爲了錢。」

「但也不是爲了當個窮小子。」

「那麼你或許得考慮改行了，喬。」

「我看妳好像什麼都不缺的樣子。」

車子停下來等紅燈時，他轉頭看她。她感覺到他的目光。

「有個像比爾蓋茲那麼富有的外甥女應該不是壞事吧，」他又說，「加上一個來自新英格蘭望族的男友。」

「你這話什麼意思？」她說，同時想起馬里諾。

她想起他的犯罪模擬劇。

「如果妳本來就很有錢，當然不會在乎錢的事，說不定那也不全是妳自己賺的。」

「我的財務狀況不干你的事，不過話說回來，如果你和我一樣工作了這麼多年，而且夠聰明，應該會過得相當不錯。」

「這得看『不錯』的定義是什麼。」

她想起喬的應徵函寫得有多麼吸引人。當初他向學會申請研究獎學金的時候，她曾經想這人或許會成為她手下最優秀的研究生。她不懂自己怎麼會看走了眼。

「依我看，妳那群同夥當中沒有人只是過得『不錯』，」他的語氣變得尖刻起來。「連馬里諾的薪水都比我高。」

「你怎麼知道馬里諾領多少薪水？」

好萊塢警局就在前面左側，是一棟四層樓混凝土建築物，附近有座公共高爾夫球場，沒瞄準的球飛過來擊中警車是常有的事。她曾見喬那輛心愛的紅色Corvette停在遠遠的角落，避開所有危險物體的飛行路徑。

「每個人對別人的收入或多或少都知道一點，」喬說，「這是公共知識。」

「不是。」

「在小團體裡很難守住秘密。」

「我們學會並不小，而且有些事情屬於個人隱私，例如薪水。」

「我的薪水太少了。馬里諾又不是醫生，他頂多高中畢業，卻賺得比我多。露西呢，只是每天開著她的法拉利跑車、直升機、噴射機和機車跑來跑去扮演秘密探員，我想知道她憑什麼能得到那些。大人物、女超人，那麼傲慢自大。難怪學員們都討厭她。」

史卡佩塔把車停在他的Corvette後方，轉身對著他，臉上的表情是他前所未見的嚴肅。

「喬？」她說，「請你一個月後走人，就這麼說定了。」

以賽爾芙醫生的專業角度看來，馬里諾一生中的最大問題在於，他此刻臉上的表情。就是這種負面表情的難以捉摸，而非表情本身，使得事情對他更加不利，好像他的人生還不夠灰暗似的。要是他不隱藏自己內在的恐懼、憎惡、狂放、對性的不安全感、偏執和其他被壓抑的負面情緒就沒問題。然而她看出他嘴角和眼裡的不安，其他人或許看不出來，至少不是有意識的。可是潛意識中他們還是感覺到了，並且做出了反應。

馬里諾一直是粗暴言語、魯莽行爲、不誠懇、離棄和背叛的受害者，於是他展開反擊。他聲稱在他嚴苛而危險的職業生涯當中曾經殺死過好幾個人。很明顯的，誰要是不識相的來找他麻煩，肯定會得不償失。然而他卻不這麼想。根據他的說法，別人總是毫無理由的作弄他。根據他的說法，許多人對他懷有敵意是因爲他的工作性質的緣故。他的大部分問題都源自別人的歧視，因爲他生長在紐澤西的貧困家庭。他常說他不了解這輩子爲什麼老是受到別人的奚落。

過去幾週情況糟透了，今天下午尤其惡劣。

「利用剩下的幾分鐘，我們來談談紐澤西吧。」賽爾芙醫生刻意提醒他這節諮詢就快結束了。「上週你好幾次提到紐澤西。你認爲紐澤西有什麼重要？」

「如果妳生長在紐澤西，妳就明白爲什麼了，」他回答，臉上的表情更加緊繃。

「你沒有回答我，彼德。」

「我父親是個酒鬼，我們住在貧民區。現在別人仍然當我是紐澤西出身的，衝突就這麼發生。」

「也許是你臉上的神情，彼德，不是別的因素，」她又說，「也許是你起的頭。」

賽爾芙醫生皮椅一旁桌上的電話答錄機喀嗒響了起來，馬里諾的表情又浮現，而且異常強烈。他不喜歡他們的諮詢被電話打斷，就算她沒接聽也一樣。他不懂爲什麼她還在依賴這種老式電話，而不改用有語音信箱的，不但安靜，有留言的時候也不會發出嗶嗶聲，既不惱人也不會造成干擾。他時常提醒她這點。她謹愼的瞄一下手錶，一只錶面上有羅馬數字的大金錶，讓她即使不戴眼鏡也能看清楚。

還有十二分鐘諮詢就要結束了。彼德．馬里諾無法面對結束、結尾，任何跟終結、完成、逝去或死亡有關的事。賽爾芙醫生把他的諮詢時段安排在傍晚並非巧合。五點左右，即將天黑，午後的雷陣雨也快停了。他是個有趣的個案。要是他不有趣，她也不會見他。她遲早會勸誘他參加她的全國性廣播節目或甚至電視節目，擔任病患嘉賓。他在鏡頭前面想必很逗趣，一定比那個傻氣呆板的亞默斯醫生迷人多了。

她還沒邀請過警察上節目。當她受邀在全美法醫學會的夏日講習會中擔任演講人，在一場爲她而辦的歡迎晚餐會中，她正好坐在馬里諾旁邊。當時她就想，他應該會是個很有趣的節目嘉賓，甚至可以擔任固定來賓。當然，他需要治療，他喝太多酒。就在她面前，他喝掉四杯波本酒。他也抽菸，她聞得出他呼吸裡的菸味。他也有強迫進食症，一口氣吃下三個甜點。她初見他時，他正爲自殘和自我憎恨的情緒所苦。

我可以幫你，那晚她對他說。

怎麼幫？他吃驚的樣子就好像她在餐桌底下抓住他似的。

透過你的暴風雨，彼德，你內在的暴風雨。把你的暴風雨全部告訴我。我要對你說一件事，也是我對那些聰明年輕學生說過無數次的。你可以支配你內在的天氣，可以隨心所欲改變它。你可以讓暴風雨變成陽光。你可以躲在暗處，或者大步走出去。

我們警察的說法，走出去這句話可是很壯烈的，他說。
我不是要你死，彼德。你是個高大、聰明、英俊的男人。我希望你能活很久。
妳根本不了解我。
我對你的了解夠多了。
於是他開始和她會面。在一個月內，他減少了菸酒量，還輕了十磅。
「我沒有妳所謂的那種表情。我不懂妳是什麼意思，」馬里諾說著像盲人那樣用手指探觸著臉頰。
「你有。雨剛停的一瞬間，你表情就又回來了。你的感情全寫在臉上，彼德，」她強調的說，「我在想，你的這表情會不會是住在紐澤西的時候就養成的。你認爲呢？」
「我認爲這全是胡扯。當初我來找妳是因爲我戒不了菸，還有吃喝得稍微過火了點。我來見妳可不是因爲我臉上有什麼怪表情，從來沒人抱怨過我有什麼怪表情。例如我前妻，桃麗斯，她抱怨我太胖，還有抽菸喝酒稍微多了點，但她從來沒抱怨過我的表情。她離開我不是因爲我有什麼怪表情，沒有一個女人是因爲這原因離開我。」
「史卡佩塔醫生呢？」
他一愣。每次提起史卡佩塔，他就突然變得退縮，也因此賽爾芙醫生刻意等到諮詢快結束時才提起史卡佩塔醫生。
「我現在應該在停屍間才對，」他說。
「所幸你不在那裡，」她輕快的說。
「我今天沒什麼心情開玩笑。我處理一樁案子，結果被排除在外，這是我最近的人生寫照。」

「史卡佩塔醫生不要你加入？」

「她沒機會了解。我不想面對利益衝突，所以沒參加驗屍，免得有人隨便指控我，況且，那位女士的死因很清楚。」

「指控你什麼？」

「我老是被人指控這指控那的。」

「下星期，我們來談談你的偏執。一切都歸因於你常有的那種表情，真的。你不覺得史卡佩塔或許注意過你這表情？因為我敢說她一定注意到了。你應該問問她。」

「真是鬼扯。」

「別忘了，我們談過褻瀆言語的問題，我們約定好的。褻瀆言語是行動。我要你把你的感覺說出來，而不是表現出來。」

「我感覺這都是媽的鬼扯。」

賽爾芙醫生微笑看著他，好像他是該打屁股的頑皮男孩。

「我來見妳不是因為我的什麼表情，明明沒有妳卻說有的表情。」

「你何不去問問史卡佩塔？」

「我他媽的就是不想問。」

「大聲說出來，別只是發脾氣。」

她喜歡聽自己說這句話。她想起她的電台節目的宣傳詞：歡迎加入賽爾芙醫生的有話大聲說。

「今天到底發生了什麼事？」她問馬里諾。

「妳在說笑吧？我走進一間屋子，看見一位老太太被槍轟掉半個腦袋。猜猜負責的警探是誰？」

「不是你嗎？彼德。」

「不是我負責的，」他回說，「若是從前，不用說一定是我。我告訴過妳了，我原本是重案調查員，在犯罪現場協助醫生。可是在這案子裡，除非轄區警局把它交給我，否則我無法全權處理這案子，而莉芭說什麼都不會這麼做。她什麼都不懂，老是看我不順眼。」

「我記得你也看她不順眼，惹得她失態，反過來羞辱你。這是你自己說的。」

「她根本不該當警探，」他大叫，臉頰泛紅。

「告訴我爲什麼。」

「我不能談我的工作，連妳都不行。」

「我沒問你關於案件或調查工作的細節，當然你願意的話也可以告訴我。這房間裡所發生的一切絕不會外洩。」

「除非這是妳的電台或電視節目。」

「我們現在不是上電台或電視節目，」她又笑著說，「如果你想上節目，我會安排，你應該會比亞默斯醫生有趣得多。」

「媽的狗娘養的。」

「彼德，」她警告他。當然，態度很溫和。「我知道你也不喜歡他，對他也懷有偏執的想法。這房間裡沒有麥克風，沒有攝影機，只有你和我。」

他看著四周，不確定是否該相信她似的，然後說，「我不喜歡她當著我的面和他說話。」

「他是指班頓。她是指史卡佩塔。」

「她要我去和她討論事情，自己卻打起電話，讓我在旁邊呆坐。」

「你聽見我的答錄電話響起時，也是這感覺。」

「她可以等我不在的時候再打給他，她是故意的。」

「那是她的習慣，對吧，」賽爾芙醫生說，「在你面前提起她的情人，因爲她知道你會有什麼反應，知道你會忌妒。」

「忌妒？有什麼好忌妒的？他只不過是個有錢的前調查局幸運餅分析師。」

「你明知道不是。他出身新英格蘭望族，是隸屬哈佛大學的法醫心理專家。聽起來相當吸引人。」

她沒見過班頓，很想見見他，邀他上節目。

「他是個過氣人物，過氣人物只能教書。」

「我想他不只是教書。」

「他已經媽的過氣了。」

「大部分你認識的人好像都過氣了，包括史卡佩塔。你也這樣說過她。」

「我只是說出我的感覺。」

「我想你會不會感覺自己也像個過氣人物。」

「我嗎？開玩笑。以我目前的體重可以做超過兩次的仰臥推舉，前幾天還去踩了腳踏健身車，二十年來頭一遭。」

「時間快到了，」她再度提醒他。「來談談你對史卡佩塔的怒意吧。和信任有關，對吧？」

「和尊重有關。她視我如糞土，還對我撒謊。」

「你認爲自從夏天在諾斯維爾進行屍體研究時發生那件事以後，她就不再信任你了。那地方叫什麼？做腐屍之類研究的。」

「人體農場。」

「噢，對了。」

在她的節目裡討論這話題一定很有趣：人體農場不是健康Spa。死亡是什麼？歡迎加入賽爾芙醫生的有話大聲說。

她已經構想好了節目預告。

馬里諾看了下手錶，大動作的抬起粗厚的手腕來看錶，好像一點都不在乎諮詢時間已經到了，好像他在期待著趕快結束。

她可沒上當。

「恐懼，」賽爾芙醫生開始作結論。「存在著不受重視、可能被拋棄的恐懼。當一天結束，當暴風雨結束時，當事情結束時，事情結束時眞的很可怕，對吧？錢會用完，健康會耗盡，年輕有盡頭，愛情有終點，也許你和史卡佩塔醫生的關係也會結束？也許有一天她會拋棄你？」

「我唯一擔心的是工作會結束，可是工作永遠不會結束，因爲人們還會繼續互相殘殺，直到我翹辮子以後依然不會改變。我不想再來聽妳鬼扯，妳老是提到醫生，但顯然我的問題不是她。」

「我們該結束了。」

她站起來，微笑看著他。

「我已經停止服用妳上次開給我的藥了。幾星期前，忘了告訴妳。」

他也站起來，龐大的身軀似乎佔滿整個房間。

「反正吃了也沒用，」他說。

每次看著他直立站起，她總是暗暗驚訝他實在是個高大的男人。他那雙曬黑的手掌常讓她想起棒球手套，或者烤熟的火腿。她想像得出他可以輕易打斷一個人的頭骨或脖子，把人的骨頭像洋芋片那樣捏碎。

「關於速悅抗憂鬱劑的事，我們下週再談，就約在……」她拿起桌上的行事曆。「下週二下午五點。」

馬里諾看著敞開的門外，掃視著這間擺著一張桌子、兩張椅子和許多盆栽——有好幾盆是幾乎高達天花板的棕櫚樹——的小日光室，沒有其他病患在等候。這個時間一向都沒有病患。

「嘿，」他說，「幸好我們進行得很快，及時結束，我可不想害得其他病患枯等。」

「你下次諮詢的時候會付錢給我嗎？」

賽爾芙醫生用這方式來提醒馬里諾還欠她三百元。

「會啦，會啦，我忘了帶支票簿，」他回答說。

當然他是忘了，他才不會欠她錢，他會回來的。

33

班頓把他的保時捷停在一道彎曲有如碎波浪，頂端圍著鐵絲網圈的金屬高牆外面的訪客停車位上。幾座警戒塔從這片土地幾個角落赤裸的聳立而起，襯著陰冷暗沉的天空。側邊有一處停車坪，停著幾輛設有鋼鐵隔板，沒有車窗，沒有內部門鎖，專用來運送像巴吉爾這類重刑犯的白色廂型囚車，活動牢房。

巴特勒州立醫院是一棟八層樓高、窗口裝有鐵絲護網的混凝土建築，坐落在一片二十畝大、分布著樹林和池塘的土地上，距離波士頓西南方不到半小時車程。巴特勒醫院專門收容那些被判定爲精神喪失的罪犯，被公認爲對人犯進行教化和啓迪的理想場所，設有許多被稱爲小屋的病房，住的都是些需要不同等級戒護和關照的病人。D區小屋單獨位在行政大樓不遠處，收容了大約一百名危險的重刑犯。

這些人和其他住院的病患分開，幾乎整天待在個人牢房裡，時間長短依個人狀況而異，擁有自己的淋浴設備，每天可以使用十分鐘，每小時可以沖兩次馬桶。D區病房配有一組法醫心理醫生，也有像班頓之類的心理衛生和法律諮詢員不時進出。巴特勒是一個人道、富建設性的復健場所。對班頓來說，這裡充其量只是一座漂亮、防衛周密、用來拘禁那些永不可能改過犯人的牢獄。他不抱幻想。像巴吉爾這類人沒有生活，從來就沒有過。他們只會摧毀別人的生命，而且只要有機會還會繼續這麼做。

在漆成淡褐色的大廳裡，班頓走向一扇防彈窗戶，對著內部通話裝置說話。

「喬治，你還好嗎？」

「不比上次好。」

「很遺憾，」班頓說。這時隨著巨大的金屬喀啦聲，第一道氣密門打開，讓他進入。「意思是你還沒去看醫生？」

門在他背後關閉，他把公事包放在一張小金屬桌上。喬治今年六十多歲，從來就沒覺得順心過。他討厭他的工作，討厭他的妻子，討厭天氣，討厭政客，還曾經把大廳牆上懸掛的州長照片摘下來。一年來他飽受嚴重的倦怠感、胃疾和各種疼痛的折磨，此外他也討厭醫生。

「我又不吃藥，何必多此一舉？醫生只會拿藥給你吃，」喬治說著搜索了班頓的公事包，然後還給他。「你的人在老位置，好好玩吧。」

又一聲喀啦，班頓走進第二道金屬門，一名穿著棕褐色制服的警衛，喬夫，帶他沿著一條光滑的走廊，通過另一道氣密門，進入一個高度警戒的單位，這裡有許多供律師和心理輔導工作者和病患會面、用煤磚砌成、沒有窗口的小房間。

「巴吉爾說他沒收到郵件，」班頓說。

「他說了很多，」喬夫面無表情的回答，「他光會耍嘴皮。」

他打開一扇灰色金屬門，扶著門板。

「謝謝，」班頓說。

「我就在外面，」喬夫瞥了一眼巴吉爾，關上門。

他坐在一張小木桌後方，沒有站起。他沒戴手銬腳鐐，身上穿著平時的獄服：藍長褲、白襯衫、夾腳鞋和襪子。他的眼睛充滿血絲，眼神渙散且全身發臭。

「你還好嗎，巴吉爾？」班頓在他對面的椅子坐下。
「今天過得很不順。」
「我聽說了。告訴我怎麼回事。」
「我的心情很浮躁。」
「你睡得好嗎？」
「我幾乎整晚沒睡，一直在想我們的談話。」
「你似乎很不安，」班頓說。
「我靜不下來。我告訴過你了，我需要鎮靜劑。你看過照片沒？」
「什麼照片？」
「我腦子裡的。你一定看過了，我知道你很好奇，實驗室裡的人都很好奇，對吧？」他不安笑著說。
「你找我來就是爲了這個？」
「可以這麼說。還有，我要收信。他們不肯把信給我，害我吃不下睡不著，我好難過，好沮喪。還有鎮靜劑。我希望你考慮過了。」
「關於什麼？」
「我告訴你的那位被殺害的女士。」
「聖誕商店的女士。」
「沒錯。」
「有的，巴吉爾，關於你告訴我的事情，我花了很多時間思考，」班頓說，好像他已經將巴吉爾告訴他的視爲眞相。

要是他認爲病患對他撒謊，他絕不會隱瞞。但是此時此刻，他完全無法確定巴吉爾在撒謊。

「讓我們回到兩年半前的那個七月天，」班頓說。

馬里諾不喜歡賽爾芙醫生在他背後把門關上，再一點時間都不浪費的鎖上門栓，好像她要防的人就是他。

這動作和它背後的意涵讓他覺得受到羞辱。他常有這感覺。她根本不在乎他，他只是一個病患。她很慶幸他終於走了，可以一整個星期不必看見他，接著會面五十分鐘，只有五十分鐘，一秒鐘都不超出，就算他停止服藥也一樣。

那藥不是好東西，會讓他不舉。會讓人不舉的抗憂鬱劑有什麼意思，誰想因爲沮喪吃了抗憂鬱劑然後毀了性生活。

他站在上了鎖的門外，站在門廊上，茫然望著那兩張淺綠色的軟墊椅和一張堆著雜誌的綠色玻璃桌。他看過那些雜誌，全都看過了，因爲他總是來得太早。這點也讓他很懊惱。他寧願遲到，匆匆走進去，好像除了來看心理醫生，他還有更重要的事要做。問題是，如果他遲到，就損失掉幾分鐘，而他連一分鐘都損失不起，因爲每一分鐘都很寶貴且昂貴。

更精準的說，每分鐘要花六元。五十分鐘，不多出一分鐘，不多出一秒鐘。她連一分鐘都不會增加，不管是爲了額外贈送、好意或是任何理由。就算他嚷著要自殺，她也只會看一下手錶然後說，時間到了。就算他對她說他正在殺人，就快扣下扳機了，她也只會說，時間到了。

難道妳不好奇？他曾經這麼問她。我都還沒說出重點，妳怎能就這麼停止？

下次你就會告訴我了，彼德。她總是笑著說。

說不定我不會。我願意告訴妳是妳運氣好，即使只有部分情節。有好多人願意付錢來聽完整的故事，眞實的故事哩。

下次。

別想，沒有下次了。

每次時間一到，她總是毫不留情。無論他如何設法想偷個一、兩分鐘，她總是決然站起，打開門，等著他走出去，然後砰的把門關上。時間到時，一點都沒得商量。一分鐘六元所爲何來？來受氣的。他不知道自己幹嘛又來。

他望著那座腰子形狀，邊緣貼著西班牙磁磚的小水池，望著果實累累的柑橘和葡萄柚樹，望著那些樹幹上噴的一圈圈紅漆。

每個月一千兩百元。這是幹嘛？他大可以用這些錢去買一輛道奇V-10 Viper引擎貨卡，每個月一千二他可以買好多東西。

他聽見她在門內的聲音。她在講電話。他假裝看著雜誌，一邊偷聽。

她的聲音很有威力，廣播人的嗓門，好像槍或徽章那樣散發著權威。她的聲音對他很有影響力。他喜歡她的聲音，而且眞的很受用。她很漂亮，眞的很漂亮，坐在她面前，想像著別的男人坐在同一張椅子上，看著他所看見的，實在很難受。深黑的頭髮，細緻的五官，眼眸明亮，牙齒整齊雪白。他不喜歡她開了新的電視節目，不喜歡其他男人看見她的模樣，看見她的風騷。

「你是誰？你怎麼知道我的電話號碼的？」她在屋內說，「不，她不在家，她從來不親自接電話的。你是誰？」

馬里諾聽著，站在玻璃門廊上的他越來越感覺焦慮、燥熱起來。這天傍晚非常悶熱，樹上滴下水來，在草地上結成露珠。賽爾芙醫生聽起來不太開心，似乎是在和某個不認識的人談話。

「我了解你的隱私考量，不過你一定也知道，如果你不肯說你是誰，我們就無法求證你的說法究竟是眞是假。像這類事情必須加以追蹤、證實，否則賽爾芙醫生也無能為力。當然，這只是假名，不是眞名。噢，是的，原來如此。好的。」

馬里諾明白她假裝成別人。她不認識電話線上的那個人，而且相當不安。

「好的，」賽爾芙醫生假裝成的人說，「你可以這麼做。你當然可以找製作人談。倘若你所言屬實，應該會很有趣，不過你必須打電話給製作人。我建議你馬上打，因為週四的節目談論的正好是這話題。不，不是電台節目，是我新開的電視節目，」她以一貫沉穩的聲音說，可以輕易穿透木門板，傳送到門廊上的聲音。

她講電話的聲音比起她進行病患諮詢時大得多。這是好現象。要是讓其他坐在門廊上的病患聽見賽爾芙醫生在短暫但昂貴的五十分鐘當中對馬里諾所說的每一句話，那可不太妙。當然，他進行諮詢的時候，從來也沒人在外面等候。他一向是最後一個，正因如此，她更應該給他一點優待，多送他幾分鐘。這並不會讓其他病患枯等，因為根本沒有別人，他後面從來就沒有別人。也許有一天他會說出什麼動人而且重要的話來，她就會多給他幾分鐘了。或許那將是她這輩子第一次這麼做，而對象就是他，她一定會很樂意這麼做。說不定到時候沒空的是他。

我得走了，他想像自己說。

請你把故事說完，我眞的好想聽。

沒辦法。我得趕去別的地方。然後他從椅子上站起。下次吧，下次我一定告訴妳，等……我看看……下週，如果我有空的話。記得提醒我喔。

馬里諾知道賽爾芙醫生已經掛上電話。他影子似的悄悄走過門廊，出了玻璃門，輕輕把門關上，然後沿著水池邊的走道通過種著許多果樹——樹幹上噴著一圈圈紅漆——的院子，穿過這棟白色灰泥小屋的側邊。這是賽爾芙醫生住的地方，可是她根本不該住這兒，一點隱私都沒有。任何人都可以直接跑到她家大門口，走到她在屋後那間傍著棕櫚樹池塘的辦公室，太不安全了。每週有好幾百萬人聽她的節目，她卻住在這種地方。太大意了。他必須繞回去提醒她。

他那輛花枝招展的哈雷機車停在街上，他繞過車子檢查是否有人趁著他看心理醫生的空檔搞破壞。他想著他的破輪胎，很想把刺破他輪胎的那傢伙揍一頓。藍色車身上的噴漆火燄還有鋁合金輪圈上蒙了薄薄一層灰塵，他氣死了。今天一早他才整理過機車，每一部分都擦得晶亮，接著輪胎被戳破，現在又罩了塵埃。賽爾芙醫生應該把停車位圍起來，蓋一座車庫。她那輛時髦的白色賓士佔據了車道，容不下其他車子，她的病患們只好把車停靠在街上，太不安全了。

他打開機車前叉和點火裝置，跨上戰士座椅，心想他多麼希望自己擁有的不是像他本人大半生過的那種城市窮警察的生活。學會撥給他一輛H2 悍馬越野車，黑色，配置渦輪柴油八汽缸兩百五十四馬力引擎，四速超速傳動，承重頂架和越野冒險包。他卻買了輛哈雷Deuce，並將它大肆裝修到滿意為止，最後還負擔得起心理醫生的費用。厲害吧。

他讓機車空轉，再按下啓動鈕，一邊看著那棟賽爾芙醫生居住的、但其實不該居住的漂亮白色屋子。他握緊離合器手柄，給車子更多燃氣，Thunderhead雙排氣管發出隆隆巨響，在這同時遠方閃電迸現，一支撤退中的烏雲大軍將砲彈虛擲在海上。

34

巴吉爾又笑了笑。

「我找不到任何有關謀殺案的記錄，」班頓對他說，「不過兩年前，一家叫做聖誕商店的店鋪裡有一對母女失蹤了。」

「我沒告訴你嗎？」巴吉爾笑著說。

「你沒提到有人失蹤或者有個女兒的事。」

「他們不肯把信給我。」

「我已經在查了，巴吉爾。」

「你一週前就說要查了。我要我的信，今天就要。我不同意那件事以後，他們就不肯拿信給我了。」

「你對喬夫生氣，並且叫他雷姆大叔。」

「從此以後我就拿不到信了。我覺得他吐口水在我的飯裡。我要我全部的信件，被擱置了一個月的信。然後你要替我換一間牢房。」

「這我辦不到，巴吉爾，這是爲了你好。」

「我猜你並不想知道其他事情。」

「我答應今天晚上以前會讓你拿到你的信。」

「現在就給我，不然就別想再跟我談什麼聖誕商店的話題。我對你的科學小實驗有點厭煩了。」

「我只找到一家聖誕商店，在拉斯奧拉斯海邊，」班頓說，「七月十四日，佛洛莉．昆西和她十七歲的女兒海倫失蹤了。你對這事有印象嗎，巴吉爾？」

「我對記人名不太行。」

「描述一下你印象中的聖誕商店吧，巴吉爾。」

「發光的聖誕樹、小火車，到處都是小裝飾品，」他說，沒了笑容。「我已經都告訴過你了。現在我要知道，你在我腦子裡發現什麼。你看見她們的影像了？」他指著自己的頭。「你想看什麼全都看得到。別浪費我的時間了，快把信給我！」

「我已經答應你了，不是嗎？」

「那裡的儲藏室有一只皮箱，你知道，一只很大的箱子，笨重得很。我要她把它打開，裡面是她收集的一些德國製、裝在彩漆木盒裡的小裝飾品。像是糖果屋、史努比和小紅帽之類的。她把它們鎖起來，因爲這些東西很昂貴。我說，『有什麼用？把整只箱子偷走不就得了。妳眞的以爲上了鎖就可以防止人家把它們偷走？』」

他突然安靜下來，茫然望著煤磚牆。

「你殺她之前還和她談了些什麼？」

「我跟她說，『妳完蛋了，賤人。』」

「你是什麼時候和她談起店內那只箱子的？」

「我沒有。」

「你剛才不是說……」

「我沒說我和她談過，」巴吉爾不耐的說，「我要吃藥。你爲什麼不開些藥給我？我睡不著，我靜不下來。有時候我眞想有洞就鑽，然後又開始沮喪，沒辦法起床。我要我的信。」

「你一天自慰幾次？」班頓問。

「六、七次，有時候十次。」

「比平常多。」

「然後像昨晚那樣跟你談了幾句，這就是我的一天。除了小便之外整天躺在床上，幾乎沒吃東西，也懶得洗澡。我知道她在哪裡，」接著他說，「給我信。」

「昆西女士？」

「我都已經在這裡了，」巴吉爾往後靠著椅背說，「還有什麼好計較的？有什麼誘因讓我照著你的話去做？施點小惠，一點小優待，幫點小忙。我要我的信。」

班頓起身，開門出去。他要喬夫到郵件室去，把巴吉爾的信找出來。從這位警衛的表情可以看出，他對巴吉爾郵件的事清楚得很，而且非常不情願去做任何事情來取悅這個人。看來也許是眞的，他沒有拿信給巴吉爾。

「請你幫個忙，」班頓對喬夫說，兩人四目交會。「很重要。」

喬夫點點頭，走開了。班頓重新關上門，坐回桌前。

過了十五分鐘，班頓和巴吉爾結束談話，一段充滿謊言和心機的胡言亂語。班頓非常氣惱，但沒表現出來。看見喬夫讓他鬆了口氣。

「我會把你的郵件放在你床上，」喬夫在門口說，冷冷看著巴吉爾。

「你最好別偷我的雜誌。」

「媽的誰會對你那些釣魚雜誌有興趣。抱歉，衛斯禮博士。」然後對巴吉爾說，「總共四本，都在你床上了。」

巴吉爾拋出一支想像的釣魚竿。「逃走的那隻，」他說，「總是最大的一隻。小時候我父親常帶我去釣魚，其他時間他忙著打我母親。」

「我警告你，」喬夫說，「我當著衛斯禮博士的面警告你，你敢再惹我，詹烈特，你該煩惱的就不只是收不到信跟釣魚雜誌而已了。」

「你看，我說吧，」巴吉爾對班頓說，「他們老是欺負我。」

35

到了儲藏室，史卡佩塔打開一只剛才從悍馬越野車拿下來的鑑識工具箱，拿出過硼酸鈉、碳酸鈉和發光胺，把它們裝進容器裡加蒸餾水混合，再把溶液注入一支黑色氣壓式噴霧瓶。

「跟妳想要的週末假期不太一樣吧，」露西說，邊把一台三十五毫米相機固定在腳架上。

「偷來的空閒也不錯，」史卡佩塔說，「至少我們終於見面了。」

兩人密密包裹在拋棄式白色連身工作服、鞋套、安全眼鏡、面罩和帽子底下，儲藏室的門緊閉著。時間將近晚上八點鐘。這晚海灘遊子依然在打烊時間之前就關了門。

「我得花一點時間取景，」露西說著把快門線接在相機電源鈕上。「記得以前妳還用過襪子？」

噴霧瓶不能太靠近照片，因此它的瓶身和噴嘴必須是黑色或者用黑色的東西包住。現場找不到黑色物品的時候，襪子就派上用場了。

「預算增加眞不錯，對吧？」露西說著按下快門線控制鈕，相機快門刷的開闔。「我們很久不曾一起做這類工作了。總之，缺錢總是討厭的事。」

她把鏡頭對著一個放著層架的水泥地空間，相機已經就位。

「我也不知道，」史卡佩塔說，「以前，錢似乎不成問題。老實說，甚至比現在更好，因為辯護律師所提的答案是no的問題總有結束的時候：妳用不用迷你顯微眼鏡？用不用隨身碟？用不用雷射光筆？用不用消毒水注射瓶？什麼？妳用瓶裝蒸餾水，哪裡買的？7-Eleven？妳的犯罪採證工具是在便利超商買的？」

露西又拍了張照片。

「妳化驗過院子裡所有的樹木、鳥和松鼠沒？」史卡佩塔往下說，一邊給已經戴了棉質檢驗手套的左手套上黑色橡膠手套。「再用吸塵器把左鄰右舍全部吸一吸尋找微物證據如何？」

「妳的心情眞的很差。」

「我不喜歡妳老是迴避我，只在這種時候才會打電話給我。」

「我對別人也是這樣。」

「我在妳心中就這麼點份量？跟其他人一樣？」

「妳竟然問得出口。我可以關燈了嗎？」

露西拉了下繩子，關掉天花板的燈泡，屋內頓時陷入黑暗。史卡佩塔先是噴了些發光胺在一份血液控制樣本上，滴在方形紙板上的一滴乾的血液，結果它發出藍綠色的光，然後褪色。接著她開始掃射式的噴灑地板的幾個區域，這些地方立刻閃閃發亮起來，彷彿整片地板著了火，藍綠色的霓虹火光。

「老天，」露西說著再度按下快門，史卡佩塔繼續噴灑。「我從來沒見過這種事。」

隨著緩慢、詭異的噴灑行動持續進行，亮眼的藍綠色冷光逐一亮起然後褪去，當噴灑停止，光芒也消失在黑暗中。露西打開電燈，她和史卡佩塔仔細觀察水泥地板。

「除了灰塵我什麼都沒看見，」露西沮喪的說。

「得盡快把它們掃起來，不能再在上面踏來踏去了。」

「該死！」露西說，「我們應該先戴上迷你顯微眼鏡的。」

「等一下就用得著了，」史卡佩塔說。

露西拿了支乾淨刷子，將地板上的灰塵掃進塑膠證物袋裡，然後重新調整相機和腳架的位置。她拍了更多現場照片，木層架的照片，然後再度關燈，這次發光胺有了不同的反應。在好幾個區域亮起艷藍色的斑點狀光點，像迸裂的火花跳動著，快門喀啦喀啦的響，史卡佩塔忙著噴霧，那些藍色光點迅速閃動，和血液等物質在化學發光狀態下的典型移動狀況比起來，顯得快速得多。

「漂白水，」露西說，因為有些物質會呈現假陽性反應，漂白水就是常見的一種，它的外觀相當獨特。

「呈現的光譜不同，不過的確令人想起漂白水，」史卡佩塔說，「可能是任何一種含有次氯酸鹽漂白水的清潔劑，像是Clorox、Drano、Fantastic、The Works、Babo Cleanser等牌子。說不定這店裡就放著幾罐。」

「可以了嗎？」

「繼續。」

燈光亮起，兩人在頭頂那盞燈泡的強烈光線下瞇起眼睛。

「巴吉爾告訴班頓說，他用漂白水清理了現場，」露西說，「問題是，經過了兩年半，發光胺應該不會對漂白水產生反應，不是嗎？」

「也許它滲透到木板裡，被保留了下來。不過我不敢確定，也不知道有誰做過這類實驗，」史卡佩塔說著從鑑識工具箱裡取出一支照明放大鏡。

她把放大鏡移向堆放著潛水用具和T恤的夾板層架的邊緣。

「近一點看，」她補充說，「可以發現木架的這裡和這裡隱約發著光，類似噴濺型態。」

露西挨近她身邊，拿過放大鏡。

「我看見了，」她說。

今天他曾經進出那個房間，沒理會她，只替她帶了份起司三明治和水。他不住在這裡，從來不在這裡過夜，就算有，也是安靜得跟死人一樣。

時間很晚了，他不清楚有多晚，只見另一邊的破窗子外，月亮隱在雲層後方。她聽見他在屋子裡到處走動。聽見他的腳步聲逼近，她的脈搏加快，趕緊將那隻粉紅色的小網球鞋藏在背後，因爲他一旦發現它對她意義重大，一定會把它拿走。然後他出現了，一個黑影帶著一長束手電筒光線。他帶了那隻蜘蛛，滿滿盤據著他的手。她從沒見過那麼大的蜘蛛。

當手電筒的光觸探著她浮腫的腳踝和手腕，她聆聽著克莉絲汀和男孩們的動靜。他掃描著污穢的床墊和她那件沾滿污垢的淺綠色連身裙的下襬。亮光觸及她的私密部位時，她縮緊膝蓋和手臂，努力遮住身體。她感覺他在盯著她瞧，拚了命退縮。她看不見他的臉，不知道他到底長什麼模樣。他老是穿著黑衣。白天，他總是戴著頭罩，一身黑色，晚上就更不用說了，只剩下一個黑影。他把她的眼鏡拿走了。

這是他強行闖進屋子之後所做的第一件事。

把眼鏡給我，他說。馬上給我。

她站在廚房裡，嚇得動彈不得，恐懼和惶惑讓她痲木。她無法思考，感覺好像全身的血液全被抽光，接著平底鍋裡的橄欖油嘶嘶的冒煙，男孩們開始哭叫。他用霰彈槍指著他們，用槍指著克莉絲汀。東尼打開後門，他就進來了，戴著頭罩，一身黑衣。一切發生得如此之快。

把妳的眼鏡給我。

給他吧，克莉絲汀說。拜託別傷害我們，要什麼儘管拿去吧。

閉嘴，不然我立刻就把你們全部宰了。

他命令兩個男孩趴在客廳地板上，然後用槍托敲他們的後腦，重重的敲，讓他們沒辦法逃走。然後他把所有的燈關掉，命令伊芙和克莉絲汀拖著兩個癱軟的男孩，沿著走廊從主臥房的拉門出去，沿路地板上血跡模糊，她不停想著一定會有人看見血跡的。經過這麼多天，總會有人進屋子裡來，奇怪他們到哪裡去了。那些人應該會看見血跡才對。警察呢？

男孩們靜靜躺在游泳池邊的草地上。即使他們已經不再動彈，不再發出聲音，他仍然用電話線綑綁他們，用抹布塞住他們的嘴，還強迫克莉絲汀和伊芙摸黑走向休旅車。

伊芙開車。

克莉絲汀坐在前座，他坐在後座，槍口對著她的腦袋。

他用冰冷沉著的聲音告訴伊芙開往哪裡。

我得先帶妳們去一個地方，再回來處置他們，他坐在車上冷冷的說。

拜託一定要打電話求助，克莉絲汀哀求著說。必須送他們到醫院去。拜託，別把他們留在那裡等死，他們只是孩子。

我說我會回去找他們。

他們需要急救。他們只是小孩子，孤兒，他們的雙親都死了。

很好，那就沒人會掛念他們了。

他的聲音又冷又平淡，且毫無人味，不帶一絲感情或人性的聲音。

她記得剛才看到那不勒斯的方向標誌牌，他們正朝西往沼澤地國家公園前進。

我沒戴眼鏡無法開車，伊芙說，她的心猛烈撞擊著，就快衝破肋骨了，幾乎無法呼吸。當她突然駛向路肩之際，他把眼鏡給了她，後來，他們到了這個黑暗恐怖的地方——她一直在這裡待到現在——他又把眼鏡拿走。

史卡佩塔給浴室的煤渣磚牆噴霧，牆上出現許多亮燈時看不見的掃射、揮甩和噴濺的斑點。

「有人清理過了，」露西在黑暗中說。

「我不繼續噴了，免得破壞血跡，萬一那是血跡的話。妳拍完了？」

「拍完了，」她開了燈。

史卡佩塔拿出血跡採證工具，用棉花棒沾取牆上發光胺起反應的區域，讓棉花尖端深入即使經過清洗仍然可能潛伏血跡的多孔性水泥牆面。她用醫用滴管把她的化學混合液滴在棉花棒上，它轉成了亮粉紅色，再次確定牆上發亮的東西很可能是血液，也許是人類的血液，必須在化驗室做進一步確認。

如果那是血跡，很可能是舊的，兩年半前的。發光胺會對血紅素起反應，血液殘留時間越久，氧化得越厲害，反應也越明顯。她繼續用消毒水棉花棒沾取血跡樣本，把它們用證物盒密封起來，貼上標籤，寫上名目。

她們已經進行了一個小時，她和露西穿著防護衣，早就熱壞了。她們聽見房子另一頭的賴利在他店裡四處走動，電話響了好幾次。

她們回到儲藏區，露西從一只笨重的黑色手提包裡翻出迷你顯微眼鏡的鑑識照明。這是一種高亮度的鹵素燈，外觀是邊緣有小孔的四方形小金屬盒，附有一條看來像是閃亮金屬管的活動軟臂，上面的光導管讓她可以調整光的波長。她把顯微眼鏡線插上，打開照明盒電源，風扇開始運轉。她調整著光源強度旋鈕，把波長定在四五五奈米。最後，她們戴上可以增強反差並且保護眼睛的橘色鏡片顯微眼鏡。

關燈之後，露西提著照明盒，用它的藍光緩緩掃描著牆面、置物層架和地板。對發光胺有反應的物質不一定會對交流光源起反應，稍早發亮的區域這會兒是暗的。不過地板上有幾個小污漬迸出鮮紅色。燈又打開，露西再度調整腳架，給相機鏡頭裝上橘色濾鏡。燈暗，她拍下那處發出紅色螢光的污漬。燈又亮起時，那處污漬幾乎無法辨識。看起來只不過是地板上一小片髒污褪色的斑點，但是戴著顯微眼鏡的史卡佩塔觀察到一抹淡淡的紅色。不知道那是什麼物質，總之它不溶於消毒水，她也不打算使用其他溶劑，以免破壞了它的成分。

「我們得把它採證起來，」史卡佩塔觀察著水泥地板說。

「我馬上回來。」

露西打開門，呼叫賴利。他正在櫃台後方打電話。他猛抬頭，看見露西從頭到腳包裹著白色塑料紙，嚇了一大跳。

「我什麼時候被傳送到和平號太空站了？」他說。

「你這裡有沒有工具？有的話我就不用回車上拿了。」

「後面有個小工具箱，放在靠牆的架子上。」他指著那面牆的方位。「紅色的小工具箱。」

「我可能會把你的地板弄髒了，只有一點點。」

他開口想說什麼，但決定閉嘴，只聳聳肩。她關門回到後面，從工具箱找出鐵槌和螺絲起子，在地板上敲了幾下，挖起幾小片沾有紅色污漬樣本的水泥屑，用幾只證物袋密封起來。她和史卡佩塔脫掉白色防護衣，將它們塞進垃圾桶，然後帶著裝備離開。

你這麼做是爲了什麼？伊芙問，這是每次她見他走進來都要重提的老問題，啞著嗓子問，他則是甩著手電筒，光線刀子似的射向她的眼睛。「拜託別照我的臉。」

「妳眞是醜斃了的大肥豬，」他說，「難怪沒人喜歡妳。」

「言語傷不了我，你傷不了我，我屬於上帝。」

「瞧妳，誰會理妳呢。其實妳很感激我注意到妳，對吧？」

「孩子們呢？」

「說對不起。妳很清楚自己做了什麼。罪人總會受到懲罰的。」

「你把他們怎麼了？」她又問了老問題。「放了我，上帝會原諒你的。」

「快說對不起。」

他用靴子推一下她的腳踝。一陣劇痛。

「親愛的上帝，請原諒他，」她大聲禱告。「你不想下地獄的，」她對眼前的邪惡之人說，「及時悔悟吧。」

36

夜色黝黑，月亮有如X光片的暗影，曖昧的躲在雲後。小蟲群聚在街燈下。A1A街的車流從不歇止，整夜充斥著噪音。

「妳在煩什麼？」露西開車，史卡佩塔問她。「我們好久不曾單獨相處了，拜託說說話。」

「我原本可以找萊克絲來的，我不是故意要麻煩妳。」

「我原本也可以要妳找她，我沒興趣當妳的辦案夥伴。」

兩人都累了，也都沒什麼心情說笑。

「不過我們還是見了面，」露西說，「也許我想趁這機會跟妳聚一聚。我可以找萊克絲的，」她重複的說，開車時直盯前方。

「我看不出妳是不是在開玩笑。」

「並不是，」露西轉頭看她，沒有笑容。「我真的很抱歉。」

「妳是應該道歉。」

「妳不需要這麼快同意，或許妳並不真的了解我的生活方式。」

「問題是，我真的很想了解，可是妳不斷的迴避我。」

「凱阿姨，妳最好還是不要知道得太多比較好。妳有沒有想過，也許我是在替妳省事？也許妳應該好好把握妳所認識的我，其他的就別管了。」

「什麼其他的？」

「我跟妳不一樣。」

「妳和我是大同小異，露西。我們都是聰明、正直、賣力工作的女人，試圖改變現實，勇於冒險。我們是老實人，我們很努力，眞的很努力。」

「我沒有妳想的那麼正直。我只會傷害別人。這個我最擅長了，而且越來越行。每多做一次，我就越不在乎。也許我就快變成巴吉爾．詹烈特了，也許班頓應該把我列爲他的研究對象。我敢說我的大腦結構一定跟巴吉爾的很像，和那些變態殺人狂沒兩樣。」

「我不懂妳怎麼會這麼想，」史卡佩塔輕聲說。

「我覺得那應該是血跡，」露西突然又丟出變化球，令人措手不及的改變話題。「我覺得巴吉爾說的是眞話。我認爲他眞的在那家商店的後面殺了她。我有種感覺，我們在那裡採證的東西，化驗結果會是血跡。」

「就等著看化驗室怎麼說吧。」

「整片地板都發亮，眞詭異。」

「巴吉爾爲什麼要自動招供呢？爲什麼現在招供？對象爲什麼是班頓？」史卡佩塔說，「這點令我很不解，應該說是擔憂。」

「對這些人來說理由很清楚，就是操控別人。」

「我很擔憂。」

「他說這些是爲了交換他想要的，爲了擺脫困境，不可能是他捏造的。」

「或許他聽說了聖誕商店人口失蹤的事。這件事報紙曾經報導，他又當過警察，也許他曾經聽其他警察談起，」史卡佩塔說。

越是談論這事，史卡佩塔越是擔心巴吉爾或許眞的和佛洛莉、海倫母女的案子有關，但是她無法想像他如何能夠在商店儲藏室強暴、再殺害這位母親。他怎麼把染血的屍體搬出屋外，或者把兩具屍體——假設他也殺害了海倫——搬離開那裡。

「我知道，」露西說，「我也很難想像。而且，如果他眞的殺了她們，爲什麼不就把她們留在那裡？除非他不希望有人發現她們遇害，要大家以爲她們是失蹤，出於自身意願的失蹤。」

「由此推想犯案動機，」史卡佩塔說，「應該不是強迫性性侵害。」

「我忘了問妳，」露西說，「妳是要回妳家沒錯吧。」

「這個時候，沒錯。」

「波士頓的事妳打算怎麼辦？」

「我還得處理席米斯特案的現場，沒法現在過去。今晚我受夠了，莉芭或許也是。」

「她會同意讓我們參與吧。」

「她和我們是一夥的。明天早上再處理。我在想不去波士頓算了，可是這樣對班頓不公道，對我們雙方都不公道，」她說，難以掩飾聲音裡的沮喪和失望。「當然，其實是一樣的。我突然有個緊急案件，他也突然有個緊急案件，除了工作我們什麼都不能做。」

「他是什麼案子？」

「瓦爾登湖附近發現一具女屍，全身赤裸，身上有奇怪的假刺青，紅色的手印，我懷疑可能是死後才弄的。」

露西突然抓緊方向盤。

「妳說假刺青，是什麼意思？」

「畫上去的。班頓說是人體彩繪。她頭上套著頭罩，一顆霰彈槍子彈塞入肛門，擺了姿勢，總之卑劣極了。我知道的不多，但遲早會的。」

「知道她是誰嗎？」

「他們知道的很有限。」

「那一帶發生過類似案件嗎？手法相同的謀殺案？屍體上有紅手印的？」

「妳儘管叉開話題吧，露西，可是沒有用的。妳已經不像妳了。妳變胖了，這表示情況有點反常，非常反常。倒不是說妳變得難看，不是，但我知道怎麼回事。妳累極了，而且看起來不太好。我聽說了。我假裝不知道，可是我知道事情不對勁，我已經知道一陣子了。妳想告訴我嗎？」

「我想知道關於紅手印的事。」

「我知道的都告訴妳了。怎麼？」史卡佩塔打量著露西緊繃的臉。「妳到底怎麼了？」

她直視前方，似乎掙扎著該如何拼湊正確答案。她一向精於此道，聰明絕頂的她有本事把訊息重組，讓捏造出來的東西比眞相更眞實，很少有人會質疑。所幸，她從來不相信自己的妄語和操控手段，一刻都不曾忘了事實是什麼，不曾輕率地落入自己的陷阱之中。露西對於自己的作爲總有一套理由，有時還是不錯的理由。

「妳一定是餓了，」史卡佩塔接著說。她的語氣平靜輕柔，就像露西小時候她對她說話的語氣。她是個難搞的小孩，因爲心靈受創的緣故。

「每次妳拿我沒辦法的時候，就餵我吃東西，」露西唐突的說。

「以前很有效。妳小時候，我常差遣妳去辦事，來交換我做的披薩。」

露西沒說話，在紅色交通號誌燈下顯得陰沉而陌生。

「露西？今晚妳不準備對我笑一下或者正眼看我一下了是嗎？」

「我一直在做傻事。 夜情，傷害別人。幾天前，在普文斯鎮，我故技重施。我不想和任何人親近，只想一個人，但我就是忍不住。這次或許眞的很蠢，因爲我的疏忽，也許因爲我根本不在乎。」

「我甚至不知道妳去過普鎮，」史卡佩塔說，不帶批判意味。

露西的性傾向不是她煩惱的理由。

「以前妳很謹愼的，」史卡佩塔說，「比我認識的任何人還要謹愼。」

「凱阿姨，我好難受。」

37

蜘蛛的黑影蓋住他整個手背，穿過光線朝著她飄過來，逼近她的臉。這是他第一次把蜘蛛拿得距離她這麼近。他把手電筒光線移向他之前放在床墊上的一把剪刀，對著它晃了晃。

「說對不起，」他說，「這都是妳的錯。」

「趁還來得及的時候，棄暗投明吧，」伊芙說，剪刀就在她伸手可及的地方。

也許他故意激她去拿剪刀。她幾乎看不見剪刀，就算亮燈也一樣。她聆聽著克莉絲汀和男孩們的動靜，眼前的蜘蛛只是模糊一片。

「這些事原本不會發生，是妳自找的，現在該妳受懲罰了。」

「可以不要這樣的，」她說。

「懲罰時間到了，快說對不起。」

她的心狂跳，害怕得就快吐了。她絕不會道歉，她沒有犯罪。如果她道歉，他就會殺了她，不知爲什麼她就是知道。

「快說對不起！」他說。

她不肯說。

他命令她道歉但她就是不說。她只是一味的說教，不停叨絮著關於她那位無能上帝的蠢言蠢語。如果她的上帝那麼厲害，現在她就不會坐在那張床墊上了。

「我們可以假裝這事從沒發生過，」她用沙啞、嚴厲的聲音說。

他可以感覺到她的恐懼。他命令她說抱歉。無論她怎麼向他說教，她畢竟是害怕的。蜘蛛讓她怕得發抖，兩條腿在床墊上不停顫動。

「你會得到赦免的，只要你懺悔並且放了我們，你就會得到赦免，我絕不會告訴警方。」

「沒錯，妳不會，妳永遠沒辦法去報警。敢報警的人都受到了懲罰，用妳無法想像的方式。牠的毒牙可以刺透人的指甲，」他指的是蜘蛛。「有些塔蘭托毒蜘蛛會重複的咬人。」

那隻蜘蛛幾乎碰到了她的臉。她倒抽一口氣，把頭往回縮。

「牠會不斷攻擊。除非妳把牠甩掉，牠不會停止。要是牠咬中妳的大動脈，妳就完了。牠還會把毛射進妳的眼睛，讓妳瞎掉，非常痛苦。快點道歉。」

Hog要她說出口，要她道歉，他看著緊閉的油漆斑駁的木板門，和放在老舊髒污的地板上的床墊。然後鐵鍬聲響起，因爲他要她不可以說出他做的壞事，還說那些說出來的人都受到了上帝的懲罰，難以想像的懲罰方式，讓他們不得不認錯。

「懺悔吧，上帝會原諒你的。」

「快說抱歉！」他把手電筒對著她的眼睛，她閉上眼睛，閃避著光線，可是光追著她跑。

她不會哭的。

他做那件壞事的時候，她哭了。他對她說要是她告訴別人，她一定會哭。最後她終於說了。她告訴了別人，Hog也只好承認，因爲那是事實，他的確做了壞事，但是Hog的母親怎麼都不相信，說Hog沒做，絕不可能做那種事，他一定是生病了或是得了妄想症。

當時又冷又下著雪。他沒見過那樣的天氣，在電視和電影裡見過，可是在現實中從來沒體驗過。他記得有一些老舊的石磚建築物，那是當他開車到那裡時透過車窗看見的，他記得那間小候客室，他和母親坐在那裡等醫生來，非常明亮的空間，一名男子坐在椅子上蠕動著嘴唇，翻著白眼，和某個不在場的人交談著。

他母親進入一個房間和醫生說話，把他單獨留在候客室裡。她告訴醫生Hog說他做了件壞事，那並非事實，因爲他病得很重，事關隱私，她唯一關心的是Hog能盡快好起來，別再到處胡言亂語，壞了家族名聲。

她不相信他做了那件壞事。

她告訴Hog她準備如何對醫生說。你生病了，她對Hog說，這不是你的錯。你有幻覺，會說謊，很容易受影響。我會爲你禱告，你最好也爲自己禱告，祈求上帝原諒你，說你很抱歉傷害了那些好心對待你的人。

「我要把牠放在妳身上，」Hog說著把手電筒對著她。「要是妳像她那樣傷害牠，」他用霰彈槍槍柄戳一下她的額頭。「妳就會明白懲罰的眞義了。」

「可恥。」

「我警告過妳，不准這麼說。」

他更用力的戳她，槍柄撞擊著骨頭，她痛得大叫。他把光線掃向她那醜陋、浮腫、斑斑點點的臉孔，她流血了，血從她的臉孔淌下。那個女人把蜘蛛甩到地板上，牠的肚子破裂，流出黃色的血液。Hog試圖用膠水把牠黏回去。

「說妳很抱歉。她說她很抱歉。妳可知道她總共說了多少次？」

他想像毛茸茸的腳爬在她赤裸右肩時她的感覺，想像蜘蛛在她皮膚上移動，停下來輕輕箝住她時她的感覺。她縮在牆角，劇烈顫抖著，瞄著床墊上的剪刀。

「我們一路到了波士頓。非常漫長的旅程，牠冷冷的躺在後座，她光溜溜的，被綑綁著。後面沒有座位，只有冰冷的金屬地板。我讓那些人有機會動腦筋思考。」

他還記得那些有著灰藍色石板屋頂的老石磚建築。他記得他母親在他做了那件壞事以後開車送他到了那裡，幾年以後，他獨自回到那裡，在那些舊石磚石板房子裡住了一陣子，但沒能持續太久。由於那件壞事，他沒能住太久。

「你對孩子們做了什麼？」她努力裝出強勢、無畏的聲音。「放了他們吧。」

他戳她的私密部位，她跳開，他大笑起來，叫她醜胖愚蠢的女人，說沒人會要她，他做那件壞事的時候同樣說了這些話。

「難怪，」他又說，注視著她下垂的胸部，肥厚鬆弛的身體。「我願意這麼對妳是妳的運氣。沒人會這麼做的，因爲妳噁心又愚蠢。」

「我不會告訴任何人的，放我走吧。克莉絲汀和孩子們呢？」

「我回去找過他們了，可憐的小孤兒。我說過了。我甚至把妳的車子開回去。我心地善良，不像妳這麼邪惡。放心吧，我已經照著承諾把他們帶來了。」

「我沒聽見他們的聲音。」

「說對不起。」

「你也把他們帶到波士頓去了？」

「沒有。」

「你眞的把克莉絲汀帶來……」

「我讓那些人有機會動腦筋，相信他一定很意外。希望他知道這事，反正他遲早都會知道的。時間不多了。」

「誰？你可以告訴我，我並不討厭你，」她的語氣帶著憐憫。

他知道她有什麼企圖，她想和他攀交情。如果她不斷和他說話，假裝不害怕，甚至裝出喜歡他的樣子，他們或許會變成朋友，他就不會懲罰她了。

「沒有用的，」Hog說，「她們也都這麼試過，可是沒用。就像郵件快遞一樣。要是他知道了一定會非常驚喜。我喜歡讓那些人手忙腳亂。時間不多了，妳最好善加利用，快說抱歉！」

「我不懂你在說什麼，」她用一貫虛僞的語氣說。

蜘蛛在她肩上竄動。他在黑暗中伸手，讓牠爬了回來。他穿過房間，把剪刀留在床墊上。

「把妳那頭亂髮剪一剪，」他說，「全部剪光。要是我回來時妳還沒剪好，妳就有得受了。別想把繩子剪斷，這裡沒有路可逃。」

38

班頓位在高樓的辦公室窗外，雪花映著月光，屋內燈光全滅。他坐在電腦前瀏覽照片，總算找到他要的那幾張。

總共有一百九十七張照片，醜怪可怖的照片，想從裡面找出特定照片可說是一大考驗，那些畫面很讓他喪氣。他十分不安，感覺事情遠比表面看來嚴重許多，而且還沒有結束，這案子讓他心情煩亂，以他的豐富工作經歷，這情形相當罕見。有些分心的他沒抄下照片序號，花了將近半小時才找到他要的照片，第六十二和七十四號照片。他服了麻塞諸塞州警局的蘇拉許警探。在謀殺案中，尤其這類謀殺案，努力絕不嫌多。

在暴力死亡案件中，沒有什麼是與時俱進的。現場不是消失就是遭到破壞，再也無法還原。屍體也會改變，尤其經過驗屍之後，便無法回復原狀了。因此州警局的人卯足全力拍下大量照片，而班頓去探訪巴吉爾．詹烈特回來之後，便一直在研究這些驚人的照片和影像記錄。班頓心想自己在調查局工作了二十幾年，應該見識得夠多了。身爲法醫心理專家，他自以爲已看盡人間一切怪象，可是他從來沒見過這種事。

第六十二和七十四號照片算不上是清楚的照片，因爲上面那位無名女子重創的頭部所能顯現的實在不多。它們沒能完整顯現這女人面目全非的駭人面目。她令他想起湯匙，連著脖子葉柄的空豆莢，一頭剪得參差不齊的黑髮黏著腦漿屑、皮肉組織和乾掉的血漬。第六十二、七十四號照片顯示的是屍體從頭部到膝蓋的特寫。這兩張照片令他有種難以形容的感覺，當某件事讓他想起惱人的什麼，卻又記不起來是什麼的那種感覺。這些影像試圖告訴他一些他已經知道但無法掌握的東西，究竟是什麼呢？

六十二號照片中，屍體臉朝上躺在驗屍台上。七十四號則是臉朝下。他來回點擊兩個影像，研究她赤裸的殘骸，對於她肩胛骨之間的鮮紅色手印和一處皮膚破損的區域百思不解。那是一塊大約六乘八吋的皮肉被磨光，植入驗屍報告上寫的「疑似木頭碎片和泥土」的東西。

他考慮過一種可能性，就是那些紅色手印也許是女人生前就存在的，和她的遇害沒有關聯。也許為了某種理由，她在遇見凶手之前就做了人體彩繪。他必須設想這種可能，然而他不認為是如此。比較可能是凶手把她的屍體變成了工藝品，可鄙且暗示性暴力的工藝品，令人聯想到兩隻手抓著她的乳房，強迫她張開雙腿，也許就在她被擄走之後，也許是在她喪失行動能力或者死亡之後。班頓不敢確定。他看不出來。他真希望這是史卡佩塔的案子，希望她曾經到現場進行驗屍。要是她在這裡就好了。果然一如往常發生了狀況。

他瀏覽了更多照片和報告。受害者年約三十五、六或四十出頭，驗屍結果一如朗斯戴醫生在停屍間所說的，她的屍體被發現時距離死亡時間並不久，她被棄屍在瓦爾登樹林裡的一處休憩站，距離瓦爾登湖不遠，屬於富裕的林肯鎮範圍。體液採樣化驗的結果未顯示精液反應。班頓初步評估，這個將她殺害並把屍體擺置在樹林裡的人，可能耽溺於性虐待幻想，一種將受害者物化的性幻想。

無論她是誰，對加害者來說她什麼都不是。她不是個體，而只是一個符號，一個可以任他隨意處置的物品，而他喜歡的方式就是羞辱、恐嚇、懲罰，百般折磨，強迫她面對逐漸逼近的殘酷死亡，品嚐嘴巴塞入槍管的滋味，眼看著他扣下扳機。也許他認得她，或者原本不認識。也許他一路跟蹤她，再綁架了她。根據麻塞諸塞州警局的說法，新英格蘭的失蹤人口檔案中沒有符合她特徵的案例，任何地方的失蹤人口檔案都找不到符合她特徵的案例。

游泳池再過去是防波堤。大得足夠停泊一艘六十呎長的船隻，儘管史卡佩塔沒有船，也從沒想過要擁有任何大小或式樣的船隻。

她望著那些船，尤其是夜晚，船頭和船尾的燈光有如飛行器沿著水道移動，一片靜寂中只有隆隆引擎聲。當船艙亮著燈光，便可以看見男男女女在裡頭穿梭，或坐或舉杯，大笑或一臉嚴肅，或只是待在那兒。她不想變成那些人，像他們一樣或是和他們爲伍。

她和那些人沒有半點雷同，從不想和他們有任何牽扯。在貧窮和孤獨的成長階段，由於她和他們不同，因此無法加入他們，那時選擇權在他們手上，現在選擇權則是在她手上。她知道自己要什麼，對那些不恰當、空虛灰暗而可怕的生活方式只是冷眼旁觀。她一直很害怕她的外甥女露西會發生什麼不測。爲自己深愛的人操心是很自然的事，可是對露西她的擔憂總是又多了幾分。史卡佩塔經常擔心露西會死於非命，從沒想過露西會生病或者染上病菌什麼的，不是因爲這事涉私人，事實上剛好相反。

「我開始有一些奇怪的症狀，」露西在黑暗中說。她們坐在柚木椅上，在兩根堤防木樁之間。

一張桌子上擺著飲料、乳酪和餅乾。她們沒碰乳酪和餅乾，酒則已經喝了第二回。

「有時候我眞希望我常抽菸，」露西說著伸手拿龍舌蘭酒。

「奇怪的念頭。」

「以前妳常抽菸的時候可不覺得奇怪，現在妳仍然很想抽。」

「我想怎麼樣並不重要。」

「妳老是說這種話，好像妳的感覺跟一般人不一樣似的，」露西在黑暗中盯著水道說，「當然重要了。無論妳想要什麼，都是重要的，尤其當妳得不到的時候。」

「妳想要她嗎？」史卡佩塔問。

「哪一個她？」

「最近和妳在一起的那位，」她提醒她。「妳最近一次征服行動，在普鎭的。」

「我不覺得那是征服，我把它看成短暫的逃避，就像抽大麻菸。我想這是最可悲的部分，那不具任何意義。只不過這次情況不太一樣，有些事情我不明白。我也許惹上了麻煩，眞是太盲目、太愚蠢了。」

她把史提薇的事告訴了史卡佩塔，關於她身上的刺青，那些紅色手印的事。她描述情節時有些爲難，但盡力保持淡漠，好像說的是別人的事，好像在談論一樁案子。

史卡佩塔安靜聽著。她拿起酒杯，思索露西說的話。

「也許那沒什麼，」露西繼續說，「只是巧合。很多人喜歡在身上畫些奇怪的彩繪，把各種壓克力和乳膠做成的奇怪顏料噴得全身都是。」

「我聽膩了巧合，最近巧合的事太多了，」史卡佩塔說。

「這龍舌蘭很不錯，我不反對來根大麻。」

「妳存心嚇我嗎？」

「大麻不像妳想的那麼糟糕。」

「妳什麼時候變成醫生了。」

「眞的，不騙妳。」

「妳爲什麼這麼討厭自己呢，露西？」

「妳知道嗎，凱阿姨？」露西轉身看她，那張臉在堤防的柔和燈光下顯得強悍而銳利。「妳根本不清楚我做過什麼事，所以就別裝懂了。」

「聽起來像是起訴書的內容。妳今晚所說的大部分都帶著這味道。如果我忽略了妳，我道歉，打從我心底感到抱歉。」

「我跟妳不一樣。」

「當然不一樣，妳幹嘛一直說。」

「我不想追求恆久不變的東西，心愛的人，一輩子在一起的人。我不需要像班頓那樣的人，我只要萍水相逢，一夜情。想不想知道我有過多少次？連我自己都搞不清楚。」

「一年來我們幾乎沒怎麼見面。這就是原因？」

「這樣比較輕鬆。」

「妳怕我會對妳嘮叨？」

「那也是應該的。」

「我擔心的不是妳跟誰睡覺，是別的部分。妳在學會裡總是一個人，不和學員們互動，根本很少待在那裡，偶爾到了那裡，也是在健身房裡沒命的操練，不然就是在直升機上，或者在靶場，或者在做實驗，簡直像是機器，危險的機器。」

「也許我只跟機器合得來吧。」

「被妳辜負的，也會反過來辜負妳，露西。這點妳非常清楚。」
「包括我的身體。」
「妳的心和靈魂呢？先談這個吧。」
「眞冷，一點都不關心我的健康。」
「一點都不冷，我對妳的健康比對自己的還要重視。」
「我覺得我中了她的圈套，她知道我在酒吧裡想事情。」
她又回頭提起那個女人了，身上有紅手印，和班頓手上那樁案子的受害者情形類似的。
「妳必須把史提薇的事告訴班頓。她姓什麼？妳對她了解多少？」史卡佩塔問。
「我知道的不多。我相信這當中沒什麼關聯，可是太奇怪了。她出現在那裡的時間，和那個女人遭到謀殺棄屍的時間是一致的，地區也很接近。」
史卡佩塔沒說話。
「也許那一帶很流行紋身，」露西接著說，「也許那裡的人喜歡在身上畫紅手印。別責備我，我不想聽人家說我有多蠢、多不小心。」
史卡佩塔望著她，沒說話。
露西揉著眼睛。
「我沒有責備妳的意思，只是想了解，爲什麼妳對自己在乎的一切置之不顧。學會是妳的，那是妳的夢想。妳討厭一板一眼的執法機關，尤其是調查局。因此妳組織了自己的兵力，自己的團隊。現在這匹沒人騎的馬兒在閱兵場亂逛。妳在哪裡？我們這些人——當初因爲妳的號召而集結在一起的人——感覺好像是被拋棄了。這一期的學員大部分都沒見過妳，許多教員也都不認識妳，就算見了面也認不出來。」

露西望著一艘收起風帆的帆船在夜色中悠閒的滑過，她抹著眼睛。

「我長了腫瘤，」她說，「腦瘤。」

39

班頓把另一張照片放大，這張是在現場拍的。

受害者看來就像一件醜惡至極的暴力色情成品。許多條腿和手臂分布在她背後，她的臀部像裹著尿布似地圍著染血的白色寬鬆褲管，一件沾有糞便和少量血跡的短襯褲像面罩般蒙住她殘缺的頭部，在眼睛部位剪出兩個洞。他靠著椅背，思索著。如果認為這個將她棄置在瓦爾登樹林裡的人這麼做只是為了引起眾人恐慌，那就太輕率了。絕不只如此。

這案子讓他想起一件事。

他研究著那件像尿布那樣折疊起來的寬長褲。褲子是外翻的，這顯示著幾種可能。也許她在某個階段被迫把長褲脫去，然後又穿回去。也許凶手在她死後把它脫下。褲子是亞麻布料。新英格蘭的人不會在這個季節穿白色亞麻的衣服。在另一張照片裡，這條長褲攤開在鋪有紙張的驗屍台上，清楚顯示了血跡模式。褲子前面的血跡已經凝固成深褐色，在膝蓋以上染了一大片，膝蓋以下只有幾處污漬。班頓推測，可能是她遭到槍擊時往前跪倒造成的。他想像她跪下的情景。他撥了史卡佩塔的電話。沒人接聽。

羞辱，控制，徹底的貶抑，讓受害者無力反抗，像小孩般柔弱。戴著頭罩，也許就像即將被處決的人犯。也許就像戰俘，等著被凌虐、恐嚇。也許凶手是在重現他自身生活的某個部分。也許是童年，也許是性侵害，也許是性虐待。事情往往就是如此，自己受害，再加害他人。他又撥了史卡佩塔的電話，還是沒回應。

他想起巴吉爾。他也曾經布置幾個受害者的屍體，讓她們坐著靠在某個物體上，其中一個是靠在休息站女廁牆邊。班頓調出巴吉爾幾個較爲人所知的受害者的現場和驗屍照片，看著那些死者被挖去眼珠的可怖臉部照片。也許這就是相似之處，短襯褲上的兩個洞讓他想起巴吉爾那些沒了眼球的受害者。

不過，也可能是頭罩，頭罩的意涵似乎更大。給某人戴上頭罩意謂著徹底的壓制，讓他完全喪失反抗、逃脫的機會，再加以折磨、恐嚇和懲罰。巴吉爾的受害者中沒有戴頭罩的，據知沒有，然而話說回來，性虐待謀殺案的實際發生過程中往往隱藏著許多不確定的情節。畢竟受害者無法現身說明。

班頓擔心，也許他花了太多時間研究巴吉爾的大腦。

他再次撥電話給史卡佩塔。

「是我，」他說。她終於接聽了。

「我正想打給你，」她冷淡扼要的說，聲音有些不穩。

「妳似乎不太舒服。」

「你先說吧，班頓，」她說，同樣的聲音，一點都不像她。

「妳哭了？」他不明白她怎麼了。「我想和妳談談最近發生的那案子，」他說。

「我一直想找妳談談這案子，我正在看檔案，」他說。

她是唯一能讓他有這感覺的人，恐懼的感覺。

「很高興你願意和我談事情，」她強調事情二字。

「凱，怎麼了？」

「露西，」她說，「問題在這裡。你已經知道一年了。你怎麼可以這樣對待我？」
「她告訴妳了，」他揉著下巴說。
「她是在你的醫院進行掃描的，你卻一個字都沒提起過。知道嗎？她是我的外甥女，不是你的，你沒有權利……」
「她要我答應她不說。」
「她沒有權利這麼做。」
「她當然有，凱。沒有她的同意，任何人都不准告訴妳，包括她的醫生群在內。」
「可是她卻告訴了你。」
「她這麼做是有道理的……」
「問題很嚴重，我們必須認眞處理才行，我不確定以後是不是還能信任你。」
他嘆了口氣，胃部一陣絞痛。他們一向很少爭執，一旦開始，總是難以收拾。
「我得掛電話了，」她說，「這事眞的必須認眞處理，」她重複的說。
她沒說再見便掛了電話，班頓坐在椅子上，無法動彈。他茫然盯著一張螢幕上的可怖照片，開始隨意瀏覽這案子的檔案，讀著報告，掃描著蘇拉許的記錄文字，試圖讓注意力從剛才發生的事情上轉移開來。
從一處停車場到發現屍體的地點之間的雪地上有一些拖拉的痕跡。雪地上沒有疑似受害者的腳印，只有凶手的。大約是九號，或者十號鞋，印痕很大，類似健行靴的鞋底。
史卡佩塔責怪他眞是沒道理，他根本沒得選擇。露西要他發誓保守秘密，說如果他告訴任何人，她絕饒不了他，尤其是凱阿姨，尤其是馬里諾。

凶手沿路留下的足印上沒有血滴或血污，顯示他可能把她的屍體用什麼包裹起來，再拖著走。警方在拖曳的痕跡上找到了一些纖維。

史卡佩塔是在投射情感。她不能攻擊露西，於是攻擊他。她不能攻擊露西的腫瘤，不能對一個生病的人發脾氣。

屍體上的微物證據包括黏附在指甲縫、血液、磨損皮膚和頭髮上的纖維和細屑。初步化驗顯示這些證物大部分是地毯和棉纖維，以及在泥土——或者法醫口中的「泥塵」——裡發現的無機物和昆蟲、植物和花粉碎屑。

當班頓桌上的電話響起，螢幕上沒有顯示來電者訊息。他心想大概是史卡佩塔，啪的抓起電話。

「喂，」他說。

「這裡是麥克連醫院總機。」

他猶豫了一下，深感失望和受挫。史卡佩塔應該回電給他的，她從不曾掛過他的電話。

「我找衛斯禮博士，」總機人員說。

他仍然不習慣別人這麼稱呼他。他取得博士學位已經很多年了，早在他任職調查局時期，可是既不堅持也不希望任何人稱呼他博士。

「我就是，」他說。

露西在阿姨家客房的床上坐起來。燈光全暗。她喝了太多龍舌蘭，不該開車。她看著她那支Treo的亮光顯示螢幕上的號碼，交換碼是六一七。她有點暈，有點醉。

她想起史提薇，想起自己唐突離開小屋時她那難過又失落的反應。她想起史提薇一路跟蹤她到停車場，出現在她的悍馬車窗前，而且又回復爲露西在羅蘭餐廳初遇的那個誘人、神秘而自信的女人，而當她想起那次初遇，那時的感覺便又浮現。她不想有任何感覺，但她的確有感覺，這讓她很不安。

史提薇令她不安，也許她知道些什麼。瓦爾登湖女屍案發生期間她也在新英格蘭，她們兩人身上都有紅色手印。史提薇說過那些手印不是她自己畫的，而是另有其人。

誰？

露西按了通話鍵，眼睛有些朦朧，有些害怕。她應該追蹤一下這支史提薇給她的六一七開頭的電話號碼，看接聽的人是誰，看它是否眞的是史提薇的電話號碼，或者她是否眞的叫史提薇。

「喂？」

「史提薇？」果眞是她的電話號碼。「還記得我嗎？」

「我怎麼可能忘得了妳？誰能忘得了妳呢？」

她的聲音很性感。柔滑，渾厚的嗓音，讓露西又有了初遇時的感覺。她提醒自己打這通電話的用意。

紅手印。是怎麼來的？誰替她畫的？

「我以爲我再也不會有妳的消息了，」史提薇誘人的聲音說著。

「妳錯了，」露西說。

「妳爲什麼這麼小聲說話？」

「我不在自己的家裡。」

「我似乎不該問這意謂著什麼，不過我做了不少不該做的事。妳跟誰在一起？」

「沒人，」露西說，「妳還在普鎮？」

「妳離開以後我也跟著走了。開車離開，已經回家了。」

「甘斯維爾？」

「妳在哪裡？」

「妳從來沒說過妳姓什麼，」露西說。

「妳不在自己家裡，那在什麼樣的地方？我猜想妳住的是獨棟房子。瞎猜的。」

「妳會到南方來嗎？」

「我哪裡都可以去。哪裡的南方？妳在波士頓嗎？」

「我在佛羅里達，」露西說，「我想見妳，我們必須談談。可不可以告訴我妳姓什麼，妳知道的，既然我們已經不是陌生人。」

「妳想談什麼。」

她不會告訴露西她姓什麼，再追問也沒有用。也許她什麼都不會告訴露西，更別提在電話裡。

「我們面對面談吧，」露西說。

「那就再好不過了。」

她要史提薇明天晚上十點到南灣和她碰面。

「妳知道有家店叫杜斯的？」露西問。

「相當有名，」史提薇用媚惑的聲音說，「我很熟。」

40

那顆圓型黃銅彈頭在螢幕上像月亮似的發光。在麻塞諸塞州警局槍械實驗室的昏暗房間內，槍械檢驗員湯姆坐在大堆電腦和比對顯微鏡當中，終於從ＮＩＢＩＮ，也就是全國彈道整合資訊網獲得他要的解答。

他端詳著兩個放大的細長凹槽和鑿痕的影像，那是一把霰彈槍發射時在兩顆彈殼的黃銅彈頭上形成的痕跡。兩個影像互相重疊，兩個半體在中間部位結合，它們的顯微標記——湯姆給的稱呼——完美的契合。

「當然，形式上我會說它們大致上吻合，但還是必須用比對顯微鏡觀察過才能確定，」他對電話那頭的衛斯禮博士，傳奇人物班頓．衛斯禮解釋。

太酷了。湯姆興奮的想。

「意思是布勞沃德郡法醫必須把他的證物寄給我，所幸這並不難，」湯姆繼續說，「目前，我只能說，我認爲這個彈殼樣本在檔案中比對成功的機會相當大。依我看——當然，只是初步研判——這兩顆彈殼是由同一支霰彈槍發射的。」

他等著對方反應，感覺渾身帶勁，情緒高亢得好像剛喝下兩杯威士忌酸酒。當他說出比對成功幾個字的時候，就像在告訴調查員他中了樂透。

「你對這樁好萊塢的案子了解多少？」衛斯禮博士不帶一絲感激的說。

「只知道已經結案了，」湯姆回答，感覺有些受辱。

「我不太懂你的意思，」衛斯禮博士說，仍然是理所當然的語氣。這人很不知感恩且態度蠻橫，這也難怪。湯姆從沒見過他，也沒和他交談過，原本就不抱任何成見。但是他耳聞過，聽說過他在調查局任職期間的事，而任何人都知道調查局到處仗勢欺人，利用各地警局的調查人員，卻把他們看得一文不值，把破案的功勞往自己身上攬。他是個自大的傢伙，這並不令人意外。難怪蘇拉許警探要他直接找這位著名的班頓·衛斯禮博士談，蘇拉許不想和他或者任何跟調查局有關的人打交道。

「兩年前的案子，」湯姆說，收起了善意。

他的聲音變得魯鈍、麻木。每當他自尊受損而做出反應的時候，他的妻子總是這麼形容他。他有權利做出反應，可是他不喜歡自己變得遲鈍僵硬，好像腦袋被人用木板敲壞了似的，這也是他妻子的說法。

「好萊塢有家便利商店遭到搶劫，」他說，努力讓聲音不致顯得呆滯。「一個傢伙戴著橡膠面罩，拿著把霰彈槍。他朝一個正在掃地的孩子開槍，接著夜間經理拿了藏在櫃台下的手槍，射中他的頭部。」

「他們把霰彈槍彈殼輸入NIBIN比對？」

「顯然是，爲了看這個戴面罩的男子是否還涉及其他懸案。」

「我不懂，」衛斯禮博士再度不耐的說，「戴面罩的男子死了以後，那把霰彈槍的下落呢？照理說應該是由警方留存才對。爲什麼現在又在麻塞諸塞州的謀殺案當中被使用？」

「我也問了布勞沃德郡法醫同樣的問題，」他回答說，努力避免讓聲音顯得遲鈍僵硬。「他說做完射擊測試以後，他就把槍交還給好萊塢警局了。」

「我可以肯定的說，槍不在那裡，」衛斯禮博士說，好像湯姆是蠢蛋似的。

湯姆咬著指甲上的肉刺，把指甲根的皮咬出了血，這老毛病讓他老婆非常厭惡。

「謝了，」衛斯禮博士說著和他道別，掛斷了電話。

湯姆的注意力回到ＮＩＢＩＮ顯微鏡下的彈殼樣本，一顆十二口徑紅色塑膠彈殼，黃銅彈頭上有著奇特的撞針拖曳痕跡。他特別優先處理這案子。整天坐在這裡，眼看就要天黑了，使用環形照明和側燈，採取三點和六點鐘的適當方位分別儲存了一張照片檔案，用後膛痕跡、撞針滑紋和拋殼頂桿痕跡反覆進行著這些步驟，才開始搜索ＮＩＢＩＮ檔案。

然後他耗了四小時等待結果。這段時間，他的家人去看電影，留下他一個。蘇拉許也出去吃晚餐，離開前要他打電話給衛斯禮博士，卻忘了給他直撥電話號碼，湯姆於是先打到麥克連醫院答詢系統問，一開始還被當成病患處理。一點感激是應該的，他想。然而衛斯禮博士連一句「謝謝」、「幹得好」，或是「沒想到你這麼快就有了成果，太厲害了」都懶得說，他可知道透過ＮＩＢＩＮ系統做彈殼比對有多辛苦？大部分槍械檢驗員連試都不想試。

他注視著那只彈殼。他從來沒處理過從死者臀部起出的彈殼。

他看了下手錶，撥了蘇拉許家裡的電話。

「問你一件事，」蘇拉許接聽之後，他說，「你爲什麼要我和那個『屌』查局博士說話。連句謝謝都不肯說。」

「你是說班頓？」

「不，我說的是〇〇七詹姆斯·龐德。」

「他是個好人，我不懂你在說什麼，我想你大概對調查局有成見，就是我所謂的死心眼。你還想知道什麼呢，湯姆？」蘇拉許繼續說，聽聲音他似乎有點醉了。「讓我來點醒你吧。NIBIN屬於調查局所有，意思是你也一樣。你以為你使用的那些漂亮設備哪來的？還有是誰訓練你，讓你可以每天坐在那位子上工作？你猜是誰？就是調查局。」

「我現在不想聽這些，」湯姆說，把電話用下巴夾著，兩手敲著鍵盤，把檔案陸續關閉，準備回家，回到家人都外出看電影、獨留他一人的空蕩屋子。

「況且，班頓很多年前就退休了，和他們已經不相干。」

「他還是應該表示感激，就這樣。這是我們第一次用NIBIN比對霰彈槍彈殼成功的案例。」

「感激？你在開玩笑吧？感激什麼？死者身上的彈殼和一支原凶已經死亡、應該歸好萊塢警局管理或者媽的當廢鐵回收的凶槍的彈道一致？」蘇拉許高聲說，他喝酒的時候總是咒聲連連。「告訴你吧，他一點都不感激。他現在最想做的也許是喝得爛醉，跟我一樣。」

41

廢棄小屋裡非常悶熱，空氣凝重不流通，聞起來像霉味、黴菌和食物腐敗的氣味，像公廁一樣臭。

Hog自信的在黑暗中移動，從一個房間到另一個，憑著感覺和氣味，他很清楚自己在哪裡。他在屋內各個角落靈敏的走動，像這樣月色皎潔的夜晚，他的眼睛總能吸收月光，讓他看得和正午一樣清楚。他的視線能穿透暗影，遠達暗影之外，彷彿暗影不存在似的。他能看見那女人頸子和臉上的紅色鞭痕，看見她眼裡的恐懼，看見床墊和地板上散落著她剪下的頭髮，她卻看不見他。

他向她走過去，走向那塊鋪在腐爛木頭地板上髒污發臭的床墊。她正從地板上坐起，靠在牆邊，一雙白亮、垂掛著綠色裙襬的腿直直伸在面前。短得可憐的頭髮往上豎起，好像她把手指伸進牆上的插座裡，好像見了鬼。她很聰明，懂得把剪刀留在床墊上。他拿起剪刀，用靴尖整理那件淺綠色連身裙，邊聽見她的呼吸聲，感覺她的目光像水滴落在他身上。

之前，他曾經從沙發上拿起這件美麗的綠色連身裙。那是她從車上拿進來的，她穿著它在教堂裡待了好幾個鐘頭。他拿起這件長裙是因爲他喜歡這衣服，可是現在它已經變得又皺又塌，讓他想起一條頹倒在地的死龍。他捉住這隻龍，牠是他的了，而牠的慘狀給予他的失望讓他變得憤慨又暴戾。這條龍辜負了他，背叛了他。當這條耀眼的綠龍瀟脫優雅的在空氣中游動，人們忍不住聆聽著牠，捨不得將目光移開。他也開始覬覦牠。他想要牠，幾乎愛上了牠，可是瞧瞧牠現在的樣子。

他朝她靠近，踢一下她覆蓋著綠色裙襬、被衣架鐵線綑綁著的腳踝。她幾乎不動。片刻前她還相當清醒，可是蜘蛛的事讓她累壞了，不像以往那樣對他絮絮叨叨的說教。她什麼都沒說。不到一小時前，他到了這裡以後她曾經小便。強烈的阿摩尼亞氣味刺激著他的鼻孔。

「妳爲什麼這麼噁心？」Hog俯看著她說。

「孩子們睡著了嗎？我沒聽見他們的聲音。」她似乎有些錯亂。

「別再提他們了。」

「我知道你並不想傷害他們，我知道你是好人。」

「沒有用的，」他說，「別再說這些。妳什麼都不了解，也永遠都不會了解。妳又蠢又醜，噁心死了，沒人會相信妳的話。一切都是妳的錯，說對不起。」

他又踢她的腳踝，這次踢得更猛，她痛得叫了出來。

「眞是笑話。瞧妳的德性。我的小美人在哪？妳這邋遢鬼，刁蠻的小蕩婦，不知感恩的小滑頭。我會教妳學會謙卑的，快點說對不起。」

他又用力踢她的腳踝，她尖叫起來，淚水湧上眼眶，在月光下閃爍有如琉璃。

「現在妳可高傲、厲害不起來了吧。自以爲比任何人都優越聰明？瞧妳的樣子，我得另外找個更有效的方法來懲罰妳才行。把鞋子穿上。」

她眼裡浮現一絲困惑。

「我們必須到外面去。只有這樣能讓妳聽話，快說對不起！」

她睜著呆滯的眼睛望著他。

「要我再用潛水呼吸管抽妳幾下是吧？說抱歉！」

他用霰彈槍戳她，她的腿猛的一抽。

「妳這是在告訴我，妳眞的很想挨打，是吧。妳很感激我，因爲除了我沒人肯碰妳一下。妳覺得很光榮，對吧。」他壓低嗓子，刻意讓聲音更駭人。

他又戳她，戳她的胸部。

「又醜又蠢的東西，穿上妳的鞋子吧，是妳逼我不得不這麼做。」

她什麼都沒說。他踢她的腳踝，用力的踢，淚水滾落她黏滿血跡的臉頰。她的鼻子或許已經被打斷了。

她打斷了Hog的鼻子，猛力甩他的臉，結果他連著幾小時流血不止，他知道自己的鼻樑斷了。他感覺得到鼻樑上的腫包。她甩他巴掌是在他做那件壞事的時候，起初她用力掙扎，抵抗著發生在油漆斑駁的房門內的那件壞事。然後他母親帶他到那個有著老建築物並且下著雪的地方去。以前他從來沒見過雪，從來沒這麼冷過。她帶他去那裡，因爲他說謊。

「很痛，對吧？」他說，「腳踝骨頭緊箍著衣架鐵線，加上有人踹妳，一定痛得要命。活該，誰叫妳反抗我的命令，還撒謊。等等，那條呼吸管在哪裡。」

他又踢她一腳，她開始呻吟。她的兩腿在發皺的綠色連身裙底下，在那條癱在她身上的綠色死龍之下顫抖著。

「我沒聽見男孩們的聲音，」她說，聲音越來越弱。

「說抱歉。」

「我原諒你，」她說，睜著水亮的眼睛。

他舉起霰彈槍瞄準她的頭。她正眼看著槍管，再也無所謂似的直視著。他惱火了。

「想說幾次原諒，隨妳高興，但上帝是和我一起的，」他說，「祂懲罰妳是應該的，所以妳才會在這裡，懂吧？是妳的錯，是妳自掘墳墓。照我的話做！快點說抱歉！」

當他穿過凝重窒悶的空氣，站在門口回頭望著房間，他那雙大靴子卻不曾發出半點聲響。那條僵死的綠龍蠢動著，溫熱的風從破損的窗戶鑽進來。這房間的窗子朝西，傍晚，夕陽從破窗的縫隙滲進來，光線映上那條閃亮的綠龍，使得牠像翡翠色火焰般的閃耀發光。

可是牠不動了，已經什麼都不是了。牠已經變得又皺又醜，這全是她的錯。

他看著她蒼白的軀體，那布滿昆蟲螫傷和疹子、鬆軟、發酸的肉體。他通過走廊的時候都還聞得到她身上的臭味。她走動，那條綠色死龍也跟著飄動。他忿忿想著要抓住那條龍，看看牠底下藏著什麼。她就藏在那底下。他被耍弄了。都是她的錯。她就希望這種事發生，好愚弄他。都是她的錯。

「說抱歉！」

「我原諒你。」她睜大閃亮的眼睛注視著他。

「妳大概知道接下來會發生什麼事，」他說。

她勉強動了動嘴唇，發不出聲音。

「我想妳大概不知道。」

他望著她邋遢寥落、一身穢臭的坐在髒污的床墊上，感覺胸口發冷，這股寒意十分平靜且淡漠，彷彿死亡，彷彿他曾經有過的所有感覺都已隨著那條龍一起死去。

「我想妳大概眞的不知道。」

霰彈槍的唧筒往後滑動，空蕩的房內爆發咯啦一聲巨響。

「跑，」他說。

「我原諒你，」她蠕動著嘴唇，朝他瞪著雙濕潤的眼睛。

他來到房間外的長廊上，大門關閉的聲音讓他一驚。

「妳來了？」他大叫。

他把槍放下，朝著大門口走過去，脈搏砰砰的跳。他沒想到她會來，還不到時候。

「我說過了，不可以這麼做，」上帝的聲音傳來，可是他沒看見她，還沒有。「我怎麼說你就怎麼做。」

她在黑暗中逐漸現形，黝黑、飄忽的身影從黑暗中朝著他飄來。她那麼美麗且強勢，他好愛她，無論如何少不了她。

「你這是在做什麼？」她對他說。

「她還是沒有悔意，她不肯說，」他努力的解釋。

「還不是時候。在你盡興玩樂之前，要不要先去把油漆拿來？」

「不在這裡，在貨車裡。我在上一個地方用過的。」

「把它拿進來吧，先準備好。要隨時做好準備。你可別失了方寸。你知道該怎麼做，別讓我失望。」

上帝飄近他身邊。她擁有一百五十的智商。

「就快沒時間了，」Hog說。

「沒有我，你什麼都不是，」上帝說，「別讓我失望。」

42

賽爾芙醫生坐在桌前，望著外面的游泳池，很擔心自己會遲到。每週三上午十點她固定得趕到錄音室準備電台現場節目的開播。「我眞的無法確定，」她對著電話說。若非趕時間，她應該會很樂意繼續這場談話，縱使理由有些勉強。

「我很肯定妳的確開了利他林鹽酸錠處方藥給大衛．勒克，」凱．史卡佩塔醫生說。

賽爾芙醫生忍不住想起馬里諾以及他所說的關於史卡佩塔的種種，她毫不畏怯。面對這個她只見過一次、卻每週不斷聽人談論的女人，她覺得自己佔了優勢，

「十毫克，每天三次，」史卡佩塔醫生強勁的聲音透過電話傳來。

她的聲音聽來有些疲倦，甚至沮喪。賽爾芙醫生可以替她治療。今年六月她們在學會爲賽爾芙醫生舉行的晚餐會中見面的時候，她就曾經這麼告訴她。

像我們這種企圖心強的成功職業女性必須特別小心，千萬不可忽略自己情緒世界的景致，當她們碰巧同時進入盥洗室時，她對史卡佩塔說。

謝謝妳的教誨。據我所知學員們很喜歡妳的演講，史卡佩塔回答，這讓賽爾芙醫生立刻看透了她。

現實世界中的無數個史卡佩塔，是迴避個人檢視和所有可能會暴露她們不爲人知脆弱事物的高手。

我相信學員們一定很有收穫，史卡佩塔說，邊在水槽裡洗手，像是動手術前努力刷洗那樣的

洗著手。我們都非常感激妳能在百忙之中撥冗來參加。

看得出來這不是妳的眞心話，賽爾芙醫生相當坦率的說。我在醫學界的同事大部分都很鄙視那些不安份的人，那些跨行到廣播或電視界的人。當然，事實上他們往往只是忌妒，我懷疑他們當中有半數的人會不惜出賣靈魂來換取主持電台節目的機會。

也許妳說得對，史卡佩塔烘乾雙手說。

這句評語可以有幾種不同的解釋：賽爾芙醫生是正確的，大部分醫界的人確實都鄙視她；或者批評她的人有半數確實是在忌妒她；或者這些批評她的人有半數是在忌妒她這件事確實是她的懷疑，也就是說他們很可能並不忌妒她。無論她把這段在盥洗室的對話重播多少次，並且仔細分析這句評語，她就是無法確定它到底是什麼意思，自己是否被人含蓄而聰明的羞辱了。

「妳似乎有心事，」她對電話那頭的史卡佩塔說。

「沒錯，我想知道妳的病患大衛出了什麼事，」她迴避對方的試探。「他的藥瓶在三個多月前補充了一百顆藥片，」史卡佩塔說。

「這個我無法證實。」

「我不需要妳證實。我在他住的地方找到處方藥瓶，我知道妳替他開了利他林鹽酸錠，而且可以確定藥片是在什麼時間以及哪裡補充的，那家藥局就位在伊芙和克莉絲汀的教會所在的同一條商店街上。」

賽爾芙醫生沒有確認這點，但這是事實。

她只說，「相信妳比任何人都了解保守業務機密的重要性。」

「希望妳能了解，我們非常關切大衛和他弟弟，還有和他們同住的兩位女士的安危。」

「有沒有人想過，也許那兩個男孩很想念家鄉南非？我不是說事實如此，」她補充說，「我只是提出一種假設。」

「他們的雙親去年在開普敦過世了，」史卡佩塔說，「我和負責這案子的法醫談過……」

「是的，是的，」她被賽爾芙打斷。「眞是遺憾的悲劇。」

「兩個男孩都是妳的病人？」

「妳可知道那是多麼大的創傷？據我在正式諮詢以外的時間聽他們兄弟倆所描述的，他們的寄養家庭只是暫時的。我想他們始終相信總有一天他們會回到開普敦，和親戚住在一起，爲了收養這對兄弟，這些親人還特地搬進一間比較大的房子。」

也許她不該提供太多細節，不過這段談話太令她驚喜了，她實在忍不住。

「他們是如何找上妳的？」史卡佩塔問。

「伊芙．克里斯欽主動和我接觸，當然，由於我的節目，因此她對我很熟悉。」

「這種情形一定很多吧，聽妳節目的人想找妳替他們看病。」

「的確不少。」

「妳一定也拒絕了不少人。」

「我也很無奈。」

「那麼，是什麼原因讓妳決定接受大衛和他弟弟？」

賽爾芙醫生注意到她的游泳池邊站著兩個人。穿著白襯衫，頭戴黑色棒球帽和深色眼鏡，正看著她的果樹，看著那些樹幹上一圈圈的紅色油漆。

「我家似乎被人侵入了，」她懊惱的說。

「什麼？」

「可惡的果園巡查員。明天我剛好要在節目中談論這主題，我新開的電視節目。看來我在節目中眞的得多加提防著點了。瞧他們，竟然大剌剌的闖進我的院子。我眞的得出門了。」

「這件事眞的很重要，賽爾芙醫生。要不是因爲事關重大，我也不會打電話給妳……」

「我正趕著出門，現在又遇到這種事。那些白癡又回來了，說不定想把我那些心愛的果樹砍光。看著吧，要是他們帶著一群傻蛋和一大堆樹椿磨平機和碎木機回來，我就跟他們拚了。看著好了，」她用威脅的口吻說，「如果妳想從我這兒得到進一步訊息，妳必須申請法院命令或者得到病患的許可。」

「想獲得病患的許可有點困難，因爲他們已經失蹤了。」

賽爾芙醫生掛了電話，走入明燦溫暖的晨光中，筆直朝著那兩個穿著白襯衫——胸前印著和他們棒球帽上面相同的標誌——的男子走過去。襯衫背後則是斗大的「佛羅里達農業及消費服務部」黑色字體。其中一個巡查員拿著掌上型電腦，在上面查著什麼，另一個巡查員正在打行動電話。

「抱歉，」賽爾芙醫生不客氣的說，「兩位有事嗎？」

「早安，我們是農業部派來的柑橘果園巡查員，」拿著ＰＤＡ的男子說。

「我看見了，」賽爾芙醫生說，沒什麼笑臉。

兩個人都配戴著附有照片的名牌，可是賽爾芙沒戴眼鏡，看不清上面的名字。

「我們按了門鈴，以爲沒人在家。」

「所以你們就任意闖進我的院子？」賽爾芙醫生說。

「根據規定我們可以進入沒有圍籬的庭院，而且我說過，我們以爲沒人在家。我們按了好幾次門鈴。」

「我在辦公室裡聽不到門鈴，」她說，好像這該怪他們。

「很抱歉。不過我們是來檢查妳的果樹的，沒想到已經有人來過了……」

「你們曾經來過。這麼說你們承認了，以前你們就闖進來過。」

「不是我們。我的意思是，我們還沒有檢查過妳的院子，不過有其他人來看過。雖然我們手上並沒有記錄，」拿著PDA的巡查員對賽爾芙說。

「女士，這些紅漆是妳噴上去的嗎？」

賽爾芙呆望著樹幹上的帶狀紅漆。

「我爲什麼要這麼做？我還以爲是你們呢。」

「不是的，女士，之前就有了。妳是說妳直到現在才注意到？」

「當然不是。」

「可不可以告訴我，妳是什麼時候發現的？」

「好幾天前。我不確定。」

「這些記號表示妳的果樹感染了柑橘潰瘍病，必須砍除，而且已經感染了好幾年了。」

「好幾年？」

「這些樹早在好幾年前就該砍除了，」另一個巡查員解釋說。

「你們到底在說什麼？」

「我們在幾年前就停止使用噴漆的方式了。現在改貼橘色膠布。所以說，有人在妳的果樹上做了砍除記號，但是顯然一直沒人來執行。我不懂怎麼會這樣，不過，這些樹看來的確有潰瘍病症狀。」

「我不懂，這些樹並不老。」

「女士，妳沒收到通知，一封綠色的通知函，說明我們發現了果樹病狀，並且要妳打一支一八〇〇開頭的電話？沒人拿檢體報告之類的東西給妳看嗎？」

「我眞的不知道你在說什麼，」賽爾芙醫生想起昨天傍晚，就在馬里諾離開之後，她接到的那通匿名電話。「我的果樹眞的出現症狀了？」

她走向一棵葡萄柚樹。上面的果實沉甸甸的，看來相當健康。她湊近一處枝椏，巡查員用戴著手套的手指著那裡的幾片葉子，上頭有些扇子形狀的灰白色傷痕，非常淺淡。

「看見這些地方沒？」他解釋說，「這表示最近才感染的，大概幾週吧，相當罕見。」

「我不懂，」另一個巡查員說，「如果那些噴漆記號是眞的，妳應該會看見枝葉回枯和落果現象，應該可以數一數年輪來看到底是多久前感染的。妳知道的，樹每年都會發芽四、五次，所以只要數年輪……」

「我眞的不在乎什麼數年輪，什麼落果！你們到底在說什麼？」她大叫。

「我只是突然想到。那些噴漆眞的是好幾年前就出現的……？」

「老天，我糊塗了。」

「你在說笑？」賽爾芙對他大吼，「我可一點都不覺得好笑。」她看著那些扇形灰白斑點，又想起昨天那通匿名電話。「你們今天爲什麼會來這兒？」

「這事有些奇怪，」拿ＰＤＡ的巡查員回答說，「我們手上並沒有妳的果樹已檢查完畢、隔離並排訂砍除日程的記錄。我不明白，電腦裡應該有記錄才對。妳的果樹葉子上的傷痕非常特殊。看見沒？」

他拉住樹枝指給她看，她再度觀看那些扇子形狀的斑痕。

「通常不是這個形狀。我們得找個病理專家來。」

「你們今天到底爲什麼來？」她非知道不可。

「我們接獲一通電話密報，說妳的果樹很可能受了感染，可是……」

「電話密報？誰打的？」

「一個在這附近整理庭院的工人。」

「太荒謬了，我自己有園丁，他從來沒說過我的果樹有什麼毛病。這事實在太奇怪了，難怪民衆那麼氣憤。你們這些人只會胡來，只會闖入別人的庭院，然後連哪些樹該砍都搞不定。」

「女士，我了解妳的感受。可是潰瘍病可不是鬧著玩的，要是我們置之不理，所有柑橘樹將會一棵棵的……」

「我要知道是誰打的電話。」

「我們也不知道，女士。我們會查清楚的，非常抱歉給妳帶來困擾。我們會再來向妳解釋作業細節。什麼時候方便？晚一點妳會在家嗎？我們會帶一位病理專家過來。」

「你可以告訴你們的病理專家或督察或隨便什麼人，我的事不用麻煩他們了。你們知道我是誰嗎？」

「不知道，女士。」

「今天中午打開你的收音機，賽爾芙醫生的〈有話大聲說〉。」

「妳在說笑吧？那是妳？」拿ＰＤＡ的巡查員果然有反應。「我每天都聽妳的節目。」

「我還開了新的電視節目。在ＡＢＣ，明天一點半，每週四播出，」她說，心情突然好多了，對他們也生出幾分慈悲。

那扇破窗子外面的沙沙聲聽起來像是有人在挖土。伊芙輕淺急促的呼吸著，兩手高舉在頭上。她吞吐著淺又急促的氣息，一邊聆聽。

幾天前她似乎也聽見相同的聲音。她不記得是什麼時間，也許是在晚上。她聽著鐵鍬聲，有人拿著鐵鍬在屋子後面鏟土。她在床墊上變換坐姿，她的膝蓋和手腕像是遭到撞擊似的陣陣抽痛，肩膀灼燙。她又熱又渴，幾乎無法思考，說不定發燒了。她的感染情形很嚴重，所有的柔軟部位都痛得難受，她無法把兩隻手臂放下來，除非站著。

她死定了。就算他沒先殺了她，她還是會死。屋子裡很安靜，她知道其他人都走了。不管他對他們做了什麼，他們已經不在這裡了。

她總算明白了。

「水，」她努力發出聲音。

字句在她體內汩汩冒出，氣泡般的在空氣中潰裂。聲音化成了氣泡，漂浮上來，在悶熱、發臭的空氣中無聲無息的消失。

「老天，求求你，」她的聲音哪裡都去不了，她開始哭泣。

她啜泣著，淚水滴下她那件污損的綠色連身裙的下襬。她啜泣著，彷彿有大事發生，終極的大事，彷彿某種她怎麼都想不到的命運已經降臨，她呆望著自己的眼淚在那件她傳教時穿的、如今已損毀的綠色連身裙上形成的斑點。衣服底下是那隻粉紅色的小鞋子，Keds牌的左腳鞋子。她感覺那隻小鞋緊貼著她的大腿，可是她的雙手高舉著，不能握住它，也不能把它藏得更穩當，這讓她更加沮喪。

她聽著窗外的鏟土聲，開始聞到一股腐臭味。

鏟土聲繼續著，湧入她房內的臭味越來越濃烈，但那股臭味很不一樣，讓人很不舒服，像是某種東西死掉的那種刺鼻惡臭。

讓我回家，她祈求上帝。請讓我回家，指引我。

她勉強用膝蓋撐起身體，跪著，挖土的聲音突然停止，又繼續，又停止。她搖擺著，差點跌倒，拚了命想站起來，掙扎著，跌倒，再試，一邊啜泣，然後終於用兩腳站立，卻痛得眼前發黑。她深吸一口氣，暈眩逐漸消褪。

指引我，她祈求著。

她身上的繩子是白色尼龍繩。繩子的一端連接著纏繞在她腫脹、灼痛手腕上的扭曲的衣架鐵線上。當她站起，繩子就變鬆。當她坐下，她就非把兩條手臂舉在頭上不可。她再也不能躺下了。他最後的殘酷之舉，把繩子縮短，迫使她不得不盡量站著，靠在木板牆邊，直到兩腿再也支撐不了，便坐下來，手臂往上伸直。他最後的殘酷之舉，要她把頭髮剪短，並且縮短了繩子。

她抬頭望著椽木，和繞在上面的兩條繩索，其中一條連著她手腕上纏繞的衣架。另外一條連著她腳踝上的彎曲衣架。

求你指引我。上帝。

挖土聲嘎止，那股惡臭遮蔽了房內的光線，薰得她睜不開眼睛。她知道那是什麼臭味了。

他們沒指望了，只剩下她一個。

她仰頭看著那條連著她手腕上的衣架鐵線的繩子。如果她站起來，這條繩子便夠鬆，可以在她脖子上繞一圈，她聞著那惡臭，明白那是什麼氣味，她又開始禱告，然後將那繩子在脖子上纏繞一圈，兩腳離了地。

43

窒悶的空氣有如水波猛烈拍擊著，不過露西那輛哈雷V-Rod絲毫沒有晃動或緊迫。她的雙腿緊夾著它的皮革座椅，時速飆高到一百二十哩。她像騎師那樣把頭放低，手肘收緊，繞著跑道測試她的新寵。

早上的天氣十分晴朗且反常的燠熱，昨天那場暴風雨早已了無蹤跡。她轉動節流閥，把速度降到一百，引擎轉速調低到13900rpm，很滿意這輛有著較大凸輪軸、活塞、後鍊輪和強化引擎控制模組的哈雷，必要時能夠飆個痛快，不過她不想做多餘的冒險。在時速一百一十的時候她還想飆得更快，這是個壞習慣。她這座維持良好的跑道外面是公共道路，以這樣的高速，只要路面發生些微狀況或碎片飛過來就會致命的。

「車子如何？」馬里諾的聲音在她的全罩式安全帽裡頭響起。

「一如預期，」她回答，減速到八十，輕推一下手把，轉動著亮橘色的小圓錐筒。

「眞安靜，我這裡幾乎什麼都聽不到，」馬里諾在控制塔台說。

安靜是當然的，她心想。V-Rod是哈雷機車，本來就安靜，是一輛看似道路機車，外表並不顯眼的競賽車。她往後靠著座椅，把速度減到六十，用拇指按一下摩擦螺旋，將節流閥放鬆到巡航控制系統。她輕輕轉了個彎，從她黑色戰鬥長褲的右大腿褲管上的槍袋抽出一把四十口徑葛洛克手槍。

「射程範圍內沒人，」她透過通話機說。

「開始吧。」

「好，準備標靶。」

馬里諾在控制塔台上看著露西在一哩長的跑道北端轉了個小彎。他掃視著跑道高台，掃視著藍天、草原靶場、貫穿土地中央的道路，還有半哩外的機棚和飛機跑道。他確認這地區內沒有任何人員、車輛或飛行器。當跑道上進行測試，一哩範圍內必須完全淨空，連空中也必須受到管制。

他看著露西，內心五味雜陳。她的無畏和高超技能令他折服，對她又愛又恨，而且他的內心有一部分寧可對她毫不關心。在某些方面，她和她阿姨很像，是那種他暗地裡喜歡卻又沒有勇氣追求的女人，讓他感覺自己很不中用。他看著露西在跑道上飛馳，操控著那輛彷彿是她身體一部分的新賽車，想起史卡佩塔這會兒正趕往機場，趕去和班頓會面。

「五秒後發射，」他對著麥克風說。

塔外，露西騎在那輛線條圓滑的黑色機車上的黑色身影柔暢、安靜的滑行著。馬里諾注意到她拿起手槍時同時收緊右手臂，手肘貼著腰際，以免強風把槍吹落。他看著控制台上的數位時鐘滴答的響，然後在數到五的時候按下第二區按鈕。在跑道的東側，幾個金屬圓盤標靶彈上天空，隨即在連續四十發子彈掃射下鏗鏗鏘鏘的墜落地面。露西槍槍命中標靶。看來輕鬆得很。

「準備長射程標靶，」她的聲音在他的耳機中響起。

「妳那兒是順風？」

「沒錯。」

他匆匆通過走廊，腳步聲響亮而亢奮。他能聽見自己的靴子踏在斑駁地板上時傳來的感覺，他帶著霰彈槍，還帶著一只鞋盒，裡頭裝著油漆噴槍、紅色油漆和模板。

他準備好了。

「妳非說抱歉不可了，」他對著走廊盡頭那道敞開的房門說，「妳受罰的時候到了，」他急促、大步的走著。

他走進那片惡臭之中。他踏進門內的一瞬間那味道簡直像一堵牆，比站在外面的墓穴旁邊還要臭。房間內的空氣靜止不動，死亡的氣味無處可宣洩，他呆瞪著。

這怎麼可能。

上帝怎麼可以讓這種事發生！

他聽見上帝沿著走廊走來，她飄進門口，朝他搖頭。

「我準備好了啊！」他大叫。

上帝看著她，那個上吊、沒受到懲罰的女人，搖了搖頭。都該怪Hog，他太蠢了，沒料到這種事，他應該盡力防止它發生才對。

她沒有說抱歉，她們全都說了的，當槍管塞進她們嘴裡的時候，她們全都含糊說著，對不起，求你，我錯了。

上帝消失在門口，留下他和他犯的錯，還有丟在髒污床墊上的那隻小女孩的粉紅色運動鞋。

他開始顫抖，激憤得不知該如何是好。

他尖叫著通過房間，大步踏著黏有她屎尿的穢臭地板，對著她那僵死、令人作嘔的赤裸屍體一陣猛踢。她被踢得搖晃起來。身體垂在繩子下方晃盪著，繩子從她左耳側圈住她的脖子，她的舌頭吐出，好像在取笑他，臉是深紫紅色，好像在衝著他大吼。她身體的重量使得她跪在床墊上，頭部下垂，彷彿在向她的上帝禱告，被綑綁著的雙手往上伸直，兩手合攏，彷彿在慶祝勝利。

是的！沒錯！她吊在繩子下得意的搖晃，那隻粉紅色小鞋就在她身邊。

「閉嘴！」他大叫。

他用他的大靴子踢了又踢，直到累得再也無法使力。

他用槍托對著她狂敲亂打，直到他的手臂痠得再也動不了。

44

馬里諾等著啓動一整排人形標靶，這些東西會從基地曲線帶——也就是露西口中的死人曲線——上的樹叢、一道籬笆和一棵樹後方豎立起來。

馬里諾察看著草原中央的亮橘色風向袋，確定風仍然是從東邊吹來，大約是五節風速。他看著露西用右手將葛洛克手槍放回皮袋，往後面伸手去搆一只超大的皮革側袋，同時以六十哩的穩定時速繞過側風的曲線帶，轉入順風地帶。

她動作俐落的從側袋抽出一支貝雷塔Cx4風暴卡賓槍。

「數到五發射，」他說。

用不反光的聚合物材質塑造，擁有和烏兹衝鋒槍相同的伸縮槍機，這支風暴卡賓是露西熱愛的槍種。它的重量不到六磅，有著手槍式握把的槍柄，操控起來很容易，而且可以將拋殼口從左側變換到右側，因此這槍非常靈巧且毫不含糊。當馬里諾啓動第三區，露西立即進場，背後揚起一發發黃銅彈殼，在陽光下閃爍。她射中死人曲線上的每個標靶，而且給了不只一槍。馬里諾數了數，總共十五發子彈。所有標靶都倒下了，她還剩下一發彈藥。

他想起那個叫做史提薇的女人，想起露西今晚和她在杜斯酒吧的約會。史提薇留給露西的六一七開頭的電話，是屬於一個住在麻塞諸塞州康科德鎮、名叫道格的人所有。他說幾天前他在普鎮的一家酒吧遺失了行動電話。他說他還沒取消那支電話號碼，但顯然有位女士撿到了他的電話，打了裡面儲存的某個號碼，結果找到道格的一位朋友，那人把道格家裡的電話號碼給了她。

她打給道格，說她撿到他的電話，還說要寄還給他。

截至目前他還沒收到。

狡猾的小手段，馬里諾心想。如果你撿到或者偷了某人的行動電話，答應說要把它寄回去，對方或許就不會馬上把他的電子安全憑證取消，這樣的話你就可以繼續使用一陣子，直到他發現事態有異。馬里諾不解的是，這個史提薇，不管她是何方神聖，爲什麼要繞這麼大的圈子。如果她不想向Verizon或者Sprint之類的行動電話公司申請帳戶，爲什麼不改用儲值卡手機？

不管史提薇是誰，反正是個麻煩人物。這陣子露西玩得有點過火，而且已經持續了大半年了。她變了。她越來越輕忽散漫，有時候馬里諾甚至懷疑，她是不是故意傷害自己，惡意的傷害自己。

「有輛車從妳後面過來了，」他用無線電通知她。「結束吧。」

「我在裝新彈匣。」

「不會吧。」他不敢相信。

然而她已經在他不注意的時候，悄悄退下空彈匣並換上新的了。

她在控制塔台下煞車。他把耳機放在控制台上，等到他走下木階梯，她已經拿下安全帽和手套，正拉開夾克拉鍊。

「妳怎麼辦到的？」他問。

「我作弊。」

「我知道。」

他在陽光下瞇起眼睛，心想不知道把墨鏡忘在哪裡了，這陣子他似乎經常丟三落四的。

「我在這裡藏了備用彈匣，」她拍拍口袋說。

「現實當中很難這麼做吧。所以，妳確實作弊。」

「規則是人訂的。」

「妳對Z-Rod引擎有什麼看法？要把我們的車隊全換上Z-Rod引擎嗎？」他問。其實他很清楚她對它的看法，但還是問了，希望她改變心意。

實在沒道理把引擎動力提高百分之十三，把排氣量從已經很高的一一五〇CC增加到一三一八CC，把馬力從已經強化的一二〇提高到一七〇，讓機車時速能在九點四秒之內從〇飆高到一四〇哩。機車重量越輕，它的表現性能也就越佳，但這意謂著必須把皮革座椅和後擋泥板換成模造玻璃纖維，並拿掉兩側的掛袋，而他們是少不了這些袋子的。他擔心露西想把特殊任務小組的新機車隊大肆改裝。他多麼希望露西這次能收斂點。

「既不實用，也沒必要，」她的回答很令他詫異。「Z-Rod引擎只能持續一萬哩，想想維護有多麻煩，再說我們拆掉那麼多零件，一定很引人注目。更別提一旦加大了進氣閥，發出的噪音會有多大。」

「又來了，」行動電話響起，他氣呼呼的說，「喂，」他粗魯的接聽。

他聽了片刻，「靠！」一聲關了手機，然後對露西說，「他們要開始對那輛休旅車進行採證了。妳可以自己到席米斯特女士家去一趟嗎？」

「別擔心，我會找萊克絲一起去。」

露西從腰帶解下一支雙向無線電話，開始通話，「〇〇一呼叫馬廄。」

「有什麼事，〇〇一？」

「替我的馬加油，我準備帶牠上街。」

「需要在鞍墊下放比較大的針毯嗎？」

「原來的樣子就夠好了。」

「太好了，馬上過去。」

「我們預定九點鐘出發到南灣，」露西對馬里諾說，「到時候見囉。」

「也許我們還是一起去比較妥當，」他說，打量著她，試圖了解她在想些什麼。可是他從沒了解過，不了解她的腦袋。要是她更複雜點，他可能就需要別人來替他翻譯了。

「萬一讓她看見我們搭同一部車就太冒險了，」露西說著脫下戰鬥夾克，邊抱怨它的袖子活像中國手銬。

「也許是某種異教，」馬里諾說，「祭拜儀式之類的，一夥女巫在身上畫滿紅色手印。畢竟塞倫鎮就在那一帶，那兒多的是女巫。」

「女巫是群集的，不算一夥的，」露西戳一下他的肩膀說。

「也許她就是其中一個，」他說，「也許妳的新朋友是個偷手機的女巫。」

「也許等我出櫃以後問問她，」露西說。

「妳交朋友應該小心點。妳就這個缺點，交朋友的眼光不太高明，希望妳能謹慎些。」

「我想我們兩個不相上下，你在這方面的眼光似乎和我差不多。對了，凱阿姨說莉芭是個好女人，你在席米斯特家的現場卻對她非常不客氣。」

「醫生最好沒說過這話，最好什麼都沒說。」

「她說的不只這些。她還說莉芭很聰明，是新人，但很聰明，一點都不像你所說的又蠢又呆，還有你那些差勁的形容法。」

「胡扯。」

「她一定就是那個和你交往過一陣子的女人，」露西說。

「誰說的？」馬里諾衝口而出。

「你剛剛說的。」

45

露西長了微腺瘤。她的腦下垂體——和大腦底部的腦丘下部以一根細莖連接著——長了一個腫瘤。

正常的腦垂體大約是一顆豌豆大小。它被稱爲主腺，因爲它會分泌激素傳送到甲狀腺、腎上腺、卵巢和睪丸，刺激它們製造對人體新陳代謝、血壓、生殖和其他重要機能有重大影響的荷爾蒙。露西的腫瘤直徑約十二毫米，也就是大約半吋。它是良性瘤，但不會自己消失。症狀是頭痛，和催乳激素的過度分泌，結果是會產生仿似懷孕的不舒服症狀。目前她依靠藥物治療來控制病情，降低催乳激素分泌並讓腫瘤縮小。效果不太理想。她討厭吃藥，並沒有持續服用，這樣下去很可能必須動手術。

史卡佩塔開車來到羅德岱堡機場的Signature航空商務大樓，露西的噴射機就停在這機場。她下了車，到大樓內和駕駛員們會面，邊想著班頓，心想這次絕饒不了他，難過、氣憤得胸口發脹，兩手抖個不停。

「那裡還斷斷續續下著雪，」機長布魯斯說，「飛行時間大約是兩小時二十分鐘，正面逆風。」

「我知道妳不需要餐飲服務，不過我們有起司盤，」他的副駕駛說，「妳有行李嗎？」

「沒有，」她說。

露西的駕駛員不穿制服。他們是露西一手篩選、經過特殊訓練的人員，不近菸酒或藥物，體格強健且具備個人防衛技能。他們陪伴史卡佩塔出了大樓，來到露西那架Citation X停靠的飛機跑道上，只見它像隻大肚子的巨大白鳥。這讓她想起露西的肚子，想起她承受的痛苦。

進了噴射機，她坐上大皮革座椅，趁機員們在駕駛艙裡忙著，她打電話給班頓。

「我一點鐘到那裡，一點十五分，」她對他說。

「請妳諒解，凱，我知道妳一定很難過。」

「等我到了再說吧。」

「我們一向對彼此毫不保留的，」他說。

這是他們之間的規則，老約定。絕不在一天結束時還殘留著怒氣，絕不在生氣時上車、上飛機或出門。若說有誰深刻的了解悲劇襲擊人的速度有多麼迅速狂亂，非他和史卡佩塔莫屬。

「一路順風，」班頓對她說，「愛妳。」

萊克絲和莉芭在房子外面繞著走，像是在尋找什麼。她們停下腳步，一眼看見露西正騎著機車進入戴姬．席米斯特女士家的車道。

她熄了V-Rod引擎，脫去黑色全罩式安全帽，拉開黑色戰鬥夾克拉鍊。

「妳看起來好像《星際大戰》裡的黑暗大帝，」萊克絲興奮的說。

露西沒見過隨時都這麼開心的人，萊克絲是例外，等她結業以後學會想把她留下，她十分聰慧、謹慎，且很懂進退。

「妳們在找什麼？」露西掃視著小院子說。

「那些果樹，」萊克絲回答，「不是我愛自命警探，不過那天我們到那戶失蹤人家的房子察看時——」她指著排水渠對岸那棟淡橘色住宅說，「史卡佩塔醫生說她看見有個柑橘巡查員在這裡走動。她說那人在這附近檢查果樹，也許是隔壁人家的院子。從這裡或許看不清楚，不過那裡有一些果樹也噴了同樣的紅漆。」她再度指著水渠對面的淺橘色房子。

「當然了，潰瘍病的傳染速度很驚人的。要是這裡的果樹感染了，這一帶的其他果樹大概也很難倖免。對了，我是莉芭．瓦格納，」她對露西說，「也許妳已經從彼德．馬里諾那兒聽說過我了。」

露西直視她的眼睛。「妳認爲他會怎麼說妳呢？」

「說我有心智障礙。」

「心智障礙不像他會用的語彙，他應該會說低能。」

「妳說對了。」

「進屋去吧，」露西帶頭登上前門廊。「咱們看看妳上次遺漏了什麼，」她對莉芭說，「既然妳有心智障礙的話。」

「她在開玩笑，」萊克絲對莉芭說，提起放在大門邊的黑色鑑識工具箱。「在我們行動前，我得先確認一下你們上次清理現場之後有沒有確實把它封鎖。」

「當然有。我仔細察看過，所有門窗都關上了。」

「警報器呢？」

「妳可能不知道，這一帶有很多人家沒有裝設警報器。」

露西注意到窗戶上貼著「H＆W保全公司」的貼紙，「看來女主人還是相當擔心安全，也許她負擔不起器材費用，但還是希望能把壞人嚇跑。」

「問題是，壞人也知道這是假的，」莉芭說，「貼紙和花圃裡的警告招牌。眞正的竊賊只要看一眼這房子，就會猜想屋子裡或許並未裝設警報系統，住在裡面的人或許沒什麼錢，或是太老了想省麻煩。」

「許多老人家很怕麻煩，這是事實，」露西說，「不說別的，光是密碼他們就常忘記。我是說眞的。」

莉芭打開大門，一股霉味衝鼻而來，好像屋裡的人走避已久。她走進去，開了燈。

「到目前爲止採證了哪些地方？」萊克絲問，打量著磨石地板。

「只有臥房。」

「好，我們先站在這裡，仔細想想，」露西說，「目前我們只知道兩件事。凶手闖進這屋子，沒有破壞任何一扇門。還有，他槍殺了她，然後離開。也是從門出去的？」她問莉芭。

「應該是。這裡的窗戶全部是固定式百葉窗，除非是卡通人物蠟筆小子，否則很難從窗子爬出去。」

「那麼我們應該先從在這扇門上噴漆開始，退回去察看她遇害的那個臥房，」露西說，「其他幾扇門也要做同樣處理。三角測定。」

「也就是這扇門、廚房門，還有餐廳通往玻璃門廊的拉門，加上玻璃門廊本身的拉門，」莉芭對她們說，「根據彼德的說法，他趕到這裡時，那兩道拉門並沒有上鎖。」

她走進前廳，露西和萊克絲尾隨在後。她們把門關上。

「關於這位女士遇害的當時，妳和史卡佩塔醫生發現的那個柑橘巡查員，我們還掌握了什麼線索沒有？」露西問。執行任務時，她從不稱呼史卡佩塔阿姨。

「我有幾個發現。首先，巡查員都是兩人一組的，可是我們看見的卻只有一個人。」

「妳怎麼知道他的同伴不是在別的地方？也許在前院？」露西問。

「這我無法確定。不過我們從頭到尾看見的都是同一個人。而且根據記錄，當時根本沒有巡查員在這一帶值勤。還有，當時他拿出一種採果器，妳知道，就是一支長杆子，頂端有類似爪子的裝置，可以用來把樹上的果實勾下來的？根據我的了解，果園巡查員並不使用這類工具。」

「重點是？」露西問。

「他把它拆成幾段，放進一只黑色袋子裡。」

「不知道袋子裡還裝了什麼東西？」萊克絲說。

「也許是霰彈槍，」莉芭說。

「都有可能，」露西說。

「我猜他是在嘲弄我們，」莉芭補充說，「我在水渠對岸的活動被看得一清二楚。一個警察，加上史卡佩塔醫生，兩個人到處察看，顯然正在調查什麼，而他呢，在這裡偷偷注意我們，假裝檢查果樹。」

「很可能，不過我們無法確定，」露西回答，「任何可能都不能排除，」她再次提醒她們。

萊克絲蹲在冰涼的磨石地板上，打開鑑識工具箱。她們把屋內所有百葉窗關閉，穿上拋棄式防護衣。接著露西固定好三腳架，裝上照相機和快門線。萊克絲調配好發光胺溶液，再裝進一只黑色氣壓式噴霧瓶。她們對著大門入口一帶拍了些照片，然後關燈，很幸運的一開始便有了發現。

「我的天，」莉芭的聲音迴盪在黑暗中。

萊克絲噴了溶液的區域出現一大片明顯的發著藍綠光芒的腳印，露西立刻獵入鏡頭。

「他的鞋子上一定沾了大量血跡，才會走了大段路來到門口，還留下這麼清楚的痕跡，」莉芭說。

「只不過，」露西在黑暗中說，「這些腳印的方向是相反的。它們是走進屋內，不是離開。」

46

他穿著黑色麂皮長外套，銀髮從紅襪隊棒球帽刺出，神情深沉但好看極了。每隔一段時間再見班頓，史卡佩塔總還是對他那優雅的神態、頤長挺拔的英姿著迷不已。她不想和他嘔氣，無法忍受這種事，覺得好難受。

「一如往常，我們很高興和妳一起飛行。準備離開前，請打電話通知我們，」機長布魯斯對她說，親切的和她握手。「隨時待命。妳有我們的電話，對吧？」

「謝了，布魯斯，」史卡佩塔說。

「抱歉讓你久等了，」他對班頓說，「遇到難纏的逆風。」

班頓不顯一絲友善。他沒回應，只是目送著他離開。

「我猜猜，」班頓對史卡佩塔說，「又一個三項全能高手決定扮演警察和竊賊。我討厭搭她的飛機的原因就在這裡。她那些驍勇的駕駛員。」

「有他們陪伴我覺得很安心。」

「我可不覺得。」

她穿上羊毛外套，兩人走向航空商務大樓門口。

「我不希望他老是和妳攀談。我看他就是這種人，」他說。

「我也很高興見到你，班頓，」她說著朝前領先他一步。

「就我所知，妳一點都不高興。」

他快步追上，替她打開玻璃門。冷風鑽了進來，夾帶著雪花。天色暗沉，停車場已經亮起了燈光。

「那些人都是她找來的，個個英俊，還勤上健身房，他們自以爲是動作片主角，」他說。

「你說得夠清楚了，你是不是想趁我不備的時候開啓戰端？」

「妳必須放亮眼睛，別老以爲別人只是出於善意，我擔心妳忽略了一些重要警訊。」

「太可笑了，」她說，聲音微微透著憤怒。「我注意到的警訊可多著呢。當然了，這一年來，我的確遺漏了不少訊息。你想吵架，那就來吧。」

他們走過飄雪的停車場，沿路的燈光被雪遮蔽，連聲音都變得模糊。平常他們會牽著手。她不解他怎麼能一直裝做沒事的樣子，她的眼睛濕了，也許是風的緣故。

「我很擔心，不知道那人究竟是誰，」他有點不尋常的說，邊打開他那輛保時捷的車門，一輛四輪傳動休旅車。

班頓很喜歡他那幾輛車子。他和露西都握有權力。差別在於，班頓明白自己的影響力，露西則毫無自覺。

「你會不會想太多了？」史卡佩塔問，以爲他還在談她對人欠缺警覺的事。

「我指的是這兒剛發生的那樁謀殺案的凶手。我們在NIBIN檔案中找到屬於同一把霰彈槍的彈殼資料，這把槍是兩年前發生在好萊塢一樁謀殺案的凶器。超商搶劫案，搶匪頭戴面罩，在店內殺死一個男孩，然後被店經理擊斃。聽過吧？」

他們駕車離開機場，他轉頭看著她說。

「我知道這案子，」她回答，「死者十七歲，身上只有一支拖把。有誰知道爲什麼這把槍會重新回流？」她問，心中的憎惡逐漸高漲。

「還不清楚。」

「最近發生不少霰彈槍死亡案件，」她以冷靜的職業態度說。

既然他想這樣玩，她就奉陪。

「我不懂這是什麼情況，」她用一種疏離的語氣說，「強尼．史威夫特案的槍枝失蹤了，現在戴姬．席米斯特案的槍又出了問題。」

她必須向他解釋一下席米斯特案，他對案情還不了解。

「你們這兒是應該被列管或銷毀的槍枝突然又出現，」她繼續說，「我們是失蹤人口家中出現了聖經。」

「什麼聖經，什麼失蹤人口？」

於是她向他解釋關於有個自稱Hog的人打的匿名電話，還有那對失蹤的姐妹和小兄弟家中發現一本幾世紀前聖經的事。那本聖經翻到〈所羅門智訓〉篇，裡頭的章節，這個叫做Hog的人正巧也在電話中向馬里諾提到了。

對待他們，如同對待那些不知運用理性的孩童那般，祢從未降下懲罰來教訓他們。

「這行字上面用鉛筆畫了三個X，」她說，「一七五六年出版的聖經。」

「這麼古老的聖經不太常見。」

「屋子裡沒發現其他這麼古老的書籍，這是瓦格納警探的說法。你不認識她。這家人在教會的朋友說他們從來沒看過這本聖經。」

「做過指紋採證和ＤＮＡ化驗沒有？」

「沒發現指紋，沒有驗出ＤＮＡ。」

「初步研判他們究竟出了什麼事？」他問，好像她搭著私人飛機趕來這裡只是爲了討論工作的事。

「不太妙，」她的憎惡越來越強烈。

他對她最近的生活幾乎一無所知。

「還有其他線索嗎？」

「還有很多化驗工作要做，正火速進行中，」她說，「我在主臥房的玻璃拉門上發現幾個耳朵印，有人把耳朵貼在那扇門上。」

「也許是那對小兄弟。」

「不是，」她說，更加惱火。「我們從衣服、牙刷和一只處方藥瓶上採了他們的ＤＮＡ，或者該說疑似他們的。」

「我向來認爲耳印不是理想的科學證據，曾經有不少案子由於耳印而判決失誤。」

「這只是工具，跟測謊機一樣，」她強忍著氣。

「我不想和妳爭辯，凱。」

「我們用採集指紋ＤＮＡ的相同方式在耳朵印上採了ＤＮＡ，」她說，「已經比對過了，沒發現相同的，似乎並不屬於這家人的任一成員所有。搜索ＣＯＤＩＳ（譯註：Combined DNA Index System，聯合ＤＮＡ檢索系統）也沒有結果。我已經請薩拉索塔市DNAPrint基因學公司的朋友幫忙做性別、祖先來源和人種的測試，不過得花個幾天時間。我才不在乎能不能找到誰的耳朵和這耳印相符合。」

班頓沒吭聲。

「你家裡有沒有東西吃？再說我也想喝一杯，管他是不是大白天。我希望我們能好好談談工作以外的事。我冒著大風雪飛來這裡，不是爲了跟你談公事。」

「暴風雪還沒來，」班頓沉著臉說，「但是快了。」

她望著車窗外。車子往劍橋行進。

「我那裡多的是吃的，妳想喝什麼也都有，」他輕聲說。

他還說了些別的，她不確定自己聽清楚了，心想一定是聽錯了。

「抱歉。你剛才說什麼？」她錯愕的問。

「如果妳想分手，我寧可妳現在就說出來。」

「如果我想分手？」她難以置信的看著他。「原來是這麼回事，班頓？我們之間有了重大歧異，所以該考慮結束關係？」

「我只是給妳個選擇。」

「我不需要你給我任何東西。」

「並不是說妳需要我的認可。我只是覺得，如果妳不再信任我，繼續下去又有什麼意義。」

「也許你說得沒錯，」她忍著淚水，把臉別開，看著車窗外的雪。

「所以妳的意思是，妳不再信任我了。」

「如果我這樣對你，你會有什麼感受？」

「我會非常氣憤，」他回答，「但我會試著去了解爲什麼。露西有權利維護她的隱私，法定權利。我之所以知道腫瘤的事，完全是因爲她告訴我她有了麻煩，問我是否可以替她安排到麥克連醫院做腦部掃描，同時替她保守秘密，絕對不告訴任何人。她不想到別的醫院看病。妳也知道她是怎麼想的，尤其是這年頭。」

「我已經不知道她在想什麼了。」

「凱，」他回頭看她。「她不想留下記錄。自從愛國者法案（譯註：Patriot Act，美國在九一一事件後，為了防堵恐怖攻擊而通過之法案）實施以後，再也沒有所謂的隱私權了。」

「關於這點，我沒有異議。」

「妳必須假設妳的醫療記錄、處方藥劑內容、銀行帳戶、購物習慣，生活裡的一切隱私都可能受到調查局以防堵恐怖分子的名義進行窺探。她在調查局和菸酒槍械管制局的不愉快經歷，便是非常實際的考量。她不相信那些人會輕易放過她，結果她被國稅局盯上，以內線交易的罪名被列入禁飛名單，還被當成醜聞報導。天知道是怎麼回事。」

「那你在調查局的不愉快經歷呢？」

他聳聳肩，猛踩油門。一陣雪花輕輕飛旋，幾乎觸及車窗玻璃。

「他們可以用來對付我的工具不多，」他說，「事實上，那只是在浪費他們的時間。我比較關心到底是誰拿著一把該由好萊塢警方保管或者銷毀的霰彈槍到處跑。」

「露西怎麼處理她的處方藥？既然她這麼憂慮會留下個人記錄的話？」

「她是該憂慮。不是她有妄想症，他們可以掌握的東西太多了，而且已經掌握了。就算需要法院令狀，那又如何？要是調查局向法官申請法院令狀，而這位法官剛好是目前的執政當局所任命的，妳想會如何？難道他不會擔心他如果不合作會有什麼後果？要不要我把另外的五十幾種可能的情況描述給妳聽？」

「美國曾經是居住的好地方。」

「我們爲露西做了最妥善的安排，」他說。

他繼續說著麥克連醫院如何如何，向她保證這家醫院是露西的最佳選擇。麥克連擁有全國、全世界最優秀的醫生和專家。他所說的沒有一句能讓她安心。

車子到了劍橋，經過普雷多街那些美麗的老建築物。

「她沒有經過任何一般程序，包括健康檢查在內。除非有人犯了失誤或者搞鬼，她不會留下任何記錄，」班頓說。

「沒有什麼是絕對可靠的。露西總不能一輩子疑神疑鬼，擔心有人發現她長了腦瘤，而且正服用多巴胺促效劑來控制病情，或者動過手術，如果有一天有這必要的話。」

這話她很難說出口。無論統計上腦垂體腫瘤切除手術的成功率有多高，畢竟還是存在著失敗的可能性。

「那不是癌症，」班頓說，「如果是，不管她怎麼要求，我都會告訴妳的。」

「她是我的外甥女，我一直把她當女兒，你沒有權利決定她的健康情況是好是壞。」

「妳比誰都清楚，腦垂體腫瘤不是什麼罕見的疾病，研究顯示它的罹患機率大約是兩成。」

「還得看是誰做的調查，一成，兩成，都有可能。我不在乎統計數字。」

「相信妳也在驗屍的時候看過。他們甚至不知道自己長了腫瘤——那些人不是因爲腦垂體腫瘤而被送進停屍間的。」

「露西已經發現自己長了腫瘤。你說的百分比則是根據小型腺瘤——不是大型腺瘤——而且症狀不明顯的病患所做的統計。露西最後一次掃描時，她的腫瘤已經有十二毫米大小，而且並非毫無症狀。她必須服藥來降低分泌過多的催乳激素，除非把腫瘤切除，否則她很可能一輩子都得依賴藥物。你很清楚動手術的風險，最糟的情況是手術不成功，腫瘤也還留著。」

班頓把車開進車道，用遙控器打開車庫門。這車庫其實是上世紀的舊馬車房。他把休旅車停在另一輛大馬力保時捷旁邊，然後關上車庫門，兩人默不作聲。他們從側門進了他的古董住宅，一棟位在哈佛廣場附近的暗紅色維多利亞式磚造房子。

「露西的醫生是誰？」

「目前沒有。」

她看著他脫去外套，俐落的將它披在椅背上。

「她沒有醫生？不會吧。你們這些人到底是怎麼搞的？」她激動的扯掉外套，氣憤的把它往椅子上一丟。

他打開橡木酒櫃，拿出一瓶純麥蘇格蘭威士忌和兩只酒杯，在杯子裡放滿冰塊。

「知道原因並不會讓妳比較好過，」他說，「她的醫生死了。」

學會的採證室是一座機棚，有三扇面向道路的門，沿著道路可以通向另一座露西用來停放直升機、機車、悍馬裝甲車、高速遊艇和熱氣球的機棚。

莉芭知道露西有不少直升機和機車，所有人都知道。可是莉芭對馬里諾所說的機棚裡停放的其他東西有點存疑。她懷疑他只是在開她玩笑，要是她把它當眞那就一點都不好笑，而是愚蠢了。他對她撒了不少謊。他說他喜歡她，說和她之間的性經驗是前所未有的美好，說無論發生什麼事，他們永遠都是朋友。全都是謊言。

她遇見他是在她還在警察機車隊的時候，有一天他騎著輛哈雷Softail出現，當時他還沒買現在那輛改裝的Deuce。她剛把她的Road King停在警局後門，突然聽見轟轟的排氣管噪音，他就在那裡。

跟妳換車，他說，像牛仔下馬那樣將腿跨過機車座椅。

他拉一拉牛仔褲，朝著她走來，打量著她的機車，看著她把車上鎖，從掛袋裡取出幾樣東西。

才怪，她回答。

妳的車掉過幾次？

沒掉過。

呃。世界上只有兩種機車騎士。掉過車的，還有總有一天會掉車的。

還有第三種，她說，對穿著制服和黑色長靴的自己感覺很棒。掉過車卻謊稱沒掉過的。

那絕對不是我。

我聽到的可不是這樣，她逗弄他說，帶著點調情意味。我聽人家說，有一次你在加油站忘了把停車支架放下來。

鬼扯。

我還聽說有一次你玩尬車選紙牌積分遊戲（poker run），竟然忘了把前叉鎖打開，就趕著騎去下一家酒吧。

眞是天大的笑話。

還有一次你想按右轉訊號燈，卻誤按了引擎停止開關？

他開始大笑，然後邀請她騎車到邁阿密海邊的蒙提崔納餐廳共進午餐。之後，他們經常一起騎車，有一次還騎到西嶼（Key West），沿著國道一號公路像飛鳥般飛馳，彷彿行走於水面上似的往西穿過古老的佛萊格勒跨海鐵道大橋——從一個浪漫的時代走來、飽受風雨摧殘的紀念物，在那個時代，南佛羅里達曾經是一個屬於裝飾藝術風格旅館、傑基葛里森劇場和海明威的熱帶天堂。

一切原本美好，直到約莫一個月前，就在她被升調到偵查部門之後，他開始迴避性。這方面變得很怪。她擔心這和她升遷有關，擔心她對他已經失去吸引力。以前男人曾經離她而去，往事重演又有什麼奇怪？他們的關係正式決裂是當他們在胡特斯餐廳——不是她挺愛的一家餐廳——吃晚餐的時候，兩人不知為何提起凱·史卡佩塔。

我們警局有一半的男人對她有好感，莉芭說。

嗄，他說，臉色一變。

他完全變了個人。

我完全不知道有這回事，他說，語氣一點都不像她喜歡的那個馬里諾。

你認識巴比嗎？她問，如今想起來，她真希望自己沒開口多問。

馬里諾攪拌著咖啡裡的糖。這是她頭一次看見他這麼做。他曾經說他不碰糖的。

我們共同處理第一件謀殺案時，她往下說，史卡佩塔也在場，當她準備將屍體運往停屍間的時候，巴比悄悄對我說，要是她的手摸遍我全身，我一定會爽死。我說，好啊，等你死了，我會請她鋸開你的頭骨，看裡面到底有沒有大腦。

馬里諾喝著加糖的咖啡，看著大胸脯的女服務生彎下身子撤走他的沙拉盤。

巴比指的是史卡佩塔唷，莉芭補充說，不確定他有沒聽懂，期待他會大笑什麼的，而不是擺出一張嚴肅淡漠的臉孔，盯著來來往往的乳波臀浪。那是我第一次遇見她。莉芭忐忑的繼續說，我記得當時我還想，也許你和她之間有什麼，所幸後來我發現根本不是這麼回事。

妳應該每個案子都跟巴比合作。接著馬里諾說了句全然不相干的話。除非妳知道自己在做什麼，否則妳不該單獨處理任何案子。老實說，也許妳該離開偵查部門。我覺得妳還不太能進入狀況，跟妳看過的電視影集可不一樣。

莉芭望著四周，感覺極不自在且很沒用。時間是傍晚。法醫專家們已經工作了好幾個小時，那輛灰色休旅車用液壓升降機架高，車窗蒙著一層強力膠蒸氣，車廂地毯已經採證吸取完畢，駕駛座下的腳踏墊出現一塊發亮區域，也許是血跡。

幾個法醫專家正在採集車輪上的微物證據，用油漆刷把輪胎溝上的灰塵泥屑刷到白紙片上，然後把紙張折疊起來，用鮮黃色證物膠帶封好。一分鐘前，其中一名專家，一位年輕漂亮的女性，告訴莉芭，他們不用金屬證物罐，因爲當他們用ＳＥＭ掃描微物證據的時候……

那是什麼？莉芭問。

一種附有能量分散式Ｘ光分析儀的電子掃描顯微鏡。

噢，莉芭說，然後那個漂亮專家繼續解釋說，要是妳把微物證據放在金屬罐裡，掃描結果發現有鐵或鋁反應，妳怎麼知道那不是罐子的微粒子？

說得很有道理，這是莉芭從沒想過的問題。他們正在做的事情沒有一件是她想過的。她感覺很生疏，很蠢。她遠遠站在一旁，想起馬里諾說她不該單獨辦案，想起他說這話時的表情和聲音。她環顧著那輛舊車、液壓升降機、幾桌子的照相器材、迷你顯微眼鏡、螢光粉、毛刷、微證物真空收集器、Tyvek防護衣、強力膠，還有看起來像黑色大工具箱的鑑識箱。機棚的另一端甚至堆放著雪橇和碰撞測試用假人。她聽見馬里諾的聲音，那聲音清晰得如臨現場。

跟妳看過的電視影集可不一樣。

他沒有權利說那種話。

也許妳該離開偵查部門。

然後她聽見他的聲音，眞的是他的聲音，她一驚，回頭看。

馬里諾朝著那輛休旅車走去，從她身邊經過，手端著杯咖啡。

「有什麼發現？」馬里諾對那位正在給一只證物紙袋貼上膠帶的漂亮專家說。

他望著升降機上的休旅車，好像莉芭是牆上的影子或者公路上的海市蜃樓，根本不存在似的。

「車廂內可能有血跡，」漂亮專家說，「對發光胺有反應。」

「我才去倒杯咖啡，竟然就錯過了。指紋呢？」

「我還沒把它打開。正要動手，不想蒸太久。」

那位漂亮專家有一頭長髮，閃亮的深褐色讓莉芭想起棕栗色的馬。她的皮膚也很美，毫無瑕疵。莉芭不可能擁有那樣的皮膚，不可能消除這些年來佛羅里達陽光給的痕跡，她早就不在乎了。但是淺色皮膚加上皺紋總是特別顯眼，於是她把自己曬黑。現在依然如此。她看著那位漂亮專家光滑的皮膚、年輕的軀體，眞的好想哭。

起居室有著樅木地板和桃花心木方格門，還有一座等著被點燃的大理石壁爐。班頓蹲在壁爐前，擦亮一根火柴，燃燒的柴堆飄起一縷縷煙霧。

「強尼·史威夫特畢業於哈佛醫學院，在麻省總醫院實習，接著在麥克連醫院神經科擔任研究員，」他說著站起，走回沙發。「幾年前，他開始在史丹佛執業，同時也在邁阿密開了診所。我們把露西介紹給強尼是因為他在麥克連頗有名氣，非常優秀，也有地緣之便。後來他成為她的腦神經醫師，我想他們應該也成了非常要好的朋友。」

「她應該告訴我的，」史卡佩塔仍然無法釋懷。「我們正在調查他的案子，而她竟然連這都不肯透露？」她不斷自問，「他說不定是被謀殺的，她卻什麼都沒說？」

「他自殺的可能性相當大，凱，當然也有可能是遭人謀殺。不過，他在哈佛期間就已經出現情緒問題了，曾經到麥克連醫院去門診，被診斷出患有雙極性躁鬱症，一直服用鋰鹽控制病情。我說過，他在麥克連頗有名氣。」

「你不需要不斷強調他有多夠格、富有同情心，而且不是隨便被推介的醫生。」

「他不只夠格，當然也絕不是我隨便介紹的。」

「我們正在調查這案子，非常可疑的案子，」她又說，「再怎麼說露西都應該告訴我。她怎麼可以置身事外呢？」

班頓啜著威士忌，凝視著火光，爐火的暗影在他臉上舞動。

「我不知道這有什麼相干。他的死和她毫無關聯啊，凱。」

「話別說得太早，」她說。

47

莉芭盯著馬里諾看著那位漂亮專家把油漆刷放在乾淨的白紙上，打開休旅車的駕駛座車門，他的眼睛緊盯著她。

他緊挨著她，看她從車廂內拿出強力膠鋁箔包，丟進一只橘色生物危害垃圾筒。兩人並肩往車內探看，先是車前座，然後是車尾，車子的一側，然後另一側，用莉芭聽不見的聲音交談著。那位漂亮專家衝著他說的某句話大笑，讓莉芭很不舒服。

「窗玻璃上沒發現什麼，」他直起身子，大聲說。

「我看也是。」

他彎身，再度看著車門內，駕駛座後方的車門。他從容看著，似乎發現了什麼。

「過來一下，」他對那個漂亮專家說，當莉芭不在場似的。

他們站得那麼貼近，兩人之間連一張白紙片都塞不進去。

「有啦，」馬里諾說，「安全帶扣的金屬插銷。」

「不完整的指紋，」漂亮專家觀察著說，「我看見一些脊線。」

他們沒發現其他指紋，不管是否完整，連模糊的都找不到，馬里諾大聲質疑，車廂內部是不是被清洗過了。

莉芭湊近去看的時候，他沒有讓開。這是她的案子，有權利知道他們在說些什麼。是她的案子，不是他的。不管他對她有什麼觀感，或者怎麼說她，她是警探，這案子該由她負責。

「抱歉，」她說，不自覺流露著威嚴。「請讓路一下好嗎？」然後她對漂亮專家說，「妳在地毯上發現什麼？」

「相當乾淨，只有一點泥巴，有點像是抖出來的，或者用吸塵器吸過但又吸得不夠乾淨。也許有血跡，但還得進一步化驗。」

「這麼說來，也許這輛休旅車是被使用過，然後又被送回去的。」莉芭大膽的說。馬里諾臉上立刻又浮現在胡特斯餐廳時有過的嚴峻神情。「而且，在那家人失蹤以後，這輛車子並沒有經過任何公路收費站。」

「妳在胡說什麼？」馬里諾終於轉頭看她。

「我們檢查過車內的SunPass電子收費讀卡機，不過這或許不代表什麼。」她也是有兩把刷子的。「有很多道路沒有收費站，也許它到過的地方都沒有收費站。」

「別光會說也許，」他說，又不看她了。

「說也許並沒什麼不對，」她回了句。

「等妳上了法庭就知道了，」他說，堅決不看她。「開口閉口也許，只要妳說也許，辯護律師馬上把妳給生吞活剝。」

「如果也沒什麼不對，」她說，「像是，如果有一個人或甚至一夥人用這輛車綁走這家人，事後再把它開回他們家，車子沒上鎖，一部分停在草坪上？這麼做相當聰明，不是嗎？就算有人看見這輛車開走，也不會懷疑有什麼不對勁。看見它開回來也是一樣的。而且我敢說一定沒人看見什麼，因爲天色很暗。」

「立刻做微物分析，把指紋送進自動化指紋辨識系統比對。」馬里諾像惡霸似的命令，試圖拿回主導權。

「沒問題，」漂亮專家挖苦的說，「我馬上去拿我的魔術盒。」

「我很好奇，」莉芭問她，「另外那座機棚裡眞的放了露西的悍馬防彈裝甲車、高速遊艇和熱氣球嗎？」

漂亮專家一陣大笑，啪的脫去手套然後丟進垃圾筒。「妳從哪裡聽來的？」

「一個渾球說的，」她回答。

當晚七點半，戴姬·席米斯特家的燈光全暗，門廊燈也熄了。

露西握著快門線，等著。

「開始，」她說。萊克絲立刻開始給門廊噴上發光胺。

這工作無法提早做。必須等天黑以後才能進行。許多腳印亮起然後消失，這次更清楚了。露西拍了幾張照片，突然停下。

「怎麼了？」萊克絲問。

「我有種奇怪的感覺，」露西說，「把噴霧瓶給我。」

萊克絲把瓶子給她。

「對發光胺最常有假陽性反應的是什麼物質？」露西問。

「漂白水。」

「還有。」

「銅。」

露西開始在院子裡掃射式的噴灑，來回走動，一邊噴霧，草地隨即發出藍綠色光，亮了又滅，發光胺所到之處像極了一片螢光海洋。她從沒見過這般光景。

「殺菌劑是唯一合理的解釋，」她說，「銅噴霧劑，用來噴灑在柑橘樹上預防潰瘍病的。當然，效果不是太好。看那些枯萎的果樹，樹幹全都噴了漂亮的帶狀紅漆，」露西說。

「有人穿過她的庭院，進了屋子，」萊克絲說，「一個假扮成柑橘樹巡查員的人。」

「我們得查出這人是誰，」露西說。

48

馬里諾討厭南灣那些時髦的餐廳，從不把他的哈雷停在那些很遜的機車旁邊，尤其是那些日本製的重型機車，偏偏這時候木板道上一整排停的都是這種車。他緩慢但聒噪的沿著海濱大街巡遊，很得意自己的排氣管吵到了那些坐在點著燭光的戶外小餐桌前、輕啜著馬丁尼雞尾酒和紅酒的冷漠顧客。

他騎在一輛紅色藍寶堅尼的後擋泥板後方幾吋遠的地方，拉離合器，打開節流閥讓引擎大量進氣，好讓所有人知道他在這裡。藍寶堅尼向前移動，他也跟著移動，幾乎碰上它的後擋泥板，然後他又轉動節流閥，催促藍寶堅尼向前移動，他也跟著前進。他的哈雷像隻機械獅子般大聲咆哮。一條光溜的手臂從藍寶堅尼敞開的車窗伸出，豎起有著紅色長指甲的中指。

他笑著再度打開節流閥，在車輛之間蛇行，然後在那輛藍寶堅尼旁邊停下，斜瞄著車窗內有著橄欖色皮膚的女人。她年約二十歲，身上除了丹寧布背心和短褲幾乎沒別的。坐在她旁邊的女人容貌普通，卻穿著件看來像是Ace彈性繃帶的黑色小可愛，和起不了什麼遮蔽作用的短褲。

「留那種指甲，請問妳都怎麼打字或者做家事？」馬里諾在他機車引擎的隆隆巨響中問那位女駕駛，邊把一雙大手像貓爪似的攤開，意指她的紅色長指甲，還是壓克力假指甲什麼的。

她抬起美麗高傲的臉孔看著交通燈號，或許巴望著它趕緊轉成綠燈，好擺脫這個一身黑衣的大老粗，然後她說，「滾開，驢蛋。」

她說話帶著濃重的西班牙裔口音。

「淑女不該這麼說話，」馬里諾回說，「妳這下可傷了我的心了。」

「去你媽的。」

「我請兩位喝一杯如何？然後我們去跳舞。」

「還不快滾，」女駕駛說。

「我要報警了，」穿著黑色Ace繃帶的女人威脅說。

他扶一下安全帽，印有彈孔圖案的那頂，然後在綠燈亮起的時候往前超車。那輛藍寶堅尼還在低速檔，他已經騎到了第十四街轉角，停在By Lou紋身工作室和速克達之城機車店門前，熄了引擎，下了機車。他把車子上鎖，朝著對街的酒吧走去，這是南灣最古老的一家酒吧，也是這附近他唯一會光顧的酒吧，麥克杜斯酒吧（Mac's Club Deuce），或者當地人簡稱的杜斯酒吧，巧的是他的愛車正是哈雷Deuce。他騎著Deuce到杜斯酒吧的夜晚，也被他稱為雙Deuce（譯註：Deuce，是擲骰子或紙牌兩點的意思）之夜。店內就是一個黑洞，黑白方格子地板，一張撞球台，天花板吊著盞霓虹燈。

不等他開口，蘿西已經替他倒滿一大杯百威生啤酒。

「等人嗎？」她在老橡木吧台上把堆滿泡沫的高酒杯一推，問他。

「妳不認識的。今晚妳誰都不認識，」他暗示她說。

「噢，知道了。」她替一個獨自坐在附近桌位的老男人用量酒器在水杯裡倒了些伏特加。

「這兒我誰也不認識，至少不認識你們兩位。這樣也好，反正我根本不想認識你。」

「別傷了我的心，」馬里諾說，「替我加點萊姆吧，」他把酒杯推還給她。

「今晚怎麼突然想趕時髦了，」她丟了幾片萊姆進去，「你喜歡這麼喝？」

「好喝得不得了。」

「沒問你好不好喝，我是問你是不是喜歡這麼喝。」

一如往常，一些當地常客沒怎麼理會他們。這些常客懶懶地坐在酒吧另一側的桌位，茫然盯著大型電視機上不知名的棒球賽。他不知道他們叫什麼名字，不過他們也不需要名字。其中有個留著山羊鬍的胖傢伙，還有一個老是在吐苦水的正宗胖女人，還有她的男友，體型只有她的三分之一大小，看來像隻滿口黃牙的白鼬。馬里諾心想，不知道他們是如何性交的，他想像一個騎馬師體型的牛仔趴在一頭頑抗公牛的背上像魚一樣激烈扭動。所有人都在抽菸。每次來這裡，馬里諾總會抽他幾根，暫時不去想賽爾芙醫生。這裡發生的一切就只留在這裡。

他端著萊姆啤酒走向撞球台，從豎立在牆角的一排長短不齊的撞球桿裡挑出一支。他在三角架裡排好撞球，然後繞著台子移動，嘴裡叼著菸，給桿頭抹上防滑粉。他斜眼看著那隻白鼬，看他從桌位站起，拿著啤酒走向男性盥洗室。他老是這樣，怕別人偷喝他的酒。馬里諾的眼睛沒放過任何動靜或任何人。

這時一名街友模樣——鬍子蓬亂，蓄著馬尾，身穿不合身的深色Goodwill衣服，頭戴髒污的邁阿密海豚隊棒球帽，搭配奇怪的粉紅色墨鏡——的乾瘦男子搖搖晃晃走進酒吧，拉開一張門邊的椅子，把一條面巾塞進他鬆垮的深色長褲的後口袋。門外人行道上，一個年輕人搖晃著吃了他錢的停車計費表。

馬里諾敲了兩顆單色球進腰袋，透過煙霧瞇起眼睛。

「這就對了。乖乖玩你的撞球吧，」蘿西大聲對他說，一邊忙著倒啤酒。「你到底跑哪裡去了？」

她帶著股難以駕馭的性感，任何一個心智正常的人再怎麼爛醉都不敢招惹的小東西。馬里諾就親眼看過她用啤酒瓶敲破一個三百磅重、死要揪她臀部的傢伙的手腕。

「別忙著服侍人了，過來吧，」馬里諾敲著八號球說。

球滾向綠絨布中央然後停住。

「可惡，」他喃喃唸著，把球桿靠在撞球台邊，朝著點唱機晃過去。蘿西打開兩瓶美樂啤酒，送到那個胖女人和她的白鼬男友面前。

蘿西很容易激動，像支狂掃的擋風玻璃雨刷。她把兩手在牛仔褲後臀擦乾。馬里諾選了幾首他喜歡的七〇年代老歌。

「你看什麼？」他問那個坐在門口、街友模樣的男子。

「玩一局如何？」

「我很忙，」馬里諾沒回頭，在點唱機前選歌。

「你必須買杯飲料才能玩，」蘿西告訴那個趺坐在門邊、貌似街友的男人。「我不希望你只是爲了玩遊戲跑進來亂逛。要我說多少次你才明白？」

「我想他會想跟我較量一下，」他掏出面巾，開始焦躁的扭轉著。

「我還是要送你那句話，就是你跑進來用廁所卻沒買東西那次，出去，」蘿西站在他面前，兩手叉腰說，「想待在這裡，就得付錢。」

他緩緩站起，扭著面巾，盯著馬里諾，眼裡有著挫敗和疲倦，和別的什麼。

「我覺得你應該會想和我較量一下，」他對馬里諾說。

「滾！」蘿西對他大吼。

「讓我來，」馬里諾說著朝那人走過去。「好啦，老兄，我送你出去吧，免得你吃不消，你也知道她的脾氣。」

那人沒有抗拒。他身上的臭味也沒馬里諾想的那麼嚴重。他跟著他走出店門來到人行道，那個笨小子還在搖停車計費表。

「你以為那是蘋果樹啊，」馬里諾對年輕人說。

「滾開。」

馬里諾大步向他走去，高高俯看著他，那孩子瞪大眼睛。

「你說什麼？」馬里諾問，用手兜著耳朵，彎下身子。「我沒聽錯吧。」

「我放了三枚兩毛五的硬幣進去。」

「是喔，眞可惜。我建議你立刻滾進你的破車離開這兒，免得我以破壞公物的罪名逮捕你，」馬里諾說，儘管他已經無法逮捕任何人了。

那個出了酒吧的街友模樣的男子正沿著人行道慢吞吞的走，一邊回頭，似乎期待馬里諾跟過去。他喃喃說著什麼，這時那孩子已經開著他的福特野馬呼嘯離去。

「你在對我說話嗎？」馬里諾問那個街友模樣的人，朝他走過去。

「他經常做這種事，」那人聲音輕柔的說，「同一個孩子。他從來沒在這附近的停車計費表投過硬幣，只是拚命搖晃，把計費表搖壞。」

「然後呢？」

「出事的前一晚強尼來過這裡，」他說，一身鬆垮的衣服，鞋子腳跟已經磨破。

「你說誰？」

「你知道是誰。而且他也沒有自殺，我知道是誰幹的。」

馬里諾有種感覺，和他踏進席米斯特女士家時同樣的感覺。他瞥見露西出現在前一條街，她從容走在人行道上，穿的不是平常的黑色寬鬆衣服。

「出事前一晚他和我一起敲了幾局撞球。他手上有夾板，但似乎沒什麼妨礙。他的撞球很高竿。」

馬里諾裝做沒事似的看著露西。今晚她很能融入情境。很像是這一帶常見的女同志，帶點男孩子氣，但很漂亮，穿著褪色、布滿破洞的昂貴牛仔褲的身材很性感，黑色軟皮革外套底下的白襯衫緊貼著胸部，他一向欣賞她的胸部，雖說那不是他該注意的。

「我只見過他一次，就是他帶那個女孩來的那次，」街友又說，緊張的回頭張望，背對著酒吧。

「總覺得你該去找這個女孩，我只能這麼說了。」

「什麼女孩，這干我什麼事？」馬里諾看著露西走近，四下掃描著，確定沒人注意到她。

「很漂亮，」那人說，「在這一帶男女通吃的，穿得很火辣，所有人都巴不得離她遠一點。」

「依我看，所有人也都巴不得離你遠一點。你剛剛才被踢出來。」

露西走進杜斯酒吧，看也沒看他們一眼，好像馬里諾和那個街友是隱形人似的。

「那晚，我之所以沒被踢出來，是因爲強尼請我喝了杯酒。我們敲撞球，那個女孩坐在點唱機旁邊，到處看，好像她這輩子從沒見過這種酒窟。她跑了好幾次女廁所，後來裡面有大麻的味道。」

「你習慣跑女廁？」

「我聽酒吧裡一個女人說的。那個女孩，不單純。」

「你知道她叫什麼名字嗎？」

「知道才怪。」

馬里諾點了根菸。「你憑什麼認爲，她和強尼的事有關？」

「我不喜歡她，沒人喜歡。就這麼簡單。」

「你確定？」

「當然。」

「別把這事告訴任何人，懂嗎？」

「沒這必要。」

「不管有沒有必要，閉嘴就是了。你倒是告訴我，你怎麼知道今天晚上我會來這裡，你又爲什麼認爲應該找我談。」

「你的機車很拉風。」街友看著對街說，「想不注意都難。這一帶很多人都知道你過去是重案警探，現在也還繼續替北邊某個警察學校還是什麼的做些私人調查工作。」

「怎麼？我成了名人？」

「你是這兒的常客。我看過你和一些騎哈雷機車的傢伙在一起，注意你好幾個星期了，只等著有機會和你說話。我在這附近晃蕩，隨遇而安，不算頂風光，但總希望能有改善的一天。」

馬里諾掏出皮夾，遞給他一張五十元紙鈔。

「如果你有這女孩的進一步消息，我會好好酬謝你的，」他說，「我上哪兒找你？」

「某個地方，某個晚上。我說過，我這人隨遇而安。」

馬里諾把行動電話號碼給了他。

再來一杯？馬里諾回到酒吧裡，蘿西問他。

「不能再喝了。妳記不記得，就在感恩節前不久，有個英俊的金髮醫生帶著一個女孩來這裡？那天晚上他和剛才被妳趕出去的那傢伙玩了幾局撞球？」

她沉思起來，擦著吧台，搖搖頭。「太多人在這裡進出了，又是那麼久以前的事。感恩節前多久？」

馬里諾看一下門口。再過幾分鐘就十點了。「大概是前一晚。」

「我不在。我知道難以置信，」她說，「不過我也是有私生活的，並非每個晚上都在這裡工作。感恩節那天我沒來上班，和我兒子到亞特蘭大去了。」

「很可能有個女孩來過這裡，一個麻煩人物，和我剛才提到的那位醫生一起。時間就在他死亡的前一晚。」

「沒印象。」

「也許她和那位醫生一起來的那晚，正巧是妳出城的同一天？」

蘿西來回擦著吧台。「我不想惹麻煩。」

露西坐在窗口，點唱機附近，馬里諾則在酒吧另一邊的桌位，戴著耳機，線連著外觀像是手機的接收器。他喝著杯不含酒精的啤酒，抽著菸。

坐在另一邊的當地人完全沒留意。他們從沒留意過。每次露西和馬里諾來這裡，總是看見同一群閒人坐在同樣的桌位，抽著薄荷菸，喝著淡啤酒。那個遊手好閒小圈圈以外的人，他們只和一個人說話，就是蘿西，有一次她告訴露西，那個胖女人和她的瘦小男友曾經住在邁阿密的高級地區，有警衛大門等等的，後來他因爲向一名便衣警察兜售冰毒而入獄。現在那位胖女士只好靠她銀行出納員的薪水養他。那個留鬍子的胖男人是一名廚師，那家餐廳露西永遠都不想光顧。他每晚都泡在這裡，喝得爛醉，再自己開車回家。

露西和馬里諾假裝互不相識。無論他們經歷過多少次這樣的程序，還是覺得十分怪異，有種被侵犯的感覺。她不喜歡被人監視，儘管這是她的構想，而且無論今晚他出現在這裡的理由是什麼，她就是討厭他在場。

她檢查了藏在皮夾克裡的無線麥克風。她假裝彎身繫鞋帶，避免讓酒吧裡的人看見她說話。

「目前沒有狀況，」她傳話給馬里諾。

時間是十點三分。

她等著。啜著杯不含酒精的啤酒，背對著馬里諾，等著。

她瞥了下手錶，十點八分。

門打開，進來兩個男人。

又過了兩分鐘，她對馬里諾說，「不太對勁，我出去看一下，你待著。」

露西沿著海濱大街經過一排裝飾藝術風格建築，在人群中尋找史提薇。時候越晚，南灣就越是一片酒酣喧鬧的氣氛，街上擠滿遊客和尋找停車位的車輛，車流幾乎是靜止的。想尋找史提薇實在是不智之舉。也許她沒來，也許她身在百萬哩以外，但露西還是繼續尋找。

她想起史提薇聲稱她跟蹤露西留在雪地上的足跡，一路到了安可旅館後方的停車場，到了露西停靠悍馬越野車的地方。她奇怪當時她怎麼會相信史提薇的說詞，沒有半點質疑。就算露西留在租屋門外的足跡相當清晰，但是沿著人行道的腳印早就和其他人的足跡混在一起了。那天早上整個普鎮總不會只有露西一個人出門吧。她想起那支屬於一個名叫道格的男子的行動電話，想起那些紅手印，想起強尼，恨自己竟然如此輕忽、短視且缺乏自覺。

也許史提薇從沒打算到杜斯酒吧和露西見面，只是在逗弄她，就像那晚在羅蘭餐廳一樣。對史提薇來說沒有什麼是第一次，她根本是箇中老手，怪異、病態遊戲的老手。

「看見她沒有？」馬里諾的聲音在她耳中響起。

「我要回去了，」她說，「別走開。」

她在第十一街轉彎，然後沿著華盛頓大道往北走，經過法院時，一輛車窗黑漆的白色雪佛蘭開拓者駛過。她不安的加快腳步，突然不那麼英勇了，惦記著她腳踝槍袋裡的手槍，咻咻喘著氣。

49

又一波冬季暴風雪籠罩著劍橋，班頓幾乎看不見對街的房子。雪花筆直猛烈的落下，他望著周遭的世界逐漸轉白。

「如果你還想喝咖啡，我可以再煮一些，」史卡佩塔走進起居室說。

「我喝太多了，」他說，背對著她。

「我也是，」她說。

他聽見她在壁爐前的地板坐下，咖啡杯擱在一旁。他感覺她的目光在他身上，於是轉身，看著她，不知道該說什麼。她剛剛洗了頭髮，身上罩著件黑色絲質睡袍，裡面是赤裸的；柔滑的布料輕撫著她的身體，領口的乳溝清晰可見，那是因爲她側坐在地板上，向前弓著背，結實的手臂環抱著膝蓋，就她的年齡來說，她的皮膚相當潔淨光滑。火光輕觸她的金色短髮和美好的臉龐，火和陽光都愛她的頭髮和臉孔，就像他。他愛她，愛她的全部，可是現在他不知道該說什麼，不知道該如何修補。

昨晚她說她要離開他。要是她帶了行李箱，一定早就打包了，只是她從來不帶皮箱。這裡有一些她的私人物品，這也是她的家，整個早上他聽見抽屜和櫃子門開開關關的聲音，聽著她搬出去、不再回來的聲音。

「妳不能開車，」他說，「妳會塞在路上的。」

光禿的樹木有如纖細的鉛筆，在一片瑩亮的雪白中來回摩挲，眼前不見任何車輛經過。

「我知道妳的感受，知道妳要什麼，」他說，「可是今天妳哪裡都不能去，大家都一樣。劍橋有些街道並不會很快清理積雪，這條就是。」

「你有四輪傳動車，」她低頭看著擱在膝蓋上的雙手。

「這次積雪可能有兩呎深。就算我送妳到機場，也沒有班機可以搭。今天真的行不通。」

「你應該吃點東西。」

「我不餓。」

「要不要吃點佛蒙特切達起司炒蛋？多少吃一點，會舒服些。」

她坐在壁爐前地板上看著他，用手支著下巴。她的睡袍腰帶緊繫著，光滑的黑色絲緞包裹著她的窈窕身軀，他想要她的慾念一如往常。大約十五年前他們初次見面時他便渴望著她。當時兩人都是主管。他是調查局行爲科學小組組長，她是維吉尼亞州首席法醫，他們合作偵辦一樁極其兇殘的案件。她走進會議室。至今他仍然記得初次見面時她的模樣，一身白色實驗室長袍，口袋裡插著幾枝筆，裡面是珍珠灰色細條紋套裝，兩手抱著一堆檔案夾。他特別注意到她那雙手，強勁有力卻又優雅。

他知道她也在盯著他看。

「剛才妳和誰講電話？」他問，「我聽見妳在跟人說話。」

大概是打給她的律師吧，他想。或者打給露西，通知某人她準備離開他，而且這次不是鬧著玩的。

「我打電話給賽爾芙醫生，」她說，「沒人接聽，只好留言。」

他的困惑寫在臉上。

「你應該記得她，」她說，「說不定你常聽她的電台節目，」她挖苦的加了句。

她告訴他關於大衛．勒克和他的處方藥的事。她告訴他上次她打電話給賽爾芙醫生，並未得到善意的回應。

「不意外。她本來就是怪人，自大狂，只關心自己的名氣。賽爾芙。」

「事實上，她有權不對我透露，我沒有管轄權。根據我們了解，目前並沒有人死亡。賽爾芙醫生不需要接受和醫療有關的調查，而且我也不敢說她是怪人。」

「那麼病態狂如何？妳聽過她最近的節目吧？」

「你果然聽過她的節目。」

「下次，邀請一個眞正的精神醫學專家到學會來演講，不要請個廣播瘋子。」

「又不是我的主意，我也表明了反對這麼做，可是被露西駁回了。」

「太可笑了，露西不可能受得了這樣的人。」

「我想應該是喬提議邀請賽爾芙醫生擔任演講貴賓吧，想打響他研究員生涯的第一砲，才會找名人參加學會的夏季研習營。除了這個，他還不定期參加她的節目擔任來賓。他們甚至在節目中談論學會的事，這讓我很不高興。」

「白癡，這兩人眞是絕配。」

「露西沒注意這些。她從來沒參加過講習，根本不在乎喬怎麼做。有很多事情她都不在乎了，我們該怎麼辦。」

她指的不是露西的事。

「我也不知道。」

「你是心理學專家，你應該知道才對。你每天都在處理官能障礙和懸案。」

「今天早上我很悶，」他說，「妳說得沒錯。我如果是妳的心理醫師，就會認爲妳是在拿我發洩痛苦和憤怒，因爲妳不能把它發洩在露西身上，不能對一個長了腦瘤的人發洩情緒。」

史卡佩塔打開壁爐鐵柵，丟了根木柴進去，火花迸裂，木頭剝剝的響。

「她一向就只會惹我生氣，」她坦白的說，「沒有任何人能像她這樣讓我耐心盡失。」

「露西是被一個邊緣型人格異常的女人撫養大的，」班頓說，「一個性慾異常的自戀狂，就是妳的妹妹。但是另一方面，她又擁有極高天賦。她的思想異於常人。她是同志。種種因素讓她在很久以前就養成了極度自制自足的人格。」

「你的意思是極度自私。」

「人心靈受損的時候的確會變得自私。她害怕妳一旦知道她得了腦瘤，會用不同的態度對待她，這正好觸及她最私密的恐懼。一旦知道，往往就會變成眞的。」

她凝視著他背後的雪花，好像他的身體被雪穿透了似的。積雪已經超過八吋，停靠在道路旁的車輛逐漸成了雪堆，連左鄰右舍的孩子們都窩在家裡了。

「幸好我剛去採購了一堆東西，」班頓說。

「說起這個，我得去看看該準備什麼午餐。我們應該吃好一點，應該好好度過這一天。」

「妳有沒有看過人體彩繪？」他問。

「我的還是別人的身體？」

他淡淡一笑。「當然不是妳的，我指的是妳處理過的屍體。這裡有個案子，女受害人身上有紅色手印，我不確定那是在她生前或者遇害之後畫上去的。應該有方法可以研判。」

她久久望著他，火光在她背後晃動，風一般呼呼作響。

「如果是在她生前畫上的，那麼我們面對的將是非常不一樣的掠食者。想想那有多可怕，還充滿羞辱？」他說，「被綑綁……」

「確定她遭到了綑綁？」

「可能？」

「她的手腕和腳踝有一些痕跡。泛紅的區域，法醫認為可能是挫傷。」

「這是為了和死後外傷區分，」班頓說，「尤其屍體曾經暴露在寒冷之中。這是那位女法醫說的。」

「女法醫？」

「本地那位。」

「拋掉在波士頓不光采的法醫經歷跑到這兒來，」史卡佩塔說，「很遺憾，單她一個人就毀了那地方的聲譽。」

「我很希望妳能看一下報告，我把它存在磁碟片裡了，我想知道妳對那些刺青圖案等等的有什麼看法。我必須知道凶手究竟是在她生前或死後畫上去的，這很重要。可惜我們無法掃描她的腦部，讓發生過的情節重演一次。」

她認眞思考著這句話。「那是惡夢，我不認為你眞的想看，即使是你也不會想看的，就算眞的辦得到。」

「巴吉爾希望我看。」

「是啊，親愛的巴吉爾，」她說。對於巴吉爾．詹烈特介入班頓的生活，她一直無法釋懷。

「假設性問題，」他說，「如果眞的辦得到，妳想看嗎？妳會不會想看那些情節重演？」

「就算眞的有方法可以把一個人生前最後一刻的情節播放出來，」她坐在壁爐前的地板上說，「我也不敢確定那到底有多少眞實性。我懷疑大腦有一種奇特的功能，可以用把創痛降到最低的方式來處理一切事件。」

「有些人會抽離現實吧，我想，」他說話時，她的行動電話響起。是馬里諾。

「打二四三號分機，」他說，「快。」

50

二四三是指紋化驗室的分機。這裡也是學會同事們最喜歡的區域，常聚在這裡討論一些需要一種以上病理分析的證物。

指紋不再只是指紋。它可以是ＤＮＡ的來源，不單是指紋所有者的ＤＮＡ，也包括凶手碰觸過的受害者的ＤＮＡ。它可以顯示這人雙手碰過的藥物或物質的殘留，例如墨水或油漆，都可以運用氣相色譜儀、紅外線光譜儀或者紅外線分光顯微鏡加以分析。在過去，一項證物往往只能上台表演獨奏；如今，藉由高靈敏度的精密科學儀器和實驗方法，獨奏變成了四重奏，甚至交響曲。剩下的問題是，如何採證。一項證物進行化驗，也許就會消滅另一項證物，因此專家們常聚在一起，通常是在麥修的化驗室。他們在裡面辯論，並決定該怎麼做，以及從哪一項先做。

當麥修接到戴姬．席米斯特女士命案現場發現的那雙乳膠手套，他面對著無數可能性，但沒有一項是毫無缺失的。他可以先戴上棉質檢驗手套，再套上那雙外翻的乳膠手套，用他的手撐起軟塌的乳膠皮，可以讓指紋採集和照相比較容易進行。可是這麼一來，很可能破壞了用強力膠蒸氣法、交流光源或螢光粉收集指紋，或者用水合節三酮、二氮芴等化學劑進行採證的機會。一項採證工作很可能阻礙了另一項，而且一旦造成破壞，就再也無法挽回。

時間是八點半，麥修的小實驗室儼然成了小會議室。麥修、馬里諾、喬．亞默斯和另外三名專家圍繞在一只透明的大塑膠盒，也就是強力膠蒸氣槽的四周。裡面是兩隻外翻的乳膠手套，一隻沾有血跡，用夾子懸吊著。沾血的手套表面戳了幾個小洞。其他部位，裡裡外外，都用棉花棒以避免破壞潛在指紋的謹慎方式採集了ＤＮＡ。然後麥修得決定一號門，二號門，三號門。他喜歡用這種方式來形容一種周全的決議，這種決議不只關係到科學方法，也必須靠直覺、經驗和運氣。他決定把那雙手套、一只強力膠鋁箔袋和一盤溫水放進塑膠槽裡。

結果得到的是一枚明顯的指紋，一枚左手大拇指的指紋在堅硬泛白的強力膠蒸氣中浮現。他用黑色膠質轉印紙把指紋採集起來，再拍照。

「所有人都在這裡，」他透過麥克風對史卡佩塔說，「誰先開始？」他對實驗桌周圍的人說，「藍迪？」

ＤＮＡ專家藍迪是個怪異的矮小男人，大鼻子，有弱視。麥修一向不怎麼喜歡他，而且在他開口說話時想起原因。

「交到我手上的是三個潛在的ＤＮＡ樣本，」藍迪以他一貫的學究口吻說，「包括兩隻手套和兩枚耳印。」

「那應該是四個，」史卡佩塔的聲音在屋內響起。

「是的，醫生，我的意思是四個。當然，我希望能從其中一隻手套的表面取得ＤＮＡ，基本上，這指的是從乾掉的血跡取得，也許兩隻手套的內層也能採到。我已經從兩枚耳印採到ＤＮＡ了，」他對所有人說，「是我非常小心採得的，特意避開那些可能具有個體特徵的地方，像是對耳輪以下的延伸部位。各位知道，我們曾經把這個樣本送進ＣＯＤＩＳ檔案庫去比對，沒有任何發現，不過我們剛剛發現，從一枚耳印採得的ＤＮＡ和一隻手套外側的ＤＮＡ是相符合的。」

「只有一隻？」史卡佩塔的聲音問。

「沾血的那隻。另外那隻沒採到任何東西，我甚至懷疑它有沒有被戴過。」

「這倒奇特，」史卡佩塔困惑的聲音說。

「當然，麥修幫了忙，因爲我並不熟悉耳朵解剖學，而且關於各種印記原本就是屬於他的部門而不是我的，」藍迪補充說，好像這很重要似的。「就如我剛才提到的，我們已經從耳印採得DNA，特別是耳輪和耳垂的部位。而這DNA的主人顯然就是戴了其中一隻手套的人，因此我想應該可以據此推測，把耳朵貼在失蹤那家人拉門玻璃上的人，也就是謀殺了戴姬．席米斯特的凶手，至少可以肯定他戴過犯罪現場發現的乳膠手套中的一隻。」

「你弄完這些的時候總共削了幾次鉛筆？」馬里諾小聲說。

「什麼意思？」

「不希望你遺漏了任何精采細節，」馬里諾壓低音量，不讓史卡佩塔聽見。「我敢說你一定邊走路邊數人行道上的裂痕，而且在性交的時候設定鬧鐘。」

「藍迪，請繼續說，」史卡佩塔說，「CODIS比對沒有結果，太遺憾了。」

他用他那冗長迂迴的方式再度強調，他們搜索了簡稱CODIS的DNA聯合檢索系統，但沒有結果。留下DNA的人並沒有被列入檔案庫，可能意謂著這人從未被警方逮捕過。

「拉斯奧拉斯那家商店的血跡樣本也做了比對，同樣沒有結果。不過其中有些樣本並不是血液，」藍迪對著工作台上的黑色電話說，「我不知道是什麼，會引起假陽性反應的。露西提到一個可能性，說那可能是銅。她認爲對發光胺起反應的是這一帶用來預防植物潰瘍病的殺菌藥，妳知道的，銅噴霧劑。」

「有什麼根據？」喬問。他是令麥修難以忍受的另一個同事。

「席米斯特案現場發現不少銅，裡外都有。」

「海灘遊子商店的樣本裡，有哪些確實是人類血跡樣本？」史卡佩塔問。

「浴室的。儲藏區地板的樣本不是血跡，也許是銅。還有休旅車的微證物，駕駛座地毯上對發光胺有反應的區域，那也不是血跡，又是假陽性反應，同樣也可能是銅。」

「菲爾？你在嗎？」

「在這裡，」微證物專家菲爾說。

「我眞的很抱歉，」史卡佩塔的聲音聽來十分眞摯。「讓大家拚命趕工。」

「本來就這樣了。老實說，就快衝過頭了，」喬如果溺水大概也很難閉上嘴巴。

「所有還沒進行分析的生物樣本，請盡快進行，」史卡佩塔的語氣無比堅決。「包括好萊塢那戶失蹤了兩個男孩和兩個女人的房子所取得的一切潛在DNA樣本。我們必須當做每個人都已經死了來處理。」

幾個專家、喬和馬里諾彼此對望著，他們從沒聽過史卡佩塔說過這樣的話。

「妳可眞樂觀，」喬說。

「菲爾，我建議把席米斯特案和失蹤案的休旅車地毯收集到的細屑微證物——所有微證物——全部用SEM-EDS（掃描式電子顯微鏡-能量散佈分析儀）進行分析，」史卡佩塔說，「確認一下究竟是不是銅。」

「這地區一定到處都是銅。」

「不，不會的，」史卡佩塔說，「並不是每個人都用銅噴霧劑，不是所有人家都種柑橘樹。不過，在目前這幾個案子當中，這似乎是個共通點。」

「海灘遊子商店呢？那裡總不會有柑橘樹吧。」

「也對，你說得沒錯。」

「也許應該說，那裡的微證物一部分含有銅……」

「顯然是，」史卡佩塔說，「我們必須問爲什麼。是誰把它帶到儲藏室的，是誰把它帶到休旅車裡面。我們得回到那戶失蹤人家的屋子裡，尋找看有沒有銅。還有，我們從商店地板上挖回來的那片水泥屑上疑似紅漆的物質，有沒有什麼發現？」

「含有酒精，指甲花染料色素，但絕不是表漆、牆壁油漆，」菲爾回答。

「會不會是假刺青或者人體彩繪顏料？」

「當然有可能，不過如果含有酒精，我們應該偵測不出來，因爲乙醇或異丙醇早就蒸發了。」

「很有意思，它竟然還在那裡，而且看樣子已經過了相當長一段時間。請各位把我們討論的所有內容轉告露西。她在哪裡？」

「不知道，」馬里諾說。

「我們需要佛洛莉．昆西和她女兒海倫的血液樣本，」史卡佩塔接著說，「看海灘遊子商店裡發現的血跡是不是她們所有。」

「浴室裡的血跡是屬於一個人的，」藍迪說，「絕不是兩個人，就算是兩個人的血跡，我們也可以馬上測出這兩人是否有血緣關係。例如，母女關係。」

「我馬上進行，」菲爾說，「我是說SEM分析。」

「到底有幾個案子？」喬說，「妳假定這些案子彼此有關聯？所以我們才必須當做每個人都死了來處理？」

「我沒有假定這當中有任何關聯，」史卡佩塔回答，「不過我擔心可能有。」

「我剛才說過，席米斯特案的DNA樣本進行了CODIS比對，但沒有結果，」藍迪又說，「可是沾血乳膠手套內裡的DNA和它表面所沾染血跡的DNA並不相符。這並不令人意外，因為手套內裡的皮屑細胞是屬於戴手套的人所有。表面的血跡則是別人的，我想妳應該會這麼判定，」他解釋著。麥修奇怪這人怎麼結得了婚。

有誰願意和他一起生活？誰受得了？

「血跡是不是戴姬．席米斯特的？」史卡佩塔魯莽的問。

她和所有人一樣，理所當然的推測，在戴姬．席米斯特謀殺案現場所發現的染血手套，沾染的自然是她的血跡。

「地毯上的血跡才是屬於她的。」

「他指的是靠近窗口的地毯，就是我們推測她頭部遭到重擊的位置，」喬說。

「我指的是手套上的血跡，是不是戴姬．席米斯特的？」史卡佩塔又問，聲音開始緊繃起來。

「不是的，先生。」

藍迪對每個人都說「不是的，先生」，不管對方是男是女。

「手套上的血跡確實不是她的，這很有意思，」藍迪熱心的解釋，「不過妳會推測那是她的血跡也是很自然的事。」

老天，又來了。麥修暗想。

「在犯罪現場發現的乳膠手套，其中一隻的表面，不是內裡，沾了血跡。」

「爲什麼內裡會沾上血跡？」馬里諾皺著眉問他。

「內裡沒沾血。」

「我知道沒有，怎麼樣會沾上？」

「這個嘛，舉個例，凶手弄傷了自己，在手套裡面流了血，也許是在戴手套的時候割傷了自己。許多刺殺案都有這情形。凶手戴了手套，刺傷了自己，在一隻手套裡流了血，但是這案子顯然並非如此。這讓我想到一個重要問題。如果說手套上的血跡是殺害席米斯特女士的凶手所有，爲什麼會沾滿一隻手套的表面？而且，爲什麼它的ＤＮＡ和我從同一隻手套內裡採到的ＤＮＡ不相符？」

「關於這個問題已經沒有疑問了，」麥修說，因爲他再也無法忍受藍迪繼續漫無邊際的扯上一分鐘之久。

要是再忍上一分鐘，麥修恐怕得編造個去盥洗室、外出辦事或者服毒的藉口，以求離開實驗室。

「手套表面會沾上血跡，應該是凶手碰觸了什麼染血的物品或者流血的人，」藍迪說。

他們都知道答案，可是史卡佩塔不知道。藍迪正在醞釀高潮，忘情演出，沒人能搶他的鋒頭。ＤＮＡ是他的專長。

「藍迪？」史卡佩塔的聲音。

每當藍迪害得所有人，包括她在內，一頭霧水或不耐煩的時候，她就運用她的聲音。

「我們知不知道那隻手套上的血跡是誰的？」她問他。

「是的，先生，我們知道，大致上知道。若不是強尼·史威夫特，就是他弟弟羅萊爾的。他們是同卵雙胞胎，」他終於說出口。「因此他們的DNA是相同的。」

「妳還在嗎？」一陣長長的沉默過後，麥修問史卡佩塔。

這時馬里諾說，「我想不出怎麼可能是羅萊爾的。他哥哥被轟掉腦袋的時候，那滿屋子的血跡可不是他的。」

「這下我可迷糊了，」毒物檢測專家瑪莉也加入。「強尼．史威夫特在十一月遭到槍殺，他的血跡怎麼會在隔了十周之後，突然出現在一個不相干的案子裡？」

「他的血跡怎麼會出現在戴姬．席米斯特案的犯罪現場的？」史卡佩塔的聲音充滿屋內。

「不能排除一種可能，就是那雙手套是被栽贓的，」喬說。

「你何不直接說出重點，」馬里諾對他喝斥著說，「重點就是，槍殺那位可憐女士的傢伙是在告訴我們，他和強尼．史威夫特的死也有關係，這傢伙在耍弄我們。」

「什麼？」

「我認為訊息非常清楚，」馬里諾又說，在實驗室來回踱步，脹紅了臉。「殺害她的人也殺害了強尼．史威夫特，那雙手套只是障眼法。」

「我們還無法確定那不是羅萊爾的血跡，」史卡佩塔說。

「如果是，許多事情都可以得到解釋了，」藍迪說。

「解釋個屁。如果是羅萊爾殺了席米斯特女士，他怎麼會把自己的DNA留在洗臉槽裡？」馬里諾反駁說。

「這麼說來，也許那是強尼．史威夫特的血跡。」

「閉嘴，藍迪，你把我給惹毛了。」

「你根本沒什麼毛，彼德，」藍迪認眞的說。

「你倒是告訴我，既然這對雙胞胎兄弟的DNA是相同的，我們又該如何判定那到底是羅萊爾或者強尼的血跡？」馬里諾大叫，「這問題很嚴重，一點都不好笑。」

他責難的瞪著藍迪，然後轉向麥修，又回到藍迪身上。「你確定你測試的時候沒有弄混？」他從不在乎當他質疑某人的可信度或只是惡意罵人時，有沒有旁人聽見。

「例如你們當中有人把棉花棒搞混之類的，」馬里諾說。

「不會的，先生，絕對不可能，」藍迪回答，「樣本由麥修簽收，我負責萃取和分析工作，然後送進CODIS系統去比對。這整個過程沒有破綻，而且強尼．史威夫特的DNA在檔案庫裡，因爲每個經過驗屍的人都會被列入檔案庫，這表示強尼．史威夫特的DNA資料是在去年十一月進入CODIS系統的。相信我說得沒錯？妳還在嗎？」他問史卡佩塔。

「我在……」她說。

「去年所有案件都被列入檔案了，不管是自殺、意外、謀殺，甚至自然死亡，」喬一如往常打斷她，賣弄的說，「一個人是受害者，或者他的死亡和犯罪無關，並不必然表示他在一生當中不曾涉入任何犯罪活動。我們能確定史威夫特兄弟是同卵雙胞胎？」

「長相酷似，談話酷似，衣著酷似，在床上也酷似，」馬里諾小聲告訴他。

「馬里諾？」史卡佩塔再度發聲。「強尼．史威夫特案發當時，警方有沒有提交他弟弟羅萊爾的DNA樣本？」

「沒，沒這必要。」

「不能爲了特殊用途提交嗎？」喬問。

「什麼特殊用途？DNA不重要，」馬里諾對他說，「那棟屋子裡一定到處都是羅萊爾的DNA，畢竟他住在那裡。」

「要是能測試羅萊爾的DNA，應該會有幫助，」史卡佩塔的聲音說，「麥修？你有沒有在戴姬．席米斯特案現場發現的那隻沾血的手套上使用化學藥劑？會影響我們做進一步化驗的？」

「強力膠，」麥修說，「對了，我把手套上採到的那枚指紋送去比對了。沒有結果，自動化指紋比對系統裡沒有這檔案，也沒辦法和休旅車安全帶上的殘缺指紋做比對，不夠完整。」

「瑪莉？我希望妳能取得手套血跡的樣本。」

「強力膠應該不會造成影響，因爲它只對皮脂的胺基酸而不會對血液起反應，」喬感覺非解釋不可。「不會有問題的。」

「我很樂意把樣本提供給她，」麥修對著黑色電話說，「還剩下很多沾血的手套乳膠。」

「馬里諾？」史卡佩塔說，「請你到法醫辦公室去取強尼．史威夫特案的檔案。」

「我去拿，」喬很快的說。

「馬里諾？」她又說，「檔案裡應該有他的DNA卡，通常都有不只一份。」

「你敢碰檔案夾，我就打得你滿地找牙，」馬里諾悄聲對喬說。

「請你將一張卡片用證物袋裝好，交給瑪莉，」史卡佩塔說，「還有，瑪莉？請妳用那張卡片製作血液樣本，也製作一份手套的血跡樣本。」

「我不太懂妳的意思，」瑪莉說。麥修不怪她。

他無法想像一個毒物檢測專家如何懂得運用DNA卡上一滴乾掉的血液，和手套上的少量乾涸血跡。

「妳指的是藍迪吧，」瑪莉說，「妳希望做進一步的DNA化驗？」

「不是，」她說，「我要妳測試鋰鹽。」

史卡佩塔在水槽裡清洗一整隻雛雞。她的Treo手機在口袋裡，耳裡塞著耳機。

「因爲那時候警方沒想到要篩檢他的血液，」她對電話那頭的馬里諾說，「如果當時他還在服用鋰鹽，很顯然他弟弟並沒有告訴警方。」

「他們應該會在現場發現處方藥瓶才對，」馬里諾說，「什麼聲音？」

「我在開雞湯罐頭，可惜你不在這裡。我也不知道他們爲什麼沒找到鋰鹽藥瓶，」她說著把湯倒進銅鍋。「但也可能是他弟弟把所有處方藥瓶都收走，不讓警方找到。」

「爲什麼？又不是古柯鹼什麼的。」

「強尼．史威夫特是個優秀的腦神經醫師，也許他不希望被人發現自己患有精神疾病。」

「說眞的，我也不想讓一個情緒不穩定的人亂搞我的腦袋。」

她切著洋蔥。「事實上，他的雙極性躁鬱症或許並不影響他的醫療技術，可是這世上無知的人太多了。因此，很有可能羅萊爾不想讓警方或任何人知道他哥哥的病情。」

「還是很奇怪。假設他說的是眞話，也就是他發現屍體以後就匆匆跑了出去。依我看，他應該不會有閒工夫在屋內到處收集藥瓶。」

「這個你必須去問他本人。」

「鋰鹽測試結果一出來我就去找他，等我弄清楚了再說。現在我有個更重大的問題，」他說。

「很難想像還有比這更重大的問題，」她說著開始切雞肉。

「是關於霰彈槍彈殼的事，」馬里諾說，「瓦爾登湖案的，在全國彈道整合資訊網比對成功的彈殼。」

「我不想在其他人面前談這些，」馬里諾在電話裡解釋說，「有內奸，肯定是，沒有別的可能。」

他坐在他的辦公桌前，門關著，而且上了鎖。

「事情是這樣的，」他繼續說，「我實在不想在其他人面前說這些，今天早上我和一個在好萊塢警局工作的朋友聊了一下，他是負責管理證物室的。他查了電腦，花了五分鐘才找到兩年前那椿便利商店搶劫謀殺案使用過的霰彈槍的檔案。猜猜看那支霰彈槍原本在什麼地方，醫生。妳坐著嗎？」

「坐不坐都一樣，」她說，「說吧。」

「媽的就在我們的槍械收藏裡頭。」

「學會？我們學會的標準槍械收藏？」

「大約一年前好萊塢警局把它捐給我們的，那時候他們送了我們一批準備報銷的槍枝。記得吧？」

「你親自到槍械實驗室去看過，確定它不在那裡了？」

「肯定不在的，它剛剛才被用做那位女士槍殺案的凶器啊。」

「立刻去察看一下，」她說，「再回電給我。」

51

Hog排隊等著。

他站在一個穿著顯眼的粉紅色套裝的胖女士後面。他一手提著靴子，另一手拿著大提袋、駕照和登機證。他向前移動，把靴子和外套放進一只塑膠桶。

他把桶子和大提袋放在黑色履帶上，看著它們骨碌碌的轉開去。他站在兩只白色腳印上，穿著襪子的雙腳準確的踏在地板上的白色腳印輪廓上。一個機場安全人員朝他點頭，示意他通過X光掃描機，他走過去，沒有嗶聲響起。他把登機證出示給那位航警，然後抓起托盤裡的靴子和外套，提起袋子，走向二十一號登機門。沒人注意他。

他仍然聞得到腐屍的氣味。他的鼻子始終無法擺脫那股惡臭，也許是嗅覺幻覺吧，以前也發生過。有時候他會聞到古龍水的味道，Old Spice古龍水，那是當他在床墊上做壞事時聞到的，之後他被送到有著古老磚造建築、下著雪的寒冷地方，也就是他現在要前往的地方。現在那裡也下著雪，不大，但還繼續下著。他搭計程車到機場之前查過天氣狀況。他不想把他那輛雪佛蘭開拓者留在停車場，太花錢了，而且萬一有人窺探車子的後座就糟了，他還沒把它清理乾淨。

他的大提袋裡只放了幾樣東西。他只需要幾件換洗衣物、一些盥洗用品和一雙合腳的靴子。再過不久他就會把舊靴子扔了。它們具有生物危害性，想到這裡他就開心。此刻他穿著靴子走向登機門，邊想著，也許他應該把這雙靴子永遠留著。它們頗有歷史，走過許多地方，彷彿它們是屬於他所有，他在那裡奪取許多人的性命，彷彿他們是屬於他所有；也重返過許多地方，爬到高處去窺探，厚著臉皮走進人家屋內，靴子帶著他走過一個個房間，一個個地方，執行上帝的指令。懲罰人們。讓他們困惑。霰彈槍。手套。讓他們看見。

上帝擁有一百五十的智商。

他的靴子帶著他進入那棟屋子，趁著他們還沒弄清楚狀況便戴上了頭罩。愚蠢的宗教狂，兩個蠢孤兒。那個蠢孤兒走進藥房，一號媽媽牽著他的手，要藥局替他補充處方藥片，瘋子。Hog討厭瘋子，可惡的宗教瘋子，他討厭小男孩，小女孩，討厭Old Spice。馬里諾就是擦Old Spice，那個死胖子警察。Hog也討厭賽爾芙醫生，應該把她放在床墊上，用繩子好好戲弄她，好好懲罰她做的好事。

Hog時間不多了，上帝很不高興。

沒時間懲罰到目前為止最大膽的犯規者。

你必須回去，上帝說。這次和巴吉爾一起。

Hog的靴子朝著登機門走去，帶著他走向巴吉爾。它們又有機會表現了，就像從前Hog做了那件壞事以後的那段日子，被送走，又被送回來，然後在一家酒吧裡遇見了巴吉爾。

他向來就不怕巴吉爾，從他們偶然在吧台並肩而坐，喝著龍舌蘭的那一刻起，他就不曾被他嚇退過。他們一起喝了幾杯酒，他有種奇特的力量。Hog感覺得到。

他說，你這人很特別。

我是條子，巴吉爾說。

那是在南灣，Hog常在那一帶閒晃，找性伴侶，嗑藥。

你不只是條子，Hog對他說。我看得出來。

噢，是嗎？

我看得出來，我很會看人。

要不要我帶你去一個地方，Hog有種感覺，巴吉爾同樣把他看穿了。你可以幫我個忙，巴吉爾對Hog說。

我爲什麼要幫你？

因爲你會喜歡。

當晚，Hog進了巴吉爾的車，不是警車，而是一輛福特LTD，看來就像一輛便衣警車，但又不是。那是他私人的車子。他們不在邁阿密，他不能開一輛有戴德郡警局標誌的警車到處跑，可能會惹人注目。Hog有點失望。他喜歡警車，喜歡警笛和警示燈，那些亮閃閃的燈光讓他想起聖誕商店。

你找她們說話，她們一點都不會起疑，初遇的那晚，他們開車逛了一陣子，吸了些古柯鹼之後，巴吉爾對他說，

爲什麼找我？Hog問，一點都不害怕。

依照常識，他應該害怕才對。巴吉爾隨心所欲的殺人，一直以來都是如此。他也可以殺了Hog，輕而易舉。

上帝給了Hog一些指示，因此他能夠安然無事。

巴吉爾盯上那個女孩。後來他們才知道她只有十八歲。她站在提款機前面，她的車停在附近，引擎沒關。笨蛋。絕對不要在天黑以後跑去提款，尤其如果妳是個年輕女孩，又漂亮，獨自一人，還穿著短褲和緊身T恤。如果妳是年輕女孩，又漂亮，很容易惹事上身。

把你的刀子和槍給我，Hog對巴吉爾說。

Hog把槍塞進腰帶，然後用刀子割傷拇指。他把血塗在臉上，爬到後座，躺在座椅上。巴吉爾把車開到提款機前，下了車。他打開後車門，神情緊張的探頭看著Hog。

沒事的，他對Hog說。然後他對那女孩說，拜託幫幫我們，我朋友受傷了，最近一家醫院怎麼走？

我的天啊，我們應該打電話叫救護車。她說著慌亂的從手提袋翻出手機，巴吉爾將她往後車座猛力一推，Hog拿槍指著她的臉。

他們開車離去。

要命，巴吉爾說。你真棒，他說，亢奮極了，不停的大笑。我們最好想想要去哪裡。

請不要傷害我，女孩哭著說。Hog坐在後座，用槍指著她，看她邊哭邊哀求，他突然有種感覺，他很想性交。

閉嘴，巴吉爾對她說。沒有用的。我們最好找個地方，公園吧。不好，他們會在那裡巡邏。

我知道有個地方，Hog說。沒人找得到我們。完美的地點。我們可以慢慢來，沒人會來打攪我們，他興奮起來。他想性交，迫切的想要。

他指引巴吉爾來到那棟房子，沒有水電的廢棄房屋，房間裡只有一張床墊和一些髒污的雜誌。Hog想出把她們綑綁起來的方法，讓她們坐下的時候必須把兩隻手臂高舉在頭上。

手舉起來！

好像卡通片的情節。

手舉起來！

好像裝模作樣的西部片的情節。

巴吉爾誇讚Hog很聰明，他從沒見過像他這麼聰明的人，經過幾次把女人帶來這裡，把她們一直關到發臭、嚴重感染或糟蹋得夠本的經驗之後，Hog向巴吉爾提起聖誕節商店。

你到過那家店沒有？

沒。

很容易找，就在海邊的A1A街上。那位女士很有錢。

Hog解釋說，每到週末，店裡就只剩下她和她女兒，難得有客人上門。誰會在七月的海邊買聖誕節的東西？

太好了。

他不該在店裡做那種事的。

Hog還沒弄清楚怎麼回事，巴吉爾已經在店後方對她動手，強暴、切割，弄得到處是血。Hog在一旁觀看，盤算著該怎麼脫身。

門口的伐木工人手工木雕像有五呎高。他舉著支真正的斧頭，古董斧頭，彎曲木把手，閃亮的鋼鐵刀刃，一半漆著血紅色。是Hog想到的主意。

大約一小時後，Hog提著幾包垃圾袋出來，確認周遭沒人，他把袋子放進巴吉爾車子的後行李廂。沒人看見他們。

咱們運氣真好，Hog對巴吉爾說。他們回到他們的秘密基地，那棟老房子，挖了一個坑洞。以後別再那麼做了。

一個月後，他又犯了，想同時處置兩個女人。Hog沒跟他在一起。巴吉爾強迫她們上車，結果那輛爛車竟然拋錨了。巴吉爾從來沒對任何人說過Hog的事，始終保護著Hog，現在該Hog保護他了。

他們正在進行一項研究。Hog寫信告訴他。監獄知道這事，正在徵求志願者。你的機會來了，可以有所作爲。

這封信寫得相當誠懇平實，沒有獄官對它起疑。巴吉爾向典獄長表示，他有意志願參加他們在麻塞諸塞州的研究計畫，想做點事以求贖罪，如果那些醫生能研究出像他這類人到底有什麼問題，或許也是件好事。典獄長是否中了巴吉爾的圈套，這個不得而知。但是去年十二月，巴吉爾便被轉往了巴特勒州立醫院。

這都該歸功Hog，上帝之手。

在那之後，他們的通信內容變得更加含蓄精巧。上帝教導Hog將一切訊息告知巴吉爾。上帝的智商高達一百五十。

Hog在二十一號登機門找了張椅子，盡可能的遠離其他人而坐，等著九點鐘的班機。班機很準時，應該會在中午降落。他拉開袋子拉鍊，拿出一封巴吉爾一個月前寫給他的信。

我拿到釣魚雜誌了，非常感謝。這本雜誌讓我獲益良多。巴吉爾·詹烈特。

附註：他們又要把我送進那討厭的管子了，二月十七日星期四。可是他們保證不會拖太久。「五點進去，五點十五分出來。」他們答應我的。

52

雪停了，雞湯也滾了。史卡佩塔量了兩杯義大利阿波里歐米，打開一瓶無甜味白酒。

「你能來一下嗎？」她朝門口挪近一步，呼喚著班頓。

「拜託妳上來一下！」他的聲音從樓上辦公室傳來。

她在一只平底鍋裡把奶油融化，開始煎雞肉，同時把米倒進雞湯裡。這時行動電話響了。是班頓。

「眞是荒謬，」她看著通往二樓書房的階梯說，「拜託你下來好嗎？我正在煮東西。佛羅里達的情況一蹋糊塗，我必須跟你討論一下。」

她舀了一小匙清湯灑在煎雞肉上。

「我眞的希望妳能看一下這個，」他回答說。

同時聽見他的聲音從樓上和電話裡傳來，感覺好奇怪。

「眞是夠了，」她又說。

「我問妳，」他的聲音同時透過電話和樓梯響起，好像兩個聲音酷似的人同時在說話。「爲什麼她的兩邊肩胛骨之間會有木屑？什麼人會這樣？」

「木頭碎片？」

「有一片皮膚被刮破，上面嵌著碎木屑。在她背後，兩側肩胛骨之間。不知道妳能不能看出，這是在生前或死後造成的。」

「也許她被人拖過木質地板，或者用木質的東西鞭打。有很多種可能。」她用叉子輕壓正在煎熟的雞肉。

「如果她是被拖行而沾上木屑，身體的其他部位難道不會也沾上？假設她被拖過布滿木屑的老舊地板時是赤裸的。」

「不盡然。」

「我希望妳上樓來。」

「有沒有防禦性傷痕？」

「妳上來吧。」

「午餐準備好就上去。是性侵害事件嗎？」

「沒有證據，不過很明顯有性動機。我現在還不餓。」

她又攪拌了幾下米飯，把湯匙放在一張折疊好的紙巾上。

「有其他可能的ＤＮＡ來源嗎？」她問。

「例如？」

「我也不知道。也許她咬掉了他的鼻子或指甲什麼的，可以在她胃裡找得到。」

「眞厲害。」

「他的唾液、頭髮、血液，」她說，「但願他們把她全身上下仔細採證過，徹底做了檢驗。」

「我們在樓上討論好嗎？」

史卡佩塔脫掉圍裙，邊講電話邊走向樓梯，心想眞傻，同在一間屋子裡卻要用電話聯絡。

「我要掛電話了，」她說，來到了樓梯頂，看著他。

他坐在黑色皮椅裡，兩人目光相遇。

「還好妳現在才來，」他說，「一分鐘前我在電話裡和一個天仙美女聊得火熱呢。」

「還好你不在廚房，否則我和帥哥談心都被你偷聽了。」

她把一張旋轉椅移近他身邊，看著電腦螢幕上的一張照片，看著那個臉朝下趴在驗屍台上死去的女人，看著她背後的紅色手印圖案。

「可能是用模版印的，也許是噴槍，」她說。

班頓把她兩側肩胛骨之間的部位放大，她仔細看著那道皮肉綻露的傷痕。

「回答你剛才的問題，」她說，「沒錯，我們有辦法可以判斷像這樣嵌著木屑的傷口究竟是生前或死後形成的，關鍵在於有沒有組織修復現象。我們大概沒有組織切片吧。」

「我不清楚有沒有切片，」班頓說。

「蘇拉許警探能不能取得SEM-EDS，一種附有能量分散式X光分析儀的掃描式電子顯微鏡？」

「州警局化驗室什麼都有。」

「我會建議他先取得一份木屑樣本，將它放大一百次，放大到五百倍，看看像什麼東西。要是能順便測試是否含銅就更好了。」

班頓看著她，聳聳肩膀。「爲什麼？」

「我們在那一帶不少地方檢驗出銅，包括聖誕商店的儲藏區在內，可能是銅噴霧劑。」

「昆西家族從事庭園景觀事業。我想應該有許多柑橘樹專業種植者會使用銅噴霧劑，也許是他們家族把銅帶進聖誕商店後方的。」

「那裡頭還有人體彩繪顏料——我們發現血跡的店內儲藏區。」

班頓突然沉默不語，似乎想起了別的什麼。

「這是巴吉爾所有案子的共通點，」他說，「所有受害者，至少目前已經發現的，身上都驗出了銅，微證物也都含銅，還有柑橘花粉，也許這不能代表什麼。佛羅里達到處都有柑橘花粉，沒人想過銅噴霧劑。也許他把她們帶到某個使用銅噴霧劑、種著柑橘樹的地方。」

他望著窗外的灰色天空，一輛除雪機在街上賣力工作。

「你什麼時候得出門？」史卡佩塔瀏覽著一張那名女性受害者背部傷口的局部照片。

「下午，巴吉爾五點會到。」

「好極了。看見這塊發炎特別嚴重的區域沒？」她指出來說，「這是在某種粗糙的表面摩擦，直到把表皮層磨破的結果。如果拉近看，」她點著滑鼠。「可以發現在傷口清洗乾淨之前，它的表面有一些漿血性分泌物。看見沒？」

「的確，看起來像有一點結疤，但不是整個區域都有。」

「如果挫傷相當深，會從血管滲漏出液體。你說得沒錯，並非整塊區域都有結痂現象，這讓我懷疑，這塊挫傷區域其實是許多次年齡不等的刮挫傷的累積，也就是重複和粗糙表面接觸所造成的挫傷。」

「怪事，很難想像。」

「如果有組織切片就好了。多形核白血球表示傷口已經形成大約四到六小時。至於這種紅褐色的結痂，通常需要至少八小時才會出現。她身上出現這些傷痕和挫傷以後，還繼續存活了一小段時間。」

她繼續瀏覽更多照片，仔細研究著，邊在橫條紙上做筆記。

她說，「如果你看了大部分照片，會發現她兩腿和臀部的背後有一些不太明顯局部紅腫的區域。依我看，很像是昆蟲咬傷，已經開始癒合的傷口。然後再回頭看那些挫傷照片，會隱約看見一些局部腫脹和出血瘀斑，很類似蜘蛛螫傷。

「如果我判斷得沒錯，在顯微鏡下應該可以看見血管充血和白血球滲透現象，主要是嗜酸性白血球，這得看她的反應而定。雖說不完全準確，但我們也可以測量一下類胰蛋白酶的含量，看她是否有過敏性反應。如果有的話，我會相當意外，因爲很顯然她並不是死於蟲螫引起的過敏性休克，必須要有組織切片。那片挫傷當中除了木屑以外，或許還有其他東西。蕁麻刺。蜘蛛——尤其是塔蘭托毒蜘蛛——叮咬是牠們的防禦方式之一。伊芙和克莉絲汀的教會隔壁就是一家寵物商店，也賣毒蜘蛛的。」

「會癢嗎？」班頓問。

「如果她不幸被叮咬，肯定奇癢無比，」史卡佩塔說，「她或許會把身體靠著什麼東西磨蹭，將皮膚抓到發炎。」

53

她飽受折磨。

「無論她被拘禁在什麼地方，都承受了難以形容的蟲螫痛癢，」史卡佩塔說。

「蚊子？」班頓猜測。

「只叮了一口？而且剛好叮在兩側肩胛骨之間？除了手肘和膝蓋之外，她身上其他部位並沒有類似的挫傷，」她繼續說，「輕微擦傷通常是刮出來的，例如跪在地上，或是用手肘在粗糙表面上磨擦，可是這些傷口看起來不像是這樣造成的。」

她再度指著照片上兩側肩胛骨之間的發炎部位。

「根據她長褲上的血跡分布，我推測凶手槍殺她的時候，她是跪著的，」班頓說，「如果跪下的時候穿著長褲，會不會把膝蓋磨破？」

「當然會。」

「那麼他是先殺了她，才脫去她的衣服。這麼一來就是全然不同的故事版本了，不是嗎？如果他眞的想用性羞辱她，恫嚇她，應該會先要她脫掉衣服，要她赤裸的跪下，再把霰彈槍管塞進她嘴裡，扣扳機。」

「她肛門內的霰彈槍殼呢？」

「也許是憤怒，也許他故意要我們發現它，再把它和佛羅里達的案子聯結在一起。」

「你的意思是說，這名凶手是個非常衝動、甚至易怒的人。同時你也暗指這人非常深思熟慮，善於玩手段，故意要我們從這案子聯想起另外那件搶劫謀殺案。」史卡佩塔望著他說。

「這些都是有意義的，至少對他是如此。歡迎光臨變態罪犯的異想世界。」

「有件事可以確定，」她說，「她曾經有一段時間被拘禁在一個昆蟲活躍的地方。也許是火蟻，也許是蜘蛛，不過，這一帶的普通旅館房間和住宅不太可能有火蟻或蜘蛛。這季節更不可能。」

「毒蜘蛛除外。牠們通常被當做寵物，和季節無關，」班頓說。

「她是從別的地方被綁來的。屍體到底是在哪裡發現的？」她又說，「就在瓦爾登湖區？」

「距離一條小徑大約五十呎的地方，目前這條小徑不太有人行走，偶爾有人經過。有一家人在湖畔健行，發現了她。他們的黑色拉布拉多跑進樹林裡，不久開始狂吠。」

「到瓦爾登湖散心卻遇上這種事，一定很不舒服。」

她瀏覽著螢幕上的驗屍報告。

「如果報告裡寫的是正確的，她待在那裡的時間不長，應該是天黑以後被棄置的，」她說，「關於天黑的這部分有其道理。也許那裡就是他棄置她的地方，離開小徑一段距離的偏僻地點，因為他不能冒著被人看見的風險。萬一有人出現——儘管天黑後不太可能——他還是能帶著屍體隱密的藏在樹林裡。至於這個，」她指著戴著面罩的臉孔和類似尿布的衣物，「其實幾分鐘就可以完成，只要預先計畫好，在短襯褲上剪兩個眼洞——假設這時她已經被脫去衣服。依我看，凶嫌應該對那一帶相當熟悉。」

「我想也是。」

「你餓不餓，還是你打算在樓上耗一整天？」

「這得看妳準備了什麼好吃的。」

「Risotto alla Sbirraglia，義大利雞肉燉飯。」

「Sbirraglia？是很有異國風味的威尼斯雞嗎？」

「據說是從sbirri這個字演變來的，意思是不稱職的壞警察。爲這沉悶的一天加點趣味。」

「我不懂警察和雞肉料理怎麼會扯上關係。」

「據說奧地利人佔領威尼斯的時候，他們的警察相當喜愛這道菜。只是烹飪小典故，信不信由你。我想開一瓶蘇阿威，或者比較醇厚的皮亞維品諾白酒。你的酒窖裡兩種都有，而且就像威尼斯人說的，『喝好酒的人睡得好，睡得好的人不會有邪惡念頭、邪惡行爲，一定會上天堂，』意思大概是這樣。」

「我想世界上沒有一種酒會讓我忘記邪惡，」班頓說，「再說我也不相信天堂，只有地獄。」

54

在學會寬敞的灰泥總部大樓的一樓，槍械實驗室外的紅燈亮著，馬里諾在走廊上聽見裡頭傳出砰砰的射擊悶響。他走進去，毫不在乎射擊練習正熱，因爲射擊者是文斯。

文斯從平台式不鏽鋼彈頭回收槽開口抽出一支小手槍。這只金屬槽裝滿水的時候足足有五噸重，這也是爲什麼他的實驗室必須設在一樓。

「今天去飛過了？」馬里諾問他，爬上方格鋁梯到了射擊台。

文斯穿著黑色飛行裝和黑色短靴。在研究工具痕跡和槍械之餘，他也擔任露西的直升機駕駛員。他確實是她手下的人，不過他的外表和他所做的事極不相稱，這也是事實。文斯六十五歲，在越南飛過黑鷹直升機，再到菸酒槍械管制局工作。他短腿，圓桶胸，留著據他說已經十年沒剪的灰白馬尾。

「你剛才有說話嗎？」文斯說著摘掉防護耳塞和射擊眼鏡。

「你還能聽見聲音，眞是奇蹟。」

「以前更糟。我剛回來時，根本完全聾了。我老婆說的。」

馬里諾認得文斯正在測試的槍，那是有著玫瑰木槍柄的黑寡婦，就是在戴姬．席米斯特女士床下發現的那支手槍。

「點二二口徑的迷你手槍，」文斯說，「我想把它加入庫藏應該無妨。」

「我看這把槍似乎從來沒發射過。」

「不意外。不知道有多少人買了槍放在家裡當防衛工具，時間一久根本不記得自己有槍，或者記不起來槍放在哪裡，甚至連搞丟了都不知道。」

「我們有裝備遺失了，」馬里諾說。

文斯打開一盒彈藥，把點二二口徑子彈填進槍膛。

「想試試看嗎？」他說，「老婦人拿它當防身武器有點奇怪，我敢說一定是別人送給她的。通常我會建議選擇容易上手的，像是女性用的史密斯點三八，或者養一隻牛頭犬。聽說這把槍藏在床底下，不容易搆到。」

「誰告訴你的？」馬里諾又有最近常有的那種怪異的感覺。

「亞默斯醫生。」

「他不在現場，他是怎麼知道的？」

「他知道的其實不多。他一天到晚在這裡，快把我搞瘋了，但願史卡佩塔醫生在他結束實習以後不會想正式僱用他。要是她這麼做，我也許會跑到沃瑪超市去工作。拿去。」

他把手槍遞給馬里諾。

「不了，謝謝，我現在只想拿他當槍靶。」

「你說有東西遺失，是什麼意思？」

「我們的標準收藏裡掉了一把霰彈槍。」

「不可能，」他搖頭說。

他們下了射擊台，文斯把手槍放在一張證物桌上。這桌上擺滿了掛有標籤的槍械、彈藥盒和一整排槍靶，靶子上有用來標示距離的測試彈藥模式，還有一扇裝著汽車強化玻璃的破裂窗子。

「莫斯伯格835 Ulti-Mag霰彈槍，」馬里諾說，「曾經被使用在兩年前發生在這一帶的一樁搶劫謀殺案中。那案子非常特殊，櫃台後面的人拿槍射殺了嫌犯。」

「眞巧你提起這事，」他困惑的說，「不到五分鐘前亞默斯醫生才打電話給我，問我他可不可以來查一下電腦裡的資料。」

文斯走到一張排列著比較顯微鏡、扳機拉力數位測量儀和一台電腦的工作台前。他用食指敲著鍵盤，拉出一張選單，點選了標準槍械收藏選項，然後進入有問題的那支霰彈槍的檔案。

「我告訴他不行。說我正在做射擊測試，因此他不能來。我問他想查什麼資料，他說算了。」

「我不明白他怎麼會知道這事，」馬里諾說，「他怎麼可能知道？我在好萊塢警局的一個朋友知道，可是他口風緊得很。另外，我就只告訴過史卡佩塔醫生，現在加上你。」

「迷彩槍托，二十四吋槍管，氚光準星和鬼環式照門，」文斯唸著，「你說對了，曾經使用在一樁謀殺案中。嫌犯死了。去年三月好萊塢警局把它捐贈給我們。」他抬頭望著馬里諾。「我記得，他們的報銷清單中總共有十或十二把槍械，相當慷慨。條件是我們得提供他們免費訓練、諮詢、啤酒和幸運抽獎。再看，」他捲動視窗。「根據這裡的記錄，這把槍歸我們之後，總共出借過兩次。一次是去年四月八日，我借的，在遙控射擊台測試這把槍的功能是否正常。」

「混蛋，」馬里諾越過他肩頭看著螢幕。

「第二次是亞默斯醫生借的，時間是去年六月二十八日下午三點十五分。」

「做什麼用？」

「也許是用來測試模型假人。去年夏天他開始跟著史卡佩塔醫生學烹飪。那時他頻繁的在這裡進出，可惜我沒什麼印象。這裡寫著他在六月二十八日使用，同一天下午五點十五分歸還。當我察看當天的電腦記錄，我的確曾經把它從槍械庫拿出來，然後又放回去。」

「既然這樣，它怎麼會流到外面，還殺了人？」

「除非這項記錄有問題，」文斯皺眉思索著。

「也許這是他想察看電腦資料的原因。爛人。是誰負責檔案維護？你還是使用人？除了你還有誰能碰這台電腦？」

「機器只有我能用，想借槍枝的人必須手寫登記，」文斯指著電話旁邊的螺旋形登記簿。「然後簽收，使用完時歸還，並簽名，全部得親自簽名。之後，我再把資料輸入電腦，證明有人用過這把槍而且已經歸還。我想你大概沒玩過這裡的槍吧。」

「我不是槍械檢驗員，你來玩就好。眞是可惡。」

「申請時，你必須寫明你想借用的槍械類型，預定使用靶場或水槽射擊台的時段。我翻給你看。」

他拿起那本登記簿，翻到有手寫記錄的最後頁次。

「又是亞默斯醫生，」他說，「兩週前借了一支金牛PT-145做模型假人射擊測試。至少這天他還登記了。有一次他跑進來，可是沒登記。」

「他怎麼進得來？」

「他帶了自己的手槍。他收集槍枝，道地的粗人。」

「能不能看出，這把莫斯伯格的出借資料是什麼時候輸入電腦的？」馬里諾問，「你知道的，就是你看一個檔案的時候，上面會顯示最後一次儲存的日期和時間？我懷疑有沒有一種可能，就是喬也許在借槍以後更改了登錄資料，讓你以爲他已經把槍歸還了。」

「那只是一個叫做Log的記錄檔。現在我不儲存，直接關閉檔案，來看一下它最後一次的記錄。」他緊盯著螢幕，詫異的說，「這裡顯示，最後一次儲存時間是二十三分鐘前。怎麼可能！」

「這台電腦沒有密碼保護嗎？」

「當然有，只有我一個人能進入系統。當然，還有露西。所以我才覺得奇怪，亞默斯醫生爲何會打電話來，說他要來察看電腦。如果他已經更改記錄檔，幹嘛還通知我？」

「這問題很簡單。如果是由你替他打開檔案，然後把它關閉並且儲存，那麼就可以合理解釋最新的檔案儲存日期和時間了。」

「那他還眞是聰明。」

「聰明與否還有待觀察。」

「眞是氣人。如果他眞的更改了記錄，顯然他知道密碼。」

「你把它寫下來了嗎？」

「沒有，我很小心的。」

「除了你，還有誰知道槍械庫門鎖密碼？這次我非逮到他不可。我發誓。」

「露西，所有密碼她都有。走吧。咱們去瞧瞧。」

槍械庫是一個陳列槍械的庫房，有一道金屬門，需要輸入密碼才能打開。裡面的大量檔案抽屜裡存放著數千種彈頭和彈殼樣本，層架和懸掛木栓板上排列著數百支步槍、霰彈槍和手槍，全都配掛著編號標籤牌。

「數量相當可觀，」馬里諾環顧著四周說。

「你沒進來過？」

「我不是槍癡，我有些關於槍不太愉快的經驗。」

「例如？」

「例如不得不開槍。」

文斯掃瞄著層架上的長槍，逐一察看霰彈槍的掛牌。他反覆檢查了兩次。他和馬里諾在層架當中來回走動，尋找著那支莫斯伯格霰彈槍。這把槍不在庫房裡。

史卡佩塔指著屍斑的分布。所謂屍斑是屍體的凝滯血液受地心引力影響，在身體下方沉澱而形成的紫紅色污斑。這名女性受害者的臉頰、胸部、腹部、腿股和小手臂內側有許多泛白的斑點，這是由於屍體的這些部位緊靠著某種堅硬表面，例如地板所造成的。

「有一段時間她是臉朝下趴著，」史卡佩塔說，「至少幾小時，她的臉轉向左邊，所以她的右臉頰會出現這些白斑，她應該是趴在地板或某種平坦表面上。」

她點選另一張照片，這張顯示的是受害人屍體經過清洗之後，臉朝下趴在驗屍台上，身體和頭髮是濕的，身上的紅手印非常清晰完整，顯然用的是防水顏料。她回到剛才看過的一張照片，來回瀏覽，試圖拼湊這女人身上的死亡印記。

「也許他在殺害她之後，」班頓說，「讓她臉朝下趴著，在她背部畫上那些手印，畫了好幾個小時。她的血液沉澱，開始形成紫斑，於是有了這樣的屍斑分布。」

「我心中有另一種劇本，」史卡佩塔說，「他先讓她臉朝上畫了一陣子，然後將她翻過來，畫她的背部，之後就讓她維持這姿勢趴著。當然，他不可能在又黑又冷的樹林裡做這些，而是在某個偏僻的地方，不會有人聽見槍聲，或者看見他把屍體搬上車。甚至，他說不定是在運送她的途中，在車上進行這一切，廂型車，休旅車，小貨車。將她槍殺，畫上手印，再搬運屍體。」

「一氣呵成。」

「這麼做可以降低不少風險，不是嗎？綁架她，把她帶往某個偏僻的地點，然後在車子裡將她殺害——只要車廂後座空間夠大就行了——再予以棄屍，」她說，瀏覽著更多照片，停在一張已經看過的照片上。

這次她有了不一樣的發現。這照片是那女人的大腦，放在解剖板上，已經殘缺不全。頭蓋骨內側那層堅韌的纖維狀膜，硬腦膜，應該是奶白色的。但是在這張照片中，它卻呈現著橘黃色。她突然想起那對姐妹，伊芙和克莉絲汀臥房化妝台上那張照片中的她們，拄著健行手杖，在太陽下眯著眼睛。她想起其中一人有著疑似黃疸的外貌特徵。她回頭去看驗屍報告，尋找著關於這女人眼睛鞏膜，也就是眼白的部分。上頭寫著正常。

她想起伊芙和克莉絲汀家中冰箱裡的生菜，十九袋紅蘿蔔，想起尿布般裹在這名死者身上的白色亞麻長褲，適合暖和天氣的衣著。

班頓好奇望著她。

「皮膚黃變，」史卡佩塔說，「不會影響眼白顏色的皮膚泛黃現象，也許是胡蘿蔔素血症造成的。我們或許能查出她是誰。」

55

布朗森醫生在他辦公室裡，挪動著複合式顯微鏡鏡台上的玻片。馬里諾敲了敲敞開的門。

布朗森是個聰敏能幹的醫生，總是一身潔淨爽俐的白色實驗服。他一直是個認眞的首席法醫，可是始終停留在過去。以前的種種做法，現在絲豪沒變，包括對人員的評估方式。馬里諾懷疑布朗森醫生根本沒有做背景調查，或者在現今社會被視爲標準程序的任何一種嚴謹觀察。

他又敲門，這次大聲了點，布朗森醫生從顯微鏡前抬頭。

「請進，」他微笑著說，「有何貴幹？」

他是舊世界的人，謙恭有禮且迷人，有著漂亮的禿額和矇矓的灰眼珠。悉心整理的辦公桌上的菸灰缸擱著冷掉的石南木菸斗，空氣中仍然飄游著股淡淡的菸草香。

「至少在這溫暖的南方他們還准許你抽菸斗，」馬里諾說，拉了張椅子就近坐下。

「我不該抽的，」布朗森醫生說，「我老婆經常說我遲早會得喉嚨或舌頭癌。我對她說，萬一我眞得了癌症，至少不會滿口抱怨。」

馬里諾想起他沒關門。他起身去把它關上然後回座。

「要是他們割了我的舌頭或聲帶，我大概也無從抱怨起了，」布朗森醫生說，好像怕馬里諾沒聽懂他的笑話。

「我需要幾樣東西，」馬里諾說，「首先，他們想取得強尼·史威夫特的DNA樣本。史卡佩塔醫生說他的檔案裡有好幾份DNA卡。」

「她應該代替我的位了。我很樂意由她來取代我，」他說，他說這話的神情讓馬里諾了解到，布朗森醫生或許相當清楚大家的想法。

每個人都希望他趕快退休，他們已經盼了好多年了。

「這地方是我一手創建的，」他繼續說，「不能隨便讓張三李四來把它毀了。對民衆不公平，對我的手下當然也是。」他拿起電話，按了個鈕。「波麗？請妳替我去把強尼．史威夫特檔案夾拿來好嗎？包括所有相關文件。」他聽著，又說，「因爲彼德需要一份ＤＮＡ卡，他們準備拿它進行化驗。」

他掛了電話，拿下眼鏡，用手帕擦拭著。

「這案子有了新的發展？」他問。

「可以這麼說，」馬里諾回答，「等情況明朗了，一定第一個告訴你。目前我只能說，照種種跡象看來，強尼．史威夫特遭人謀殺的可能相當大。」

「只要你們能提出證據，我很樂意更改死亡報告。我對這案子一直不太敢確定。問題是我只能跟著證據走，而調查過程中又沒有任何明確的事證可以說服我，但基本上我懷疑是自殺。」

「只是犯罪現場找不到那把霰彈槍，」馬里諾忍不住提醒他。

「你知道，怪事太多了，彼德。不知道有多少次我到了犯罪現場，發現家屬爲了保護親人的名譽，早就把現場破壞得一蹋糊塗。尤其是窒息式性行爲的案子。我到了那裡，發現沒有任何色情雜誌或綑綁工具。自殺案也是，家屬不希望家醜外揚，或者爲了得到保險金而把槍或刀子藏起來。花樣可多呢。」

「我想和你談談喬．亞默斯，」馬里諾說。

「令人失望，」他說，一貫的愉悅神態消褪了。「老實說，我很後悔將他推薦給貴學會。我非常遺憾，因爲凱應該得到更優秀的人才，而不是像他那種自大的小混帳。」

「這正是我想說的。理由是什麼？你當初推薦他是基於什麼理由？」

「他的學歷和推薦函很出色。家世也很耀眼。」

「他的檔案在哪？你還留著嗎？原始的？」

「當然。我保留了正本，給凱的是影本。」

「你瀏覽那些光采的學歷和推薦函的時候，有沒有查證它的眞實性？」馬里諾很不想這麼問，「這年頭造假的東西太多了。尤其有了電腦繪圖、網路什麼的，方便得很。這是身分竊盜案變得這麼猖獗的原因之一。」

布朗森醫生挪動椅子到了檔案櫃前，打開一只抽屜。他用手指滑過整齊貼著標籤的檔案夾，把貼有喬．亞默斯名字的那只抽了出來。他把它交給馬里諾。

「你自己看吧，」他說。

「我可以在這裡坐一下嗎？」

「不知道波麗被什麼事耽擱了，」布朗森醫生說著把椅子滾回顯微鏡前。「你慢慢看，彼德。我得繼續研究我的切片了，很悲慘的案子。一個可憐女人，屍體在游泳池被發現。」他調整焦距，頭緊挨著鏡筒。「她的十歲小女兒發現的。問題是，她究竟只是單純溺斃，還是因爲心肌梗塞。她有暴食習慣。」

馬里諾看著好幾個醫學系主任和病理專家爲喬．亞默斯寫的推薦函。他快速瀏覽著一份長達五頁的履歷。

「布朗森醫生，你有沒有打電話給這些人？」馬里諾問。

「做什麼？」他沒抬頭。「她的心臟沒有舊傷。難怪，如果她是心肌梗塞，過了幾小時才死，那麼我什麼都看不到。我問她之前是否才通腸過。那會把人的電解質弄亂掉。」

「問喬的事，」馬里諾說，「確認這些大人物是否眞的認識他。」

「他們當然認識他，不然怎麼會寫那些信給我。」

馬里諾把一封信舉高對著燈光。他發現信紙當中有一枚像是皇冠和劍的浮水印。他把每封信都拿起來看。全部都有同樣的浮水印。這些信的信頭看來相當可信，但由於它們不是鐫刻或浮雕印刷，也有可能是用電腦繪圖軟體掃描複製出來的。他拿起一封署名約翰霍普金斯大學病理系主任的推薦信，撥了上面的電話號碼。接聽的是總機人員。

「他出城去了，」她告訴他說。

「我想請教關於喬．亞默斯醫生的事，」馬里諾說。

「誰？」

他略做解釋，然後問她是否可以查一下她的檔案。

「一年多前，他爲喬．亞默斯寫了一封推薦函，日期是十二月七日，」馬里諾對她說。「信的末尾有打這封信的人的縮寫簽名，LFC。」

「我們這裡沒人有這種名字縮寫。而且類似的信件都是由我負責打字，但那絕不是我的姓名縮寫。這是怎麼回事？」

「沒事，只是一樁單純的詐欺案，」馬里諾說。

56

露西騎著輛大馬力的哈雷V-Rod馳騁在A1A街上，在每個路口闖越紅燈，直驅弗雷德・昆西的住處。

他在好萊塢家中做網路設計工作。他不知道她要來訪，但她知道他在家，至少半小時前她打電話向他推銷邁阿密《先鋒報》的時候他在家。他很有禮貌，要是哪個推銷員敢打電話騷擾露西，她絕不可能這麼好聲好氣。他的地址在海灘以西兩條街的地方，他肯定很富有。他的住宅是淺綠色灰泥雙層樓房加黑色鑄鐵柵欄，車道設有柵門。露西把機車停在對講機前，按了通話鈕。

「有什麼事？」男性的聲音說。

「警察，」露西說。

「我沒報警。」

「我來找你談令堂和令妹的事。」

「哪個警察單位？」聲音充滿懷疑。

「布勞沃德郡警局。」

她掏出皮夾，翻出她的假證件，把它舉在閉路監視系統攝影機前晃了晃。叮咚一聲，鑄鐵柵門緩緩滑開。她踩下油門，沿著碎石路來到一扇黑色大門前，她剛熄引擎，門已經打開。

「不錯的車子，」她判斷應該是弗雷德的男子說。

他身高普通，窄肩，身形瘦長。暗金色頭髮，灰藍色眼睛，有種纖弱的俊美。

「我還沒見過這樣的哈雷機車，」他說，繞著車子走。

「你騎車嗎？」

「沒有，危險的事讓給別人。」

「你應該就是弗雷德了。」露西和他握手。「打擾了。」

她跟著他通過鋪著大理石地磚的門廳，走進面對著一條狹長、陰鬱運河的起居室。

「妳想談我的母親和海倫？你們有新發現？」

他說這話時態度十分真誠，不只是好奇或多疑。他眼裡充滿痛楚，摻雜著急切和期待。

「弗雷德，」她說，『我不是布勞沃德郡警局的人。我手下有許多調查員和鑑識專家，我們是應警方要求協助辦案的。」

「所以妳剛才的自我介紹是假的，」他說，友善的眼神驟變。「這麼做不太好。先前的電話也是妳打的吧，自稱是《先鋒報》的人，試探我是否在家。」

「完全正確。」

「這樣妳還有臉找我談？」

「抱歉，」露西說，「用對講機不好解釋。」

「你們爲什麼又對這案子感興趣了？有什麼新狀況？」

「恐怕應該由我來發問才對，」她說。

「山姆大叔正用手指著你們，說我要砍光你們的柑橘樹。」

賽爾芙醫生戲劇性的停頓下來。她坐在〈有話大聲說〉節目布景的皮椅裡，顯得相當從容、自信。在這段節目中她不需要來賓。她身邊的桌上擺著一具電話，幾台攝影機從各種角度捕捉她敲著電話按鍵然後說，「我是賽爾芙醫生，歡迎加入。」的神態。

「妳有什麼想法？農業部有沒有侵害憲法第四修正案賦予妳的人權保障？」

這顯然是個陷阱，她等不及要和這個打電話進來的傻子廝殺一番。她瞥一眼監控螢幕，相當滿意導播給她的燈光效果和取鏡角度。

「當然有，」電話裡的傻子說。

「妳說妳叫什麼名字？珊蒂是吧？」

「是啊，我……」

「別再亂砍了是吧，珊蒂？」

「嗯，什麼……？」

「拿著斧頭的山姆大叔？大衆的印象不就這樣？」

「我們被整慘了。全是他們的陰謀。」

「這就是妳的感想？和藹可親的山姆大叔砍光了妳的樹。劈，劈。」

她緊抓住攝影師們的注意力。她的製作人笑了。

「那些混蛋沒經過我允許就闖進我的院子，說要把我的樹全部砍了……」

「妳住哪裡，珊蒂？」

「庫柏市。我可以理解爲什麼有些人會對他們開槍或者放狗……」

「事情是這樣的，珊蒂，」她開始切入核心，攝影機拉近。「你們這些人只會不著邊際的抱怨。妳可曾花時間去開會？妳可曾寫信給妳的議員？妳可曾直截了當的提出疑問，想想也許，只是也許，農業部所提出的解釋說不定是眞實的？」

這是她的作風，採取和對方相反的立場。她一向如此。

「哼，政府關於颶風的說法根本是（消音），」傻子觀衆斥喝著說，賽爾芙醫生猜想她就快口出褻瀆之語了。

「不是（消音），」她模仿她。「這事一點都不能算是（消音）。事實上——」她面對攝影機。「去年秋天有四次颶風來襲，而柑橘樹潰瘍病的病菌確實也會隨著風到處傳染。廣告過後，我們將深入探討關於這種可怕植物枯萎病的眞相，並且請來一位非常特別的來賓加入討論。別走開。」

「暫停，」攝影師說。

賽爾芙醫生拿起水杯。她用吸管喝水，以免破壞了脣膏，然後等著化妝師在她額頭和鼻樑上撲粉，有點不耐煩化妝師慢呑呑的才來，不耐煩化妝師補妝的動作緩慢無比。

「好了，可以了，」賽爾芙醫生舉起手來，要負責化妝的人走開。「很順利吧，」她對製作人說。

「我想下一段節目，我們必須眞正開始進入心理問題的探討了。大家找妳就是爲了這個，瑪莉蓮。不是爲了談政治，而是談他們和女朋友、老闆、父母之間的問題。」

「我不需要你來指導。」

「我沒有……」

「聽我說，我這個節目的特色就在於把時事和人的情緒反應融合在一起。」

「沒錯。」

「三、二、一。」

「回到節目現場，」賽爾芙醫生對著鏡頭微笑說。

57

馬里諾站在學會門外的一棵棕櫚樹下，看著莉芭朝著她那輛皇冠維多利亞便衣警車走過去。他注意到她的步伐帶著反抗意味，心想那到底是眞的，或只是在作戲。不知道她有沒發現他正站在棕櫚樹下抽菸。

她罵他蠢蛋。很多人這麼罵他，可是他沒想到連她都這麼說。

她打開車門，然後似乎又不想上車了。她沒往他的方向看，但他有種感覺，她知道他站在棕櫚樹的樹蔭下，拿著Treo行動電話，戴著耳機，香菸在手。她不該說那種話，她沒資格談論史卡佩塔。都是速悅抗憂鬱劑害的。就算之前他沒得憂鬱症，現在恐怕也差不多了。她竟敢批評史卡佩塔，還說她的警察同夥都對史卡佩塔有意思。

速悅眞是害人不淺。賽爾芙醫生沒權利要他服用這種藥，讓他沒了性生活。她沒權利老是提到史卡佩塔，好像史卡佩塔是他生命中最重要的人似的。還有莉芭也提醒他。她說那些話就是在提醒他，他沒有性生活，提醒他有一些男人還能擁有性生活，而且想和史卡佩塔發生關係。馬里諾已經停止服用速悅好幾週了，情況也改善了許多，只是還有憂鬱症狀。

莉芭關上車門，繞到車尾，打開後行李廂。

馬里諾奇怪她在做什麼。他決定自己最好去找出答案，並且坦誠的告訴她，其實他無法逮捕任何人，或許還需要她的協助。他可以隨自己高興亂唬人，可是再也不能合法的逮人了，這是他目前的警察生涯中唯一的損失。莉芭從行李廂拉出一只像是洗衣袋的東西，賭氣似的把它摔進後車座。

「裡面是屍體？」馬里諾問，悠閒的朝她走來，把菸蒂彈向草地。

「沒聽過有種東西叫菸灰缸嗎？」

她砰的摔上車門，幾乎沒看他。

「袋子裡是什麼東西？」

「我要到乾洗店去。堆了一星期的衣服沒洗，不過這不關你的事吧，」她藏在一副墨鏡後面說，「別再那樣無禮的對待我，至少別當著別人的面。你想當差勁沒品的人，至少表現得含蓄點。」

他回頭看著那株棕櫚樹，好像那是他最中意的地點，望著那棟灰泥建築襯著晴藍的天空，邊思索著該如何回應。

「是妳失禮在先，」他說。

她一臉驚愕望著他。「我？你在胡扯什麼？你瘋了嗎？我明明記得，我們一起愉快的騎車兜風，你拉著我到胡特斯餐廳，也沒問我想不想去。我怎麼都想不通你為何會帶一個女人到那種活色生香的地方去。還說我失禮？別開玩笑了！要我呆坐在那裡，自己卻和那些辣妹眉來眼去的。」

「我才沒有。」

「你有。」

「絕對沒有，」他說著抽出香菸包。

「你菸抽得太兇了。」

「我沒有亂瞄誰，只是在想心事，喝咖啡，後來妳沒頭沒腦的提起醫生的事，我不想聽那些廢話。」

她在吃醋，他開心的想。原來她說那些話是因爲，她以爲他在胡特斯餐廳裡的時候一直在盯著那些女服務生。老實說，也許是吧。

「我跟她共事了一輩了，不希望任何人像那樣評論她，而且我現在也不想討論這些，」他說著點燃一根菸，在陽光下瞇眼看著一群穿著野戰服的學員經過前面的道路，朝著停車場的一輛休旅車走去，也許是要到好萊塢警局訓練中心去參觀炸彈拆除小組的示範演練。

看來他們早就排定了今天的參觀行程，去看RemoteTec公司製造的機器人艾迪表演，看它在牽引履帶上移動，發出螃蟹爬行似的聲音，走下拖車的斜梯，身上連著條光纖電纜，賣弄著，炸彈拆除機器狗邦基、坐在大消防車上的救火隊、那些穿著炸彈搜索裝、滿手炸藥、引爆線和炸彈阻斷器的傢伙也賣弄著，說不定會表演一場汽車爆炸秀。

馬里諾也想去，他受夠了老是被遺忘。

「對不起，」莉芭說，「我不是故意要說那些對她失禮的話。我只是說我的一些男同事——」

「我想請妳逮捕一個人，」他打斷她，看了下手錶，不想聽她把在胡特斯餐廳說的那些重複一遍，或許是不想面對他自己也是其中之一的事實。

他和那些人沒兩樣。

速悅。莉芭遲早會發現的，那該死的藥害了他。

「大約半小時後出發，如果妳能延後到洗衣店去的話，」他說。

「笨蛋，是乾洗店，」她語氣裡的敵意不太能服人。她仍然喜歡他。

馬里諾用行動電話聯絡露西，邊對莉芭說，「我有個主意，不確定能成功，就看咱們的運氣了。」

露西回電，說她現在不能講電話。

「這事很重要，」馬里諾說，望著莉芭，想起他們在西嶼共度的那個週末，那時他還沒開始服用速悅。「只要給我兩分鐘。」

他聽見露西正和某人談話，說她必須接一下電話，很快就結束。一個男性的聲音說沒關係。馬里諾聽見露西走動的聲響。他看著莉芭，想起他們曾經在假日旅館的天堂酒吧喝摩根船長蘭姆酒喝到掛，在那裡欣賞夕陽美景，在浴缸裡泡熱水直到深夜，那時他還沒服用速悅。

「你在嗎？」露西問他。

「有沒有可能只用兩支行動電話、一條通訊線、兩個人，進行三方通話？」

「這是門薩（Mensa）智商測試的題目嗎？」

「我想讓它看起來像是我在辦公室裡和妳用普通電話談話，但實際上我用的是行動電話。哈囉？妳在嗎？」

「你懷疑有人用和ＰＢＸ交換系統連結的多線路電話監聽你的通話內容？」

「沒錯，監聽我辦公室的電話，」他看見莉芭看著他，留意著她是否有驚訝的反應。

「我就是這意思。是誰？」露西說。

「我會查個究竟，不過我已經相當確定了。」

「除非這人知道管理者密碼才有可能這麼做，但密碼只有我知道。」

「我想一定是有人取得了密碼。倘若如此，很多事情都解釋得通了。我剛才說的辦得到嗎？」他又問她。「我可不可以用辦公室電話打給妳，然後轉到行動電話和妳說話，但是不把辦公室電話掛上，讓它看來像是我還在通話，其實並沒有？」

「可以，」她說，「不過現在不行。」

賽爾芙醫生按下電話上的閃動鈕。

「下一位來電觀眾——他已經等了好幾分鐘了，而且他有個非常特別的暱名。Hog？抱歉讓你久等。你還在嗎？」

「我在，女士，」攝影棚內響起輕柔的聲音。

「你上線了，」她說，「Hog？先談一下你的暱名吧，相信大家都很好奇。」

「別人都是這麼叫我的。」

一陣沉默。賽爾芙醫生立刻填補了空白，節目中可不允許出現冷場。

「總之，Hog。你的故事相當驚人。你說你從事草坪維護工作，在某個地區發現某戶人家的院子裡有柑橘樹潰瘍病……」

「不對。事情不是這樣的……」

賽爾芙醫生有些惱怒。Hog沒有按照劇本走。上週二下午他打電話到她家裡，她假裝成別人接聽，他明明說他在好萊塢一個老婦人家的院子裡發現潰瘍病，只有一棵柑橘樹感染，結果她院子裡，甚至左鄰右舍院子裡的所有柑橘樹，都必須砍掉。當他把這問題告訴那株染病果樹的主人，也就是那位老婦人時，她竟然威脅說要是Hog將這事通報給農業部，她就自殺，她說她要用她死去丈夫留下的霰彈槍自殺。

那些果樹是老婦人的丈夫在他們剛結婚時種下的。如今他死了，那些樹是她僅有的回憶，唯一還活著的紀念物，砍掉它們就等於摧毀她生命中的珍貴片段，任何人都沒資格這麼做。

「那些樹一旦被拔除，她也就不得不承認她已經失去丈夫的事實，」賽爾芙醫生向觀眾解釋著說，「這麼一來，她覺得世界上再也沒有可賴以存活的東西。因此她想尋死。這對你來說眞是兩難之境，對嗎，Hog？扮演上帝的角色，」她對著電話擴音器說。

「我沒有扮演上帝，我只是遵照上帝的指示去做。我不是在演戲。」

賽爾芙醫生有點困惑，但仍繼續說，「對你來說可眞是艱難的抉擇。後來你選擇遵守政府的法令，或者聽從自己的良心？」

「我在那些樹上噴了帶狀紅漆，」他說，「她已經死了。本來妳是下一個，但是時間太倉促。」

58

他們坐在廚房窗口的桌前，窗外就是那條細狹沉鬱的運河。

「警方剛接手這案子時，」弗雷德．昆西說，「他們的確帶走了幾樣可以用來取得她們DNA的東西，梳子，牙刷，我忘了還有什麼。我一直不知道他們是怎麼處理那些物品的。」

「也許他們根本就沒進行化驗，」露西說，邊想著剛才她和馬里諾的對話。「也許東西還放在他們的證物室。我們可以向他們要，越快越好。」

想到很可能有人取得了她的系統管理密碼，她就覺得不可思議。太可怕了，一定是馬里諾弄錯了。她不停的想著這事。

「對他們來說這案子顯然不是最急迫的。他們始終認爲她們只是出遠門去了。找不到一絲暴力跡象，」弗雷德說，「他們說應該會有掙扎痕跡，或者有人看見什麼。那時候是上午九點左右，來往的人很多，而且我母親那輛休旅車也開走了。」

「我聽說她的車還在，是一輛奧迪。」

「不在了。再說她的車也不是奧迪，我的才是。一定是事發後我趕到那裡找她們，有人看見我的車子。我母親有一輛雪佛蘭開拓者。她以前常常自己載貨。事情往往混淆不清。我打了一整天電話沒人接，就趕到商店去察看。我母親的皮包和車子不見了，她和我妹妹也已經不見人影。」

「可有跡象顯示她們到過店裡？」

「沒有任何電器開著，打烊告示牌也掛在門外。」

「有沒有東西遺失？」

「據我所知沒有，沒有明顯察覺到。收銀機是空的，但這不代表什麼。就算她把前一天的錢留在裡面，數目也不會太多。你們突然想要她的ＤＮＡ，必定是有新的進展吧。」

「我會通知你的，」露西說，「也許有一點頭緒了。」

「現在不能說嗎？」

「我保證一定會讓你知道。你開車到店裡找她們的時候，第一個念頭是什麼？」

「要聽眞話嗎？當時我想，也許她們根本沒到店裡去，直接開著車遠走天涯了。」

「你爲什麼會這麼想？」

「她們的問題不少，財務狀況時好時壞，加上個人問題。我父親的庭園景觀事業原本做得非常成功。」

「在棕櫚灘。」

「那是總部。他在其他地方還有很多溫室和樹林農場，包括這附近。後來，到了八〇年代中期，柑橘潰瘍病把他害慘了。他種的柑橘樹必須全部銷毀，因此他不得不解散所有員工，幾乎要宣告破產。這對我母親來說是一大煎熬。後來他站穩了腳步，甚至比之前更成功，這對母親又是一大考驗。我不太確定是不是該告訴妳這些。」

「弗雷德，我只是想幫忙。要是你不肯和我談，我恐怕也辦不到。」

「我就從海倫十二歲那年說起吧，」他說，「那年我正開始大學新鮮人生涯。我比她年長，海倫到我父親的弟弟和他妻子家住了大約半年。」

「爲什麼？」

「很遺憾，那麼漂亮、有才氣的女孩。才十六歲就進了哈佛，但是不到一學期就休學，大鬧了一陣，然後回家了。」

「什麼時候？」

「就在她和母親失蹤前一年的秋天。她在哈佛只待到十一月。」

「就在她和你母親失蹤前八個月？」

「沒錯，海倫沒有得到妥善的照顧。」

他停頓了一下，似乎猶豫著是否該繼續說，然後，「好吧。我母親不算是個情緒穩定的人。也許妳已經猜到了，她對聖誕節的執迷，從我有記憶以來她的瘋狂行爲一直沒中斷過。但是海倫十二歲那年情況尤其嚴重，我母親做了許多不理性的事。」

「她找過當地的精神醫師嗎？」

「能花的錢都花了，還是個名醫呢。當時她住在棕櫚灘，賽爾芙醫生。她建議母親住院治療。就因爲這樣海倫必須去和我叔叔和嬸嬸住。我母親住院了，父親又正忙於事業，不想獨力照顧一個十二歲的孩子。後來母親回家了，接著海倫也回家，但是兩個人都變得，該怎麼說，不一樣了。」

「海倫有沒有看精神醫師？」

「當時沒有，」弗雷德說，「那時候的她只是有點怪，不像母親那麼不穩定，但有些怪異。她念中學時表現得很好，非常好，進了哈佛以後就突然變了個人，在當地一家殯儀社被人發現，連自己是誰都不知道。偏偏就在這時，我父親死了。母親的病情從此一蹶不振，她常在週末到處跑，不讓我知道她去了哪裡，把我急死了。當時眞是不堪。」

「所以警方認爲她情緒不穩，經常搞失蹤，大概帶著海倫離家了。」

「連我自己都這麼想。一直到現在，我仍然覺得我母親和妹妹是在別的地方生活。」

「你父親是怎麼死的？」

「在珍藏書書房裡跌下梯子。我們在棕櫚灘的家是三層樓房，到處鋪著大理石和石磚。」

「當時他一個人在家？」

「是海倫在一樓樓梯底下發現他的。」

「屋子裡除了她還有別人嗎？」

「還有她的男友吧，好像。我不認識他。」

「這是什麼時候的事？」

「她和母親失蹤之前幾個月。那時候海倫十七歲，非常早熟。老實說，從哈佛回來以後，她變得完全無法管束。我時常在想，那會不會是對我父親、叔叔，我父親那邊的親人的一種反抗。他們非常篤信宗教，老是基督這個，基督那個的，在教會裡很活躍。擔任執事、主日課的導讀教師，老是熱心的替別人做見證。」

「你和海倫的任何一位男友見過面嗎？」

「沒有。她時常到處跑，有時候好幾天不見人影，只會製造麻煩。非必要時我盡量不回家。母親的聖誕節狂熱是個大笑話，我們家根本沒有聖誕節，氣氛惡劣透了。」

他離開餐桌。「介意我喝杯啤酒嗎？」

「請便。」

他拿出一瓶麥格啤酒，扭開瓶蓋。他關了冰箱，坐回桌前。

「令妹住過醫院嗎？」露西問。

「和母親同一家醫院。哈佛休學後在那裡待了一個月。我常戲稱那裡是麥克連俱樂部，有錢人住的醫院。」

「麻塞諸塞州的麥克連醫院？」

「是啊，妳沒做筆記？不曉得妳怎麼記得了這麼多。」

露西撥弄著手上的筆，藏在她口袋裡的小錄音機正開著。

「我們需要你母親和妹妹的ＤＮＡ，」她說。

「我不知道現在有什麼辦法可以取得，只能向警察局要了。」

「你的也可以，至親的ＤＮＡ非常相近，」露西說。

59

史卡佩塔望著窗外雪白寒冷的街道。就快三點了，她這一整天幾乎都在打電話。「什麼樣的篩選方式？你們應該有特定方法可以決定哪些人可以上線吧，」她說。

「當然有。製作人之一會先和那些人談話，確認他們沒瘋。」這樣的措辭對一個精神醫師而言相當罕見。

「拿這次來說吧，我事先和那個做除草工作的人談過。說來話長，」賽爾芙醫生口氣很急。

「妳第一次和他談話的時候，他說他的名字是Hog？」

「我沒想太多，很多人取了奇奇怪怪的暱名。我只是想知道，最近有沒有一個老婦人突然死了，自殺死的？這妳應該知道，不是嗎？他威脅說要殺我。」

「死掉的老婦人太多了，」史卡佩塔答得閃爍。「能不能說清楚點？他到底是怎麼說的？」

賽爾芙醫生敘述了那名老婦人院子裡得了潰瘍病的柑橘樹，她失去丈夫的悲傷，她威脅說要是那個除草的人——Hog——砍掉她的果樹，就要用她丈夫留下來的霰彈槍自殺。這時班頓端著兩杯咖啡走進起居室，史卡佩塔按下電話的擴音鍵。

「然後他威脅說要殺我，」賽爾芙醫生說，「說他本來要殺我，可是改變了主意。」

「我旁邊有個人很有興趣知道這事，」史卡佩塔說，然後介紹了班頓。「請把妳剛才告訴我的對他說一遍。」

班頓在沙發上坐下的同時，賽爾芙醫生回答說，她不懂一個麻塞諸塞州的病理心理專家爲什麼會對一樁也許是發生在佛羅里達的自殺案感興趣。不過他對於有人威脅她的生命一事或許能提供不錯的見解，如果有機會，她希望能邀他上節目。什麼樣的人會用這種方式威脅她呢？她是否有生命危險？

「妳節目的電話系統有來電號碼顯示功能吧？」班頓問，「可以把他們的電話號碼儲存起來，即使是暫時的？」

「我想應該有吧。」

「我想請妳立刻把它找出來，」他說，「我們會試著查出他是在哪個地區打的電話。」

「可以確定的是，我們不接受沒顯示來電號碼的電話，對方必須選擇可以顯示來電號碼功能的電話。有一次我在電台節目中接到一個精神異常女性的電話，威脅要殺我，這種事發生已經不只一次了。她的電話就沒有顯示來電號碼，什麼都沒有。」

「那麼，想必妳一定保存了所有來電者的電話號碼，」班頓說，「我想請妳把今天下午所有來電觀眾的電話號碼列印出來給我。妳第一次和這個除草人員談話的情形如何？妳剛才提到之前曾經和他在電話中談過。那是在什麼時候？是不是當地電話？那次妳有沒有儲存他的電話號碼？」

「週二傍晚。我的電話沒有來電顯示功能，我那支電話沒有登記，電話簿上查不到，不需要這種功能。」

「他報上了名字？」

「他自稱是Hog。」

「他打到妳家裡？」

「我的私人辦公室，我在住處後方的辦公室接見病患。基本上那是一棟附有庭院和游泳池的小旅舍式的房子。」

「他怎麼知道妳的電話號碼？」

「你這麼一提，老實說我也不明白。當然，我的同事、工作上往來的人，還有我的病患都知道我的號碼。」

「這個人有沒有可能是妳的病患？」

「我不認得他的聲音，也想不起我看過的病患當中有誰可能是他。我知道這事不單純，」她突然強硬起來。「我想我有權利了解得更深入些。話說回來，你還沒回答我，是不是有老婦人因爲柑橘樹得了潰瘍病，而用霰彈槍自殺的案子？」

「沒有這種案子。」說話的是史卡佩塔。「不過最近有個案子，和妳所描述的情節很雷同，一個老婦人，她的樹木被畫了砍除記號。槍擊死亡案件。」

「老天。是在週二傍晚六點過後發生的嗎？」

「可能是在那之前，」史卡佩塔說。她能理解賽爾芙醫生爲什麼這麼問。

「這樣我就放心了。這麼說來那個除草工人，Hog，打電話給我的時候，她已經死了。他大約是六點五分或十分打的，要求上我的節目，然後把那個鬧自殺的老婦人的故事告訴我。我不希望她的死和他要求上我節目的事有任何關聯。」

班頓向史卡佩塔使了個眼色，意思像是說，好個自戀、缺乏同情心的女人，然後對著擴音器說，「目前我們正在做進一步調查，賽爾芙醫生。還有，希望妳能多提供一點關於大衛．勒克的訊息給我們。妳開了利他林處方藥給他。」

「你的意思是說他也發生了不幸？我知道他失蹤了。有新發現？」

「我們有理由加以關注，」史卡佩塔重複以前說過的。「我們有理由對這個男孩、他弟弟和那對和他們住在一起的姐妹付出極大關注。妳替大衛看病有多久了？」

「從今年夏天開始。他第一次來見我是在七月，或是六月底。他們的雙親在一場意外中喪生，他經常哭鬧，無法適應學校生活。他和他弟弟都是在家自學的。」

「他多久來見妳一次？」班頓問。

「通常是每週一次。」

「都是誰帶他去的？」

「有時是克莉絲汀，有時是伊芙，她們偶爾也會一起帶著他來，這時我會讓她們一起加入諮詢。」

「是誰把大衛介紹給妳的？」問話的是史卡佩塔。「爲什麼他會找上妳？」

「問得好。克莉絲汀打電話到我節目。顯然她常聽我的節目，想到用這種方式和我接觸。她打電話到我的電台節目，說她正在照顧一個南非男孩，這孩子不久前失去雙親，非常需要協助，等等的。這故事太令人感傷了，我當場答應和他見面。妳一定很難想像在那之後我收到多少聽眾的信件。直到現在還陸續有人寄來，想知道那個南非小孤兒過得好不好。」

「妳有沒有那集節目的帶子？」班頓問，「錄音拷貝？」

「我們什麼帶子都有。」

「妳什麼時候可以給我一份錄音帶，還有妳今天的電視節目帶？很遺憾我們被雪絆住了，至少目前是如此。可以做的我們在這裡盡力去做，但還是相當有限。」

「是啊，我聽說你們那裡正在刮風下雪，但願可別停電才好，」她說，彷彿剛結束半小時極其愉快的談話。「我馬上打電話給我的製作人，請他用電子郵件寄給你，他或許會順便和你談上節目的事。」

「還有扣應觀衆的電話號碼清單，」班頓提醒她。

「賽爾芙醫生？」史卡佩塔面帶憂色望著窗外。

雪又開始落下。

「東尼呢？大衛的弟弟？」

「他們經常吵架。」

「他也是妳的病人嗎？」

「我沒見過他，」她說。

「妳說妳認識伊芙和克莉絲汀，她們當中是不是有一個患有飲食失調症？」

「我不負責替她們看病，她們不是我的病患。」

「我相信妳光從外表就可以看得出來。其中有一個長期靠紅蘿蔔節食。」

「從外觀來判斷，是克莉絲汀，」她回答。

史卡佩塔看一眼班頓。當她發現硬腦膜現象之後立刻要學會的DNA化驗室聯絡蘇拉許警探。本地那名女性死者的DNA和史卡佩塔從克莉絲汀和伊芙家中一件女衫上的泛黃汗漬採得的DNA完全相符。波士頓停屍間裡的女受害人極可能就是克莉絲汀，但是史卡佩塔不想把這消息告訴賽爾芙醫生，因爲她說不定會在節目中提起這案子。

班頓從沙發上站起，在爐火中添了根木柴，史卡佩塔掛上電話。她凝望著雪花。班頓家大門前的燈光下，雪片簌簌的墜落。

「不能再喝咖啡了，」班頓說，「我不太舒服。」

「除了下雪，這裡還有別的嗎？」

「主要街道或許已經開始鏟雪了，這裡清雪的速度快得驚人。我想那兩個孩子應該和這案子沒什麼關聯。」

「他們和這案子有關，」她說著走到爐火前，在地板上坐下。「他們不見了。如今克莉絲汀似乎是死了，也許他們全都已經死了。」

60

馬里諾打電話給喬，莉芭則靜靜坐在一旁，出神看著犯罪現場模擬劇的劇本。

「我有幾件事情想找你談，」馬里諾對喬說，「出了點問題。」

「什麼樣的問題？」他謹慎的問。

「我必須親口告訴你，但是我得先回辦公室去接幾通電話，處理一些事情。等一下你會在哪裡？」

「一一二號房。」

「你已經在那裡了嗎？」

「正走過去。」

「我猜猜看，」馬里諾說，「你又在安排偷我點子的犯罪模擬劇了是吧？」

「如果這就是你想找我談的……」

「不是的，」馬里諾說，「比這嚴重多了。」

「你真厲害，」莉芭放下模擬劇檔案夾，對馬里諾說，「真的很棒，太巧妙了，彼德。」

「我們必須在五分鐘之內完成，給他一點時間回辦公室，」這會兒他又忙著和露西通電話。

「開始吧，我該怎麼做？」

「你先掛上電話，我也一樣。然後你回辦公室，按下桌上電話的三方通話鍵，並且撥我的行動電話號碼。等我接聽，再按一次三方通話鍵，再撥你自己的行動電話號碼。然後你可以把桌上電話掛上或者把話筒拿下。如果有人監聽我們通話，他會以爲你用的是辦公室電話。」

馬里諾等了幾分鐘，然後照著她說的步驟執行。他和莉芭走出大樓，邊用行動電話和露西說話。非常認眞的談話，他眞希望喬正在聽。到目前爲止運氣不錯。通話品質相當好。她的聲音清楚得好像人就在隔壁房間。

他們聊著新機車，聊著各種話題，在這同時馬里諾和莉芭繼續漫步。

終點站汽車旅館是一間用兩輛車合併起來的改良式活動房屋，分隔成三個房間，是他們表演犯罪諷刺劇的舞台，每個房間都有獨立房門和編號。一一二號房在中間，馬里諾注意到它前面窗口的窗簾拉上了，裡面傳出空調運轉的聲音。他試著轉動門把，上了鎖。他用穿著哈雷皮靴的大腳猛力踹門，廉價的門板彈開，砰的撞上牆壁。喬坐在桌前，戴著耳機，一台錄音機連著電話。他先是驚愕，接著害怕。馬里諾和莉芭瞪著他。

「知道這裡爲什麼叫終點站嗎？」馬里諾向喬走過去，毫不費力的將他從椅子上一把抓起。「因爲你就要去跟卡斯特將軍（譯註：George Custer，美國南北戰爭時聯邦軍將領，以對蘇族人的無情討伐而受到爭議）作伴了。」

「放開我！」喬大叫。

他兩腳離了地。馬里諾雙手挾住他的肢胳窩，兩人的臉幾乎碰在一起。馬里諾將他架在牆上。

「放開我！你弄痛我了！」

馬里諾把他放下，他嘩的跌坐在地板上。

「你知道她爲什麼在這裡吧？」他指著莉芭說，「來逮捕你這龜孫子。」

「我又沒犯法！」

「竄改記錄，重大竊盜，或許再加上謀殺，因爲你顯然偷了一把槍，而這把槍剛轟掉一名婦人的腦袋。噢，再加上詐欺，」馬里諾條列著清單，毫不在意這些罪名是否眞的成立。

「我沒有！我不知道你在說什麼！」

「別吼，我沒聾。瓦格納警探，妳可以當證人，對吧？」

她點點頭，臉色鐵青，馬里諾從沒看過她如此害怕。

「妳看見我動他了嗎？」他問她。

「沒有，」她說。

喬害怕極了，眼看就要尿濕褲子。

「要不要告訴我們，你爲什麼偷那把霰彈槍，把它給了誰或者賣給誰？」馬里諾抓過椅子，倒轉過來反向坐下，粗厚的手臂架在椅背上。「或者是你朝老婦人頭上開的槍。也許你活在犯罪模擬劇的世界裡，只不過這劇本不是我寫的，一定是你從別人那兒偷來的點子。」

「什麼老婦人？我沒殺人，我沒偷霰彈槍。什麼霰彈槍？」

「去年六月二十八日下午三點一刻你從槍械庫借走的那把，你剛剛才更新了電腦檔案的那把，還竄改了記錄。」

喬張大嘴巴，圓瞪著眼睛。

馬里諾從褲子後口袋抽出一張紙，打開來交給他。是一張槍械出借記錄的拷貝，上面顯示喬借了那把莫斯伯格霰彈槍，再把它歸還。

喬盯著那張影本，兩手抖個不停。

他說，「我發誓不是我拿的，我記得很清楚。當時我正在用模型假人做進一步實驗，拿這把槍做了一次射擊測試。然後我到化驗室廚房去，我想應該是去察看我剛製作的一些明膠模型，用來在墜機演練中充當乘客的。你記不記得露西駕著大直升機從空中拋下一截機身，讓學員們……」

「說重點！」

「我回來時，發現那把霰彈槍不見了，我以爲文斯把它收回槍械庫了。那時候時間已經很晚了，也許他希望趕快回家，所以急著把槍收回去。我還記得當時我很氣，因爲我還想多做幾次射擊測試。」

「難怪你必須偷我的犯罪模擬劇點子，」馬里諾說，「你眞的很不會編故事。再編吧。」

「我說的是眞的。」

「要不要她替你戴上手銬拖走？」馬里諾說著用拇指朝莉芭指了指。

「你不能證明什麼。」

「我能證明你犯了詐欺罪，」馬里諾說，「想不想談談你當初應徵研究員時僞造的那些推薦信？」

他突然無語，然後他迅速回復鎭靜，又是一副自作聰明的模樣。

「拿出證據來，」他說。

「每一封信都用了有著相同浮水印的信紙。」

「這又能證明什麼。」

喬站起，揉著下背部。

「我要告你，」他說。

「很好。那麼我乾脆讓你痛個過癮，」馬里諾搓著拳頭說，「把你的脖子扭斷。妳沒看見我碰他一下，對吧，瓦格納警探？」

「我什麼都沒看見，」她說。接著她又說，「如果你沒偷走那把霰彈槍，那麼會是誰拿的？那天下午，槍械實驗室裡除了你還有誰？」

他想了一分鐘，露出異樣的眼神。

「沒人，」他說。

61

控制室中的警衛一天二十四小時監控著有自殺傾向的牢犯。

他們監視著巴吉爾．詹烈特。看著他睡覺、淋浴、吃飯，看著他蹲不鏽鋼馬桶，看著他在狹窄鐵床上的被子底下翻身，對著閉路監視系統螢幕發洩性壓力。

他想像他們正在嘲笑他，想像他們在控制室裡看著螢幕上的他時會說些什麼。他們會把他當笑話向其他警衛談起。從他們每次送飯來給他或放他出去運動、打電話時臉上似笑非笑的表情就知道了。有時候他們還會評斷兩句。有時候當他正在紓解性壓力，他們正好出現在牢房外面，發出怪聲，狂笑，砰砰敲著牢房門。

巴吉爾坐在床上，抬頭看著高懸在對面牆上的攝影機。他翻著這一期的《野營與垂釣》月刊，回想著第一次和班頓．衛斯禮見面時犯了一個錯誤，誠實回答了他的一個問題。

你可曾想過要傷害自己或別人？

我已經傷害過別人了，所以應該是想過吧，巴吉爾說。

都是些什麼樣的念頭呢，巴吉爾？能不能描述一下，你想傷害別人和自己的時候腦中的影像？

我想著以前我做的那些事。看見一個女人，起了衝動。把她弄進我的警車，掏出我的槍，甚至警徽，對她說我要逮捕她，要是她抗拒逮捕，甚至去碰車門，我別無選擇，只好給她一槍。但是她們都很合作。

沒有一個反抗你。

只有最後那兩個。都是因爲車子拋錨。眞蠢。

除了最後這兩個，以前那些人，她們相不相信你是警察，而且要逮捕她們？

她們相信我是警察。但是她們知道那是怎麼回事。我要她們知道：我硬了，我會讓她們看我眞的硬了，讓她們把手放在上面。她們非死不可了。眞蠢。

什麼眞蠢，巴吉爾？

眞蠢，這話我說過好幾百次。你早就聽過了，不是嗎？妳要我現在就在車子裡給妳一槍，還是把妳帶到別的地方去，慢慢的折騰妳？妳寧可要我把妳帶到某個秘密地點，然後把妳綑綁起來？

你都怎麼綑綁她們，巴吉爾？都用同樣的方式嗎？

是啊。我有個非常妙的方法，別人絕對學不來的，是我開始進行逮捕行動的時候發明的。

你所謂的逮捕，意思就是綁架那些女人，再對她們施暴。

一開始是這樣，沒錯。

巴吉爾微笑坐在床上，回想著將衣架鐵線纏繞在她們的腳踝和手腕上，然後用繩子穿過去，好將她們吊起來時的那股悸動。

她們是我的玩偶，在那第一次談話中他這麼向衛斯禮博士解釋著，心想不知道他會有什麼反應。

無論巴吉爾說什麼，衛斯禮博士始終篤定的注視著他，聆聽著，臉上看不出一絲情緒波動。也許他什麼感覺都沒有，也許他和巴吉爾一樣。

是這樣的，在我那個隱密地點，有裸露的木椽，天花板很低，尤其是後面房間的天花板。我把繩子繞過木椽，這樣我就可以任意控制繩子的鬆緊，把拴在她們身上的繩子加長或縮短。

她們始終沒有抗拒，即使當她們明白會有什麼下場的時候，當你把她們帶到那個地方去的時候？那是什麼？一間房子？

我不記得了。

她們沒有反抗嗎，巴吉爾？你用這麼複雜的方式綑綁她們，同時還得拿槍指著她們，很不容易吧？

我常常幻想有人在一旁觀看。巴吉爾沒回答他的問題。等事情結束後就性交。在那張舊床墊上和那個人連續性交幾個小時不停。

跟死掉的人，還是其他人性交？

我沒那種習慣，我不做那種事，我喜歡聽聲音。我的意思是，必須痛死她們才過癮，有時候她們的肩膀甚至會脫臼呢。這時我就讓她們進浴室去處理一下。這是我最討厭的部分，必須清理馬桶。

她們的眼睛呢，巴吉爾？

嗯，我想想看。我不是故意打雙關語。

衛斯禮沒有大笑，這讓巴吉爾有點懊惱。

我會讓她們吊著繩子，直旋轉到氣結為止，不是故意打雙關語。你從來不笑的嗎？拜託，你不覺得滿好笑的嗎？

我在聽你說話，巴吉爾，我在專心聽你說的每句話。

至少這還不錯。他的確是。衛斯禮博士很用心的聽，認為他所說的一字一句都無比重要，認爲巴吉爾是他訪談過的人當中最有趣、最有創造力的。

等到我要跟她們性交的時候，他繼續說，也就是我要處置她們眼睛的時候。你知道的，要是我的陰莖尺寸像樣點，就沒必要這麼做了。

你弄瞎她們的時候，她們是有知覺的。

要是我能給她們灌一點毒氣，等她們昏過去才動手，我會這麼做的。我不怎麼欣賞她們拚命尖叫掙扎的樣子。可是我總得讓她們瞎了才能和她們性交。我也向她們解釋過了。我說，我眞的很抱歉必須這樣對妳們。我會盡量快一點，痛一下就過去了。

不是很好笑嗎？痛一下就過去了。每次有人對我說這種話，我就知道一定痛得快沒命。然後我會告訴她們，我要替她們鬆綁，和她們性交。我說要是她們企圖逃跑或者做什麼蠢事，我將會變本加厲的對她們。就這樣。我們性交。

這過程持續多久？

你是說性交？

你讓她們活著然後和她們性交的過程，持續多久？

不一定。如果我喜歡和她們性交，也許會把她們留個幾天。我想最久的大概是十天吧。不過情況不太好，因爲她感染得非常嚴重，噁心死了。

你還對她們做了什麼嗎？除了把她們弄瞎和性交之外？做實驗，一些實驗。

你可曾折磨她們？

只是把眼睛挖出來……巴吉爾回答，但立刻後悔說了這話。

訪談已經進入另一新的階段。衛斯禮博士開始把重點放在，巴吉爾能否分辨是非，以及能否體認自己加在別人身上的痛苦。如果他明白何謂折磨，顯然當時他這麼做的時候，以及事後回想時，都非常清楚自己在做什麼。衛斯禮博士的說法不太一樣，但他就是這個用意。這跟甘斯維爾監獄那些心理醫生想試探他是否適合上法庭受審時的問法是一個調子。他不該讓他們知道他能勝任，那也是蠢事一樁。跟監獄比起來，病理心理醫院簡直是五星級飯店，尤其對一個死刑犯來說，在監獄裡你就只能蹲在窄小封閉的牢房裡，穿著藍白條紋長褲和橘色T恤，感覺自己和小丑沒兩樣。

巴吉爾離開不鏽鋼床，伸展著肢體，假裝毫不在意牆上的攝影機。他實在不該承認有時候他會幻想自殺，他喜歡的方式是割腕，看著自己的血慢慢滴下，滴下，看著地上的血窪，因爲那會讓他想起他和那些女人的愉快經驗。到底有幾個？他也不記得了。也許有八個。他告訴衛斯禮博士有八個，還是十個？

他又伸了伸懶腰。他上了廁所，然後回到床上。他打開最新一期的《野營與垂釣》雜誌，翻到第五十二頁。這篇文章描寫的是獵者第一次使用點二二口徑獵槍，在密蘇里狩獵野兔和負鼠及釣魚的愉快經歷。

這第五十二頁的紙是假的。原來的第五十二頁被撕下，經過電腦掃描。然後用相同的字體和編輯形式，在雜誌內容裡嵌進了一封信。然後，這張變造過的第五十二頁列印紙被小心翼翼裝訂回去，看來像是一篇普通的打獵釣魚文章，其實是寫給巴吉爾的秘密信件。

警衛們不會在意牢犯們收到釣魚雜誌，甚至不會有興趣翻閱這些雜誌。沒人會對這種和性與暴力無關的無聊雜誌感興趣。

巴吉爾鑽進被子裡，翻身朝左側斜躺著，背對著攝影機，就像每次他需要發洩性壓力時的姿勢。他伸手從薄床墊底下抽出一些白色棉質的長布條，這是過去一星期他從兩條平口內褲慢慢撕扯下來的。

他躲在被子底下開始用牙齒撕咬，扯下，這些布條緊緊連結成一條六呎長的繩索，剩下的布料還足夠撕成兩條長布條。他用牙齒咬著，撕扯著，發出喘息聲，輕輕搖晃著身體，假裝正在紓解性慾，他撕下一長條布料，把它接上繩索，然後他撕扯著最後一條棉布。

62

在學會的電腦中心，露西坐在三個大型視訊螢幕前，讀著她還原到伺服器裡的電子郵件。目前她和馬里諾查出的部分是，喬·亞默斯在擔任研究員以前，就曾經和一個電視製作人聯繫。那個製作人聲稱，他很有興趣替有線電視網製作另一個法醫節目。將來節目若真的播出，他答應給喬每集五千元酬勞。很顯然，從一月下旬起，喬就開始靈感不斷。而露西由於試飛新直升機突然不舒服，急衝進洗手間而把她的Treo智慧型手機遺忘在飛機上的這件事，也正發生在那期間。起初他還相當含蓄，只是抄襲一些犯罪模擬劇點子。後來他越來越大膽，毫不避諱的進入露西的檔案，任意竊取資料。

露西又還原另一封郵件，這封信的日期是一年前的二月十日。寄信人是去年夏天的實習生珍·漢彌敦。她被針頭扎傷，聲稱要控告學會。

親愛的亞默斯醫生：

前幾天晚上我在賽爾芙醫生的節目中聽見你的談話，對於你所說的關於全美法醫學會的事十分著迷，似乎是相當有趣的地方。順便恭喜你得到研究獎學金，你真是太厲害了。不知道你是否能為我安排在今年夏天到那裡實習。我正在哈佛攻讀核生物學和基因學，未來想當專精DNA研究的病理學家。隨信附上包括我的照片和其他個人資料的檔案。

珍·漢彌敦

用。

附註：請用這個電子郵箱聯絡我。我在哈佛的信箱設有防火牆，除非我在學校否則無法使

「可惡，」馬里諾說，「眞要命，」他說。

露西還原更多郵件，開啓了幾十封，發現這些信越來越私密，甚至親密，然後逐漸變成喬和珍兩人之間的猥褻交流，而且一直持續到她在學會擔任實習生的期間，最後是一封他在去年七月初寄給她的信。他在信中鼓勵她在一齣預定以人體農場爲演出舞台的犯罪模擬劇裡頭施展一點創意，還安排她到他辦公室裡嘗試皮下注射，以及其他會讓人有被戳刺感覺的試驗。

露西從來沒看過這齣走了樣的模擬劇的錄影帶，從沒看過任何一齣模擬劇的影片。在這之前，她對這些根本提不起興趣。

「什麼劇名？」她慌亂的問。

「人體農場，」馬里諾說。

她找到這個影像檔，立即開啓。

影片中，一群學員圍繞著死者，露西從未見過如此肥胖的男人。他躺在地上，身穿廉價的灰色套裝，也許是他突發性心臟衰竭發作而倒下時穿的同一套衣服。他的屍體已經開始腐爛，蛆蟲爬滿他的臉。

鏡頭轉向一個漂亮的年輕女人，她在死者外套口袋裡翻找著，然後轉身面對鏡頭，伸出手，叫嚷起來，叫嚷著她戴著手套的手被針扎傷了。

史提薇。

露西試著聯絡班頓。電話沒人接聽。她又打她阿姨的電話，同樣沒有回應。她改撥腦部顯影實驗室，接聽的是蘇珊．連恩醫生。她告訴露西，班頓和史卡佩塔隨時都會進實驗室，他們已經安排好了為一位病患，巴吉爾．詹烈特，進行評估。

「我傳一個影像檔給妳，」露西說，「大約三年前，妳曾經替一個名叫海倫．昆西的年輕女性病患做腦部掃描，我想知道影片中的女人是否就是她。」

「露西，我不該透露的。」

「我非常了解，拜託，這事太重要了。」

轟……轟……轟……

連恩醫生讓肯尼．姜普躺在掃描機上。她自己則坐在結構性ＭＲＩ實驗室當中，整個空間一如平常充滿噪音。

「能請妳查一下資料庫嗎？」連恩醫生對她的助理說，「看我們有沒有替一個叫做海倫．昆西的女人做過掃描。大約三年前？喬西，繼續，」她對ＭＲＩ技術員說，「你接手一下，我馬上回來。」

「沒問題，」他笑著說。

研究助理貝絲在後面工作台的電腦前敲著鍵盤，沒多久就找到海倫．昆西的資料。連恩醫生立刻撥電話給露西。

「有她的照片嗎？」露西問。

嗡嗡嗡。梯度磁場吸取影像的聲音讓她聯想起潛水艇的聲納。

「只有她的腦部照片，我們不替病患拍照。」

「妳看了我剛剛傳給妳的影像檔沒？也許會有幫助。」

露西的口氣充滿挫折、絕望。

答、答、答、答……

「好吧，不過我實在不知道能幫妳什麼，」連恩醫生說。

「也許妳會想起當時她在實驗室的情形？三年前妳已經在那裡工作了，一定是妳或者誰替她做的掃描。那段期間強尼·史威夫特在那裡擔任研究員，他或許也見過她。回想一下吧。」

連恩醫生有些困惑。

「也許是妳替她做的掃描，」露西固執的說，「也許妳三年前見過她，只要看了照片妳說不定就會想起來……」

連恩醫生不會記得的。她見過太多病患了，三年時間並不算短。

「好吧，」她又說。

澎……澎……澎……澎……

她走到一台電腦終端機前，站著登入她的信箱。她打開那個影像檔，連續播放了幾次，看著一個暗金色頭髮、深色眼珠的漂亮年輕女人在一具無比肥碩、臉上沾滿蛆蟲的男性屍體前抬起頭來。

「老天，」連恩醫生說。

影像檔裡的漂亮年輕女人環顧一圈，正視鏡頭，她正眼看著連恩醫生，這個漂亮年輕女人將戴著手套的手伸進那個肥胖男性屍體的灰色外套口袋裡摸索，影片就在這裡停止。連恩醫生再把它重播一遍，突然想起什麼來。

她透過強化玻璃望著肯尼·姜普，只隱約看見在掃描機另一端的他的頭部。身穿深色寬鬆衣服、過大靴子的他看來十分瘦小纖細，有點像遊民，然而暗金色頭髮向後紮成小馬尾的模樣相當俊美。他的眼珠是深色的，連恩醫生越來越明白了。他看起來和影片中的女孩那麼相像，說他們是兄妹甚至雙胞胎也不為過。

「喬西？」連恩醫生說，「要不要做你最愛的ＳＳＤ三維立體成像測試？」

「他嗎？」

「沒錯，馬上進行，」她神情緊繃的說，「貝絲，把海倫·昆西的檔案ＣＤ拿給他，現在就給，」她說。

63

班頓奇怪腦部顯影實驗室外面怎麼停著一輛計程車。一輛藍色休旅計程車，裡頭沒人。也許那就是到「有始有終」葬儀社去接肯尼·姜普來實驗室的計程車，可是它爲什麼會停在這裡，計程車司機呢？在它旁邊是運送巴吉爾到這裡來赴五點鐘約談的白色廂型囚車。他的近況不太好。他說他很想自殺，而且想退出研究計畫。

「我們在他身上投注了那麼多，」走進實驗室時，班頓對史卡佩塔說，「妳不知道當這些人退出的時候情況會有多混亂，尤其是他。可惡。也許妳可以對他起一點影響作用。」

「我盡量，」她說。

小房間門口站著兩名警衛。班頓將要進去勸說巴吉爾別退出「掠食者」計畫，勸他別自殺。這房間是ＭＲＩ掃描室的一部分，以前班頓也曾經在這裡和巴吉爾談話。史卡佩塔被告知那兩名警衛並沒有配槍。

她和班頓走進訪談室，巴吉爾就坐在小桌子前。他沒有戴手銬，連尼龍手銬都沒戴。她對「掠食者」計畫的印象更糟了，心想那絕不可能成功的。

「這位是史卡佩塔醫生，」班頓對巴吉爾說，「她也是研究計畫小組的成員。你介意她加入嗎？」

「歡迎，」巴吉爾說。

他的眼珠似乎轉個不停，非常詭異。那雙眼睛盯著她看時似乎轉個不停。

「說吧，你究竟怎麼了，」班頓說著和史卡佩塔在桌旁坐下。

「你們兩個很親密，」巴吉爾看著她說，「不怪你，」他對班頓說，「我想把自己溺死在馬桶裡，但是你知道最好笑的是什麼嗎？他們根本沒發覺，很離譜吧。他們整天用攝影機監視我，可是我想自殺的時候竟然沒半個人發現。」

他穿著牛仔褲、網球鞋和白色襯衫，沒有繫腰帶，身上沒有飾品。他和史卡佩塔想像中的差太遠了。她以爲他應該相當高大，沒想到這麼矮小，相貌平凡無奇，身形單薄，柔軟稀疏的金髮，不醜，但很普通。她想，當他接近那些受害人的時候，她們的感受或許和她一樣，至少一開始是如此。他是那麼無足輕重，只是一個笑容溫和的男子。他身上唯一的奇特之處就是那雙眼睛。就像現在，非常詭異而且飄忽不定。

「我可以問妳一個問題嗎？」巴吉爾對她說。

「請問，」她並未刻意對他友善。

「如果我在街上遇見妳，要妳上我的車，否則就給妳一槍，妳會怎麼做？」

「讓你給我一槍，」她說，「我絕不會上你的車。」

巴吉爾看著班頓，用手指當手槍朝他砰了一下。「好耶，」他說，「她是個寶。現在幾點了？」

房間裡沒有時鐘。

「五點十一分，」班頓說，「我們得談談你爲什麼會想自殺，巴吉爾。」

兩分鐘後，連恩醫生在電腦螢幕上放映海倫．昆西的三維立體成像。它旁邊是躺在掃描機裡的那個所謂的正常實驗對象的三維立體成像。

肯尼．姜普。

不到一分鐘前，他透過通話器問時間。然後，過了不到一分鐘，他開始變得焦躁，不停發牢騷。

轟-轟-轟……在ＭＲＩ掃描室裡，喬西翻轉著肯尼．姜普蒼白、沒有頭髮和眼睛的頭部影像。這影像在下巴以下呈現粗糙的邊線，樣子就像脖子被截斷，這是因爲線圈的訊息只顯示到那裡。喬西在單一螢幕上不斷翻轉那影像，試圖找出和另一個螢幕上所顯示的海倫．昆西同樣沒有頭髮和眼睛、像是被切斷脖子的頭部掃描影像相同的角度。

「老天，」他說。

「我想出去，」肯尼的聲音從通話器傳出。「現在幾點了？」

「我的天，」喬西對連恩醫生說。他繼續翻轉影像，來回看著兩個螢幕。

「我眞的想出去。」

「再往那裡轉一點，」連恩醫生說，來回注視著兩個螢幕，兩個蒼白、沒有眼珠和頭髮的頭部影像。

「我要出去！」

「有了，」連恩醫生說，「噢，老天。」

「哇！」喬西說。

巴吉爾越來越顯得焦慮，一直望著關閉的房門。他又問現在幾點幾分了。

「五點十七分，」班頓說，「你趕著去哪裡嗎？」他諷刺的加了句。

巴吉爾還能去哪裡？除了牢房他根本無處可去。能來這裡是他的運氣。他不夠格。

巴吉爾從袖管裡抽出什麼來。起初史卡佩塔看不出那是什麼，也不明白怎麼回事。他突然離開椅子，繞到她這一側的桌邊，把那東西圈住她的頸子，又細又長的白色東西繞著她的頸子。

「你敢動一下，我就勒緊這繩子！」巴吉爾說。

她只知道班頓站了起來，朝他叫嚷著。她的心臟狂跳。接著房門打開，巴吉爾拖著她出了房間，她的脈搏怦怦的跳，兩手圍著脖子，而他繼續用那條白色細長的東西緊箍住她的脖子並拉著她走，班頓則是不斷吼叫，警衛也在吼叫。

64

三年前，海倫．昆西在麥克連醫院被診斷出患有分裂人格障礙（譯註：Dissociative Identity Disorder，簡稱ＤＩＤ；舊稱多重人格症Multiple Personality Disorder）。

她或許沒有十五或二十個個別獨立的人格化身，也許只有三、四個或八個吧。班頓繼續解釋著這種由於一個人和自己的原始人格分裂而導致的精神症。

「一種對巨大精神創傷所產生的適應性反應，」班頓說。他和史卡佩塔正開車朝西前往沼澤地。「百分之九十七的患者有遭到性虐待或肉體凌虐或兩者皆有的經驗，而女性罹患ＤＩＤ的人數是男性的九倍，」他說。陽光把擋風玻璃映成白色，儘管戴著墨鏡，史卡佩塔仍在強光下瞇起眼睛。

遙遠的前方，露西駕著直升機在一片荒蕪的柑橘園上方盤旋，那片土地是昆西家族——海倫的叔叔，艾傑．昆西——所有。二十年前，那片果園受到柑橘潰瘍病的侵襲，所有葡萄柚樹全部砍除燒毀。從那時起那片果園便閒置著，雜草叢生，房屋倒塌，變成一項遲早會開發成住宅區的投資。艾傑．昆西仍然健在。一個瘦小的男人，相貌平凡，非常虔誠——根據馬里諾的形容，是個傳道狂。

艾傑否認海倫十二歲時由於母親佛洛莉住進麥克連醫院，而搬去和他們夫妻同住期間曾經發生過任何不尋常的事。艾傑說，事實上他對這個誤入歧途、難以管教、需要被救贖的小女孩相當呵護。

我已經盡力了，已經竭盡我所能，之前馬里諾放了昨天訊問他的錄音帶。

她怎麼知道你那片舊果園，和舊房子？馬里諾問他。

艾傑不想多說，不過他還是說了，他偶爾會帶十二歲的海倫到那片荒廢的舊果園，去檢查一些東西。

什麼東西？

察看它有沒有被人破壞或什麼的。

有什麼好破壞的？十畝被燒毀的枯樹、雜草，加上一棟荒廢的房子？

多檢查總是沒錯，而且我常和她一起禱告。告訴她天主的事。

「他說這些話的方式，」班頓邊開著車說。這時在前方那片仍然屬於艾傑所有的廢棄果園上方，露西的直升機已像羽毛般飄落，準備著地。「顯示他知道自己犯了錯。」

「禽獸，」史卡佩塔說。

「我們也許永遠不會知道，他，或甚至其他人究竟對她做了什麼，」班頓頹喪開著車，下巴緊繃。

他非常憤怒。猜測著種種可能，他難過極了。

「可是太明顯了，」他又說，「她的多重身分，多重化身，顯然是經歷劇烈創痛、在孤獨無助的情況下所產生的適應性反應，這跟經歷過集中營的一些倖存者的情形非常類似。」

「禽獸。」

「一個病態的人，造就了一個病態的年輕女人。」

「不能讓他逃過法律制裁。」

「他恐怕早就逃過去了。」

「希望他下地獄，」史卡佩塔說。

「也許他已經身在地獄。」

「你爲什麼老是替他辯護？」她看他一眼，出神的揉著頸子。

她的頸子瘀青了，仍然很痛。每次她碰觸那裡，便想起巴吉爾用一條自製的白布繩勒住她，讓她血管裡的血液瞬間停止流動，阻斷了輸送到腦部的氧氣。她暈了過去。她沒事。要不是那兩名警衛奮力將巴吉爾架開，結果或許不一樣。

他和海倫已經被妥善安置在巴特勒醫院。巴吉爾不再是班頓「掠食者」計畫的夢幻實驗對象。巴吉爾再也不會出現在麥克連醫院了。

「我沒有替他辯護，只是在說明事實，」班頓說。

他在南二十七號公路靠近CITGO貨車休息站附近的出口減緩車速。他往右開上一條狹窄的泥路，停了車。一條生鏽的鐵鏈橫在前方，路面有許多輪胎痕跡。班頓下了車，把那條厚重的鏽蝕鐵鏈的鉤環解開，往路旁一丟。鏈子發出鏗啷脆響。他把車子開過去，再度停車，下來把鐵環扣回去，讓鐵鏈回復原狀。好奇的媒體還不知道這裡發生了什麼事。一條鐵鏈發揮不了什麼阻擋作用，但也無傷。

「有人說，只要見過一、兩個分裂人格障礙患者的案例，就等於全部見識過了，」他說，「我不同意這說法。不過，就一種極盡複雜奇特的病症來說，它的症狀的確有很大的雷同之處。當一個化身轉換成另一個化身時往往出現戲劇性的變化，每個變化都極具支配性，主宰著一切行爲。表情的變化，體態、走路姿勢和習慣動作的變化，甚至連說話聲調、聲音、表達方式都不一樣，這種精神病症往往被誤認為是魔鬼附身。」

「你認為，海倫的所有化身——珍、史提薇、偽裝成柑橘園巡查員槍殺居民的那個，天知道還有多少個——知道彼此的存在嗎？」

「她在麥克連醫院的期間，縱使研究人員好多次目睹她從一個化身轉變成另一個，她還是否認自己患有多重人格症。她有幻視和幻聽症狀。有時候她的兩個化身就當著心理醫師的面交談起來，然後又回復成海倫．昆西，溫和拘謹的坐在椅子上，好像精神醫生才是有問題的人，竟以為她患了多重人格障礙。」

「我懷疑海倫還會再出現，」史卡佩塔說。

「她和巴吉爾聯手殺死了她母親之後，她就轉變成珍．漢彌敦了。那只是基於需要，而不是化身，凱。別以為珍是獨立人格，妳應該知道我的意思。珍只是一個捏造出來的身分，用來保護海倫、史提薇、Hog和其他化身用的。」

車子顛簸的駛過長滿雜草的泥路，一蓬蓬塵埃揚起，遠方出現一棟頹圮的房屋，雜草樹叢蔓生。

「比喻來說，我懷疑海倫．昆西在她十二歲那年就不存在了，」史卡佩塔說。

露西的直升機停在一小塊空地上，她已經關閉引擎，但螺旋槳仍然在轉動。房子附近停著一輛屍體搬運廂型車、三輛巡邏警車、兩輛學會的休旅車和莉芭的福特LTD。

海風遊樂區距離海邊太遠了，海風根本吹不到，而且也不是什麼遊樂區。這裡連一座游泳池都沒有。在那間空調機發出怪聲、擺著塑膠植物的接待室裡，一個坐在辦公桌前的男人說，長期房客可享有折扣優惠。

他說珍．漢彌敦的生活作息很不規律，經常連著幾天不見人影，尤其是最近，她的穿著有時候相當怪異。一下子性感，突然又變得邋遢。

我的座右銘？求生，也讓別人求生。馬里諾追蹤珍到了這裡時，坐在辦公桌前的男人說。

追蹤她並不難。當她爬出掃描機，警衛把巴吉爾制伏在地板上，眼看大勢已去，她突然縮在牆角哭了起來。她不再是肯尼．姜普，從沒聽過這個人，表示完全聽不懂大家在說什麼，而且也不認識巴吉爾，甚至不知道自己爲什麼會跑到麻省貝蒙特的麥克連醫院來。她對班頓非常有禮而且合作，把她的地址給了他，說她在南灣一家叫流言的餐廳擔任兼職酒保，那家餐廳是一個名叫羅萊爾．史威夫特的大好人開的。

馬里諾在打開的衣櫥前蹲下。衣櫃沒有門，只有一根橫桿吊著許多衣服。髒舊的地毯上堆著許多衣服，折疊得非常整齊。他用戴著手套的手逐一檢查，汗水滴進他的眼睛，房裡的窗型冷氣沒什麼作用。

「一件連帽兜的黑色長外套，」他對賈斯說。賈斯是露西的特殊任務小組成員之一。「好像聽人描述過。」

他把這件衣服交給賈斯。賈斯將它放進一只褐色紙袋，寫上日期、物件名稱和發現的地點。旁邊已經堆了幾十只褐色紙袋了，全部貼了證物封條。基本上，他們幾乎打包了珍房間裡的所有東西。馬里諾在這張要命的搜索令上隨性寫著：把東西堆滿房間和廚房水槽。

他戴著手套的大手繼續篩檢那些衣服，鬆垮的男性衣服，一雙割斷後鞋跟的鞋子，一頂邁阿密海豚隊棒球帽，一件背後印著農業部字樣的白色襯衫，不是佛羅里達農業及消費服務部的全名，而只有農業部，馬里諾猜那些字體是用奇異筆寫的。

「你怎麼沒發現她是女的？」賈斯問他，邊密封著另一只紙袋。

「換做是你，大概也看不出來。」

「姑且相信你，」賈斯說著伸出手，等著下一件證物，一雙黑色長統襪。

賈斯配著槍，身穿制服，因爲露西的特殊任務小組成員一向都是這裝扮，就算毫無必要也一樣，而在這八十五度的天氣裡，嫌疑犯，一個二十歲的女孩，已經被監禁在麻州州立醫院的情況下，或許眞的不需要在海風遊樂區部署四名特殊任務小組探員。但是露西堅持如此，她的探員也這麼堅持。不管馬里諾如何將班頓告訴他有關海倫多重人格化身的訊息仔細地向他們解釋，這些探員總認爲可能還有其他危險人物出沒，也許海倫有共犯，他們說，像是巴吉爾．詹烈特，就是眞實人物。

她的兩名探員坐在靠窗的桌前檢查電腦。這扇窗口對著停車場，桌上還有一台掃描器、一台彩色印表機、好幾包雜誌用紙，和六本釣魚雜誌。

前門廊上的木板條都彎曲變形了，有些已經腐爛，有的地方缺了口，使得這棟位在沼澤地附近的老舊平房底部的沙質土壤裸露了出來。

非常安靜，只有聽來像是颯颯狂風的遠方車流聲，還有鐵鍬沙沙剷著地面的聲響。死亡的腐臭充滿在空氣中，在下午的熱氣中一波波惡臭蒸騰而起，越是靠近坑穴，衝擊越是強烈。探員、警方和鑑識專家已經找到四個人的屍體。根據泥土翻攪和變色的情況看來，應該還有更多。

史卡佩塔和班頓就在大門進去一點的前廳，這裡有一只魚缸和一隻蜷縮在石頭上的巨大死蜘蛛。牆邊靠著一把十二號口徑的莫斯伯格霰彈槍和五盒子彈。史卡佩塔和班頓看著兩個穿戴著套裝領帶和藍色螢光手套的男人揮汗推著載有伊芙・克里斯欽遺骸屍袋的活動擔架，輪子喀啦喀啦的響。他們在門口停了下來。

「你們送她到停屍間以後，」史卡佩塔對他們說，「請再回來這裡幫忙。」

「知道了。我從沒見過這麼糟的，」其中一人對她說。

「這工作可是爲你量身打造的呢，」另一人說。

他們鏗鏗的把腳架折起，把安置伊芙・克里斯欽的擔架移往一輛深藍色廂型車。

「這件事在法庭上會怎麼了結？」其中一人突然停在門前台階下問，「我的意思是，這位女士是自殺死的，既然是自殺，妳怎麼指控凶手犯了謀殺罪？」

「我們等一下再談，」史卡佩塔說。

兩人遲疑著，然後往前走。這時露西從屋子後方走出來，還穿著防護衣和深色眼鏡，不過已經脫下面罩和手套。她走向直升機。喬・亞默斯擔任研究員後不久，正是從這架飛機上拿走了露西遺忘在裡面的Treo行動電話。

「沒有任何證據顯示不是她做的，」史卡佩塔對班頓說，邊打開兩套拋棄式防護衣——分別給她自己和班頓——所謂她，史卡佩塔指的是海倫・昆西。

「也沒有證據顯示是她做的。他們說的沒錯。」班頓凝視著擔架和上面的遺骸，那兩個人再度放下鋁質腳架，以便把車子後門打開。「演變成自殺的謀殺案，加上凶手是分裂人格障礙患者。那些律師有得忙了。」

擔架停放在長著雜草的沙質泥地上，史卡佩塔很擔心它會翻覆。以前就發生過這種事，一只裝著遺體的屍袋掉到地上，極度不妥，極度不敬。她越來越心焦。

「驗屍結果或許會證明她是上吊自殺的，」她看著外面溫熱亮眼的午後陽光和那底下的各種活動，看著露西從直升機尾端拿出什麼來，冰櫃。

她遺忘了Treo手機的同一架飛機。一次小疏忽，竟成了這一切的開端，將所有人引來這罪惡之窟，這毒蟲之穴。

「也許能證明那是她的死亡原因，」史卡佩塔說，「但其餘的部分可就是另一回事了。」其餘的部分是伊芙所受的痛苦和折磨，她赤裸、腫脹的身體被幾條繞在天花板木椽上的繩子緊緊拴住，其中一條圈著她的脖子。她身上滿是昆蟲咬痕和疹子，她的手腕和腳踝嚴重感染。當史卡佩塔觸探她的頭部，感覺到有一些碎骨在她手指下游動，這女人的臉已經變形，頭骨碎裂，全身上下遍布著挫傷，那些泛紅的擦傷都是在她死亡前後的那段時間造成的。史卡佩塔懷疑，在這棟小屋內凌虐伊芙的這個人，無論她是珍、史提薇、Hog，或其他人，在發現伊芙上吊死亡以後仍然繼續狠命、且一再的踢她的屍體。在伊芙的下背部、腹部和臀部有許多鞋子或靴子形狀的淡色瘀痕。

莉芭從房子側邊走過來，踮著腳尖走上腐朽的門前台階，通過門廊，身穿亮白拋棄式防護衣的她將面罩往上推開。她拿著一只褐色紙袋，袋口整齊折疊著。

「我們找到更多黑色塑膠垃圾袋，」她說，「在另外一個坑穴裡，比較淺的。裡面有幾樣聖誕節飾品。已經破了，不過看起來像是戴著聖誕老人帽的史努比，還有小紅帽。」

「總共有幾具屍體？」班頓問，又露出他的一貫態度。

當死亡，即使是最殘酷的死亡，呈現在他面前，他往往連眉頭都不皺一下。這時候他總是非常理性冷靜，有時甚至顯得冷漠不在乎，好像史努比和小紅帽飾品只不過是等著被歸檔的物品。

也許他很理性，但他絕不冷靜。史卡佩塔幾小時前才在車內，還有剛才在這屋子裡看見了，當這案子最初的犯罪性質，也就是海倫．昆西十二歲時所發生的事逐漸明朗化時，他的那些反應。廚房裡有一台生鏽的冰箱，裡頭有Yoo-hoo巧克力飲料、Nehi葡萄和橘子汽水，和一盒巧克力牛奶，紙盒上標示的有效日期是八年前，也就是海倫才十二歲，並且被迫搬去和叔叔嬸嬸同住的那年。屋內還有那個時期出版的數十本色情雜誌，顯示這位虔誠的主日課導師，艾傑．昆西先生，很可能不只一次，而是頻頻帶他的小姪女到這裡來。

「還有，那兩個男孩，」莉芭說。當她說話時，她的面罩在下巴抖動著。「我判斷他們的頭部或許遭到了重擊。不過這並非我負責的部分，」她對史卡佩塔說，「還有一些混雜不清的殘骸。在我看來是赤裸的，不過裡面有一些衣服。不在他們身上，而是在坑穴裡，看來像是他們先把一些受害者棄置在裡面，然後把他們的衣服丟進去。」

「很顯然他沒把他犯的案子全部供出，」班頓說話時，莉芭打開了紙袋。「有些棄置在野外，有些埋起來。」

她拉開袋口，讓史卡佩塔和班頓看清楚裡頭的潛水換氣管和一隻髒兮兮的Keds粉紅色女童運動鞋。

「和房間床墊上那隻是同一雙鞋，」莉芭說，「是在一個坑穴裡找到的，我們本來推測裡面可能埋有更多屍體。可是裡頭什麼都沒有，只有這個。」她指著那條換氣管，那隻粉紅小鞋。「是露西發現的。我不懂。」

「我想我大概了解，」史卡佩塔說著用戴著手套的雙手拿起那段潛水管和那隻小女孩的鞋子，想像著十二歲的海倫蹲在坑穴裡，泥土一鏟鏟的掉落在她身上，當她的叔叔這麼折磨她時，她只能靠著這條換氣管維持呼吸。

「把小孩關在汽車行李廂裡，用鐵鏈拴在地下室，把他們埋起來，讓他們只用一條通往地面的管子呼吸，」史卡佩塔說。莉芭望著她。

「難怪她必須化身成那麼多人，」班頓說，不再那麼嚴肅了。「可恨的傢伙。」

莉芭別開頭，看著遠方，吞嚥著。她努力平靜下來，慢慢將褐色紙袋封口折疊整齊。

「各位，」她清了清喉嚨說，「我們準備了冷飲。我們還沒有動任何東西，還沒打開和史努比飾品放在同一個坑穴內的所有垃圾袋，不過以感覺和氣味來判斷，裡面應該是被分解的殘肢。其中有一只袋子破了個洞，可以看見裡面像是雜亂紅髮的東西——染成棕紅色的頭髮？還有一條手臂和一條袖管。我想這人應該穿著衣服，其他人肯定沒有。我們有健怡可樂、開特力運動飲料和水，要的請喊一聲。或者你們想要別的，我們可以派人去買。嗯，還是算了。」

她看著屋子後方，看著那些坑穴。她不斷的吞口水，眨眼睛，下嘴唇顫抖著。

「我想目前我們當中無論誰都不太適合跑出去跟大衆接觸，」她補充說，又清了下喉嚨。「這身臭味，不應該走進便利商店。我實在不懂爲什麼……如果他眞的對她做了那些事，那麼我們非逮到他不可，應該把他用來對待她的方式同樣用在他身上！把他活埋，連換氣管都不要給他！把他的卵蛋割掉！」

「我們把防護衣穿上吧，」史卡佩塔輕聲對班頓說。

他們打開白色拋棄式連身防護衣，把它穿上。

「我們沒辦法證明的，」莉芭說，「一點辦法都沒有。」

「話可別說得太早，」史卡佩塔說著把鞋套交給班頓。「他在屋裡留下大量線索，他沒想到我們會來察看。」

他們罩上頭套，走下翹曲變形的舊台階，戴上手套，用面罩蒙住臉部。